FORESTFALL

Collection Stardust dirigée par Dorothy Aubert
Ouvrage dirigé par Dorothy Aubert
Couverture : Design par Natasha MacKenzie/Images © Shutterstock

Titre original : *Forestfall*
Première publication par Henry Holt and Company, éditeurs depuis 1866. Henry Holt est une division de Macmillan Publishing Group, LCC.

34-36, rue La Pérouse
75116 – Paris
www.hugopublishing.fr

ISBN : 9782755674347
Dépôt légal : septembre 2024
Imprimé en France par CPI Bussière en août 2024 (2077435)

Certains serments ne doivent jamais être brisés...

Forestfall

Lyndall Clipstone

Traduit de l'anglais par Karine Forestier

Stardust

À B.,
Je te retrouverai dans l'obscurité du monde du Dessous.

Toi, mon amour, la première, dans une robe à fleurs,
Toute ton insoutenable tendresse, toi avec le rire
Surprise dans tes yeux si grands de l'avenir,
Toi avec les mains lâches et ballantes de l'abandon.

DH Lawrence, *Lettre de la ville : L'amandier*

Debout dans la nuit, j'écoute et plus d'une fois
J'ai été presque amoureux de la mort apaisante,
Je lui ai donné de doux noms en plus d'un vers pensif,
Pour qu'elle enlevât dans l'air mon souffle calme…

John Keats, *Ode à un rossignol*

1
ROWAN

J'étais le monstre du monde.

J'étais le monstre des bois.

Et bien que j'aie été épargné, tout me paraît toujours ruiné. Déchiré par les griffes et les crocs.

Il est minuit lorsque je traverse le couloir. Je m'arrête sur le palier et regarde par la fenêtre. Verre froid, clair de lune sur le jardin clos en contrebas.

Fauchaison a éclipsé Flordété. Les arbres sont couverts de feuilles mourantes. Le sol scintille d'une gelée précoce. Sur l'autel situé sous le jacaranda, au centre de la pelouse, on a allumé une seule bougie, qui éclaire les traces noires marquant encore le cadre de l'icône en bois et transformant la Dame en un linceul sombre.

Je me sens pareil. Noir comme l'encre, noir comme la Corruption qui infestait le rivage, noir comme le poison qui emplissait mes veines.

Il reste des cicatrices de ce que nous avons fait. Le jardin fermé à clé. L'autel en ruine. La terre découpée, un arbre tombé, squelette au clair de lune. Des blessures profondes dans le sol qui semblent avoir été laissées par des griffes. Autant de vestiges de la destruction que j'ai causée quand je suis devenu un monstre. Quand j'ai voulu noyer le monde.

La Corruption a disparu maintenant. C'est réparé. Je suis réparé. Et pourtant.

Et pourtant.

J'ai vu le monde se déchirer. J'ai vu Violeta Graceling, la fille que j'aime, disparaître dans les ténèbres. Je l'ai tenue dans mes bras alors que le poison l'emportait, qu'elle versait son sang sous le double autel et appelait le Seigneur d'En Dessous. Dans cet ultime et terrible moment où les ténèbres se sont refermées, j'ai entendu sa voix exiger qu'il l'emmène, vivante, dans le monde du Dessous.

Et puis… elle a disparu.

Je pensais connaître le chagrin. Après la mort de mes parents, après avoir perdu Elan. Je pensais connaître la façon dont il s'adoucissait dans les moments d'agitation et revenait avec le calme. Mais ça, c'est nouveau. C'est une violence soudaine. Qui me prend à la gorge aux moments où je m'y attends le moins.

La nuit, après avoir sombré dans un sommeil agité, des pensées de Leta surgissent, toujours, contre ma volonté. Je me réveille seul dans le noir. Le sort qu'elle a marqué à mon poignet me fait mal et me brûle. Comme si elle était toujours attachée à l'autre extrémité. Et chaque fois, je ne peux pas m'en empêcher, je tends la main. Ma main sur le lit, les doigts agrippés au vide.

Je me déteste pour ça. De m'attendre à la trouver là. Le chagrin n'est pas une dîme dont on peut s'acquitter avec du sang. Il n'y a pas de moyen d'échapper à cette souffrance. C'est une douleur dont je suis incapable de me libérer.

Une fois, je l'ai appelée fantôme. Et maintenant, tel un fantôme, elle me hante. Éveillé. Endormi. Tout ce que je vois, c'est Leta. Comment elle était quand elle a traversé le rivage, quand elle est entrée dans l'eau. Comment elle était quand je l'ai portée jusqu'à l'autel. Son dernier baiser, le goût de sang et de poison de sa bouche.

Elle a dit que c'était son choix. Qu'elle n'avait pas peur. Que son sacrifice nous mettrait à l'abri.

Avec un soupir, je me détourne de la fenêtre. J'enlève mes gants. Je descends doucement l'escalier. Tout le monde est endormi depuis longtemps, mais je ne veux pas risquer de les déranger. J'ai besoin d'être seul. Ce soir, c'est ma première observance depuis que tout est arrivé. C'est la première fois que je viens, sans être corrompu, à l'autel double du salon.

Il fait sombre dans la pièce. J'entre et referme la porte derrière moi. Tire les rideaux et laisse le clair de lune se répandre par terre. L'air est imprégné de l'odeur résiduelle de la fumée. Et derrière, un soupçon de vieux sang.

L'icône double est plongée dans l'ombre, mais je n'allume pas les bougies qui bordent l'autel, préférant m'agenouiller. Les yeux fixés au sol. Je touche les planches, je les sens, rugueuses, sous mes doigts non gantés. Il y a une tache carmin délavée laissée par Leta lorsqu'elle s'est coupée. Qu'elle a donné son sang pour cette ultime promesse.

Et c'est là que, bien avant, je me suis coupé pour donner mon sang, moi aussi, mais sans obtenir de réponse.

Je trouve une pierre à feu. Je la porte à l'une des bougies. La flamme vacille et je sens sa chaleur sur mon visage. Je vois maintenant plus clairement la marque sur le sol. Le sang séché, devenu rouge délavé, a la couleur d'une grenade.

Tout se brouille, des larmes malvenues m'emplissent les yeux. Je les chasse. Je les refoule jusqu'à ce que ma vision soit tachetée de noir. Le souffle saccadé, je lève enfin les yeux vers l'icône. La Dame est de bronze et d'or. Ses bras sont tendus. La lumière naît de ses paumes comme deux fleurs brillantes.

Au-dessous d'elle, le Seigneur d'En Dessous est ombres, fumée et ténèbres.

Je le contemple. La forme de sa cape. Le contour acéré de sa couronne ornée de bois de cerf. Voici la créature qui m'a sauvé lorsque je me noyais. Qui m'a attrapé quand je suis tombé sous l'eau. Qui m'a chuchoté à l'oreille alors que le lac me volait mon souffle. Qui m'a demandé ce que j'offrirais en échange de ma vie.

Je ne l'ai jamais connu comme Leta le connaît. Pour moi, il n'a jamais été qu'une voix dans les ténèbres, une présence que je percevais plus que je ne la voyais. Comme les traces persistantes d'un cauchemar ou d'un souvenir à moitié oublié. Et j'ai eu beau l'appeler de nombreuses fois – après qu'il a tué mon père, après que j'ai compris qu'il voulait prendre ma famille pour me punir –, il n'a jamais répondu.

Leta, elle, pouvait le voir. Elle pouvait l'invoquer. Elle lui parlait, elle s'est promise à lui avant de le rejoindre dans ses ténèbres.

J'appuie les mains sur le sol taché. Son sang, mon sang. Tant de suppliques sans réponse et de promesses non tenues. Parfois, je pense à la façon dont les choses auraient été différentes si je n'avais pas rompu mon serment le jour de mes treize ans, quand il est revenu me chercher. Si j'étais parti avec lui.

Il est si facile de regretter. De penser que j'aurais pu agir différemment. Mais cela n'a plus d'importance. Je suis là, avec une vie volée grâce au sacrifice d'autres personnes. Mon père, ma mère, mon frère. Et maintenant… Leta.

J'allume les autres bougies de l'autel. Je trempe mes doigts dans le sel, puis je répands une offrande sous l'icône et commence à chanter. Je déteste ma voix, la façon dont les notes s'accrochent à mon souffle instable, ma gorge encore rauque de larmes retenues.

La litanie de Fauchaison, entonnée par d'autres, évoque des images de champs labourés et de fumée de feux de joie. De branches stériles, de la lente transition vers les longues nuits. Lorsque c'est moi qui chante, la litanie a des intonations douloureuses. On dirait un chant funèbre.

Mes mains se mettent à trembler. Je les presse plus fort contre le sol, je ferme les yeux. Je cherche la lumière soi-disant là. La lumière que la Dame serait devenue lorsqu'elle a créé le monde. La magie dorée qui imprègne tout. Ça fait si longtemps que je ne l'ai pas ressentie. Quand j'étais corrompu et que je pratiquais l'observance, il n'y avait que du froid. Un sentiment d'obscurité béante.

Maintenant, j'attends, j'essaie de sentir quelque chose au-delà de ce silence familier.

Les bougies brûlent. La fumée imprègne l'air. Je déglutis, et ça a un goût de cendre.

Pendant un long moment, il n'y a que le silence immobile. Puis la chaleur se propage à travers mes paumes. Je sens une traction. Surpris, je lève les yeux vers l'autel. Mais ce n'est pas de la magie. Ce n'est pas la Dame.

C'est quelque chose de plus proche. Une blessure, encore sensible.

Je lève la main, lentement, hésitant. Un fil est attaché à mon poignet. Je le regarde scintiller dans l'obscurité ; une fine ligne dorée qui se meut et vacille comme la flamme d'une bougie. Mon rythme cardiaque s'accélère tandis que je contemple le fil s'étirer dans l'ombre. Je sens l'attraction, l'étrange pulsation de chaleur, la blessure.

Puis, dans un élan soudain, des couleurs m'envahissent. Pêche, rose et or. Et une silhouette se dessine. Des taches de rousseur pâles, une peau diaphane, des cheveux comme des braises d'été. *Leta.*

Elle est là, juste au-delà de l'obscurité. Vêtue de dentelle noire, les cheveux détachés. Je pousse un cri qui coupe net le silence. Elle lève les yeux. Ses yeux gris argent sont ronds et vides. Et je veux, tellement, misérablement, que ce soit bien réel. Différent de ces visions obsédantes qui me tirent du sommeil chaque nuit.

Lentement, je me lève. J'ai la certitude que, dans l'instant qui va suivre, après le prochain battement de mon cœur, tout se brisera et que je me réveillerai seul, les mains appuyées sur un autel vide.

Je murmure son nom, plus désespéré que dans toutes les suppliques jamais lancées sous cette icône plongée dans l'ombre.

– Leta ?

Le vide de ses yeux est remplacé par une lueur : elle me reconnaît. Elle me regarde avec une tendresse insoutenable. Je suis rempli de désir. Ses lèvres s'entrouvrent. Sa bouche forme un mot – mon nom ? –, mais je n'entends rien.

Je tends ma main tremblante dans l'espace qui nous sépare. Le fil brille plus fort. L'autre extrémité est nouée à son poignet. Près du sigil laissé par le sort qu'elle a jeté pour me sauver, lorsque j'étais presque perdu dans les ténèbres.

Je la touche là. À son poignet. Au contact de sa peau – froide, incroyablement froide –, je laisse échapper un souffle qui ressemble à un sanglot déchiré. Je suis submergé par tout ce que j'ai voulu lui dire depuis qu'elle est partie.

– Leta, je chuchote. Tu me manques, terriblement. Je ne sais même pas si c'est réel. Mais je…

Je me tais car la lumière commence à se brouiller et tout prend la consistance d'un rêve. Leta me saisit la main. Elle n'essaie plus de parler. Ses cils s'abaissent, une larme coule sur sa joue. Et puis, son image s'évanouit.

Je m'accroche au fil qui nous relie, de mon poignet au sien, mais je ne sens que des ombres. J'essaie de l'attirer dans mes bras, seulement elle n'est que brume et braises. Une pâle silhouette, remplacée par le scintillement des bougies de l'autel. Lentement, je m'agenouille. J'appuie mes mains sur le sol. Elle n'est plus là.

Je suis seul dans le salon. Submergé par un flot de pensées floues qui me narguent. Tous les espoirs que j'ai eus d'une vie avec Leta. L'avenir que je voulais lui offrir. Les livres empilés sur les étagères de la bibliothèque.

Son jardin plein de fleurs. Nous deux, seuls dans ma chambre, au clair de lune.

Puis une secousse de douleur me traverse, si foudroyante que mes doigts se recroquevillent sur les planches tachées. Comme si j'avais des griffes. En tremblant, je m'accroupis. Je délace mes manches. Le sang coule le long de mes poignets. Les cicatrices de mes innombrables entailles pour la dîme sont devenues des plaies ouvertes. Mon sang n'est pas rouge. Il est noir. Et autour du sigil dont Leta m'a marqué, le jour où je suis devenu un monstre, il y a des ombres sous ma peau.

Comme avant, quand la Corruption prenait le dessus.

Je pose un doigt interrogateur sur la marque du sigil. La Corruption a enfin été purifiée lors de ce dernier et terrible rituel au cours duquel Leta est partie dans le monde du Dessous. J'ai vu le rivage guérir. Senti les ténèbres quitter mon corps. Et à l'intérieur de moi, là où dormait jadis un monstre, il n'y avait plus que le silence.

Je suis réparé. Je suis censé être réparé.

J'ai toujours les yeux fixés sur mon poignet, sur le sort et le sang trop noir, lorsque des pas se font entendre dans le couloir. Puis la lueur d'une bougie. Et on frappe doucement à la porte. Florence entre dans la pièce, hésitante. Elle a un châle enroulé autour de ses épaules, retenu par une broche en bois sculpté.

Elle me regarde, puis l'autel, et son visage devient solennel.

– Tu vas bien ?

– Je… ne sais pas trop.

Elle fait un pas de plus vers moi et hausse les sourcils lorsqu'elle remarque mes poignets ensanglantés. Je vais pour baisser mes manches et cacher les coupures, mais c'est trop tard. Elle a déjà vu.

– Rowan, qu'as-tu fait ? Tu t'es fait du mal ?

Le mot « encore » reste en suspens entre nous. Je serre ma main sur mon poignet.

– Non.

Elle m'observe, attendant que j'en dise plus. Mais je peine à comprendre ce qui vient de se passer, alors comment l'expliquer ? Le silence s'étire. Finalement, je soupire.

– Il reste des bandages dans les tiroirs.

Elle pose sa bougie sous l'autel. Coince une mèche de cheveux qui s'est détachée de ses tresses, deux rangées jumelles sur les côtés de sa tête, dont les mèches forment des vagues lorsqu'elles tombent sur ses épaules. Elle se dirige vers la table à côté de la méridienne et ouvre le tiroir. La boîte contenant les bandages et le pot de pommade au miel de Clover s'y trouvent toujours, vestiges de l'époque où je venais ici après la dîme.

Je me sens bizarre, vide, en la regardant sortir la boîte du tiroir. Des mois se sont écoulés depuis la dernière fois où je suis allé au lac, où je me suis tailladé et où j'ai saigné dans la terre. Pourtant, le souvenir reste vif.

La langue froide des ténèbres. La Corruption qui me dévore. La magie empoisonnée qui a gouverné ma vie pendant tant d'années.

Florence se baisse au sol à côté de moi. Elle ouvre la boîte en équilibre sur ses genoux repliés et en sort les compresses. Avec un linge, elle entreprend de nettoyer mes plaies. Je me force à rester immobile. Une partie de moi veut ça, le désire profondément. La laisser s'occuper de moi. Rester assis là et sentir la délicatesse de ses gestes lorsqu'elle éponge le sang de mes poignets.

Mais l'odeur suave de la pommade me donne la nausée. Je revois la nuit où Leta m'a suivi quand j'ai donné ma dîme, je n'arrive à penser qu'à ça. Nous étions revenus ici ensuite, et je lui avais parlé de mon lien avec la malédiction du rivage. C'était la première fois que je partageais ce secret. Je m'attendais au pire… qu'elle soit dégoûtée, qu'elle ait peur de moi. Au lieu de quoi, elle m'avait pris la main et promis de me suivre dans le noir.

Ma poitrine se serre et un sanglot étranglé sort de ma bouche. Je serre les dents pour retenir le son. Avant que Florence ne puisse réagir, je lui arrache brutalement le tissu et lui désigne la porte.

– Je n'ai pas besoin de toi. Tu peux partir.

Elle hésite un instant. Je sais qu'elle veut m'aider. Elle tord les mains dans ses jupons, m'observe pendant que je finis de nettoyer les plaies, que j'attache des bandages autour de mes poignets. À voix basse, elle demande :

– Avant que je parte, tu veux bien m'expliquer ce qui s'est passé ?

Je fais courir mes doigts sur l'intérieur de mon bras. Le sigil s'est tu, mais quand je le touche, j'imagine sentir encore cette traction, cette pulsation. Voir encore le fil de lumière s'étirer vers les ténèbres.

J'écarte les mains, paumes tournées vers le haut.

– J'ai vu Leta.

Florence me considère avec circonspection.

– Comment ça ?

Mes yeux se portent sur le sol, sur la tache délavée sous l'autel.

– Quand j'ai fait l'observance, au lieu de la lumière ou de la magie, c'est elle qui était là. J'ai regardé dans les ombres et je l'ai vue. Je lui ai parlé. Et ça, c'est arrivé après.

Je lui montre mes poignets maintenant bandés. Florence me dévisage, les sourcils froncés. Lentement, elle s'approche. Pose les mains sur mes épaules. Elle est prudente, hésitante, peine manifestement à choisir ses mots.

– Rowan. Elle est morte.

– Elle était *là*.

Ma voix se brise. Je prends une inspiration, brusque et saccadée, en essayant de lutter contre le doute qui s'insinue. Leta ne peut pas être morte. Elle ne peut pas être partie. C'était tellement réel. La façon dont elle est apparue devant moi, l'attraction du sort, le fil qui nous reliait. Ses états d'âme déclinés en un camaïeu de couleurs. Le pincement de mon cœur lorsqu'elle a formé mon nom sans bruit.

Je suis hanté par des souvenirs de Leta depuis qu'elle est partie. Mais ce n'était pas un énième rêve, un vœu désespéré lancé à la nuit comme quand je suis seul, dans l'obscurité. C'était *réel*.

Florence laisse glisser ses mains le long de mes bras.

– Je sais combien ça a été difficile pour toi. Je me suis dit que, peut-être, si nous faisions un bûcher…

Je me libère de son contact.

– Non.

Ses doigts se nouent autour des franges de son châle. Elle regarde l'autel. Le mouvement de la lumière projetée par les bougies donne l'impression, l'espace d'un instant, que l'icône est… vivante.

Avec un soupir, Florence laisse tomber ses mains sur ses genoux.

– Violeta s'est sacrifiée pour te sauver. Elle s'est déchirée pour nous tous. Essayer de communiquer avec elle comme ça… c'est s'engager sur une voie dangereuse.

– Quel autre choix veux-tu que je fasse, après qu'elle a tant risqué pour moi ?

– Rowan, mon chéri. Tu dois la laisser partir.

Je ferme les yeux pour ne pas verser d'autres larmes malvenues. J'essaie plutôt de m'imaginer dans le jardin clos, pendant un crépuscule estival. Une lune mince dans le ciel lugubre. Leta, jupes retroussées, qui me montre ses cicatrices en m'avouant la vérité sur son lien avec le Seigneur d'En Dessous : elle lui avait donné sa magie en échange de la vie d'Arien – échange qui avait laissé Arien avec les ténèbres à la place de son pouvoir d'alchimiste – et se reprochait tout ce qu'il avait souffert à cause de ces ténèbres.

C'est ce soir-là, dans le jardin, que j'ai compris que je l'aimais. Que je voulais qu'elle reste avec moi, que je voulais lui offrir un endroit où elle ne serait plus jamais blessée. Seulement, la sécurité n'était pas un cadeau à ma portée. Je n'ai fait qu'empirer les choses.

– Florence, je me fiche de ce qui pourra advenir de moi.

Ma voix est un grognement, qui rappelle le timbre qu'elle avait lorsque j'étais transformé par la Corruption.

Je ravale le goût de boue et de poison qui me revient en mémoire.

– Si ça signifie que je peux la trouver, alors je me moque de ce qui m'arrivera.

Elle recule. L'espace d'un instant, son expression est à vif. Gravée d'un chagrin abyssal. Puis elle prend une inspiration. Ses traits revêtent le masque familier et résolu qu'elle porte depuis la mort de mon père.

Je sais qu'elle veut veiller sur moi, mais je ne peux laisser personne m'approcher. Plus jamais. Je dois affronter ça – ma ruine, ma souffrance, ma destruction – seul.

Florence se lève et ramasse sa bougie. Je ravale ma culpabilité. Je tâche d'oublier la sensation de sa main, douce, sur mon bras blessé.

– Il n'y a pas que toi à prendre en compte, me rappelle-t-elle tout bas. As-tu pensé à Arien ? Que se passera-t-il s'il te perd toi aussi ?

Je ne peux que secouer la tête. Elle hésite un instant puis, avec un soupir las, sort de la pièce. Le silence qu'elle laisse derrière elle est aussi touffu qu'un buisson.

Je repose mes mains sur le sol, j'appuie mes paumes sur les marques délavées des planches. Avant, tout mon univers se résumait à la Corruption. Au poison dans la terre. Au poison dans mes veines. Ce n'était pas facile, mais je parvenais à y faire face en toute lucidité : la chasse, les exigences, les dîmes que je payais avec mon sang et mon corps.

Je ne réfléchissais pas vraiment à ce qui serait de l'autre côté de tout ça. J'étais un monstre, et puis je ne l'étais plus. J'étais seul, et puis je ne l'étais plus. Mais Florence a raison. J'ai volé Arien, je l'ai amené ici pour utiliser sa magie à mon profit. Et maintenant, à cause de moi, Leta est partie. La seule famille qui lui restait.

J'inspire profondément. Je souffle les bougies. Des volutes de fumée enveloppent le cadre de l'autel. Pendant une fraction de seconde, la silhouette de l'icône ressemble exactement à celle de Leta lorsqu'elle m'est apparue.

J'ai besoin de savoir si ce que j'ai vu était réel. De retourner dans les ténèbres où je peux l'atteindre. J'ai besoin d'un moyen de m'empoisonner, volontairement.

J'étais un monstre, puis je ne l'étais plus. Et maintenant, pour trouver Violeta Graceling, je dois redevenir ce monstre.

2
VIOLETA

Il n'y a pas de ciel dans le monde du Dessous, pourtant, je sais que la nuit est tombée.

De sous les arbres, j'ai vu la lumière passer d'une ombre pommelée à un gris délavé, puis à l'obscurité totale. Aujourd'hui, la forêt de bois de cœur est dans l'ombre, mais rayée de bandes cramoisies. Les arbres ont l'écorce ensanglantée et des feuilles minces. Leurs branches sont parsemées de lueurs des lucioles : de minuscules lanternes de verre éclairées par leurs battements d'ailes lumineux.

Au loin, juste au-delà de la brume, se trouve un mur de ronces. Deux fois plus haut que moi, avec des épines plus longues que mes doigts, il fait tout le tour de cette partie de la forêt, en une ellipse nette et ininterrompue. Le mur n'a qu'une seule porte, une structure en arche faite de lianes et de feuilles dentelées.

La porte ne s'est jamais ouverte.

Du moins, pas pour moi.

J'attrape une lanterne de lucioles, la décroche des branches. La jarre serrée entre mes mains, je m'engage sur le sentier qui mène au mur de ronces. Mes jupes frôlent le sol quand je marche. Je suis tout de noir vêtue, aussi sombre que la forêt d'ombres. Un large ruban de soie à la taille, des manches en ailes de papillon de nuit translucides, une mante de dentelle fine comme une toile d'araignée.

Il fait froid ici, toujours froid. Encore plus en des moments comme celui-ci, où les ombres traversent le chemin et s'enroulent autour des branches. La lumière du soleil me manque. Le poids alangui de l'air.

Le vent glacial qui s'engouffre dans les arbres me donne la chair de poule. Je soulève la jarre, la porte près de mon visage, de sorte que je suis baignée dans un éclat argenté. Un bref instant, je m'autorise à imaginer que je suis dans le monde du Dessus et que c'est Mordété. Et quand je respire, je sens le soleil pénétrer très profondément dans mon corps, pour donner une lueur dorée à mon cœur et mes côtes.

Puis je repousse ce souvenir.

J'ai atteint les épines. Je me tiens devant elles, je scrute chaque tige de ronce, chaque feuille pliée. Lentement, je tends la main, je l'appuie sur la porte. Sur ma paume, la cicatrice en forme de croissant qui traverse ma ligne de cœur palpite doucement au rythme de mon pouls. De l'autre côté du mur, j'entends des bruits de pas. Je ressens une traction au centre de ma poitrine. Le genre d'agitation qui survient lorsque le semblable appelle sa semblable.

J'entends le bruissement des épines, l'agitation des feuilles. Sous ma main pressée, il n'y a que de l'air. Mais je cligne des yeux et, en un battement de cils – en bas, en haut –, je perds la magie ténue qui permet à la porte de s'ouvrir. Quand je rouvre les yeux, les ronces sont inchangées, toujours étroitement serrées. Ma main est toujours appuyée sur leurs tiges entrelacées.

La seule différence, c'est que maintenant, le Seigneur d'En Dessous est devant moi.

Encadré d'épines acérées, il brille dans l'obscurité. Cheveux pâles, mains pâles, yeux pâles. Et même si je me trouve là, dans cette forêt sans ciel, quand je le vois, je pense à une lune. Pleine, nette et blanche. Je pense aux champs recouverts par le gel de Midiver.

Il a une âme dans ses bras, un corps enveloppé d'un linceul de soie qui le transforme en une ombre dépourvue de traits. Il me regarde, silencieux un instant.

– Qu'est-ce que tu fais ici ? demande-t-il enfin.

Je brandis la lumière des lucioles que j'ai apportée.

– Je suis venue vous aider.

Il hausse les sourcils et la ligne dénudée de ses dents capte la lueur blafarde de ma lumière. Le papillon de nuit danse à l'intérieur du bocal, battant des ailes à toute allure.

– Je vois très bien dans l'obscurité, Violeta.

Alors je bouge mes doigts et lui montre ce que j'ai, serré au creux de ma paume.

– Et j'ai ça.

Son regard se pose sur ma main. La graine est grosse et ronde, ambre foncé. Elle était rugueuse lorsque je l'ai extraite du cône que j'ai trouvé à moitié enterré dans les débris du sol de la forêt. Mais je l'ai tellement tripotée que les bords sont devenus lisses.

Le Seigneur d'En Dessous passe contre moi et se dirige vers le sentier.

– Je pensais t'avoir donné de quoi t'occuper, sans que tu aies à me poursuivre à travers bois comme un fantôme.

– Un fantôme ?

Il y a du défi dans ma voix quand je fais écho à ses mots. J'attends de voir s'il le relève. Comme il ne répond pas, je continue :

– C'est comme ça que vous appelez ça, ce que vous m'avez fait ?

L'irritation brille dans ses yeux quand il me regarde par-dessus son épaule pointue.

– Tu veux vraiment en discuter à nouveau ? C'était ton choix. Si tu as des regrets… ce n'est pas mon problème.

Oui, c'est moi qui ai choisi de conclure le pacte qui m'a conduite ici. Je voulais à tout prix protéger Arien, protéger… tous ceux que j'aimais. Et malgré la douleur, malgré le danger, alors que la menace de la Corruption grandissait, je me suis rendue volontairement à l'autel et j'ai invoqué le Seigneur d'En Dessous. J'ai demandé son aide. En échange de sa magie, j'ai renoncé à ce que j'avais de plus précieux : les souvenirs de ma famille.

Tout ce que j'avais d'eux est perdu, balayé de mon esprit. Je sais que j'ai dû les aimer. Que nous avons eu une vie ensemble, quand j'étais enfant, avant qu'ils ne meurent. Mais tout a disparu. Il n'y a plus que du vide maintenant. Et une douleur terrible, sans fin.

J'ai tout choisi. La douleur. Le sacrifice. Prendre ce risque, venir dans le monde du Dessous et jeter ce dernier sort. J'ai accueilli les ténèbres. J'ai laissé la Corruption me dévorer. Tout ce que j'ai abandonné, chaque étape que j'ai franchie et qui m'a conduite ici, a toujours résulté d'un choix de ma part.

La souffrance n'en est pas moins grande pour autant.

Je serre les dents si fort que ma mâchoire me fait mal. J'essaie très fort de garder une voix stable quand je parle.

– Je ne le regrette pas.

Il plisse les yeux, qu'une poussée de colère allume d'un éclat froid.

– As-tu oublié que tu m'as supplié de t'épargner la mort ? Ce que je t'ai donné est un cadeau. Un cadeau que je n'ai accordé à personne d'autre, jamais.

Je serre le poing, emprisonnant la graine dans l'obscurité de ma paume.

– Je ne suis peut-être pas une âme à l'intérieur d'un arbre. Mais je ne suis pas vraiment vivante non plus.

Il lève la main. Des ombres s'élèvent du sol, qui jettent des formes déchiquetées dans l'air autour de nous.

– Assez. Si tu veux m'aider, dépêche-toi. Autrement, tu peux rentrer à la maison.

Sur ce, il se détourne et continue à marcher, sans attendre de voir si je vais le suivre. Le mot « maison » est aussi griffu que les épines qui me retiennent prisonnière dans cette partie des bois. Mes yeux s'emplissent soudain de larmes, que je chasse d'un battement de cils furieux. L'idée de pleurer devant le Seigneur d'En Dessous, là, maintenant, me semble pire que tout ce que je pourrais faire d'autre.

Je lâche un sifflement de frustration entre mes dents serrées et me lance à sa poursuite, mes jupes remontées dans une main afin de pouvoir marcher assez vite pour le rattraper. Nous progressons au même rythme, tous deux tendus par nos colères respectives. La forme enveloppée dans ses bras doit être lourde, pourtant il la porte sans effort apparent. Sa cape effleure le sol derrière lui, traînée d'ombres tourbillonnantes. Nous avançons en silence, accompagnés du seul bruit de nos pas sur les feuilles mortes.

Je le suis dans les bois. Le chemin est différent de celui que j'ai emprunté depuis mon chalet. Celui-ci est étroit, il serpente entre les pierres couvertes de mousse qui le jalonnent comme des sentinelles. Ici, les arbres sont plus hauts, la brume s'enroule, épaisse comme du mercure, autour de leurs troncs cramoisis.

Nous passons sous des branches où pendent des lumières des lucioles. Enjambons des racines creuses cernées de champignons pâles et lumineux. À l'exception de mon chalet, la majeure partie de cet espace ceint de murs d'épines est remplie de bois de cœur. Mais finalement, la forêt devient plus clairsemée et nous atteignons un bosquet où un morceau de terre nue est encadré par deux arbres plus vieux et plus grands encore.

Le Seigneur d'En Dessous se tourne vers moi. L'irritation de tout à l'heure se lit encore dans ses yeux. D'un geste sec et nerveux, il désigne l'âme enveloppée dans ses bras.

– Ta vie ici est donc si misérable, Violeta ? Préférerais-tu y renoncer complètement ?

J'essaie de ne pas penser au moment où je me suis réveillée et où j'ai découvert la vérité de notre ultime pacte. Il m'a réparée, comme je l'avais demandé, mais la seule façon pour que je reste en vie, c'est de demeurer dans le monde du Dessous. Et ça, même ça, c'est un choix de ma part. Lorsque j'ai sombré dans une furie de larmes chaudes et misérables, le Seigneur d'En Dessous m'a dit qu'il pouvait faire cesser la douleur. Que je pouvais laisser la mort m'emporter.

Mais lorsque j'ai sacrifié les souvenirs de ma famille en échange du pouvoir de combattre la Corruption, c'était pour l'éternité. Je ne me souviendrai d'eux dans aucun des deux mondes. Si j'avais accepté son offre et renoncé à ma vie, mon âme serait seule. Sans mes parents, sans Arien, quand son heure viendra de quitter le monde du Dessus. Et en cet instant terrible au cœur de l'arbre d'os, une solitude éternelle m'a paru plus insupportable qu'un séjour ici.

Je passe devant le Seigneur d'En Dessous, m'approche de l'espace dénudé et m'agenouille. Il recule de quelques pas pour attendre, l'âme délicatement serrée contre sa poitrine.

Une alcôve est creusée dans l'arbre derrière lui, avec un autel à l'intérieur. L'icône est tachetée par l'humidité, une trace de moisissure et de mousse, et l'étagère du dessous est drapée de coulures de cire durcie.

Ça me rappelle l'autel de Lakesedge, où je m'étais agenouillée à l'observance avec Arien et Clover pour leur montrer ma magie, la première fois. La chaleur me taquine le bout des doigts et je sens le léger bourdonnement du pouvoir qui s'accumule dans mes paumes.

Avec précaution, je déplie la main et regarde la graine. Je creuse un petit trou dans la terre, la saleté s'incruste en croissants sombres sous mes ongles. J'enfonce la graine dans le sol et la recouvre. Puis je plonge dans ma poche et en sors mon stylo.

Lorsque je remonte ma manche, l'air froid me fait frissonner.

Les sigils alchimiques alignés sur mon bras me rappellent tout ce que j'ai fait durant mon dix-septième été, tout ce à quoi j'ai renoncé. Les sorts que j'ai lancés alors que je travaillais, me battais et échouais à repousser la Corruption qui menaçait de s'emparer du domaine de Lakesedge et de son seigneur. Tout ça est tracé là, sigil après sigil, pour toujours sur ma peau.

Je pose le stylo sur mon poignet. J'esquisse le sort que j'ai utilisé dans cette autre vie, cet autre monde, pour réveiller un jardin oublié. Des souvenirs s'élèvent, de chaleur tendre, de mains douces sur mes cicatrices. Je ferme les yeux et chasse les pensées. Je ne peux pas penser à *lui*, pas maintenant. Je serais fichue.

Je me mords l'intérieur de la joue, me concentre sur la douleur jusqu'à ce que les souvenirs refluent. Ils s'estompent lentement, trop lentement, laissant derrière eux une douleur persistante au creux de ma poitrine.

Une fois le sort écrit, j'appuie mes mains à plat sur le sol et je ferme les yeux. Ma magie s'éveille et le sigil s'enflamme. Je me figure un fil sorti de mes mains, lentement tissé autour de la graine, au point de former un filet scintillant qui se resserre de plus en plus.

C'est la première fois que j'utilise l'alchimie dans le monde du Dessous, depuis que j'ai réparé la Corruption. Le pouvoir que j'ai utilisé cette nuit-là, lorsque j'ai appelé les ténèbres et que je les ai accueillies en moi, a disparu. Il ne me reste plus maintenant que les vestiges de la magie d'antan. Aussi faibles qu'une simple flamme brûlant doucement dans l'obscurité.

Cependant, quand je puise dans mon pouvoir, ça fait mal. Comme c'est le cas depuis que j'ai sacrifié les souvenirs de ma famille. Toute leur chaleur, toute leur lumière se sont évanouies, remplacées par la désolation d'une nuit sans lune.

Au moment où je lance le sort, un douloureux sentiment d'absence m'envahit. La magie circule dans mes veines avec une froideur insupportable, comme si mon sang s'était mué en glace. La nostalgie m'inonde, pour des choses que j'ai perdues, des choses impossibles à retrouver. Ma respiration commence à se bloquer. Mes côtes sont contractées, serrées autour de mon cœur. Ma bouche a un goût de sang.

J'essaie d'écouter la forêt, la façon dont l'air murmure autour de moi comme une voix que je n'arrive pas à entendre. Lentement, douloureusement, je m'empare de mon pouvoir. Il éclôt à contrecœur et je l'enfonce sans ménagement dans la terre. La graine se fend, les racines descendent en spirale tandis que les branches commencent à s'élever.

Mes mains tremblent, tant je lutte pour retenir le sort. Un hoquet s'échappe de mes lèvres entrouvertes, que je mords pour le ravaler. Je force plus de pouvoir à sortir. Puis, dans un dernier élan, l'arbre se fraie un chemin à travers la terre et s'élève, l'écorce et les feuilles frottant contre mes paumes.

Je me dégage du sortilège et m'affaisse en avant, les yeux toujours hermétiquement clos. La magie se dissout autour de moi dans un doux silence. Je me pince les lèvres, sens la piqûre de l'endroit où je les ai mordues. Je lèche la trace humide de sang.

Le Seigneur d'En Dessous pose une main sur mon épaule. Son pouce trace un chemin sur ma clavicule, presque tendre. Mais je le repousse.

– Ne me touchez pas.

Il recule, laisse un espace entre nous. J'inspire encore, à petites bouffées saccadées, me reprends, puis me remets lentement debout. L'arbre s'élève au-dessus de moi, un nouveau bois de cœur créé entièrement grâce à ma magie. Je laisse échapper un son tremblant – quelque part entre le rire et le sanglot – en levant les yeux vers les branches carmin, les feuilles fines comme des aiguilles. Une fierté enivrante et douloureuse me submerge. J'ai envie de m'y baigner, de m'en délecter, au lieu de quoi je l'écrase.

Être fière de moi pour ça… ce serait une trahison.

Le Seigneur d'En Dessous examine le bois de cœur un long moment avant de se tourner vers moi. Les lignes de son visage ont un agencement étrange, comme si je l'avais déstabilisé. Lentement, il tend la main et rabat une mèche de cheveux égarée sur ma joue. Il hésite, son doigt enroulé dans l'une de mes boucles, avant de retirer sa main.

– Merci pour ton aide, Violeta.

À contrecœur, je réponds :

– De rien.

Il s'approche de l'arbre. Je ramasse la lanterne de lucioles, la lève pour que sa lueur éclaire l'écorce cramoisie. Il s'arrête un instant, une main appuyée sur le tronc. Ses doigts à la peau translucide sont écartés comme pour former des étoiles. Puis il fait courir ses griffes sur toute la longueur de l'arbre, qui se fend instantanément à son contact, dévoilant un intérieur luisant de sève.

Ma poitrine se serre et un frisson d'anxiété me parcourt l'échine. Regarder l'arbre ainsi décortiqué, c'est comme voir ma propre peau arrachée. Mes côtes ouvertes, mon cœur étalé au grand jour. Je me sens étrange, malade et petite. Je pense au Seigneur d'En Dessous, avec l'âme dans ses bras. Je pense à moi quand il me portait à travers la forêt, dévorée par le poison.

Je ferme les yeux, détourne le visage. Mais ça ne sert à rien. J'entends quand même l'arbre qui prend l'âme. Les craquements, les gémissements, la mutation et les frissons lorsque la blessure commence à se cicatriser. Ma main qui tient la lanterne tremble. Lorsque le verre s'incline, la lumière traverse mes paupières closes et le papillon de nuit bat des ailes, pour protester contre sa réclusion dans le bocal.

Je ravale ma colère, ma peine, ma peur. *J'ai fait le bon choix. J'ai fait le bon choix.* Rester aux côtés du Seigneur d'En Dessous, avec toute la douleur de ce que j'ai sacrifié, c'est mieux que d'être seule à l'intérieur d'un bois de cœur. Là, je n'aurais rien, si ce n'est la douleur qui est la mienne lorsque j'utilise ma magie. Une solitude stérile, un néant obscur, un champ rasé.

Les feuilles bruissent tandis que l'arbre se referme. Au bout de quelques instants d'immobilité, je rouvre les yeux. L'arbre est intact. Son écorce est lisse, comme s'il avait toujours été ainsi. Pas même une cicatrice. Je ravale les dernières traces de bile amère qui persistent dans ma bouche. J'essuie mes mains moites contre mes jupes.

Le Seigneur d'En Dessous regarde tour à tour le bois de cœur et moi.

– Si tu veux en faire une habitude, tu devras te forger des nerfs plus solides.

Je le fusille du regard.

– Je garderai ce conseil à l'esprit.

Il m'observe un instant, puis rabat sa manche et vient essuyer une trace de sang à la commissure de mes lèvres. Ses cils s'abaissent et il m'offre son bras.

– Il est tard. Je vais te raccompagner.

J'hésite un instant. Quand je porte la lanterne de lucioles à ma poitrine, les ailes à l'intérieur du bocal battent au rythme de mon cœur. Je suis toujours en colère contre lui, mais il s'est produit un changement entre nous. Il m'a laissée l'aider – j'ai fait pousser l'arbre, j'ai tenu la lumière. Une infime mutation des équilibres, une minuscule parcelle de pouvoir serrée au creux de mon poing.

Je passe la langue sur mes lèvres crevassées. Me porte à ses côtés et glisse ma main dans le creux de son coude.

Nous ressortons du bosquet. Il est tellement plus grand que moi que le sommet de mon crâne atteint à peine son épaule, pourtant il adapte son pas au mien pour que nous puissions marcher côte à côte.

Lorsque nous arrivons sur l'étroit sentier qui mène à mon chalet, je m'écarte de lui, m'attendant à ce qu'il s'en aille. Mais il continue à me suivre sur la pente.

Nous nous séparons toujours ici. Sauf le premier jour, après mon réveil dans l'arbre d'os. Je me rappelle encore ce que j'ai ressenti lorsqu'il m'a amenée au chalet, en le voyant surgir des profondeurs de ce trou. Le désespoir aigu qui m'a prise à la gorge lorsqu'il m'a expliqué que cet endroit – une maison dans les bois, entourée d'un mur d'épines – était sa façon de respecter les termes de notre marché. Qu'il m'avait fabriqué une *maison* dans le monde du Dessous.

C'est étrange d'être ici maintenant, sur ce même chemin, d'entendre l'écho de ses pas derrière moi lorsque je marche. Je me tourne vers lui et hausse les sourcils :

– Vous craignez que je me perde ? Ou est-ce que vous ne me faites pas confiance pour aller là où on me l'ordonne ?

Il me répond d'un sourire sec qui ne laisse rien transparaître.

– Peut-être que je suis simplement poli et que je te raccompagne en toute sécurité à travers les bois.

Je secoue la tête, étouffe un rire. J'avance et il me suit. Comme une ombre.

Sur le chemin qui nous conduit vers la clairière, les champignons fantômes agglutinés sous les arbres diffusent une lueur blanche. Au-delà de leur scintillement lumineux, je vois un autel en bois cloué à une branche – peinture écaillée et lichen, icône effacée par les intempéries. Une rangée de pierres qui a pu être un mur jadis. Une forme de fer incurvée qui ressemble à un portail s'ouvrant sur le néant.

Mon chalet se dessine lentement, la lueur de la fenêtre de devant est à peine visible à travers la brume. Coincée ainsi sous deux énormes arbres en bois de cœur, c'est plus une forêt qu'une maison. Les murs sont faits d'un bois brut qui porte encore des morceaux d'écorce carmin. Des enchevêtrements de lierre soutiennent un toit de branches entrelacées. La porte est ornée d'une couronne de feuilles et de campanules, comme celle qui ornait l'entrée de Lakesedge.

Je pourrais presque le trouver beau, si seulement je parvenais à oublier ce qui se cache au-delà des arbres voisins. Les ronces qui, formant un mur autour de cette partie du monde du Dessous, me séparent du reste de la forêt.

Je me tourne vers le Seigneur d'En Dessous. Je lève les yeux vers lui. À cet instant, avec les arbres striés d'ombre derrière lui à l'instar du fond peint d'une icône, il semble aussi inaccessible que la porte recouverte d'épines. La lumière brille sur ses griffes, sur les pointes des bois de sa couronne. Il est un dieu, la forêt l'enveloppe comme un manteau. Je suis une fille qui essaie de tirer un peu de force de ce qu'il veut bien lui laisser. Une graine tombée, une étincelle de magie, mon cœur, humain et féroce.

– Je veux vous aider encore, dis-je, la prochaine fois que vous prendrez une âme.

Il plisse les yeux sur un regard évaluateur. Lentement, il acquiesce.

– Tu pourras m'aider quand j'aurai une âme à placer dans ces bois.

– Pas seulement ici.

Mon pouls s'accélère. Je serre les poings, sens la rugosité de la terre encore collée à ma peau quand j'appuie les ongles contre mes paumes. Comme il ne répond pas, je montre du doigt le lointain, où les ronces, d'une teinte plus sombre que la brume, sont à peine visibles.

– Je veux aller au-delà du mur d'épines.

Le Seigneur d'En Dessous suit mon regard.

– Ta maison est ici.

Je laisse échapper un soupir de frustration.

– Qui y a-t-il, là-bas, que je devrais craindre autant ?

– Personne.

– Alors pourquoi ne me laissez-vous pas partir ?

Je le dévisage, brûlant d'une colère ranimée, alors que j'attends sa réponse. Il est tard maintenant, l'obscurité se concentre, se glisse entre les arbres. Mais je me vois encore reflétée dans son regard. Ma peau blanche rendue encore plus blême par la couleur givrée de sa sclère. Mes cheveux ont l'éclat roux d'une flamme à travers un verre de lampe.

À contrecœur, il répond :

– Le reste des bois n'est pas sûr pour toi.

– Ils étaient bien assez sûrs, vos bois, quand vous aviez besoin de moi pour la Corruption.

– Tu y étais en sécurité. Mais les choses sont différentes à présent.

Machinalement, je touche la cicatrice qui coupe ma ligne de cœur, le croissant noirci marquant l'endroit où j'ai donné mon sang pour l'invoquer, le jour où j'ai décidé de lui demander son aide. Je sens encore l'afflux de pouvoir qui m'a emplie la première fois, lorsqu'il m'a montré ce que je pourrais avoir après notre échange.

Mais cette force brillante et féroce qu'il m'a accordée n'a duré qu'une seule nuit de pleine lune. Aujourd'hui, le seul pouvoir dont je dispose encore est celui qui m'est resté après que je lui ai cédé ma magie en échange de la vie d'Arien, il y a bien longtemps, dans les bois de Vair. Les miettes qui faisaient tellement partie de moi qu'on ne pouvait pas me les enlever.

– Vous pourriez me rendre forte à nouveau.

Le Seigneur d'En Dessous pose sa main sur ma joue. Il n'est pas vraiment doux, mais il est… délicat. Le geste serait presque tendre s'il n'y avait son regard. Ses yeux sont froids, remplis d'un avertissement : n'insiste pas.

– J'ai respecté les termes de notre marché, Violeta. Tu as une vie au-delà de la mort et une maison dans mon monde.

Ma voix se réduit à un murmure rauque.

– Vous savez que ce n'est pas ce que j'ai demandé.

Son pouce caresse brièvement ma joue avant de s'éloigner. Ma peau est étrangement nue sans son contact. Il laisse échapper un souffle qui se transforme en un panache de brume.

– C'était le seul moyen de te réparer. La seule façon de tenir ma promesse.

Je regarde mon bras. À travers la dentelle fine de ma manche, je vois les bordures délicates du sigil marqué à mon poignet. Le sort en forme de rayon de soleil. À sa vue, ma vision se brouille et une larme traîtresse s'échappe de ma paupière, descend lentement le long de ma joue. Je l'essuie sans ménagement. Plisse les yeux pour capturer le reste des larmes avant qu'elles ne tombent.

Au début, j'ai beaucoup pleuré chaque fois que je pensais à ce que j'avais perdu. À *qui* j'avais perdu. Des sanglots à n'en plus finir qui me submergeaient, mon désespoir si vaste qu'il pouvait me noyer. Les vagues d'un lac montant rapidement. Maintenant, je ne m'autorise qu'à de minuscules accès de chagrin. Comme si ma tristesse était un poison contre lequel j'avais une chance de m'immuniser, dose après dose.

J'ouvre les yeux et me tourne vers le Seigneur d'En Dessous.

– Si vous ne me laissez pas franchir le mur, alors s'il vous plaît… dites-moi la vérité. Qu'est-ce qui se cache derrière les épines ?

En guise de réponse, il me tend la main. Et bien que mes doigts tremblent, je n'hésite pas à la saisir.

3
VIOLETA

Le Seigneur d'En Dessous me conduit derrière le chalet, au cœur de la forêt. L'espace est tout en mousse et en feuilles éparses. Une constellation de papillons de nuit volette lorsque nous entrons dans la clairière, qui confère à l'air une lueur argentée. Je rassemble mes jupes, prête à avancer encore, mais le Seigneur d'En Dessous m'arrête au centre du bosquet.

Je regarde autour de moi, perplexe. Nous sommes loin du mur, la porte d'épines est complètement cachée au-delà de la pente.

– Je croyais…

Il tire sur ma main, dans un geste à la fois doux et insistant.

– Agenouille-toi.

Je secoue la tête, les yeux toujours rivés sur le lointain. Il caresse mon poignet de son pouce. Nous nous regardons, un frisson secoue l'air. Il incline son visage, sa voix s'adoucit.

– Fais-moi confiance, Violeta.

Lentement, je m'agenouille. Le sol est froid et les feuilles mouillées par le gel fondu. Je frissonne lorsque l'humidité commence à s'infiltrer à travers mes bas.

– Je vous ai demandé de m'emmener au-delà des épines. Pourquoi sommes-nous ici ?

Les sourcils froncés, ce n'est plus moi qu'il regarde mais les arbres.

– Tout ce que je veux, c'est te protéger. Tu comprends sûrement ce que l'on ressent à vouloir protéger quelqu'un.

Il se tourne vers moi pour ajouter :

– Surtout après ce à quoi tu as renoncé.

J'enfonce mes mains dans mes jupes.

– Je ne veux pas parler de ça.

Je n'ai pas évoqué ce qui s'est passé à Lakesedge – ni avec le Seigneur d'En Dessous ni même avec le silence des arbres – depuis que je me suis réveillée et que j'ai découvert la véritable forme prise par sa promesse, à savoir que j'étais devenue une créature liminale, liée au monde des morts, si loin de la *maison* que je voulais retrouver et de tous ceux qui m'y attendaient. Ceux dont j'avais sauvé la vie, au prix de la mienne.

Je jette un coup d'œil à mon poignet, où le sigil est voilé par le fin tissu de ma manche. J'ai mal, tellement j'ai envie de le toucher. Mais même ce petit geste, ma main sur le sort, est impossible. Trop à vif, trop fragile. Un soupir m'échappe, et j'entrelace mes doigts sur mes genoux pour m'empêcher de les bouger.

Le Seigneur d'En Dessous s'agenouille face à moi. Sa cape s'étale au sol dans une vague d'ombres. Il pose une griffe sous mon menton, relève mon visage pour pouvoir me regarder dans les yeux.

– Je sais que ça fait mal. Je sais… que tu l'aimais.

Je resserre un peu plus mes doigts, m'efforce de rester immobile, lutte pour contenir mon chagrin, bien qu'il semble aussi irrépressible qu'un orage.

– J'ai dit que je ne voulais pas en parler.

– Tu n'as jamais admis le chagrin depuis que tu t'es réveillée à mon autel.

Tendue à l'extrême, je ravale le sanglot qui veut sortir. Mon contrôle ténu ne tient plus qu'à un fil.

– Très bien, je crache. Oui, ça fait mal. Bien sûr que ça fait mal. Mais j'ai fait mon choix volontairement. Ce que je n'ai pas choisi, en revanche, c'est d'être gardée ici, prisonnière de vous.

Il dessine la ligne de ma mâchoire. Je pose ma main sur la sienne, sans savoir si je veux le repousser ou le laisser s'approcher. Alors que j'hésite, ses doigts glissent dans ma nuque.

– Ferme les yeux, Violeta.

Je tourne mon visage vers les arbres.

– Non.

Sa voix se fait plus basse, devient presque tendre.

– Je vais t'aider. Tu ne crains rien avec moi.

L'épuisement qui est une constante de ma vie ici – né de la vigilance, du sommeil fractionné et de la lutte permanente contre des souvenirs malvenus – me submerge comme une lame de fond. Malgré tout, je laisse mes yeux se fermer. Un peu de la tension de mes épaules se relâche et, un instant, je me détends presque.

Puis je sens le frôlement froid de la magie du Seigneur d'En Dessous sur ma peau. Je rouvre brusquement les yeux et je me libère, brisant le cercle d'ombres qui a commencé à se déployer autour de nous.

– Qu'est-ce que vous faites ?

Il a toujours sa main dans ma nuque. Ses griffes appuient doucement sur ma peau, m'attirant plus près. D'autres ombres s'étalent en une spirale, obscurcissant le bosquet au point que je ne vois plus que le contour pâle de son visage, de ses cheveux, des bois de sa couronne.

– Je ne vais pas te faire de mal.

Ses mots ont la cadence d'un sortilège tissé à travers les arbres, qui se dépose sur moi comme une brume.

– Je veux prendre ton mal, Violeta. Tu le gardes enfermé depuis bien longtemps. Laisse-moi te le prendre.

Je ferme lentement les yeux, les dents profondément enfoncées dans ma lèvre. Elle est encore crevassée et ensanglantée, douloureuse depuis que j'ai lancé le sort.

Je pense à ce que j'ai ressenti lorsque j'ai combattu la Corruption. Comment j'ai laissé entrer les ténèbres, comment je me suis laissé dévorer. Je pense aux dix-sept étés que j'ai vécus dans le monde du Dessus. À tout ce que j'ai abandonné derrière moi. À la vie que j'aurais pu avoir avec Arien. À l'avenir que j'aurais pu avoir avec… le garçon que j'aimais. À l'espace rasé, comme un champ calciné, que je vois chaque fois que j'essaie de me rappeler ma famille.

La douleur est un enchevêtrement de ronces dans ma poitrine, tout en blessures et en épines acérées. Je sens le dernier fil effiloché de mon contrôle se rompre enfin, et tout ce que j'ai retenu se déverse en moi. Je ressens tout, le chagrin, la peine et le désespoir contre lesquels j'ai tant essayé de me prémunir. La souffrance pour tout ce que j'ai perdu.

Tout a disparu, tout.

Et je suis morte.

Et je suis là.

Je laisse échapper un soupir rauque et baisse la tête. Des sanglots sonores me déchirent la gorge, son primitif d'animal pris au piège. Je ne reconnais pas ma propre voix. Je pleure, malheureuse et détruite, et le Seigneur d'En Dessous absorbe mon mal. Il l'absorbe comme il a pris mes souvenirs, mon sang, les promesses que je lui ai faites à l'autel.

Le vent se lève, frissonnant à travers les branches avec un gémissement sinistre. La cicatrice en forme de croissant sur ma paume se met à brûler, une douleur insupportable. J'ouvre les yeux et la regarde, puis la douleur s'étend plus loin, elle irradie dans tout l'intérieur de mon bras.

Et le sigil sur mon poignet… il rougeoie.

Mes sanglots se muent en halètements brusques et saccadés. Je plaque la main sur le sort, tâche de respirer malgré la douleur. Les ombres changent et palpitent autour de moi, comme la lumière d'une bougie qui danserait dans l'obscurité. Lentement, la douleur à mon poignet commence à s'atténuer : l'inflammation vive a laissé place à un élancement sourd, lancinant.

Puis un fil de lumière se déploie entre mes doigts. Je l'observe, déstabilisée, qui s'éloigne de moi. Il plane là un instant, puis s'enroule comme un point d'interrogation, comme s'il me faisait signe d'avancer.

Tout s'est estompé, flou. Je suis dans les bois, avec le Seigneur d'En Dessous juste à côté de moi. J'ai de la terre sous les ongles, mes bas aux genoux sont humides à cause du givre fondu. Mais en même temps… je suis ailleurs.

Lentement, je me lève. La lumière du sort monte de mon poignet comme un tourbillon. Le sigil bat au rythme de mon pouls. J'ai des picotements sur la peau. Ma gorge se serre, mon cœur cogne contre mes côtes.

Puis la forêt change.

Je suis sur un chemin qui serpente entre les arbres du verger. Chargés de fruits, ils étendent leurs branches couvertes de feuilles luxuriantes et brillantes. Le fil scintillant s'étire toujours vers l'avant. J'ose un pas, puis un autre, en suivant le fil jusqu'à ce que j'atteigne un espace dégagé couvert de fleurs sauvages. Mes pieds nus s'enfoncent dans les constellations de pissenlits jaunes. En s'infiltrant à travers les branches, la lumière dessine des motifs de feuilles.

C'est mon jardin. Le jardin de Lakesedge que j'ai fait pousser à l'aide de ma magie.

Comme de loin, je me vois assise par terre sous un arbre. J'ai de la terre sur les paumes. Mes jupes sont remontées, mes jambes nues. Les cicatrices sur mes genoux, cramoisies et cruelles, se détachent nettement sur ma peau pâle.

Une voix me parvient, une voix que je croyais ne plus jamais entendre.

– Leta ?

– *Rowan.*

Je n'ai pas prononcé son nom à voix haute depuis mon arrivée ici. Je l'ai remisé dans un coin, enfermé avec tout mon chagrin. Et maintenant, quand je me permets enfin de le murmurer, son nom a un goût à la fois doux et amer, comme un sédatif que l'on aurait mélangé à du miel.

Quelque part dans la forêt lointaine, la magie ombrageuse s'épaissit alors que je m'agenouille sur la terre humide de mousse et que je sens la pression des griffes du Seigneur d'En Dessous sur ma peau. Et ici, dans mon jardin, j'observe Rowan, à travers un voile de larmes, qui s'avance vers moi.

Il est exactement comme cette dernière nuit volée que nous avons passée ensemble : ses cheveux bruns détachés, ses joues d'or fauve rougies, les cicatrices sur sa gorge visibles entre les lacets défaits du col de sa chemise.

Il se rapproche de plus en plus, jusqu'à ce qu'il n'y ait plus qu'un souffle d'espace entre nous. Nous nous dévisageons. Avec précaution, je lève la main. J'ai tellement peur de briser le rêve qui nous retient ici. J'effleure sa joue de mes doigts tremblants. Ses yeux s'écarquillent à mon contact. La chaleur de sa peau, le côté râpeux de ses cicatrices font courir en moi un frisson de désir brûlant.

Le fil à mon poignet brille de plus en plus fort. La magie enfle, brûlante, sur mes paumes, et je ressens ses états d'âme – sombre désespoir, pâle espoir –, le tout aussi délicat que la soie d'une araignée. Le sort que j'ai jeté pour le ramener lorsque la Corruption menaçait de le changer, de le dévorer, le lien créé par les sigils qui nous marquent tous les deux… Dans ce rêve étrange, dans cette vision, notre connexion est toujours là.

– *Rowan.* Je suis désolée…

Il presse sa main sur la mienne, appuie son visage contre ma paume.

– S'il te plaît… dit-il, la voix rauque de larmes. S'il te plaît, reste. Ne disparais pas à nouveau dans l'obscurité.

Les émotions m'envahissent, les miennes et les siennes, désespoir et désir. Je m'y abandonne, je me rapproche, mes doigts glissent de sa mâchoire pour s'enrouler dans ses cheveux. La douleur se libère de l'endroit où je l'avais forcée à s'endormir, nichée sous mon cœur, emprisonnée derrière mes côtes. Et tout ce que j'ai retenu, ce que j'ai cru ne jamais pouvoir lui dire, se déverse en un flot.

– Je devais vous protéger, Arien, toi et tout le monde. Mais je ne savais pas que ça finirait comme ça. Je ne savais pas que je ne pourrais jamais revenir. Je veux… Je veux…

Mes mots s'étranglent dans un sanglot, car ce que je veux est impossible. Son regard s'assombrit, plein d'un tendre désespoir. Il se penche vers moi, ses mots coulent sur mes lèvres.

– Leta, je te retrouverai. Je te ramènerai à la maison.

Je veux abolir l'espace qui nous sépare. Transformer le fil d'incantation en quelque chose d'incassable. Je veux la magie, le pouvoir et la force. Plus que tout, je veux un moyen de rendre tout ça *réel.*

Je resserre mes doigts dans ses cheveux. Il retient son souffle, un son acéré.

Je l'embrasse.

Il gémit contre ma bouche : espoir et désolation. La magie crépite au bout de mes doigts et le sort tire douloureusement sur mon poignet. Le fil se tisse autour de nous, de plus en plus serré, jusqu'à ce que nous soyons enveloppés d'une lumière dorée. Ses doigts s'enfoncent dans ma taille.

Je l'embrasse comme je l'ai fait dans le jardin lorsqu'il a été rattrapé par la Corruption. Secouée par le même frisson de désir et de danger. Et tandis que nous nous plaquons plus fort l'un contre l'autre, le poison et les ombres s'infiltrent comme une menace, pourtant je n'ai pas peur. Rowan commence à changer, le garçon est éclipsé par le monstre. Je m'accroche à lui et nos baisers deviennent fiévreux. Ses ongles sont des griffes. Ses dents acérées. Il a le goût des ténèbres, de mon propre sang versé. Son contact est un feu, une douleur qui étincelle et brûle dans tout mon corps, aussi féroce et brillante que ma magie.

Je veux, si désespérément, que ça dure toujours. Trouver l'alchimie qui rendrait tout ça réel. Mais trop vite, la main de Rowan se retire de ma taille. Sa bouche laisse une dernière caresse sur la mienne. Le fil se déroule, la lueur du sort pâlit lentement, jusqu'à ce que la lumière disparaisse complètement. Le sigil à mon poignet donne une dernière pulsation… puis il se tait.

Rowan se dissout dans des ombres grises et brumeuses.

Mes genoux flageolent et je m'écroule au sol. Le monde du Dessous revient en morceaux épars d'ombre et de lumière des lucioles. Je suis penchée en avant, les doigts enfoncés dans la terre. Les rafales inquiétantes se sont tues et, à la lisière de la clairière, les arbres sont immobiles.

Je lutte désespérément pour ne pas perdre cette vision, l'éclair de magie qui a illuminé le fil d'incantation, la chaleur des baisers de Rowan. Le sentiment que, juste un instant, nous étions à nouveau ensemble. Mais la chaleur s'étiole sur ma peau. Mon pouvoir se réduit à une pulsation sourde. Je recroqueville mes doigts contre le sol, sens la boue froide s'incruster sous mes ongles.

Le Seigneur d'En Dessous a toujours sa main dans ma nuque. Il semble qu'il ne se soit pas écoulé plus d'une seconde pendant que je me suis perdue dans ma vision. Les extrémités ombragées de sa magie sont encore dans l'air, qui flottent autour de nous en mèches paresseuses. Je ne veux pas être touchée par lui ni par son pouvoir, là tout de suite. Je ne peux pas le supporter. Je le repousse, m'accroupis. Je frotte mes paumes salies sur mes joues et j'essuie les larmes qui s'attardent.

Il se remet debout, à demi tourné. Je vois son visage de profil et, bien que son regard soit volontairement baissé, je me rends bien compte qu'il m'observe.

– Dis-moi ce que tu penses, dit-il, prudent et circonspect.

Lentement, je regarde autour de moi. Et je me rends compte que cet espace, qui n'était auparavant rien d'autre que des feuilles et de la mousse, est maintenant… un jardin.

Les fougères poussent sous les arbres en bois de cœur, entrecoupées de brins d'hellébores d'un noir de nuit. Les roses sauvages répandent leurs pétales fragiles sur le sol et les lianes de pothos font pendre leurs feuilles rayées depuis les branches du haut.

Je me lève, un peu chancelante. J'avance d'un pas hésitant. Je suis sur un chemin bordé de champignons pâles qui diffusent une lueur argentée. C'est comme le jardin de Lakesedge, la première fois que je l'ai vu au clair de lune, tout en secrets et en ombres. Maintenant, le voir ici reproduit fait crépiter une étincelle de magie sur mes mains et danser la chaleur au bout de mes doigts.

La poitrine lourde, je mesure la gravité de ce que le Seigneur d'En Dessous a fait.

– Vous avez utilisé ma peine pour créer ça.

Il acquiesce lentement.

– Oui.

– Mais pourquoi ?

Il fronce un instant les sourcils avant que ses traits ne se lissent à nouveau. Il émet un son qui n'est pas tout à fait un rire.

– De rien, dit-il, comme si je l'avais remercié. Tu n'es pas ma prisonnière, Violeta. Ce monde est ta maison.

Je me frotte la nuque, où je sens encore le picotement de ses griffes, tandis que mon autre main s'agite entre les plis de mes jupes. Je regarde le jardin en me mordillant la lèvre jusqu'à sentir le goût du sang.

– C'est magnifique. Mais ce n'est pas une réponse.

Son sourire retombe et son expression devient froide. Une lueur dangereuse allume son regard. Les extrémités de sa cape se muent à nouveau en ombres, qui rampent vers moi. Des volutes de ténèbres me lèchent les pieds, comme des vagues d'un noir d'encre. Je replie les orteils dans mes bottes et me mords l'intérieur de la joue, pour m'obliger à rester immobile tandis qu'il se rapproche.

– Je ne peux pas te donner ce que tu demandes, Violeta.

J'enroule ma main autour de mon poignet et j'appuie sur le sigil. Vaguement, je me rends compte que, dans ma vision, lorsque le fil s'est déployé dans les arbres, il s'est dirigé vers le mur. Vers la porte voûtée, la porte verrouillée qui ne s'ouvrira jamais pour moi. J'appuie plus fort sur le sort, incapable de pousser le soupir de frustration pris dans ma gorge.

Je fixe le Seigneur d'En Dessous et soutiens son regard sans ciller.

– Qu'est-ce que vous me cachez, là-bas, au-delà des épines ?

– *Rien.*

Il a les dents serrées. Et bien qu'il ait lâché le mot comme une morsure, il y a une honnêteté indéniable dans son regard posé sur moi lorsqu'il ajoute :

– Je ne te cache rien.

Le silence se prolonge, devient plombé. Mes mains se crispent, deux poings aux paumes brûlées par des étincelles de magie. Brusquement, je me détourne du Seigneur d'En Dessous et lui tourne le dos.

– Je veux être seule.

Il hésite un instant. J'entends le mouvement de ses bottes, le bruissement de sa cape : il fait les cent pas. Puis il s'immobilise.

– Bonne nuit, lâche-t-il doucement.

Je ne réponds pas. Il passe devant moi et sort du jardin. Je le vois se glisser entre les arbres et les ombres de la forêt se refermer autour de lui. Il disparaît aussi rapidement que s'il s'était évanoui, ne me laissant que le doux froissement des fougères et le faible craquement des branches au-dessus de ma tête.

La fatigue contre laquelle je luttais finit par me submerger. Je pousse un nouveau soupir et me mets lentement en marche vers mon chalet, les bras enroulés autour de ma taille. Comme si je pouvais contenir ainsi toutes les émotions qui menacent de se déchaîner en moi.

Mon chalet ne compte qu'une seule pièce au sol de terre battue. Les murs sont les mêmes panneaux rugueux qu'à l'extérieur, en bois marqué de motifs semblables à des yeux verticillés et morceaux d'écorce cramoisie. Les branches qui forment le plafond sont couvertes de feuilles et un enchevêtrement de lierre forme un baldaquin au-dessus de mon lit.

Le feu n'étant plus qu'un amas de braises, ma chambre est presque plongée dans l'obscurité. Mais je connais suffisamment l'endroit pour ne pas prendre la peine d'allumer l'unique lanterne. C'est un cadeau du Seigneur d'En Dessous, à utiliser accompagnée des bougies fournies avec, qu'il m'a offertes en se demandant à voix haute si j'aimerais pratiquer l'observance à l'un des nombreux autels de la forêt. Je ne l'ai pas encore fait, préférant garder les bougies pour les brûler lorsque je suis seule. J'aime regarder leur lumière danser pendant que j'essaie de calmer mon esprit, puis je souffle sur la flamme pour la transformer en une traînée de fumée.

J'enlève mes bottes boueuses et dénoue la ceinture de ma robe, me libère du tissu soyeux pour le remplacer par une chemise de nuit pâle, ourlée de toiles d'araignées. Je vais à la cheminée, j'ajoute du bois aux braises. Je m'assieds près de l'âtre, les mains tendues. Les flammes brûlent. L'air se réchauffe.

Je suis remplie d'une nostalgie inextinguible pour tout ce à quoi j'ai renoncé. Pour Rowan. Je veux le revoir, entendre mon nom prononcé de sa voix tendre. J'enroule mes doigts autour de mon poignet. Je sens les battements de mon cœur, les battements de ma magie. Je ferme les yeux et je vois le fil du sort tendu à travers la forêt, vers le mur.

Je dois aller au-delà des épines. Mais j'aurai beau demander, j'aurai beau insister, le Seigneur d'En Dessous ne fera que m'enfermer plus étroitement dans ce qu'il persiste à refuser de nommer une cage. Il me veut ici, ici seulement, à l'intérieur de cette réplique du monde que j'ai laissé derrière moi. Un chalet en bois, un jardin cultivé avec des larmes, un coffre rempli de robes cousues dans de la soie d'araignée.

Je le connais suffisamment pour comprendre que la vérité de ses paroles – il n'y a rien qui me soit caché au-delà du mur – est aussi trompeuse qu'un mensonge. Toute mon existence ici est la preuve qu'il plie les mots selon sa volonté, comme si l'honnêteté était un bois de cœur à remodeler sous ses griffes.

Il y a quelque chose ici, dans le monde du Dessous. Quelque chose qu'il ne veut pas me laisser voir. Peut-être quelque chose en rapport avec ma magie... le lien qui pourrait encore me relier à Rowan. La détermination du Seigneur d'En Dessous à me garder ici ne fait que donner plus de poids à cette idée.

Mais je n'ai aucun moyen de franchir les épines. J'ai longé les buissons un nombre incalculable de fois, à la recherche d'un passage. Ma seule chance est le portail qui ne s'ouvre jamais, sauf lorsque le Seigneur d'En Dessous vient dans cette partie de la forêt.

J'appuie mon menton sur mes genoux et je fixe le feu. À mesure que je regarde les flammes lécher le bois, un plan commence à se dessiner dans ma tête. Lentement, je me lève, ignorant la protestation de la fatigue qui alourdit mes membres. Je ramasse ma cape et l'enfile par-dessus ma chemise de nuit. Je chausse mes bottes et les lace.

La lanterne se trouve dans une alcôve au-dessus de mon lit, une bougie neuve à l'intérieur. Je la descends avec précaution. Fourre ma pierre à feu dans ma poche. Puis je retourne au jardin et je marche jusqu'à l'endroit entre les arbres où le Seigneur d'En Dessous a disparu. À partir du sentier, ce n'est qu'un espace infime, incroyablement étroit. Plus je m'en approche, cependant, plus l'espace s'élargit. Je me tourne de côté pour m'y faufiler.

Je reste brièvement coincée, des feuilles dans les cheveux et des branches s'accrochant à mes jupes. Puis je suis de l'autre côté, dans les bois ombragés. Quand je regarde derrière moi, mon chalet – murs tissés et cheminée crachotant de la fumée – est à peine visible.

Je rentre mes cheveux sous le capuchon de ma cape et je noue le ruban de mon col. Sous un enchevêtrement de lierre, deux branches forment une espèce de tonnelle qui encadre un étroit sentier s'enfonçant dans l'ombre.

J'allume ma lanterne et j'entre dans la forêt.

4
ROWAN

Le lendemain matin, le temps est en demi-teinte. Un ciel gris qui s'accorde à mon humeur. Un vent chargé de feuilles. Un air qui sent la cendre du poêle. Je trouve Arien et Clover dans l'office, côte à côte à la table sous la fenêtre. La lumière entre faiblement de l'extérieur, masquée par des nuages annonciateurs de pluie. Ils ont une bougie sur la table, apportée de l'autel de la cuisine. Un courant d'air agite sa petite flamme lorsque j'entre dans la pièce.

Clover lève les yeux vers moi. Elle sourit, fatiguée, et enlève ses lunettes pour se frotter les paupières. Arien étouffe un bâillement. Aucun de nous ne dort bien ces derniers temps. Nous évoluons dans la maison tels des somnambules. À moitié endormis l'après-midi, puis réveillés à minuit.

Parfois, je croise Arien quand j'arpente les couloirs dans l'obscurité. Nous nous arrêtons ensemble sous la fenêtre du palier et regardons le ciel. Comme si le motif des étoiles pouvait apporter une réponse à tout cela.

Ou bien je tombe sur Clover à la bibliothèque où le portrait de ma famille veille sur les étagères vides. Les bras croisés sur la table. Une pile de cahiers à côté d'elle. Un stylo vaguement calé entre ses doigts.

Je sais que leurs rêves doivent être aussi perturbés que les miens. Hantés par le rituel final et tout ce qui s'est ensuivi. La façon dont le sol s'est ouvert. L'annonce de Leta, comme quoi elle devait réparer la Corruption dans le monde du Dessous. Le moment où elle est entrée dans le lac. Où nos timides espoirs ont été anéantis après qu'elle est revenue et que le poison l'a emportée.

Quand elle est tombée dans mes bras, qu'elle m'a supplié de l'emmener au salon et que nous l'avons tous regardée invoquer le Seigneur d'En Dessous. Puis sa disparition dans les ténèbres.

L'office est un espace étroit et bas de plafond. Je dois me baisser pour passer sous les fleurs suspendues, mises à sécher entre les chevrons. Les feuilles et les pétales craquants bruissent au contact de mes cheveux. Je les écarte. Me racle la gorge. Et m'approche de la table de travail.

Arien me fait de la place sur le banc, où je m'assieds à côté de lui.

– J'ai une faveur à vous demander à tous les deux.

Il me regarde avec curiosité, le menton appuyé sur sa main.

– De quoi tu as besoin ?

Je touche mon poignet bandé, sens la douleur de la cicatrice et du sort. J'essaie de trouver les mots justes. Pendant que j'hésite, mes yeux se posent sur la table. Sur un morceau de papier arraché à un carnet, je remarque un croquis dessiné à l'encre. Je l'examine de plus près. Il me rappelle l'image d'une icône. Un personnage avec une couronne de fleurs, une auréole de pétales. Un œil, une joue, un sourire doux. Les traits me sont familiers, sans que je sache pourquoi.

Puis je comprends.

– Oh. C'est… c'est Elan.

Arien pose rapidement la main sur la page, sur l'encre qui n'est pas encore sèche, et se tache. Il rougit.

– J'utilisais juste son visage comme modèle, dit-il, avant d'indiquer l'escalier qui monte à la bibliothèque. D'après le portrait.

– D'accord, je parviens à lâcher. Le portrait.

Je repense au jour où, dans la bibliothèque, Leta a levé le drap sur le portrait de ma famille. Au regard qu'elle m'a jeté. À l'accusation dans ses yeux argent, si vifs. Dès notre première rencontre, elle a su qui j'étais. Elle me connaissait vraiment pour ce que j'étais. Et même ainsi, alors que je la détestais tant, j'étais attiré par elle. Pour cette connaissance qu'elle avait de moi.

Elle savait que j'étais un monstre, pourtant elle ne m'a pas tourné le dos.

Arien baisse la tête, gêné. Il s'est coupé les cheveux après le rituel, et maintenant les pointes irrégulières tombent inégalement autour de son visage. Je pose la main sur son épaule. Je me sens ébranlé par ce rappel d'Elan. C'est la première fois que nous évoquons même indirectement ma perte… ou la sienne. Après le départ de Leta, Arien a gardé pour lui son chagrin. Un poids serré contre son cœur.

– Ça lui ressemble bien, Arien.

Il plie le papier. Le cache sous une pile de cahiers.

– Merci.

Clover lui donne un coup de coude. Sa bouche s'étire sur un sourire taquin.

– Tu me dessineras, moi aussi ?

Arien lui jette un regard noir. Il ajoute un autre cahier à la pile qui cache le portrait.

– Rowan, tu as dit que tu voulais me demander un service ?

Lentement, j'enlève mes gants. Je me suis mis à les porter après le début de la Corruption, ainsi que des chemises à lacets serrés et un lourd manteau, même au plus fort de l'été. Je voulais être aussi camouflé que possible. Et bien que la Corruption ait été réparée, l'habitude demeure.

Maintenant, je me sens à nu, vulnérable, alors que je défais les lacets de mes poignets et que je retrousse mes manches. Je déroule le bandage de mon poignet. Tends les bras.

– J'ai besoin de votre aide pour ça.

Arien et Clover se taisent en découvrant les marques sur ma peau. Les blessures ont l'air plus graves que jamais. Des entailles noircies, des traînées de ténèbres qui s'étirent le long de mes avant-bras. Des ecchymoses agglutinées comme des ombres sous le sigil à mon poignet.

Arien touche la marque du sort brûlé. Timidement, il appuie.

– Aïe !

Je recule d'un bond, m'arrache à son contact sous la douleur qui me transperce, acérée. Je plaque ma main sur le sigil, ma vision obscurcie par les ténèbres. Mon souffle, soudain rauque, résonne bruyamment dans le petit espace de l'office.

Clover se penche vers moi, horrifiée.

– Rowan, que t'est-il arrivé ?

Je me mords l'intérieur de la joue. Quand surgit le goût du sang, de la terre et des herbes amères, un flot d'émotions me submerge. La souffrance, la perte. Le froid argenté d'une nuit sans fin. C'est ce que je ressentais à chaque dîme. Quand j'allais au lac, que je laissais les ténèbres m'envahir.

Finalement, je desserre suffisamment la mâchoire pour pouvoir parler.

– J'ai vu Leta.

– Comment ça, tu l'as vue ? dit Arien, une douleur méfiante dans les yeux.

Avec précaution, je touche les lignes du sigil.

– Le sort dont elle m'a marqué… Je l'ai senti changer pendant que je faisais l'observance.

Je leur raconte tout. Comment j'ai regardé dans les ombres près de l'autel et vu Leta. Comment j'ai senti la Corruption se réveiller en moi quand j'ai tendu la main vers elle. Comment mes cicatrices ont saigné et des lignes de poison ont strié ma peau.

Clover tire sur le bout de sa tresse. Elle se penche plus près, le regard rivé sur le sort à mon poignet.

– Ce sigil ne devrait plus être actif. Une fois qu'un sort est jeté, toute l'alchimie disparaît. Il ne reste que la marque. Du moins, c'est comme ça que ça marche quand c'est nous qui utilisons la magie. Mais vu que ce sort vient du Seigneur d'En Dessous…

Elle me tend la main, puis hésite. Nous avons travaillé ensemble pendant près d'un an à des rituels désespérés, pourtant je l'ai rarement laissée me toucher. Quand elle avait besoin de mon sang pour sa magie, c'est moi-même qui passais le couteau à mon poignet. Qui pansais mes blessures ensuite.

Maintenant, je remonte ma manche, lui offre mon bras. Pendant qu'elle examine les lignes du sigil, je suis envahi par le même mélange de désir et de réticence que lorsque Florence a tenté de me réconforter. Je serre les poings. Lutte contre l'envie de repousser Clover.

Sa bouche remue, façonne des mots sans son. La lumière jaillit du bout de ses doigts et ses yeux brillent d'un éclat doré. Sa magie est tiède contre ma peau. Plus douce que la chaleur féroce et tranchante du sort lancé par Leta. Cette sensation, cette différence dans leur alchimie, me plonge dans un nouvel afflux de chagrin. Au prix d'un gros effort, je m'oblige à rester immobile.

Arien se penche plus avant, il observe la réaction du sigil au contact de Clover. Sous ma peau, les ténèbres agglutinées s'étalent. Elles s'écoulent, comme de l'encre renversée, vers le creux de mon coude. Jusqu'à ma paume.

Arien émet un murmure grave.

– Il contient encore de la magie, dis-je, assez sûr de moi pour que ma phrase ne soit pas une question.

– Il contient encore de la magie, confirme Clover, l'air sombre. Il ne devrait pas y avoir de pouvoir dans un sort brûlé. Pourtant il est toujours… éveillé.

– Leta m'a dit que lorsque le Seigneur d'En Dessous exerce sa magie sur quelqu'un, ça laisse une marque.

Arien tend les mains, il nous montre le motif pâle de ses cicatrices, une sorte de fougère. Il a été blessé lorsque le Seigneur d'En Dessous l'a sauvé à la demande de Leta, après l'échec du deuxième rituel, quand la Corruption a tenté de s'emparer de lui. Il considère les marques avec solennité. Puis, sur un soupir lourd, il poursuit :

– C'est peut-être pareil pour toi, Rowan. Le pouvoir de Leta et ce sort venaient de lui. Et donc il est resté en toi.

Clover acquiesce lentement, les yeux emplis d'un mélange de peur et de tristesse.

– Et cette réaction… c'est comme la Corruption. On dirait qu'il en reste des traces. Elle est demeurée en toi si longtemps. Chaque fois que tu l'as nourrie de ton sang, tu en as fait une plus grande partie de toi. On l'a réparée à partir du lac et du rivage, et j'ai cru… mais peut-être qu'on n'a pas réussi… peut-être qu'elle n'a pas été réparée à partir de toi.

Elle renverse la tête en arrière. Soupire, l'air malheureuse.

– On doit trouver un moyen d'arrêter ça avant que ça s'étende encore plus.

– Non, lui dis-je. Ce n'est pas la faveur que je suis venu demander.

Elle laisse échapper un rire incrédule.

– Ah non ?

– Je ne veux pas le réparer. Je veux trouver un moyen de l'aggraver. Je veux atteindre Leta en utilisant le sort.

– Mais Violeta est…

Clover jette un coup d'œil vers Arien. Laisse sa phrase en suspens.

Aucun d'entre nous n'en a parlé, de ce que signifiait son départ vers les ténèbres dans mes bras, ce jour-là, devant l'autel. Elle n'a pas laissé de corps à brûler. Nous n'avons pas érigé de bûcher.

– Elle n'est pas morte, je lâche, les dents serrées comme si je mordais le mot et le recrachais, féroce. Vous savez qu'elle n'est pas morte.

Clover me regarde d'un air triste.

– S'il te plaît, ne nous demande pas de faire ça.

– Tu as utilisé mon sang pour les rituels. En quoi est-ce pire ?

– Pour les rituels, je n'avais pas d'autre choix ! Mais ça...

Sa voix s'étrangle. Elle enlève ses lunettes, se passe une main sur le visage. Elle déglutit difficilement, refoule ses larmes en quelques battements de cils.

– Que se passera-t-il si la Corruption prend à nouveau le pouvoir sur toi ? Si tu es complètement perdu ? Sans la magie de Violeta, on n'aura aucun moyen de te faire revenir.

Me faire revenir. Le goût du poison emplit ma bouche au souvenir de Leta, telle qu'elle m'est apparue à l'observance. J'ai saigné, alors, senti les ombres monter en moi quand je l'ai vue à travers les ténèbres vides.

– Je suis prêt à prendre ce risque.

– Si tu perds le contrôle, on ne pourra pas t'arrêter.

Un non-dit reste en suspens entre nous. Une vérité qui transforme le silence en nausée.

Si je vais trop loin, si j'échoue, le poison me détruira.

Pendant de nombreuses années, j'ai nourri le lac de mon sang. Je suis allé en secret payer ma dîme. J'ai laissé la Corruption me dévorer lentement. Même dans mes pires moments, je n'avais pas vraiment envie de mourir. Je ne voulais pas que ce soit ça, mon héritage.

Mais là, je n'ai pas peur de la mort.

– Si je suis ici, c'est uniquement grâce aux sacrifices de tous ceux qui m'entourent. Mes parents. Elan. Et maintenant Leta. Ma vie ne m'a plus jamais appartenu depuis le jour où je me suis noyé et où le Seigneur d'En Dessous m'a sauvé. Si je dois la risquer pour récupérer Leta, qu'il en soit ainsi.

Je resserre ma main autour de mon poignet. Des lignes de ténèbres rayonnent du sigil. Brillent d'un éclat noir à la lumière des bougies.

– Tu ne feras qu'empirer les choses. C'est sûr, affirme Clover en fronçant les sourcils, des larmes au coin de ses yeux. Arrête d'être aussi horrible, Rowan. On ne va pas faire ça. On ne sera pas complices de ta destruction.

– Vous êtes déjà complices. Nous le sommes tous. Leta voulait se sacrifier. Elle a menti et triché, elle s'est jetée dans les bras du danger. Mais à la fin, aucun d'entre nous ne l'a retenue.

– Tu ne crois pas que je le sais ? Violeta a fait un choix dangereux et stupide, mais elle n'aurait jamais dû le payer si cher. C'était mon amie, Rowan.

Elle s'arrête pour respirer, se ressaisir avant de continuer dans un murmure hésitant :

– Elle me manque aussi. Mais ce n'est vraiment pas ça, la solution.

Arien abat violemment les mains sur la table de travail. Ses paumes s'écrasent contre le bois dans un son mat qui déchire l'air tendu de l'office. Nous le contemplons, surpris. Il nous adresse un regard furibond. Deux taches de couleur vive marquent ses joues pâles.

– Vous pouvez... arrêter, tous les deux ?

Il se passe les mains dans les cheveux, lâche un soupir saccadé.

– C'est ma sœur, reprend-il plus bas, d'une voix blessée. Vous ne pensez pas que je devrais avoir mon mot à dire sur ce qui va se passer ?

Je pose une main sur son bras.

– Arien... je suis désolé.

Avant qu'il ne puisse répondre, un *toc toc toc* rythmé retentit à travers la maison. Nous nous tournons à l'unisson. Ça frappe à nouveau. Clover essuie les larmes de ses yeux et remet ses lunettes.

– Il y a quelqu'un à la porte.

Elle lisse le devant de ses jupes. Arien et moi la suivons hors de l'office et dans le vestibule. Arien évite soigneusement mon regard tandis que je marche à ses côtés. Son visage est marqué par le chagrin. Il me rappelle Elan, dans les dernières années de chagrin qui ont précédé sa noyade. Ses traits tirés, ses yeux cernés par la fatigue.

Et comme pour Elan, j'ai une part de responsabilité dans cette situation, dans le chagrin d'Arien.

La porte s'ouvre sur une fille qui attend à l'extérieur. Elle a la peau couleur chêne brun et des cheveux noirs bouclés qu'elle porte attachés par un large ruban de soie. Je la dévisage, perplexe. Puis son visage – plus fasciné, moins craintif – me revient : au bûcher de Mordété. Calathea Harkness, la fille du gardien.

– Thea ? s'étonne Clover. Qu'est-ce que tu fais ici ?

Thea ne répond pas. Son attention est fixée sur mes bras nus, sur le sigil entouré des lignes de poison en relief. Elle recule malgré elle. Les graviers de l'allée crissent sous ses bottes. Je baisse rapidement mes manches et renoue les lacets aux poignets de ma chemise.

Thea nous regarde nerveusement tour à tour, Clover et moi.

– J'apporte le coffret que vous avez commandé pour Arien. Le coffret d'alchimie. Vous vous souvenez ?

Je remarque maintenant qu'elle porte un paquet emballé dans du papier, attaché avec de la ficelle. Je commence à avoir mal à la tête. J'appuie les doigts sur mes tempes en expirant lentement. Tous les jours qui se sont écoulés depuis le rituel sont comme réunis en un ensemble flou. Cependant, je me souviens vaguement d'une conversation que nous avons eue au sujet de la commande d'un coffret d'alchimiste. D'Arien qui dessine un croquis que Clover apporterait au village.

Celle-ci pousse la porte et me lance un regard d'avertissement.

– Bien sûr ! Je t'en prie, entre.

Thea pénètre dans la maison, le paquet serré dans ses bras. Elle incline la tête à mon attention, maladroitement, puis suit Clover dans le couloir. Arien et moi leur emboîtons le pas, toujours plongés dans un silence tendu. Lorsque nous atteignons la cuisine, il s'arrête. Et prend une inspiration, comme pour se calmer. Puis il entre dans la pièce où Thea a posé le paquet sur la table.

Je reste en retrait, une épaule appuyée contre le cadre de la porte, et regarde Arien ouvrir le ballot. Il coupe la ficelle avec les ciseaux de l'office. Déplie soigneusement le papier.

Le nouveau coffret est fabriqué en bois sculpté, poli pour lui donner la couleur de l'ambre. À l'intérieur, un grand espace sert à ranger cahiers et stylos, puis de minuscules compartiments pour le reste du matériel. Arien le contemple, les yeux gonflés de larmes. Il touche le coffret avec délicatesse. Passe les doigts sur le bois.

– Il est magnifique, Thea.

Les côtés du coffret sont gravés de lunes, dans ses phases depuis la pleine lune jusqu'au croissant. Lorsque Clover le remarque, elle sourit. Une légère rougeur monte à ses joues semées de taches de rousseur.

– C'est parfait, Thea. Tu es… tu es très intelligente.

Thea s'enroule une boucle de cheveux autour d'un doigt, les épaules redressées sur une expression pleine de fierté.

– J'aime les travaux complexes. Ces minuscules compartiments ont été un merveilleux défi.

Elle se tait, les sourcils soudain froncés. Elle jette un coup d'œil scrutateur dans la pièce. Pour la première fois, elle remarque l'absence d'une personne.

– Mais Violeta n'en veut pas un, puisqu'elle aussi est alchimiste ? ose-t-elle.

Arien et Clover échangent un regard, puis Arien se racle la gorge, hésitant.

– Leta est…

J'interviens avant qu'il n'ait le temps de terminer.

– Elle est encore en train d'y réfléchir.

Il se mord la lèvre, puis acquiesce lentement.

– Oui, c'est ça. Elle n'a pas encore décidé.

Clover me regarde, impuissante. Elle termine sa tresse, mais ses doigts sont si agités qu'ils s'emmêlent dans les mèches. Sa voix devient grave, implorante.

– Rowan…

Je reste immobile. Mon pouls bat fort à la gorge, aux poignets. J'ai le goût du sang et du poison dans la bouche. Je sais ce que je devrais faire. Ce qui est juste. Dire à Thea, à tout le monde, que Leta est morte. Faire brûler un bûcher pour elle dans les champs à l'extérieur du village. Chanter la litanie du deuil.

Et je sais tout aussi bien que ces choses sont impossibles.

Sans un mot, je me tourne et quitte la pièce. Alors que je monte les escaliers, j'entends Thea toussoter, gênée et nerveuse.

– Je l'ai contrarié ?

– Il est toujours comme ça, répond Clover, la voix tendue. Ne t'inquiète pas, ce n'est pas ta faute s'il ne connaît pas les bonnes manières.

Je ne me retourne pas. Lorsque je traverse le palier, je garde les yeux résolument rivés droit devant moi au moment où je dépasse la fenêtre. Je ne veux pas voir l'extérieur, la vue sur le jardin en ruine, le lac étincelant de soleil.

J'entre dans ma chambre, je tire les rideaux et laisse le silence m'envelopper. Froid et profond.

Allongé sur mon lit, je retrousse ma manche, appuie les doigts sur le sigil. La douleur est vive, assez aiguisée pour me couper le souffle. Mon pouls bat à tout rompre sous le bout de mes doigts. Alors que la douleur m'envahit, ma vision vire au noir. Cette fois, je laisse venir les ténèbres au lieu de les repousser.

Elles m'avalent tout entier.

Mes doigts aux ongles aussi tranchants que des griffes se crispent sur mes paumes. Le sang emplit ma bouche quand mes dents s'enfoncent dans ma lèvre. Le monde devient flou. En un clin d'œil, les contours de ma chambre – coiffeuse, lit, feu éteint – ont disparu. Remplacés par un paysage de rêve ombragé.

Je vois des arbres, minces et incolores. Je suis dans la forêt derrière le domaine. Le soleil s'est couché, laissant une traînée cramoisie tout au bord du ciel. La lumière coule comme du sang entre les branches. Il fait froid, plus froid que par n'importe quelle nuit de Fauchaison. Mon souffle crée de la buée dans l'air. Sous mes pieds, le sol s'est couvert de givre.

Alors que je marche dans la forêt, j'entends au loin le silence et les soupirs de l'eau. Le son s'amplifie à mesure que les arbres s'écartent. J'arrive sur la rive balayée par le vent. Le lac s'étend devant moi, sa surface d'encre découpée par les lames de la lumière mourante. Une forme gît au bord de l'eau, à moitié enveloppée dans un linceul. Je n'en distingue que d'infimes détails. Une joue ronde. Une main pâle, les doigts emmêlés dans l'herbe du lac.

Moi, enfant, la nuit où je me suis noyé.

Lentement, l'air commence à s'assombrir. Les nuages s'amoncellent dans le ciel et la lumière devient lourde. Lorsqu'un vent froid les balaie, la forme enveloppée – mon moi de cinq ans – a disparu. Et Leta est là, debout sur le rivage.

Je suis submergé par le chagrin et l'espoir. Ce n'est pas la vision de l'autel. Floue, irréelle. Elle est là, devant moi. Sa robe est aussi sombre que minuit. Ses cheveux sont attachés et ses épaules nues. Le bas de ses jupes traîne sur le sol comme des ombres.

J'avance d'un pas hésitant vers elle. J'ai peur que tout ça vole en éclats. Qu'elle disparaisse. Mais elle tombe dans mes bras, soupire mon nom dans un souffle brisé.

– *Rowan.*

J'enfouis mon visage dans son épaule. Presse mes lèvres sur l'arête dénudée de sa clavicule. Elle est si froide. Mon souffle forme des perles de condensation sur sa peau. J'embrasse son cou. L'agrippe fermement à la taille.

– Je t'ai vue, lui dis-je, la voix entrecoupée d'un sanglot. Je t'ai vue dans le noir.

Leta émet un son doux et désespéré. Elle se colle férocement contre moi. Elle chuchote d'une voix rauque .

– Je t'ai fait une promesse, la dernière fois que j'étais sur ce rivage. Tu t'en souviens ? J'ai promis de te revenir.

Ses doigts entourent mon poignet, trouvent le sort. Son pouce marque le centre du sigil et un afflux de pouvoir m'envahit. Je sursaute, happé par sa force soudaine. L'air devient lumineux. Un fil – le même fil de lumière dorée que j'ai vu la dernière fois – s'allume entre nous. Qui va de son poignet au mien. J'en ressens la force. Cet étrange sortilège qui nous relie l'un à l'autre.

Sur le sol, en dessous de nous, nos ombres dessinent une forme sombre. Un écho du chemin qui s'est ouvert lors du dernier rituel. Le chemin que Leta a suivi vers le monde du Dessous.

Délicatement, je prends son visage entre mes mains. La détermination allume un feu en moi tandis que je la dévisage. Éclairée par le sort, elle rayonne, aussi brillante qu'une étoile. La tendresse que je ressens pour elle me fait mal. Tout ce que je voulais, c'était être avec elle, d'une manière que j'avais du mal à m'autoriser à croire possible. Que nous menions, tous les deux, une vie sans peur, sans danger, sans mort. Et quand elle a disparu devant l'autel, j'ai cru que j'avais tout perdu.

Le fil brûle entre nous. Le sigil est douloureux à mon poignet. Je me penche pour l'embrasser. Je la sens soupirer contre ma bouche, je sens le frôlement de ses lèvres sur les miennes.

Alors qu'elle commence à s'évaporer, je souffle, frôlant la courbe de son oreille :

– Je vais te retrouver, Violeta. C'est *ma* promesse.

5
VIOLETA

Je reste dans les bois plutôt que de suivre le sentier. Les feuilles s'emmêlent dans mes cheveux et les brindilles me grattent la peau tandis que je me déplace. Tous les deux ou trois pas, je marque une pause pour ramasser quelque chose sur le sol. Je remplis les poches de ma cape de feuilles cassantes et brunes, de poignées de bâtons qui s'entrechoquent comme des os, d'une pomme de pin comme celle dont j'ai glané la graine pour faire pousser des bois de cœur avec ma magie.

Le portail apparaît au loin, encadré par deux arbres couverts de lierre. Sur le sentier, mes empreintes de tout à l'heure sont encore visibles dans la boue molle. Une autre série d'empreintes vient dans la direction opposée, laissée par le Seigneur d'En Dessous. Ce sont elles que je suis maintenant, posant mes pieds dans les creux formés par ses bottes.

Mes poches sont alourdies par tous les débris collectés. Mon manteau traîne quand je m'agenouille à côté du mur, là où les palissades épineuses de la porte sont enfoncées dans le sol. Je pose la lanterne derrière moi, dont la lumière vacillante projette mon ombre floue contre les ronces. Les buissons ont ainsi des airs de bêtes dignes d'un conte de fées.

Retroussant mes manches, j'entreprends de déblayer la terre au pied des buissons, par poignées de feuilles humides et de boue coagulée. Puis je vide à la hâte les poches de ma cape, empilant le petit bois que j'ai ramassé.

Je prends la lanterne, mes doigts laissent des traces de boue sur le verre, et j'attrape délicatement la bougie à l'intérieur pour l'incliner. La flamme s'allonge tandis que la cire coule et s'égoutte. Le feu hésite un instant, puis il prend et lèche avidement les feuilles, les frondes de fougères et les branches cassées.

Je regarde tout brûler. La fumée monte en spirale à travers les ronces, enveloppe les épines pendant que les flammes, elles, se précipitent sur le bois. Je regarde le feu s'élever et se propager, j'apprécie sa chaleur sur mon visage ainsi que la nouvelle clarté qui déchire la pénombre.

Puis, au-dessus du crépitement des flammes, un autre son se fait entendre. Un bruit irrégulier qui pourrait presque être… un rire. Je me relève et regarde le haut du mur avec anxiété. La magie crépite au bout de mes doigts, le sigil tire sur mon poignet. La fumée me pique les yeux tant je fixe intensément l'espace au-dessus des ronces.

Mais tout ce que je vois, c'est une étendue de ciel ombragé, voilée par la brume. Il n'y a personne d'autre. Que moi, les battements nerveux de mon cœur et l'air vide, balayé par la fumée.

Je replie les doigts et laisse échapper un bref soupir. Comme en réponse, le son – ce presque rire – retentit à nouveau à travers les arbres. Un courant d'air froid me balaie, qui fait bégayer les flammes dans les ronces. Derrière la fumée, une ombre apparaît, délimitée par la canopée de la forêt. Elle s'assombrit, se mue en une forme solide.

Une fille se tient au sommet du mur.

Petite et délicate, elle a la peau bronzée et des cheveux d'or foncé indisciplinés qui retombent sur ses épaules menues. Elle se tient prudemment en équilibre, les pieds à peine visibles sous l'ourlet de ses jupons. Le haut de son visage est caché par un masque d'une blancheur d'os, taillé en tête de cerf. Les deux bois saillants en son sommet sont tressés de brins de lierre.

Mis à part le masque, elle a l'air… humaine.

Je recule d'un pas hésitant, bouche bée, un hoquet muet pris dans la gorge. Dans le brouillard de fumée et la pénombre de la forêt, la fille ne semble pas réelle. Il est impossible qu'il y ait quelqu'un d'autre ici, dans le monde des morts, et encore moins quelqu'un qui me ressemble. Une fille ordinaire avec de la boue sur sa robe et des nœuds dans les cheveux.

Je déglutis, pince mes lèvres si souvent mordues.

– Qui es-tu ?

Elle enroule négligemment une mèche de cheveux autour d'un doigt.

– Qui es-tu, toi ?

Une nouvelle rafale de vent agite la forêt, qui projette un nuage de fumée cendrée sur mon visage. Je me mets à tousser, si bien que mon nom sort dans un râle.

– Violeta.

– *Violeta.*

La fille rassemble délicatement ses jupes et s'approche du bord du mur, un pas, se penche en avant pour me contempler à travers les flammes naissantes. Un sourire étire les commissures de sa bouche.

– J'ai entendu parler de toi, on chuchote que tu es l'animal de compagnie du Seigneur d'En Dessous. Mais j'ai du mal à y croire.

– Je ne suis pas son animal de compagnie.

– C'est un peu difficile de protester quand on est dans une cage.

Je désigne le feu.

– Plus pour très longtemps.

Elle se met à rire, version plus forte du son que j'ai entendu tout à l'heure. Lâchant ses jupes, elle lève les mains. Ses poignets portent des marques, plus désordonnées que les sigils alchimiques que j'ai vu Arien ou Clover utiliser. Mais la lumière pâle de la magie commence à briller de ses paumes et, derrière le masque, ses yeux deviennent dorés, comme ceux de Clover lorsqu'elle lance un sort.

Le vent s'intensifie, il fouette férocement mes jupons et des mèches de cheveux contre mon visage. Les branches des bois de cœur gémissent pour protester tandis que l'air siffle brusquement à travers leurs feuilles. Le feu s'élève plus haut dans les ronces, les épines sont désormais ambrées et orange au milieu des flammes brillantes.

Puis la fille étrange tape ses mains l'une contre l'autre, et tout devient complètement immobile. Quand j'essaie de respirer, il n'y a rien. Mes lèvres s'écartent, impuissantes, et mes poumons me font mal. Je recule en titubant, la main serrée sur ma gorge. Ma bouche forme une protestation désespérée et mes ongles griffent ma peau. L'obscurité voile ma vision et j'entends, comme venant de très loin, le son urgent et étouffé de ma propre respiration. Mes genoux se dérobent et je m'écroule à terre.

Et dans ce vide sans air, le feu meurt instantanément, les flammes s'éteignent aussi soudainement qu'une bougie.

Quelques ronces brûlées se détachent du mur, enchevêtrement de bois calciné et de feuilles noircies. La jeune fille les observe, vaguement curieuse. Puis son regard se déplace vers moi. Lentement, elle abaisse les mains et, précédé d'une énorme pression, l'air revient. J'enfonce les doigts dans le sol et me plie en avant, secouée par une quinte de toux, puis j'inspire une immense bouffée d'air qui déchire l'intérieur de mes poumons.

Je relève des yeux furieux sur la fille qui a la bouche tordue sur un rictus.

– Pourquoi as-tu fait ça ?

Elle passe une main sur ses jupes pour les lisser et rejette ses cheveux derrière ses épaules.

– Pour arrêter le feu, évidemment. Tu croyais que j'allais t'aider ?

L'incrédulité arrache un rire à ma gorge douloureuse. Le son s'emmêle, devient un sanglot que je ne peux pas retenir.

– Non, pourquoi tu m'aiderais ? Pourquoi tout ce qui existe dans ce monde de cendres maudites serait-il de mon côté ? Je n'ai donné que ma vie pour le sauver, après tout.

Ma colère monte d'un coup et je ne suis plus que mouvements instinctifs, un animal pris au piège, allant jusqu'à rogner un membre capturé. Je m'élance, le stylo entre les doigts, l'encre au poignet. Je trace les lignes du sigil, puis je jette le stylo et j'enfonce mes mains dans l'amoncellement de charbon et de petit bois éparpillé au pied des buissons.

Mes doigts passent sur une branche cassée, une poignée de terre, puis la pomme de pin s'enfonce dans ma paume comme si elle y avait été pressée. Je la serre plus fort, je ferme les yeux et en appelle à tous les fils de mon pouvoir trop petit, trop faible, pour l'envoyer dans la terre noircie par la fumée.

La douleur de tantôt me traverse brutalement, mélange de chagrin et de désolation. Je pousse un cri en serrant la graine, pour enfoncer ma magie en elle. C'est cent fois plus douloureux que lorsque j'ai fait surgir l'arbre à bois de cœur pour le Seigneur d'En Dessous. Comme si mon corps tout entier était enfoncé sous la terre, mes membres étirés dans ses ténèbres tassées, ma bouche pleine de feuilles, des racines se brisant au passage de mes os.

La graine se fend et le bois de cœur s'élève entre mes mains, si vite que l'écorce rugueuse érafle la peau de mes paumes. Je crie sous l'effort et les ronces sont obligées de s'écarter avec un bruit qui fait écho à mon propre hurlement. Les épines ploient et un trait de lumière apparaît, jumeau de l'espace par lequel je me suis faufilée dans la forêt au-dessus de mon jardin. Au-delà, il y a les bois, les arbres, la brume et les ombres.

Sans réfléchir, sans hésiter, je m'élance. Les épines se battent contre moi, déchirent ma cape. L'une d'elles m'entaille la joue, une autre détache des mèches de mes cheveux.

J'ai l'impression d'être à nouveau sous la Corruption, à la toute fin du sort, lorsque j'ai appelé le poison et que je l'ai laissé me dévorer.

Je donne des coups de pied dans la terre, j'enfonce mes bottes dans la boue, criant lorsque des épines me tailladent les paumes. Je suis perdue dans l'obscurité, rattrapée par la douleur et le son erratique de ma respiration paniquée. Puis, dans un élan, je bascule et j'atterris de l'autre côté.

Je m'affale au sol, pantelante. Les branches au-dessus ne sont plus qu'un flou vertigineux. La fille se penche sur moi, sa silhouette aux bois de cerf se divise en quatre, puis en deux, avant que ma vision ne se stabilise. Derrière le masque, son expression est celle d'un choc immense – lèvres écartées, sourcils haussés.

Son regard passe de moi aux ronces détruites et elle laisse échapper un petit sifflement.

– Le Seigneur d'En Dessous va être furieux contre toi. Je n'en reviens pas que tu aies fait…

Elle secoue la tête en désignant le portail, le nouveau bois de cœur qui fend l'arche en deux.

– … ça.

Je crache une bouchée de terre.

– Tu pensais être la seule à avoir de la magie ?

– Apparemment pas.

Elle m'examine encore un moment, mes bras couverts d'éraflures, l'encre du sigil fraîchement tracé. Puis elle tend la main pour m'aider à me relever. Comme je ne bouge pas, elle rit doucement.

– Allez, je ne te mordrai pas. Promis.

Je la laisse me hisser sur mes pieds. Tout tangue lorsque je me mets debout, et je ferme les yeux pour contenir la nausée. La fille glisse son bras autour de ma taille, supportant facilement mon poids lorsque je m'appuie contre elle. Mon front se presse contre la courbe de son cou. Sa peau est d'une froideur sidérante, inattendue.

À son contact, je sursaute et m'éloigne d'elle. La nervosité me picote le dos. Je tends la main pour l'avertir qu'elle doit garder ses distances. Le sang de ma paume écorchée goutte lentement sur le sol de la forêt. La fille y jette un coup d'œil, puis touche le bord de son masque.

Je croise les bras, essayant d'étouffer un frisson.

– Tu vas me dire ton nom maintenant ? Ou faut-il d'abord que je me jette à travers un autre mur de ronces ?

À contrecœur, elle me sourit.

– Je m'appelle Fawn.

Puis elle s'immobilise, les yeux rivés au loin. Nous tombons toutes les deux dans le même silence : un bruit que nous reconnaissons aisément – des pas – résonne à travers les bois. Elle m'attrape par le bras et me ramène sous le couvert des arbres voisins. Je vais pour parler, mais elle me plaque une main sur la bouche et secoue la tête, les yeux écarquillés.

Des volutes de brume flottent au-dessus du sol, autour de nos pieds. Les pas se rapprochent et mon cœur s'arrête lorsque j'entends un soupir très familier. La forme sombre du Seigneur d'En Dessous se découpe sur les arbres. Il marche de long en large devant l'arche, prenant lentement connaissance des dégâts. Il pose ses griffes sur le bois que j'ai fait pousser et jure tout bas.

Je serre les dents, m'efforce de demeurer aussi immobile et silencieuse que la forêt, mais les feuilles craquent autour de mes bottes. Le Seigneur d'En Dessous fait brusquement demi-tour, fixant l'endroit d'où est monté le son.

– Violeta.

Sa voix est grave, mon nom prononcé comme un juron. Sans crier gare, un hoquet s'échappe malgré la pression exercée par la main de Fawn. Son attention se porte aussitôt sur nous. Comme si tous les arbres s'étaient abattus sur le sol et que je me tenais juste devant lui, sans rien pour me cacher, livrée à son regard furieux.

Fawn se penche tout contre moi et me souffle un ordre, un seul mot urgent à l'oreille.

– *Cours.*

Nous filons à travers bois, si vite que la forêt n'est plus qu'un flou d'ombres et de lumières. Le rouge des troncs d'arbres, le vert des branches, la brume qui se lève rapidement. Je trébuche contre une racine tordue, mais Fawn me retient avant que je tombe.

Je glisse ma main dans la sienne, la solidarité remplaçant la méfiance que j'ai éprouvée jusqu'alors à son égard. Nous sommes deux filles en danger. Et nous n'avons pas le temps de regarder en arrière, de regarder en avant, de faire quoi que ce soit, si ce n'est agripper la main de l'autre et, pour moi, de lui faire confiance pour me guider à travers la forêt.

Je n'entends plus rien que le bruit de nos pas et la respiration laborieuse qui s'échappe de mes poumons brûlants, mais je suis certaine que le Seigneur d'En Dessous est juste derrière moi. Tout ce à quoi j'arrive à penser, c'est ma stupidité. Ce sont ses bois, c'est son monde. Je n'ai aucune échappatoire.

Fawn et moi débouchons soudain dans une clairière. Notre chemin se termine sur une rangée impénétrable de bois de cœur. Je me libère de sa main et longe frénétiquement les arbres, à la recherche d'un passage, mais ils sont plantés si près les uns des autres que c'est impossible.

Brusquement, il se met à pleuvoir, de grosses gouttes qui traversent la canopée. L'eau est noire, comme de l'encre, comme du poison. Fawn se tient debout, les mains sur les hanches, ses jupes traînant sur le sol détrempé.

Elle pousse un soupir de dégoût en agitant une main qui résume le désordre que j'ai causé – le mur en ruine, la fureur du Seigneur d'En Dessous, la cage d'arbres qui nous a piégées dans la clairière.

– Pas étonnant qu'il t'ait enfermée. Tu es un véritable désastre.

– Tu pourras m'insulter autant que tu voudras quand on aura trouvé un moyen de sortir d'ici.

Mes bottes creusent un sillon désespéré dans la boue lorsque j'arrive à l'extrémité du bosquet. Je passe ma main sur les arbres, à l'affût. Puis mes doigts accrochent quelque chose entre deux troncs. Je m'arrête aussitôt et me rapproche pour scruter l'espace étroit.

Fawn me rejoint à travers les flaques d'eau qui ont commencé à se former sur le sol. Elle considère la zone avec une mine renfrognée.

– On ne rentrera pas toutes les deux dans ce creux. Je vais devoir t'abandonner à lui et tenter ma chance.

Derrière nous, mon nom résonne dans les bois trempés par la pluie.

– Violeta !

J'attrape Fawn par le poignet et la rapproche de moi. Dans un élan de force et de panique impulsive, je nous pousse toutes les deux à l'intérieur du creux. Maintenant, cachées par les arbres, nous sommes emmêlées dans un nœud de membres et de jupes boueuses. Mon souffle crée des nuages de buée dans l'air entre nous alors que je m'efforce de rester silencieuse.

La pluie d'encre ne cesse de tomber, qui remplit le fond de la cavité sous nos pieds. Je recroqueville les orteils dans mes bottes pendant que l'eau imbibe mes bas et je formule le vœu, de toutes les fibres de mon être, de m'en sortir.

Fawn hausse les sourcils.

– C'est quoi, ta prochaine idée géniale ?

Je serre les poings. Ma magie commence à s'agiter, mais je ne peux lancer aucun sort qui puisse résoudre ce problème.

– Je ne sais pas.

– J'aurais dû t'abandonner. Oh, ce n'est pas bon. S'il nous attrape maintenant, j'aurai autant d'ennuis que toi, lâche-t-elle avec un soupir irrité. Je pense que je peux arranger ça. Mais j'ai besoin de quelque chose de toi.

Je la regarde, confuse.

– C'est-à-dire ?

– Un échange, siffle-t-elle. Tu es vraiment venue dans le monde du Dessous sans la moindre idée du fonctionnement de la magie ici ?

– Quand je fais de la magie, j'utilise un sigil.

– Pardonne-moi de ne pas être *alchimiste*.

Elle prononce le mot en grimaçant, comme s'il s'agissait d'un juron.

– Maintenant, vite, dis-moi ce à quoi tu renoncerais pour qu'on reste cachées.

J'écarte les mains, baisse les yeux vers mes paumes vides en essayant de réfléchir. Tout ce que j'ai, c'est moi : ma peau glacée par la pluie, mes doigts éraflés par les ronces. Mon cœur tambourine dans ma poitrine. Sa douleur, la brûlure persistante de mes poumons, me font repenser au moment où Fawn a utilisé sa magie pour éteindre mon feu. Quand tout l'air de la forêt a disparu et que j'ai sombré en suffoquant sur le sol.

– Mon souffle ? je suggère, d'une voix qui tremble d'incertitude.

Je déglutis et réessaie, parvenant à paraître plus sûre de moi.

– Je t'échange un souffle.

Elle hoche la tête d'un air sinistre, puis se rapproche, retissant le nœud de nos membres en se penchant vers moi. Elle saisit mon poignet, dessine avec son pouce des cercles autour de mon pouls.

– Prête ?

Je ravale un frisson lorsque la voix du Seigneur d'En Dessous se fait entendre de l'autre côté des arbres.

– Je sais que tu es là, Violeta.

Je regarde Fawn. Ses yeux, vaguement cachés par le masque, ont déjà commencé à se colorer d'or. Sans bruit, je forme un seul mot. *Oui.*

Fawn attrape mon visage entre ses mains et écrase sa bouche sur la mienne. Elle est rude et féroce, ses doigts se resserrent sur ma mâchoire au point que je halète et que j'ouvre les lèvres. Son genou s'enfonce entre mes cuisses et un éclat de chaleur s'enfonce en moi. Je n'ai jamais embrassé personne d'autre que Rowan, et lorsque sa langue balaie la mienne, je suis emplie de peur et de désir, tellement liés l'un et l'autre que je ne sais pas où l'un s'arrête et où l'autre commence.

À l'extérieur de l'arbre, le vent hurle à travers les branches tandis que la pluie tombe en torrent. Un son retentit, profond, un gémissement sans fin, et les bois de cœur commencent à bouger. Le creux se remodèle et les arbres se referment autour de nous, nous emprisonnant comme deux âmes scellées dans un bois de cœur.

Fawn s'écarte, me laissant bouche bée et lèvres meurtries. Elle me sourit en relâchant son souffle, et je vois le mien, celui que je lui ai donné, se libérer.

Mon cœur s'arrête. Mes poumons s'immobilisent. C'est infiniment plus douloureux que ce que j'ai ressenti tantôt, quand elle a utilisé sa magie sur les flammes. Maintenant, je suis piégée, retenue, désespérée. Je sens mon corps hurler, il me demande de me battre, d'arrêter ça, mais il n'y a rien que je puisse faire. Rien du tout.

Je ne peux même pas émettre un son tandis que je m'écroule dans les profondeurs de la cavité, les yeux clos, avalée par les ténèbres.

6
ROWAN

La vision me libère, décroche ses griffes de ma gorge. C'était plus vivant, plus douloureux que ce que j'ai vu à l'autel. Et pourtant, je n'en ai pas eu assez. Alors que les ombres se dispersent, je ressens une agitation confinant au désespoir. Comme quand on m'appelait à payer la dîme. La poitrine contractée. Les battements précipités de mon cœur. La bouche chargée d'amertume.

Je reste immobile sur la chaise longue sous ma fenêtre ouverte. Mes doigts sont toujours serrés autour de mon poignet. Entouré de nouvelles ecchymoses, le sigil me fait mal. Des lignes de ténèbres se dessinent sur mon bras. Lorsque j'appuie sur le sort, elles commencent à s'étendre. L'étrange magie qui m'a attiré dans cette vision, en revanche, reste mutique.

Je me redresse. Assis, je me tourne vers la rangée de bougies sur le rebord de ma fenêtre. Je les allume une à une. Regarde les flammes crachoter, puis se mettre à brûler.

Un coup frappé à ma porte me fait sursauter. Je me lève. Puis je marque une pause et baisse les yeux. Sur ma chemise froissée, mes bras abîmés. Avec un soupir, je traverse la pièce, une main dans les cheveux. Mes doigts se prennent dans les nœuds. Je les rattache en un vague chignon retenu par un morceau de ficelle.

C'est Florence qui se tient dans le couloir, sur le seuil de la porte, chargée d'un plateau sur lequel sont posés un bol couvert et une tasse en émail remplie de thé. Elle ajuste l'équilibre du plateau et me le tend.

– Je t'ai apporté le dîner que tu as raté.

– Je n'ai pas faim.

Elle me jauge. Ses yeux sont durs, indéchiffrables. Son regard s'attarde sur mon poignet et les traces sombres autour du sigil.

– Tu voulais plutôt dire : « Merci », non ?

J'essaie en vain de lisser les plis de ma chemise et je m'écarte pour laisser entrer Florence dans ma chambre.

– Merci.

Elle pose le plateau sur une table basse, puis remarque la rangée de bougies sur le rebord de la fenêtre.

– Tu ne devrais pas les laisser si près des rideaux.

D'un geste vif, j'écarte les rideaux, reporte mon attention sur elle, sourcils haussés.

– C'est mieux ?

Elle esquisse un sourire, même si ses yeux restent troublés.

– Ta nourriture est en train de refroidir.

Je m'assieds. Bois une gorgée de thé tout en regardant la nourriture. Il y a des champignons, cuits dans une sauce riche et saupoudrés de persil. Du pain noir. Un petit pot de beurre salé. Je n'ai pas d'appétit, mais je prends quand même la cuillère pour touiller le contenu du bol. Si je ne fais pas l'effort de manger, Florence ne me laissera jamais tranquille.

– Thea est toujours là ? je lui demande.

– Elle est partie après le dîner. Clover la raccompagne au village. Arien m'a dit que Thea avait demandé des nouvelles de Violeta.

Ma mâchoire se crispe. Je hoche sèchement la tête.

– On a trouvé une excuse à lui répondre.

Elle me considère un moment, les doigts repliés sur les clés en argent qu'elle porte au bout d'une chaîne à son cou. Elle tripote le collier, fait glisser les clés d'avant en arrière, puis laisse retomber ses mains le long de son corps. Elle est agitée, chose peu courante chez elle.

– Le mois prochain, ce sera le feu de joie de Noirdautomne. Ce serait peut-être le bon moment pour… annoncer à tout le monde qu'elle est partie.

Je pose ma cuillère, qui heurte le bord du bol avec un bruit sec.

– Je ne veux pas parler de ça.

– Tu es le seigneur, Rowan. Tu as le devoir…

– Je n'irai pas au feu de joie pour me tenir devant les villageois, chanter et faire comme si tout allait bien. Et je ne vais pas non plus leur dire – ni à personne d'autre d'ailleurs – que Leta est morte.

– Tu ne pourras pas mentir éternellement à ce sujet.

Il n'y a pas de condamnation dans ses yeux. Elle est seulement… triste. Je fixe le sol pour éviter son regard.

– Ce n'est pas un mensonge, Florence. Tu étais là. Tu as vu ce qui s'est passé après le rituel.

– Je sais que tu ne veux pas regarder les choses en face. Je sais que c'est douloureux. Mais je pense que ça pourrait t'aider si tu t'autorisais à faire son deuil.

Ses paroles sont bienveillantes. Mais juste après la vision que je viens d'avoir de Leta, elles me transpercent le cœur comme une lame. Je pense au lac et aux arbres pâles. Au givre sur le sol. À nos ombres se frayant un chemin vers l'eau. À ma dernière promesse, désespérée, alors qu'elle disparaissait. *Je te retrouverai.*

Je me lève et me dirige vers la porte. Je l'ai laissée ouverte et je regarde maintenant du côté du couloir, afin qu'elle comprenne.

– Merci pour le dîner. J'aimerais être seul.

Florence hésite, puis sort lentement de ma chambre. En passant devant moi, elle me touche l'épaule d'une main douce.

– Arien mérite de pouvoir faire le deuil de sa sœur comme il se doit.

– J'ai dit que je ne voulais pas en parler.

Sa main retombe. Elle se détourne. J'écoute le bruit de ses pas qui s'éloignent dans l'escalier. La culpabilité se loge dans ma poitrine, pesante. Je ne peux pas nier la vérité de ses dernières paroles. J'ai honte de la façon dont Clover et moi nous sommes disputés au sujet de Leta devant Arien. Ni l'un ni l'autre n'avons même pensé à lui demander ce qu'il ressentait.

Sur le rebord de ma fenêtre, les bougies crépitent et vacillent. Je les éteins d'un souffle brusque. La fumée s'enroule autour de moi tandis que je ramasse mes gants sur la commode.

Je sors de la chambre, en ferme la porte derrière moi.

Je me rends dans l'autre aile de la maison. Le couloir est sombre et mes bottes résonnent sur le parquet nu. En passant devant la bibliothèque, je jette un coup d'œil par la porte au portrait de ma famille. Il est solennellement accroché entre deux étagères vides. Le clair de lune souligne les visages de ma mère et de mon père d'une lueur argentée. Elan, lui, est plongé dans l'ombre, les yeux devenus d'onyx.

Sur le palier, je m'arrête sous la fenêtre cintrée. J'enfile mes gants. Noue les lacets aux poignets de ma chemise, bien serrés. La familiarité de ces gestes ne m'échappe pas : comme si je m'apprêtais à aller donner la dîme. Sur une profonde inspiration, je monte l'escalier jusqu'à l'endroit où Leta et Arien ont leur chambre.

Les poings serrés, je passe devant la porte fermée de Leta. Je n'y suis pas entré depuis avant le rituel. Maintenant, je tâche de ne pas penser à ce que je verrais si j'entrais. Son lit défait. Une robe élimée abandonnée sur le sol, froissée dans un enchevêtrement de dentelles. Le livre de poésie que je lui ai offert, la page encore cornée par mes soins.

Je me tourne plutôt vers la chambre d'Arien. Sa porte est ouverte, mais il n'est pas là. Avec un soupir, je retourne dans le couloir. Je sens encore l'attraction de la chambre de Leta, comme un écho froid contre mon échine. Qui ne s'estompe pas tant que je n'ai pas dépassé le palier, descendu les marches et mis un étage entier de la maison entre cet espace hanté par les souvenirs et moi.

Dans la cuisine, le feu est alimenté et les volets fermés. Mais une lueur scintille en provenance de l'office. Par la porte entrouverte, j'aperçois Arien. Il est à la table de travail, penché sur un cahier. Sa mallette d'alchimiste est ouverte. Il a rempli certains compartiments d'ingrédients. Des pots de sel. Du charbon de bois. Des fleurs séchées.

Il lève la tête en entendant mes pas. Nous nous dévisageons. Je suis le premier à rompre le silence.

– Je te dois des excuses.

Sa bouche dessine un sourire sinistre.

– Tu me dois à peu près un million d'excuses, honnêtement.

J'entre dans l'office et m'assieds à côté de lui.

– Arien, je suis désolé. J'aurais dû te demander ton avis, à propos de Leta. Sur ce que tu voulais, toi.

– Je ne sais pas ce que je veux.

Il regarde distraitement la table de travail. Les cahiers, les stylos et les croquis à moitié terminés. Sa voix est basse, à peine plus qu'un murmure.

– Je suis tellement en colère contre elle, Rowan.

La culpabilité dans sa voix éveille en moi un élan de compassion. Doucement, je lui dis :

– Tu as le droit d'être en colère.

– Je pensais qu'elle serait en sécurité si je l'accompagnais au rituel. J'aurais dû savoir ce qui allait se passer. Je l'ai laissée partir. Au rituel, quand le sol s'est ouvert, je lui ai dit d'y aller.

– Ce n'est pas ta faute. Elle a fait un très, très mauvais choix en négociant avec le Seigneur d'En Dessous, et ça, c'est à cause de moi. Si je n'avais pas été vaincu par la Corruption, si elle n'avait pas eu besoin de m'arrêter, alors…

Arien m'adresse un sourire triste et m'interrompt.

– Alors, ce n'est pas ma faute, mais tu vas prendre la culpabilité sur toi ? Qu'a-t-elle échangé avec le Seigneur d'En Dessous en contrepartie du pouvoir de t'arrêter et de réparer la Corruption ? Elle n'a jamais voulu me le dire.

Je me tais pendant un long, un douloureux moment. Je ne veux pas le lui apprendre non plus, mais il mérite la vérité. Aussi terrible soit-elle.

– Elle… a renoncé aux souvenirs qu'elle conservait de votre famille. Dans cette vie et dans la suivante.

En l'énonçant à voix haute, je suis envahi par le même désespoir que le jour où j'ai entendu pour la première fois les aveux de Leta, en larmes, au sujet de l'échange. Le sourire d'Arien s'éteint instantanément. Il pâlit, horrifié.

– Tu veux dire que…

– Elle sera seule, même dans la mort.

Son regard se ferme. Ses yeux s'emplissent de larmes, mais il porte une main à son visage et les arrête.

– Je ne sais pas ce qui est pire, balbutie-t-il, au comble du chagrin. Que le Seigneur d'En Dessous puisse être aussi cruel ou que Leta ait pu être aussi misérablement stupide. Elle a tant abandonné pour nous, et je sais que c'était son choix… mais ça fait mal. Tout fait mal.

Je pose la main sur son épaule. Je voudrais le réconforter. Je me sens impuissant.

– Florence pense qu'on devrait lui faire nos adieux. Monter un bûcher dans les champs de deuil, annoncer à tout le monde qu'elle est morte. Si c'est ce que tu veux…

Je m'interromps, à peine capable de l'énoncer. Mais je lui dois bien ça. Je lui dois ce choix.

Arien se tire les cheveux et me regarde en fronçant les sourcils, l'air troublé.

– Tu l'as vraiment vue ?

J'hésite, puis j'acquiesce.

– Oui. Deux fois maintenant. À l'autel, et pas plus tard que tout à l'heure, quand j'étais dans ma chambre.

– Remontre-moi le sigil.

Il tend la main et je remonte ma manche, puis étends mon bras sur la table.

– Il est toujours là, dis-je à Arien. Le lien entre nous, qu'elle a créé avec ce sort.

Ses doigts survolent la marque à mon poignet.

– Et tu penses que si on le renforce, on pourra utiliser cette connexion pour la retrouver ?

Une lueur d'espoir illumine ses yeux, mais il secoue aussitôt la tête, perplexe.

– Et si on échoue ? Si tu t'épuises complètement, comme Leta ?

– C'est un risque équitable, je trouve : ma vie pour la sienne.

Il laisse échapper un rire dur et triste.

– Ah, si tu donnes ta vie pour sauver Leta, elle ne nous le pardonnera jamais.

Je ne peux m'empêcher de rire aussi, malgré ma gorge contractée. Je cligne des paupières, plusieurs fois, car des larmes s'accumulent au coin de mes yeux.

– J'espère vraiment qu'on n'en arrivera pas là.

Hésitant, Arien touche le sigil. Il appuie, et un éclair de douleur me traverse. Je ravale un sifflement, m'efforce d'encaisser l'élancement. Pendant un très bref instant, alors que des lignes de ténèbres scintillent sur ma peau, j'imagine que je sens… de la magie. Le fantôme du pouvoir de Leta.

Arien fronce les sourcils. Il se met à murmurer pour lui-même en traçant les lignes du sortilège.

– Sang. Sel. Fer. Limon. Boue. Ça ne devrait même pas marcher. Ce n'est pas un vrai sort. Mais…

Il pivote vers la table de travail et prend un cahier. Tourne rapidement les pages jusqu'à en trouver une blanche. Il commence à dessiner un sigil, correspondant à celui de mon poignet. Il marque une pause, les sourcils froncés, puis ajoute d'autres lignes. Une deuxième marque, à côté. La forme du nouveau sort m'est… familière, d'une certaine manière. Je plisse les yeux, je tente de me rappeler. Puis je le vois transposé. Pas sur un bout de papier, mais à l'encre à l'intérieur du bras de Leta.

– Ça vient du sort que Leta a utilisé pour t'aider pendant le rituel.

– C'est un sort d'amplification, m'explique Arien. En général, on l'utilise pour augmenter la puissance de la magie. Mais si mes calculs sont bons, ça devrait marcher avec ce truc, quoi que ce soit, dit-il en montrant mon bras. Je vais essayer de reproduire ce qui s'est passé à l'autel, la première fois que tu l'as vue.

– Arien, je…

– Je t'interdis de me remercier pour ça.

Il déchire la page du carnet. Souffle sur l'encre pour la faire sécher, puis fourre le papier, plié, dans sa poche.

– Allez, viens. Faisons-le maintenant, avant que quelqu'un ne nous voie.

Je sors dans la cuisine faiblement éclairée. Arien ne me suit pas tout de suite. Dans l'office, je l'entends fouiller au fond de sa mallette d'alchimiste. Un tintement de bocaux, le raclement d'un tiroir que l'on referme.

– Où penses-tu qu'on devrait jeter le sort ?

Je balaie la pièce du regard. Mon attention s'attarde sur la porte qui mène au salon. Mais non, ça ne fera pas l'affaire. Je me dirige alors vers la fenêtre, j'ouvre les volets pour révéler un carré sombre de jardin éclairé par la lune.

– Quand j'ai vu Leta, dans la dernière vision… j'étais au lac.

Arien sort de l'office. Il se mordille la lèvre, songeur, en prenant son manteau au crochet derrière la porte.

– Alors on devrait peut-être y aller. Si les visions sont liées à l'endroit où elle a utilisé sa magie, le fait d'être au bord du lac pourrait la renforcer.

Je prends deux bougies sur l'autel et les place dans des pots de verre. Après les avoir allumées, j'en passe une à Arien. Un bruit retentit à l'intérieur de la maison et nous échangeons un regard méfiant. L'index sur les lèvres pour m'intimer le silence, Arien ouvre lentement la porte de derrière. Nous sortons sur la pointe des pieds, le plus discrètement possible.

Les feuilles en décomposition crissent sous nos souliers quand nous traversons le jardin. Nous gardons la tête baissée. Les bougies dissimulées tout contre notre poitrine. Lorsque nous avons enjambé la cicatrice qui marque le sol, je jette un coup d'œil à l'autel en ruine. Dans le noir, l'icône ressemble plus à la silhouette sombre du Seigneur d'En Dessous qu'aux traits dorés de la Dame.

Cette image me reste en tête tandis que nous suivons le sentier jusque dans les bois qui bordent le lac. Découpée sur les arbres pâles. Encadrée par le portail en fer devant nous. Repérée parmi les étoiles dans le ciel au-dessus de la rive.

Nous sortons de la forêt, où les arbres cèdent la place à une terre nue. C'est étrange de revenir ici. Je ne me suis plus approché du lac depuis le dernier rituel. Le sol est réparé, pourtant en dehors du cercle faiblement éclairé par la lumière de nos bougies, tout semble noirci. Comme si la Corruption était toujours là.

Je longe le rivage, puis m'agenouille sous le plus grand des arbres. Arien s'installe à côté de moi. Je le regarde sortir une série d'objets de ses poches. Le papier plié avec le sigil qu'il a dessiné. Une plume et de l'encre. Une petite fiole en verre.

Il étale le papier sur le sol, le lestant de pierres pour le maintenir à plat, afin qu'il puisse copier le sort. Il désigne mon bras.

– Remonte ta manche.

Je le regarde, confus.

– Qu'est-ce que tu fais ?

– J'utilise le sort de Leta, puis je l'amplifie. Ce qui veut dire que je dois le dessiner sur toi, comme elle l'a fait le jour où elle l'a lancé pour la première fois.

Il secoue la tête, marmonne pour lui-même :

– Je ne vais quand même pas le dessiner sur mon bras et finir lié à toi pour toujours.

J'enlève mes gants, les mets de côté. Ma manche remontée, je tends mon bras. Arien dessine sur le sigil déjà présent à mon poignet, puis ajoute les nouvelles lignes du sort d'amplification. Il attend un moment que l'encre sèche. Il referme sa plume, range le papier.

– Maintenant, ne bouge plus.

Il se penche vers moi. Ses yeux s'assombrissent en un clin d'œil, passant du gris au noir pur avec une rapidité déconcertante. Des ombres commencent à se déployer de ses mains. J'inspire le goût de la cendre et de la fumée. Avec précaution, Arien me touche le bras. Ses doigts tracent le sigil.

Il hésite, les yeux plissés, les dents plantées dans sa lèvre inférieure. Puis il exerce une pression au centre du sort.

La douleur est cuisante. Une souffrance soudaine, inéluctable, qui me coupe le souffle et me prive de la vue. Tout est blanc. En même temps, les ténèbres me traversent en un tourbillon rapide et froid. Je me mords l'intérieur de la joue jusqu'à ce que ma bouche se remplisse de sang. Je m'interdis de bouger. Sous le sigil, des lignes de ténèbres s'étalent rapidement à l'ensemble de mon bras, jusqu'au bout de mes doigts.

Arien grimace en regardant le poison se déplacer sous ma peau. Il recule, fléchit la main, puis saisit mon poignet et appuie à nouveau. Un cri se coince, rauque, dans ma gorge. La douleur, ce sont des dents, des couteaux, la ruine.

Enfin, il me relâche. Je m'agrippe à mon poignet et ma vision se brouille. Je suis ombres. Je suis griffes. Je suis une obscurité affamée et sans fin. Je sens l'attraction de la magie à travers mes veines. Ma respiration ralentit. Mon pouls rechigne à battre. Je m'affaisse contre l'arbre, la tête en arrière, et fixe les branches au-dessus de moi sans les voir.

Arien s'essuie les mains sur son pantalon et se rassied sur ses talons. Il m'observe avec une résignation lasse. Je me déplace, mal à l'aise.

– Tu n'es pas obligé de rester.

– En fait, si. Il faut que quelqu'un soit là au cas où les choses tourneraient mal.

Je porte une main à mon visage. La magie s'enroule autour de moi en fils lourds. Elle transforme mes os en plomb. Mais lorsque j'essaie d'y succomber, de la laisser m'envahir, je ne pense qu'à Arien. À son silence anxieux. À l'appréhension avec laquelle il m'observe.

– Je ne peux pas me détendre quand tu es là à me reluquer.

– C'est pourquoi j'ai apporté ceci.

Il brandit la fiole de verre. Je l'examine de plus près. C'est comme les sédatifs que Clover me donnait pour que je puisse dormir malgré mes pires cauchemars. Sauf que le liquide de cette fiole est d'une couleur différente. Un rouge foncé, au lieu du vert vif.

– Tu vas me droguer ?

Arien hausse un sourcil devant mon incrédulité.

– C'est vraiment là que tu fixes la limite ? Oui, je vais te droguer. J'ai doublé la concentration du produit, donc c'est probablement deux fois plus dégoûtant que celui de Clover. Bon appétit.

Il me tend la fiole. À travers le verre, le sédatif ressemble à du sang. Comme mes mains se sont mises à trembler, une partie du liquide déborde quand je retire le bouchon. Arien soupire, irrité. Il pose sa main autour de la mienne. M'aide à porter le flacon à ma bouche.

Le sédatif est étrangement épais. Il descend comme un trait de feu dans ma gorge, laissant derrière lui un arrière-goût de rouille. Je ravale difficilement la nausée qui s'ensuit.

Je m'allonge, me recroqueville sur le flanc, le visage appuyé sur mon bras replié. L'air de la nuit passe, froid sur ma peau. J'écoute le silence et le soupir du lac. Mes doigts s'enfoncent dans la terre. Je ferme les yeux.

Le sommeil me submerge, rapide comme une inondation.

C'est comme une noyade.

C'est comme rentrer à la maison.

Je suis si profondément enfoncé que je ne peux pas bouger. Je ne peux pas penser. Au loin, j'entends un chuchotement étouffé. Je n'arrive pas à comprendre les mots prononcés. Mais je sens, avec une terrible certitude, que si je pouvais écouter plus attentivement, si je pouvais juste entendre…

J'ouvre les yeux. Le monde entier a été inondé d'une lumière vert foncé. Le lac a disparu, les arbres pâles ont été remplacés par des pins enveloppés de brume. Ils sont d'une hauteur infinie, leurs branches masquent le ciel. Leur écorce a la couleur du sang.

Je sais où je suis. Je suis déjà venu ici. Quand je suis tombé sous l'eau. Quand le lac a failli m'emporter.

Je suis dans un monde où personne ne devrait aller.

L'obscurité s'ouvre à moi. Elle m'accueille. Je vois de l'eau noire. Du sang noir. Un paysage lunaire baigné d'argent. Des arbres et des arbres, et un chemin au centre.

Et sur le chemin… elle.

7
VIOLETA

Les arbres nous libèrent. Fawn et moi tombons lourdement sur la mousse humide, empêtrées dans le tissu de ma longue cape. J'entrevois la forêt où nous avons atterri – arbres pâles avec des bouts de dentelle attachés à leurs branches –, puis Fawn m'attrape le bras, enfonçant douloureusement ses doigts dans mes coupures, et me hisse debout. Elle me pousse loin du creux où nous étions cachées et nous nous remettons à courir, vers l'autre côté des bois.

C'est la première fois que je vois vraiment le monde du Dessous tel qu'il est à l'extérieur du mur. Je ne suis pas venue ici depuis que j'ai réparé la Corruption. C'est différent de mes souvenirs. L'air est plein de secrets et de choses cachées, les ombres nous jouent des tours sur notre passage. Les verticilles d'écorce deviennent des yeux plissés ou des sourires aux dents acérées. Des formes surgissent de l'obscurité qui ressemblent à des *créatures*… avec des plumes, des cornes et des écailles. Je me retourne, j'essaie de les voir mieux. Mais elles se dérobent, se fondent à nouveau en feuilles et en brume.

Enfin, nous débouchons dans une alcôve en pierre de granit. Trois des murs sont encore debout, mais le quatrième n'est plus qu'un empilement d'éclats de roche aux arêtes lisses comme du lichen. Il y a un autel à l'une des extrémités, dont l'étagère est tapissée de lumières des lucioles qui scintillent dans l'obscurité. L'icône – représentant le Seigneur d'En Dessous – est usée par les intempéries. On n'en distingue plus que ses yeux translucides et les pointes acérées des bois de sa couronne.

Fawn s'affale sur un morceau du mur effondré en soupirant.

– Pour l'instant, on est en sécurité ici.

Elle enlève son masque et se frotte le visage. En dessous, elle est jeune et jolie, joues rondes et longs cils. Mais la lumière se brouille ensuite le long de sa mâchoire et c'est comme si ses traits changeaient – bouche trop large, dents trop serrées, deuxième paire d'yeux d'ambre liquide qui me regardent en cillant sous son arcade sourcilière.

J'étouffe un hoquet et elle me dévisage. L'étrangeté que j'ai cru voir disparaît. Laisse place à la fille avec des feuilles prises dans ses cheveux. Notre course à travers les bois a fait naître une touche de rouge à ses joues.

Fawn remet rapidement son masque en place, la bouche incurvée sur un sourire gêné. Je me détourne, mal à l'aise, comme si je l'avais vue déshabillée plutôt que démasquée.

– Désolée, je balbutie. Je ne voulais pas…

Elle agite la main.

– C'est bon.

Je m'éloigne d'elle, vais m'asseoir à l'autre extrémité du mur, le visage tourné vers les arbres. J'ai mal à la poitrine, mes poumons sont à vif et je n'arrive pas à reprendre mon souffle après avoir couru si longtemps. Je me sens comme la nuit où j'ai avalé une poignée entière de sédatifs volés dans un flacon – à moitié prise dans un rêve, incapable de me concentrer.

L'espace d'un infime instant, les ombres de la forêt se transforment à nouveau. Cette fois en une autre silhouette, plus familière. Une longue cape. Des cheveux bruns et des yeux pailletés d'or. Une main marquée d'une cicatrice tendue vers moi.

– Rowan ?

Son nom s'est échappé avant que j'aie pu le retenir. Je fais un pas en avant, m'attendant à ce que les ombres se brouillent et s'estompent, se referment sur lui. Au lieu de quoi, le sigil à mon poignet se met à pulser faiblement, certes, mais avec régularité. Une douce lueur de magie illumine mes doigts.

Il lève brusquement la tête. Nos yeux se rencontrent. Il est plus monstre que garçon – silhouette délimitée par les ténèbres, où le poison qui s'agite sous sa peau dessine comme des coulures d'encre, des doigts recroquevillés comme des griffes.

Je vois sa bouche s'entrouvrir, la lumière s'attarder sur des dents trop pointues quand il murmure mon nom. Une douleur me traverse, mélange de blessures, perte et désir. Et puis, sous la douleur, un infime, un fugace… espoir.

Je porte les doigts à mon poignet. Je touche le sort, d'abord doucement, puis avec plus d'insistance. J'attends en retenant mon souffle que le fil se déroule entre nous comme l'autre fois. Je sens une traction sourde, une lueur se dessine dans l'air. Mais elle vacille et s'éteint, et je reste seule à la lisière des arbres.

Je cligne des yeux à plusieurs reprises, enfonce mes jointures sur mes paupières closes et je regarde à nouveau. Il n'y a que le goutte-à-goutte de la fin d'averse, le murmure subtil des âmes à l'intérieur des arbres. Un sanglot m'échappe, aigu, déçu. Je serre les dents, j'essaie de le ravaler.

Fawn me touche doucement le bras.

– Qu'est-ce qu'il y a ? Qu'est-ce que tu as vu ?

– C'était… rien. Juste les ombres qui me jouent des tours.

– Je t'ai entendue appeler un nom. Quelqu'un de ta vie dans le monde du Dessus ?

Ma main se porte à mon poignet. Lentement, je suis le tracé du sort en essayant de trouver les mots pour lui expliquer.

– Rowan. C'était… le garçon que j'aimais. J'ai conclu un pacte avec le Seigneur d'En Dessous pour le protéger, pour le sauver. Je voulais y retourner. J'ai promis d'y retourner, mais je…

Ma voix se noue. Des larmes enflent dans mes yeux et baignent mes joues à mesure que je continue.

– Je sais que je suis morte et qu'il est impossible qu'on soit ensemble. Mais je l'ai vu, dans une vision, et ça avait l'air tellement réel…

Fawn frotte mon bras avec son pouce, un bruit réconfortant monte de sa gorge. Elle me guide vers le mur et nous nous asseyons ensemble.

– Il devait être très spécial pour que tu acceptes un tel marché.

– Oui, il l'est. Il… il l'était.

Je regarde l'alcôve, le regard fixé sur l'autel, et je me retiens de pleurer. Je prends quelques longues inspirations saccadées pour tâcher de me ressaisir.

L'adrénaline qui m'a portée jusqu'ici est retombée, j'ai mal partout maintenant. Mon manteau a subi le plus gros des attaques des épines, mais mes paumes sont profondément écorchées, elles aussi. Je remonte mes manches : j'ai des égratignures sur mes mains et mes poignets, où le sang perle encore.

En soupirant, j'appuie un pli de ma cape sur l'une des entailles. Fawn fouille dans sa poche et en sort un morceau de dentelle, comme ceux qui flottent dans les arbres au-dessus. Je le lui prends et le noue maladroitement autour de mon bras blessé.

Elle m'observe un moment, l'air pensive.

– Si tu es morte, comment se fait-il que tu sois ici, plutôt qu'à l'intérieur d'un arbre comme les autres âmes ?

Je lui montre la cicatrice qui barre ma ligne de cœur.

– J'ai aussi fait un pacte avec le Seigneur d'En Dessous quand j'étais enfant. Plus tard, il est revenu vers moi. Il m'a dit que j'étais… spéciale. Qu'il avait besoin de mon aide et qu'en retour, il m'accorderait une place dans son monde.

Fawn me considère attentivement. Derrière le masque, je la vois écarquiller les yeux.

– Tu es la fille qui a réparé la Corruption. C'est donc ça que tu voulais dire quand tu as déclaré que tu avais sauvé le monde. Je n'avais pas compris que tu parlais au sens propre.

Un sourire se dessine au coin de ses lèvres. Puis elle secoue la tête et lâche un rire sec.

– Le Seigneur d'En Dessous m'a raconté que tu étais morte, ajoute-t-elle.

Je me mets à rire, moi aussi, devant le ridicule de tout ça.

– Et il ne m'a même pas dit que tu existais. Il m'a construit un chalet et un jardin, il m'a donné un endroit où vivre à l'intérieur de ces murs de ronces. Quand je lui ai demandé ce qu'il y avait en dehors, il m'a répondu qu'il n'y avait rien. Qu'il ne me cachait rien.

Fawn lève les yeux au ciel.

– Pour quelqu'un qui ne sait pas mentir, il est très doué pour contourner la vérité.

Je m'adosse au mur, et mon rire meurt sur un soupir.

– Oui, j'ai remarqué. Alors, et toi, comment tu es arrivée ici ?

Elle fronce les sourcils et secoue la tête.

– Je n'ai aucun souvenir d'une vie dans le monde du Dessus. Jusqu'à ce que je te rencontre, je ne pensais pas que c'était possible. Ta connexion avec Rowan… elle a l'air très rare. Un lien capable de survivre à la mort. Ça ne ressemble ni à un tour de passe-passe ni à des ombres. Ça a l'air… réel.

Je lui lance un regard méfiant.

– Qu'est-ce que tu veux dire ?

Fawn se rapproche de moi jusqu'à ce que nos genoux se touchent et elle pose sa main sur la mienne. Derrière le masque, son regard est voilé.

– S'il y avait un moyen d'utiliser ton lien avec Rowan, de le revoir… tu le ferais ?

Mon pouls s'accélère, et toute la nostalgie que j'ai essayé de repousser, le chagrin que j'ai refusé de ressentir, tout se réveille à nouveau avec une vivacité soudaine.

– Oui. Bien sûr que je le ferais.

Fawn resserre sa main autour de la mienne.

– Me laisserais-tu… t'aider ?

Je la fixe sans mot dire, cherchant à comprendre ce qu'elle insinue. Mon pouls s'affole à mesure que le désespoir m'envahit. Je regarde le sigil à mon poignet.

– Tu pourrais utiliser ta magie pour réveiller le sort ?

Elle acquiesce lentement.

– Je connais peut-être un moyen.

Avec un frémissement de doute, je repense à notre échange à l'intérieur de la cavité.

– Mais ça impliquerait un échange.

Elle esquisse un sourire d'excuse et passe son pouce sur mes phalanges, comme pour me rassurer.

– Oui, confirme-t-elle. Tu n'as pas à décider maintenant. Je te laisse le temps d'y réfléchir.

Derrière le masque, ses yeux sont doux. *Elle veut m'aider.* Je sais à quel point c'est imprudent, à quel point c'est insensé d'offrir en échange d'autres morceaux de moi à un monde qui m'en a déjà tant pris. Mais si j'ai traversé les ronces, c'est parce que je voulais la vérité. Et s'il y a un moyen de rétablir ma connexion avec Rowan, alors je dois le saisir.

– Oui. J'échangerai avec toi.

Son sourire, en s'élargissant, révèle des canines proéminentes. Et comme précédemment, lorsque j'ai cru voir ses traits se modifier, l'espace d'un instant ses dents m'ont l'air acérées.

Je la regarde de plus près. Elle incline la tête, son sourire est estompé par une mine confuse. L'étrangeté que j'avais cru voir disparaît. Elle n'est plus qu'une fille dont l'expression reflète la mienne. Un espoir timide et fragile.

– Alors, je lui demande, comment on commence ?

Fawn se lève et se dirige vers l'arche qui ramène à la forêt.

– Je dois d'abord rassembler quelques objets pour le sort, m'indique-t-elle.

Je ramasse une des lumières des lucioles sur l'autel et la suis hors de l'alcôve. L'arche s'ouvre sur un chemin étroit qui serpente à travers un bosquet d'arbres élancés. Ils ont une écorce pâle et des branches enrubannées, leurs troncs sont tachetés de marques qui ressemblent presque à... des yeux.

Ici, le paysage est différent de la partie des bois bordée de buissons qui entoure mon chalet. Le sol n'est pas couvert de mousse, mais de terre battue, et des enchevêtrements de jasmin étoilé longent le chemin, en boucles de feuilles et de fleurs blanches.

Entre les lianes, le sol est constellé d'ossements luisants.

Parmi les os et les feuilles, il y a autre chose. Des jarres remplies d'un liquide cramoisi. Des bougies consumées. De petits cocons de papillons de nuit en soie. Un autel est cloué à l'un des arbres. L'icône s'est effacée, mais je distingue la courbe harmonieuse d'une bouche. La saillie aiguë de deux bois jumeaux. Une tignasse claire.

La silhouette couronnée doit être le Seigneur d'En Dessous, pourtant elle ne ressemble pas aux autres icônes qui le représentent. Je m'arrête, essaie de regarder de plus près, mais Fawn me tire par la main et me presse de continuer à marcher.

Un silence s'installe dans l'air et de pâles flocons tombent sur moi, doux comme des plumes. Ils se posent sur mes cheveux et mes jupes, recouvrent les décorations sinistres qui bordent le chemin. J'attrape un des flocons sur ma paume de main. C'est comme une petite fleur, faite de glace.

Émerveillée, je ferme les doigts, les rouvre : le flocon de neige a fondu, il n'en reste plus rien. Quand Fawn me regarde, j'explique timidement :

– C'est la première fois que je vois de la neige.

Elle glisse une mèche de cheveux derrière son oreille et rit.

– Tu t'en seras bientôt lassée. Viens, on n'est plus très loin.

La neige commence à tomber plus abondamment, à recouvrir le sol. Lorsque nous passons entre les arbres, ceux-ci changent à nouveau, deviennent plus hauts et plus minces, leurs troncs parsemés d'autres orbes charbonneux. Je frissonne sous les yeux des arbres qui m'observent.

Je me tourne vers Fawn, qui a toujours les mains vides.

– Qu'est-ce que tu as besoin de ramasser ?

Elle hausse une épaule, se dérobe. Son attention se porte sur les branches au-dessus de nous et elle s'arrête un instant. La tête penchée, comme si elle écoutait. Je tends l'oreille aussi, mais je ne distingue que les sons de la forêt. Les feuilles, la brume et les chuchotements des âmes.

Puis un bruit dans les arbres me fait sursauter. Je reste en arrière, lâchant la main de Fawn. Elle me sourit, mais son regard n'a plus rien de doux. Elle n'est plus que dents dénudées : des crocs.

– Ce n'est pas de *quelque chose* que j'ai besoin pour le sort. C'est de *quelqu'un*.

Dans les arbres qui nous entourent, les feuilles sont agitées d'un mouvement qui n'est pas celui du vent. Une ombre se déplace au-dessus de nos têtes. Les branches gémissent, comme ployant sous un poids énorme.

Il y a une créature, là-haut.

La lanterne de lucioles me glisse des mains, tombe et se brise. Un infime frôlement d'ailes. La luciole se dissout. Je me crispe, la magie crépite dans mes veines et sur mes paumes, tandis que la créature descend à travers les arbres et se pose devant moi.

Elle pourrait presque être une autre fille, une humaine, si je n'y regardais pas de trop près. Elle est petite, avec des courbes, une peau de rousse sans défaut. Ses cheveux sont de longues boucles brillantes, du même ivoire blafard que ceux du Seigneur d'En Dessous.

Mais lorsqu'elle entre dans la lumière, ses ailes se replient pour former une cape de plumes. Ses pieds griffus ont trois orteils comme ceux d'un oiseau. Elle cligne des paupières en me considérant. Ses grands yeux aux pupilles sombres sont entourés par un groupe d'orbes plus petits et plus vifs. Un regard si insondable que je pourrais m'y noyer.

Mon ventre se serre. Je recule d'un pas supplémentaire pour augmenter la distance entre nous.

– Tiens, tiens, dit la créature.

Sa voix est grave, comme l'écrasement des braises d'un feu éteint depuis longtemps. Son regard glisse sur moi et se pose sur Fawn.

– Qu'as-tu trouvé ?

Je les regarde l'une après l'autre, horrifiée. *Elles se connaissent.* Fawn remonte son masque sur le sommet de sa tête, la courbe aiguë de ses bois suit désormais la ligne de ses cheveux. Un groupe d'yeux apparaît sur sa tempe, dont les cils s'agitent un instant de façon désordonnée avant que ses traits ne s'apaisent.

– Tu n'es pas…

Le mot meurt sur ma langue alors que je regarde tour à tour Fawn et cette nouvelle créature à plumes. *Pas humaine.*

– Non, acquiesce-t-elle. Nous ne le sommes pas.

Autrefois, je craignais les monstres des bois. Créés par les contes et les cauchemars, ils constituaient une menace plus facile à affronter que la vérité de la magie d'Arien. Ces créatures, néanmoins, ne sont pas une histoire que j'ai racontée ou un rêve qui s'est faufilé dans l'obscurité.

Elles sont réelles.

Fawn m'attrape le bras. Sa poigne est glaciale, même à travers la manche de mon manteau. La trahison me fait mal, sentiment furtif suivi par la colère que m'inspire ma propre bêtise. Je pense, désespérée, au pouvoir que j'avais autrefois, assez fort pour anéantir la Corruption. Aujourd'hui, en comparaison, ma magie est fragile comme de la gaze, aussi inefficace que de la soie d'araignée.

Je n'ai pas la force de combattre ces créatures. Mais il est hors de question que je leur laisse voir mon impuissance.

Je serre les poings pour attraper les fils délicats de ma magie. Je les saisis et je tire. La lumière jaillit entre mes doigts serrés. Scintille, s'estompe. Les créatures échangent un regard. Une note de méfiance passe entre elles. L'étau de Fawn se relâche légèrement sur mon bras.

Je tire à nouveau sur les fils de ma magie.

Elle s'éveille d'un coup, fournaise féroce qui s'épanouit. À mesure que mon pouvoir augmente, des élancements fusent à travers ma poitrine et ma vision se brouille. Je hoquète. Ma magie est une blessure, sera toujours une blessure, attisée par le chagrin et la perte des souvenirs dont on m'a privée. Mes parents, notre vie commune, notre connexion avec le monde du Dessous.

J'avale la terrible souffrance, le goût de mon désespoir. Je laisse la douleur me brûler, me consumer, jusqu'à ce que je ne sois plus que pouvoir. Ma magie s'enflamme, incommensurablement brillante, lueur argentée projetée sur Fawn et cette nouvelle créature, qui illumine leurs grands yeux méfiants ainsi que la peur bien visible sur leurs traits non humains.

Je serre les dents. Crache un ordre furieux.

– Laisse-moi partir.

L'étreinte de Fawn sur moi faiblit. Je la repousse, me libère. Elle écarte les mains dans un geste de reddition.

– Je suis désolée de t'avoir menti, Violeta.

Même sa voix est différente maintenant, moins enfantine. Rendant un son creux, comme le vent avant la tempête.

– Mais j'ai dit la vérité. Je connais un sort qui t'aidera à voir Rowan. Ou du moins… Owl en connaît un.

La créature à plumes – Owl, le hibou – regarde mes mains magiques, puis hausse un sourcil à l'attention de Fawn.

– Elle est alchimiste.

Fawn hoche la tête, lèvres pincées en une ligne sinistre.

– Oui.

Owl émet un bruit tout bas.

– Aaahhh. Qu'est-ce qu'il a fait ? Il signera notre perte à tous.

– Pour l'instant, je l'interromps, c'est plutôt de moi que tu devrais te préoccuper.

Je suis nerveuse, j'ai les jambes instables, pourtant je garde les mains levées, les épaules droites. Je tire sur d'autres fils de pouvoir, je force ma magie à brûler plus fort, malgré la douleur aiguë dans ma poitrine et le goût de sang dans ma bouche.

– C'est la vérité ? Je peux revoir Rowan ?

Owl lève une main – délicate, à cinq doigts, aux ongles pointus d'un noir brillant. Elle ne me touche pas, mais ses griffes entament l'air à côté de ma joue. Elle me regarde un moment, songeuse.

– Oui, je peux t'aider.

– Et tu voudras quelque chose en échange.

– Oui.

Une lueur, comme de la faim, traverse son visage, et je craque. Je ressens la même chose que lorsque je me suis entaillé la main et que je l'ai appuyée au sol, sous l'autel, pour invoquer le Seigneur d'En Dessous. C'est une blessure inévitable, une souffrance que je m'inflige volontairement. Mais c'est toujours mieux que l'impuissance.

Rowan et moi sommes connectés. J'ai promis de retourner auprès de lui. Et peut-être… peut-être que le fil de magie qui nous relie pourrait me ramener à la maison.

Je me rapproche d'Owl, la lumière de ma magie danse au-dessus de nous.

– J'ai traversé les épines au risque de me déchirer pour échapper au Seigneur d'En Dessous. J'ai détruit le mur derrière lequel il me gardait en cage. Tu vois ce que je suis capable de faire. Je vais pactiser avec toi, une fois. C'est tout.

Je laisse la lumière s'intensifier, luttant pour garder mon pouvoir stable, pour ne pas montrer l'effort que ça exige de moi.

Ses yeux clignent de façon décalée. Puis, à voix basse, elle demande :

– Que m'offres-tu ?

Je desserre mes mains, relâche les fils emmêlés de magie. Ils s'éteignent et le bosquet est plongé dans la pénombre.

Tout ça a un goût de danger. Mais Rowan est *là*, au-delà de l'obscurité. Je ferai tout ce qu'il faut pour le retrouver. Je pousse un soupir, me souviens du souffle que j'ai sacrifié à Fawn. Mes doigts s'ouvrent et se ferment tandis que je réfléchis à un autre don.

Je croise le regard d'eldritch d'Owl, m'efforçant de trouver une stabilité que je ne ressens pas. Brusquement, je remonte ma manche. Au poignet, le bout de dentelle que j'ai utilisé comme pansement de fortune est maintenant trempé, cramoisi comme le bois de cœur.

– Le sang. J'offre mon sang.

Elle s'approche de moi sans bruit, jusqu'à ce que l'ourlet de sa cape de plumes frôle mes bottes. Elle plante un doigt griffu dans la peau douce sous mon menton. La brume glisse et se faufile autour de moi, et la glace commence à se cristalliser aux pointes de mes cheveux.

Elle sourit en laissant retomber sa main.

– Enlève le bandage.

Mes doigts sont déjà à mon poignet, qui déroulent la dentelle détrempée pour mettre à nu la profonde coupure laissée par une épine. Elle saisit ma main et la presse entre ses paumes. Hésite un instant, les yeux accrochés à mes sigils. Puis elle agite ses ailes et porte mon poignet à sa bouche. Ses dents s'enfoncent dans ma peau.

Je pousse un hurlement, qui résonne à travers la forêt, s'empêtre dans les arbres jusqu'à n'être plus ma voix, plus humain. La langue froide d'Owl lèche mon poignet, lape le sang.

La forêt fond, les arbres pâles aux branches enrubannées disparaissent dans la brume qui s'enroule partout. Il y a un flou d'ombres texturées, comme si je me trouvais dans une pièce après qu'une bougie a été éteinte et que mes yeux ne s'étaient pas adaptés à l'obscurité.

Puis une maison pousse à la place des arbres. Des fenêtres aux volets clos, du lierre entre elles. Une couronne de campanules est accrochée à la porte. Mes doigts laissent une empreinte de sang sur la poignée. Mon poignet n'est plus qu'une tache écarlate, déchiqueté par une coupure que je refuse de regarder. Pour ne pas regretter ce que j'ai fait.

Je me suis donnée volontairement – mon souffle, mon sang. Et lorsque la forme familière du manoir de

Lakesedge émerge de l'obscurité, je sais que le jeu en valait la chandelle.

Je suis là. Je suis à la maison.

Le bras serré contre ma poitrine, j'entre. Le hall est toujours le même, tout en beauté fanée. Les rampes sculptées qui encadrent l'escalier, la fenêtre cintrée sur le palier au-dessus, le lustre avec sa traînée de toiles d'araignée.

J'emprunte un couloir qui s'ouvre devant moi, jusqu'à une pièce où les meubles sont recouverts par des draps, comme des linceuls. La fenêtre est grande ouverte sur le ciel de minuit. *Le salon.* Le double autel est éclairé par une seule bougie, et si la Dame apparaît clairement, enveloppée d'or, la petite flamme ne suffit pas à révéler le Seigneur d'En Dessous.

Je retiens mon souffle lorsque quelqu'un sort de la pénombre. Rowan est là, debout devant la fenêtre ouverte. La lumière et l'obscurité ondulent sur lui, comme s'il était sous la surface du lac. Ses beaux traits acérés tiennent toujours plus du monstre que du garçon. Sa gorge est entourée de brins de carex noués, serrés comme un collet. Il a les yeux cramoisis, du sang coagulé aux coins comme des larmes qu'il n'aurait pas versées, les pupilles dilatées et sombres.

Il tend le bras. Le regard fixé sur le mien, il touche le sort. Je porte la main à mon propre poignet, reflétant son geste. Sous le sang et les coupures d'épines, le sigil marqué sur ma peau s'est mis à briller.

Rowan appuie. J'appuie. Mes veines brûlent sous l'effet de la magie sauvage. Le fil du sort s'allume entre nous, les brins se resserrent de plus en plus à mesure que je suis attirée vers lui. Des souvenirs affluent dans mon esprit, en flashs rapides et brutaux. Un couteau sur un poignet meurtri. Ma propre voix appelant un nom. La rive du lac lorsqu'il était encore corrompu, mes mains enfoncées dans le sol noirci.

Je me rapproche de Rowan, jusqu'à ce que ses ombres m'entourent. Il me prend la main. Ses doigts s'entrelacent aux miens, le sang poisse entre nos paumes.

– Rowan, je souffle, mi-prière, mi-supplique.

– Leta, répond-il, d'une voix qui ressemble aux vagues.

Il lève une main, les doigts tachés d'encre et terminés par des griffes. Mais même ainsi, alors qu'il n'est plus un garçon de miel et de mots tendres, mais une créature faite de ténèbres, c'est bon, c'est naturel d'être à nouveau près de lui.

Je tombe dans ses bras, m'agrippe à lui, même si mes doigts étalent du sang sur sa peau et forment des nœuds dans ses cheveux. Sous nos pieds, le sol commence à frémir. Je sens comme une traction sèche à l'endroit où le sort relie nos poignets, le fil est tendu à l'extrême, si brillant qu'il me fait mal aux yeux.

Rowan pose une main sur ma joue. Il est ombres et poison, pourtant il me touche avec une telle délicatesse, une telle dévotion… Comme si je n'étais pas une fille mais une icône peinte entourée de fleurs, toute d'or et de lumière de bougies.

– Reste avec moi, Leta. Reste.

Sa voix est le lac. Je veux me noyer dedans.

– Je resterai, je lui promets. Je resterai.

Des étincelles de magie jaillissent de mes paumes écorchées et l'air devient aussi chaud que le feu de joie de Mordété. Je le rapproche de moi, jusqu'à sentir l'écho rapide des battements de son cœur contre ma poitrine. Le visage levé, je sens le râle de son souffle désespéré sur ma bouche. Puis j'écrase mes lèvres sur les siennes dans un baiser profond.

Rowan a le goût du sang, l'amertume d'un sédatif. Du sucre brûlé, du thé noir. De sa gorge monte un grognement sourd et il m'embrasse en retour, éraflant ma lèvre de ses dents, sa langue rugueuse contre la mienne. Autour de nous, la lumière commence à s'effriter, morceau par morceau. La forêt se referme et nous nous retrouvons tous les deux au centre d'un cercle de pierres, de granit carbonisé qui semble avoir été brûlé. Les arbres au-delà sont squelettiques, toutes les feuilles ont été arrachées de leurs branches.

C'est le bosquet infesté, l'endroit où je suis morte. L'endroit où j'ai été dévorée par la Corruption.

Je lève les yeux. Les ténèbres bouillonnent dans le ciel. La Corruption commence à se déverser sur moi, occultant tout le reste jusqu'à ce que je me perde sous elle, sous la sensation de dents et de griffes sans fin.

À mon poignet, le lien brûle. Rowan est toujours là, quelque part au-delà des ténèbres. Je tends les bras vers lui, le garçon que j'aime, ses cicatrices, son poison et sa beauté.

Je tends les bras, mais il n'est plus là.

8
ROWAN

Je suis sur la rive. Au clair de lune, le lac est noir. Les cicatrices à mes poignets se sont rouvertes. Du sang noirci coule entre mes doigts. Le fil de la magie de Leta est toujours attaché à moi. Éclairé d'une lueur pâle, il s'étire, tendu à l'extrême dans l'obscurité. La lumière hésite, puis la magie se tord, une fois et violemment.

Tout ce que j'ai vu grâce à la vision convoquée à partir du sigil d'Arien, en revanche, a disparu. Le salon plongé dans les ombres. Leta, le chagrin et l'émerveillement dans sa voix quand elle a prononcé mon nom. La chaleur de ses baisers tandis que le sort se tissait entre nous.

Il ne reste que mes derniers mots, comme un écho dans l'air.

Reste avec moi.

Sous mes pieds, un chemin est tracé dans le sol. Qui mène jusqu'à l'eau. Je commence à le suivre.

Au loin, j'entends Arien m'appeler.

– Rowan, arrête ! Tu ne peux pas…

Sur mon poignet, des lignes se dessinent, spirales à partir du sigil. Elles s'enroulent à l'intérieur de mon bras, dans le creux de mon coude. L'obscurité bat en même temps que mon pouls. Je sens qu'elle veut s'étendre plus loin. Devenir une partie inextricable de moi.

Je fais un nouveau pas en avant. Les étoiles remplissent le ciel au-dessus du lac. L'eau scintille de leur reflet. Une vaguelette vient mourir à mes pieds.

Arien m'attrape par le bras. Il commence à me tirer en arrière. Ma main ensanglantée s'agrippe au vide. J'ouvre la bouche pour parler, mais il n'en sort qu'un grognement.

Je me débats, essaie de me libérer. Arien me fait reculer, m'éloigne de l'eau alors que je lutte contre lui. Je montre les dents. J'exhibe mes griffes. Le poison est dans mes veines, qui transperce mon cœur. Pourtant, sa main se resserre autour de mon poignet et il me traîne jusqu'à la lisière de la forêt. Mes genoux cèdent et je m'écroule au sol.

J'essaie de me relever, mais Arien me repousse à terre. Je lui réponds par un grognement.

– Laisse-moi partir. Je dois retourner auprès d'elle, Arien. Je dois…

D'autres ténèbres s'échappent du sigil comme des volutes. Elles traversent mes paumes, enveloppent mes doigts. Ma vision commence à noircir. La douleur dans ma poitrine est un couteau que l'on y tord. Une traction familière. La même faim exigeante de la Corruption. Je suis encre, boue et poison.

Je suis perdu, je suis perdu, je suis perdu.

Arien appuie ses mains sur moi. De la magie s'échappe de ses paumes en volutes de fumée. Une explosion de pouvoir, froide et tranchante, traverse ma poitrine. Elle m'immobilise un instant, puis je me ressaisis. Je me dégage de son emprise, veux l'attraper à la gorge, mais il resserre sa prise autour de mon bras. Les traits déformés par la colère, il darde sur moi un regard noir empli de magie.

Sa voix devient féroce.

– Rowan. Non !

Des pas précipités entre les arbres, suivis d'un cri frénétique.

– Arien !

Un éclair de lumière crépite au-dessus de nous, un flash soudain. Clover traverse en trombe le rivage, yeux dorés, expression furieuse. Elle m'attrape le poignet. Son pouvoir me traverse, me brûle. Je me mords la langue. Goûte le sang frais. Elle enfonce les ongles dans mon bras.

– Ça suffit ! Rowan, arrête !

Je recule en titubant, consumé par la chaleur et l'éclat de sa lumière. Je lâche un grognement quand Arien me pousse au sol. La boue s'infiltre à l'arrière de ma chemise. Froide contre ma peau enfiévrée. Arien et Clover se penchent sur moi. Leurs mains se posent sur ma poitrine. Leur magie s'enroule autour de mon corps, en un piège d'ombre et de lumière. J'arque le dos, les yeux rivés sur le ciel éclairé par la lune. De l'eau noircie s'écoule des entailles ouvertes sur mes bras.

Je ne pense qu'à Leta, toujours attachée à moi. Leta, dans le monde du Dessous. Le sigil à mon poignet donne une ultime impulsion. La dernière lueur du fil d'incantation s'éteint. Mais je ne veux pas que ça disparaisse. Ni le sort, ni la douleur, ni le poison. Une fois que tout retombera, Leta sera perdue, fondue dans cette obscurité. Je ne pourrai plus jamais l'atteindre.

Alors je me débats pour me libérer.

– Non... Vous ne pouvez pas...

Ma voix est rauque. Je sens le lac dans mes poumons. Clover m'attrape par la chemise. En tord le col dans sa main. Elle m'attire à elle et me fourre une fiole dans la bouche : un liquide amer coule sur ma langue. Je m'étrangle avec, tente de le recracher, mais ses doigts appuient sur ma mâchoire pour me forcer à avaler. Le flou familier du sédatif m'envahit.

Il agit rapidement. Mes membres se dérobent sous moi, mon cœur ralentit.

Arien et Clover me retiennent piégé encore un moment. La sensation de leur magie contre ma peau est insupportable. J'étouffe, je peine à respirer. Je voudrais être n'importe où ailleurs qu'ici.

Enfin, ils me relâchent. Je me recroqueville, pantelant. Je tremble de la tête aux pieds, des frissons incontrôlables que je ne peux réprimer. Clover pose une main sur mon épaule. Décrit un cercle tout en douceur. Puis elle m'attrape le menton.

– Regarde-moi. Tu es toujours toi ?

J'essaie de me focaliser sur elle alors qu'un autre frisson me déchire. Ma peau est couverte de sueur, pourtant j'ai atrocement froid. Je fusille Clover et Arien du regard.

– Je ne vais pas me transformer en loup des bois et dévorer tout le monde.

Arien hausse un sourcil.

– Ah non ?

– Pas encore.

Clover secoue la tête en nous regardant tous les deux. Elle me lâche pour sortir un ruban de sa poche et entreprend de tresser ses cheveux défaits. Ses joues flamboient de colère. Pourtant, lorsqu'elle parle, elle est au bord des larmes.

– C'était complètement irréfléchi. Tu aurais pu être blessé, voire pire. Tu aurais pu…

Elle s'interrompt, les lèvres serrées. Secoue la tête parce que les mots la fuient.

Arien noue ses doigts dans le revers de sa chemise.

– Je devais essayer, Clover. Il fallait que je sache.

– Je ne… veux pas vous perdre, ni l'un ni l'autre, pas plus que Violeta.

Son regard s'égare sur le lac. Elle cligne rapidement des yeux, retient des larmes.

Arien la considère d'un air solennel.

– Mais s'il y a une chance que Leta soit encore en vie, comment ne *pas* essayer de la retrouver ?

Avec un soupir, Clover se remet debout. Me tend la main. J'hésite, me retourne pour regarder l'autre extrémité du rivage. Le chemin que j'ai vu, celui qui menait à l'eau, a disparu.

Je ferme les yeux. J'imagine un fil tendu à travers l'obscurité. Mais j'ai beau m'étirer, tendre le fil, il n'y a que le silence.

Je prends la main de Clover. La laisse m'aider à me relever. Lentement, nous retournons à la maison. Arien et Clover restent de chaque côté de moi, à pas ralentis pour se caler sur mon rythme hésitant. Je serre contre moi le dernier photophore. Tout ce qui se trouve en dehors du cercle de sa lumière se confond avec des ombres. Les arbres, le jardin, la cicatrice dans le sol.

De retour dans la cuisine, j'approche une chaise de l'âtre et je m'assieds. Clover s'installe à même le sol à côté de moi. Avec précaution, elle saisit mon poignet, remonte ma manche. Elle pose un doigt inquisiteur sur le sigil. Je grimace. Ma peau est un patchwork d'hématomes et de sang. Mes veines sont encore noircies par le poison.

Mais lorsqu'elle me touche, les ténèbres ne s'étendent ni ne progressent.

Elle passe en revue les nouvelles marques qu'Arien a ajoutées au sort.

– Tu as essayé de l'amplifier ? lui demande-t-elle, un sourcil haussé.

Il confirme d'un signe de tête, à quoi elle esquisse un sourire triste et distant.

– C'était une bonne idée, convient-elle. Et comment… ça a marché ?

Elle nous regarde tour à tour, Arien et moi. Elle est toujours en colère, mais sous cette rage transparaît une petite lueur d'espoir.

– Ça a marché, lui dis-je. Mais ce n'était pas suffisant.

La porte de la cuisine s'ouvre et Florence entre dans la pièce. Elle nous dévisage un long moment. Son regard se pose sur moi. Mes poignets ensanglantés. Le nouveau sigil incriminant sur ma peau. Elle secoue la tête. Soupire. Puis prend un linge et s'approche de moi.

Je remonte un peu plus ma manche et lui laisse prendre mon bras. Assis sans résistance, je la regarde essuyer le sang. Elle est silencieuse, troublée. Enfin, elle demande :

– Rowan, s'il te plaît… dis-moi exactement ce que tu as fait.

Je commence à expliquer les visions que j'ai eues de Leta, celle du rivage avec le sort d'Arien, qui était à la fois la plus étrange et la plus réelle.

– On est toujours liés par le sort qu'elle a dessiné sur moi. Et quand on est ensemble, dans les visions, notre connexion semble plus forte encore. Mais… ça ne dure jamais. J'essaie de la retenir, malheureusement, elle disparaît chaque fois.

Florence repose le linge et sort un bandage en lin propre, qu'elle déroule.

– Et la magie te fait mal, quand tu tentes de la retrouver.

– Ça n'a pas d'importance.

Elle me jette un regard irrité en finissant d'attacher le bandage autour de mon bras.

– Si, c'est important.

Arien sort le papier de sa poche et montre à Florence le sort qu'il a utilisé.

– Il nous faut un moyen de faire durer la connexion plus longtemps, sans risquer que Rowan se retrouve englouti. J'ai pensé qu'aller sur le rivage nous aiderait. C'est là qu'on a réparé la Corruption, et où Leta a utilisé la magie du Seigneur d'En Dessous. Mais il manque encore quelque chose.

Clover prend la page d'Arien.

– Fais-moi voir.

Il fronce les sourcils à mesure qu'elle lit le sigil. Arien se rapproche d'elle. Ils tombent dans un silence qui me rappelle les jours qu'ils ont passés dans la bibliothèque, tête baissée sur des cahiers pour préparer les rituels. En dépit de tout, j'y trouve un étrange réconfort.

La magie, le poison, le risque... c'est toujours mieux que d'être impuissants.

Je ferme les yeux et visualise le lac. Le sentier qui mène à l'eau. Je ne peux me défaire de l'impression que si j'avais essayé plus fort, si j'étais allé plus loin dans les ombres, j'aurais été capable de tirer Leta des ténèbres.

– On doit trouver le moyen de renforcer le pouvoir, je déclare à Clover et Arien.

Clover plisse les yeux. L'air songeuse, elle trace des motifs dans les cendres de l'âtre, qui ressemblent à des sigils à moitié formés. Elle se mord la lèvre, pensive. Puis elle efface les esquisses d'un coup sec.

– L'autel et le lac sont deux endroits où Leta a communiqué avec le Seigneur d'En Dessous. Mais ce n'est pas le premier endroit où elle a conclu un marché.

Arien se lève. Il contemple le feu et une lumière passe sur ses traits. Son expression se trouble.

– Il faut retourner là où je suis mort.

Je le regarde. Ses doigts tachés de magie, ses yeux encore sombres. Les signes de son alchimie, transformée par le Seigneur d'En Dessous. Arien et moi... nous partageons ce point commun. Nous sommes tous deux passés près de la frontière avec la mort. Revenus, marqués à jamais.

– Tu parles des bois de Vair, dis-je. Les bois près de votre village.

Il acquiesce, solennel.

– Les bois où Leta a conclu le premier pacte qui m'a sauvé.

Florence s'interpose entre nous. Elle me prend la main, plonge son regard dans le mien.

– Rowan, Violeta me manque terriblement. Mais si ça tourne mal…

– Leta m'a sauvé, je la coupe. Elle nous a tous sauvés. Je ne vais pas mentir et ériger un bûcher pour elle. Dire à tout le monde qu'elle est morte. Je ne peux pas la laisser partir comme ça. Mais je ne demande à personne d'autre de prendre le risque. Je peux le courir seul.

Arien ricane.

– Oui, c'est vrai que ça s'est très bien passé pour toi la dernière fois.

Il indique les cicatrices à ma gorge. Les marques laissées par ma dernière tentative désespérée pour sauver Elan du Seigneur d'En Dessous.

Clover marmonne son approbation.

– La seule façon pour que ça marche, c'est qu'on y aille ensemble.

Elle enlève ses lunettes, les serre dans un poing maculé de boue. La fatigue marque ses yeux, les rend sombres.

– Si Violeta est vraiment là-bas, ajoute-t-elle, s'il y a une chance de la trouver, alors on doit tous essayer.

J'incline la tête vers elle, vers Arien.

– Ensemble, alors.

Florence pince les lèvres, hésitante.

– Je sais que je devrais vous dire à tous de ne pas y aller. Mais…

Elle laisse sa phrase en suspens, des larmes sur les joues. Puis elle me prend dans ses bras.

Lentement, je l'enlace en retour. Il y a si longtemps que je ne l'ai pas laissée m'étreindre comme ça. Ça me fait bizarre. J'ai toujours voulu son réconfort, mais maintenant que je suis là, je ne sais pas comment me laisser aller.

Nous restons un long moment sans bouger. Puis elle s'écarte et nous jette à tous un regard sévère.

– Je vous attendrai. Vous avez intérêt à rentrer à la maison sains et saufs.

– Oui, je réponds.

Arien esquisse un léger sourire.

– Ne t'inquiète pas, Florence. Qu'est-ce qu'un peu de danger en plus, après tout ce qu'on a affronté jusqu'à présent ?

– Oh oui, c'est très rassurant. Vous devriez partir aux premières lueurs du jour, ajoute-t-elle en lissant ses jupes. Je vais vous préparer quelques affaires.

– Je viens t'aider, propose Clover.

Ensemble, elles quittent la pièce. Arien et moi restons seuls près de l'âtre.

Dehors, le vent souffle plus fort. Il secoue les volets, se glisse sous la porte dans un murmure grave. Un frisson me parcourt le dos. Je me rapproche du feu. Pense aux bois de Vair. Au clair de lune entre les arbres. À nous tous au milieu de la forêt. En cercle autour d'un endroit où un enfant gisait, mourant.

– Arien, est-ce que tu… Tu t'en souviens ? Quand le Seigneur d'En Dessous est venu te voir ?

Ses joues se mettent à rougir. Il tire sur le bord de sa manche.

– Je n'étais qu'un bébé quand on est allés dans les bois. C'est Leta qui s'en souvenait le mieux.

Il se tait. Le poids de ce que nous savons tous les deux plombe l'air. Les souvenirs de Leta sur leur vie d'avant, avec leur famille, ont maintenant disparu à jamais.

– Je me rappelle la nuit où notre village a brûlé. J'avais très peur. Quand le Seigneur d'En Dessous est apparu dans les bois, il n'était qu'une voix sortant de l'ombre. Pourtant, je savais qu'il était réel.

J'opine lentement, en me remémorant les occasions où le Seigneur d'En Dessous m'a parlé. La première fois, lorsqu'il m'a sauvé. La seconde, lorsqu'il est revenu réclamer ma vie. Il n'a jamais été qu'une voix dans les ténèbres. Pourtant, son attrait, sa cruauté, son pouvoir… tout ça avait un poids.

Je l'ai ressenti à l'époque. Je le ressens encore lorsque je m'agenouille devant le double autel pour l'observance. Une lourdeur dans le silence des bougies. Comme s'il me surveillait. Et maintenant, je vais me rendre à l'endroit où Leta a négocié pour la première fois avec lui. Tenter de la ramener de son monde au nôtre.

Doucement, les yeux baissés, je dis à Arien :

– On va devoir s'approcher de Greymere pour atteindre les bois.

Il laisse échapper un soupir las. Je devine ses pensées tournées vers le passé. Vers le village qui le craignait. Vers la cruauté de la femme qui l'a élevé.

– Je sais, dit-il. Quand je suis parti, quand je t'ai laissé m'emmener, je me fichais de ce que tu attendais de moi. Tout ce qui m'importait, c'était de ne plus avoir à cacher qui j'étais. Je savais qu'un monstre n'aurait pas peur de ma magie.

– Pour ce que ça vaut, je suis désolé de t'avoir fait peur.

Il rejette mes excuses d'un geste de la main.

– Je n'ai pas eu peur.

Ma bouche esquisse un sourire penaud.

– Ah non ?

– Je savais comment réagirait Leta si tu me faisais du mal. Tu es peut-être un monstre, n'empêche qu'elle est bien plus effrayante que tu ne le seras jamais.

Je parviens à rire.

– Je suis d'accord.

Arien rit aussi. Puis il redevient sérieux et redresse les épaules, résolu.

– Je n'ai pas peur d'y retourner, Rowan. Pas si c'est ce qu'il faut pour la retrouver.

Alors que nous sommes assis là ensemble, plongés dans le silence, j'essaie d'imaginer à quoi ressembleront les choses, de retour dans les bois de Vair. C'est impossible. Je n'ai que le goût du poison dans la bouche. La douleur de la magie à mon poignet.

Je glisse les doigts sous ma manche. J'appuie sur le sigil. M'accroche au souvenir d'un fil qui part de moi et cherche Leta. Qui nous lie l'un à l'autre.

J'espère avoir fait le bon choix. Que notre étrange connexion liminale résonnera plus fort au cœur des bois.

9
VIOLETA

Lorsque l'obscurité se dissipe, je suis toujours dans le bosquet dévasté. Tout ce qui était dans ma vision – Rowan, le fil de magie, ma promesse chuchotée – s'est évanoui. Il n'y a pas non plus trace de Fawn ou d'Owl. Pas de rubans ensanglantés ni de plumes perdues. Pas de voix mêlée au vent. Même la couche de neige de plus en plus épaisse n'est pas marquée par leurs empreintes.

Au désespoir, je saisis mon poignet. J'appuie sur le sigil aussi fort que possible. Les yeux clos, je sens presque le sort qui me connecte à Rowan. C'est à peine déchiffrable, mais la magie est là, toujours là, qui bat dans mes veines comme un second pouls. Et il est là, quelque part à l'autre bout.

Pourtant je suis seule, dans le bosquet où j'ai réparé la Corruption.

Des pas crissent dans la neige et je lève les yeux, surprise. L'air est chargé de pouvoir, d'une magie au goût de sel et de cendre, un goût assez familier pour que les battements de mon cœur s'emballent. Je lâche le sigil et grimpe rapidement sur les pierres, à toute vitesse, vers l'autre extrémité du bosquet où je me glisse entre les arbres.

Derrière une rangée de bois de cœur noircis et cicatrisés, je vois le Seigneur d'En Dessous sortir des ténèbres. Il marche lentement, la capuche de son manteau assez bas pour cacher son visage. À mesure qu'il se rapproche, suivi par une traînée de brume, la colère monte en moi.

Je pense à la dernière fois où nous nous sommes trouvés ici, lorsque nous avons conclu notre dernier marché. Quand il s'est agenouillé à mes pieds et que je lui ai donné ma promesse, je pensais avoir mesuré mes mots avec soin. *Protégez-moi de la Corruption. Je ne vous oublierai jamais.* Il m'a déclaré qu'il me guérirait et me laisserait rentrer chez moi. Au lieu de quoi, il m'a donné une vie au-delà des frontières de la mort. Il m'a renvoyée chez moi en faisant mienne une partie de ce monde.

Il fait froid, si froid, que le sang des blessures d'épines a figé sur mes bras. Pourtant, malgré l'air gelé, je suis enfiévrée par la fureur. Tellement en colère que des vagues de chaleur irradient de ma peau. Je m'élance, sors du couvert des arbres et tends mon bras vers lui. La manche de ma cape remonte, dévoilant le sigil.

– Quand le poison m'a emportée, vous avez dit que je ne pourrais jamais revenir dans le monde du Dessus. Que j'étais morte. Alors pourquoi suis-je encore liée à Rowan par ce sort ?

Il reste silencieux. Je prends une brusque inspiration et m'approche d'un pas supplémentaire.

– Je veux que vous me disiez la vérité.

– Eh bien, me répond une voix chantante, il y a vérité et vérité, n'est-ce pas ?

Je m'arrête si brusquement que mes bottes soulèvent un nuage de neige. Une main gantée se dégage de la cape et rabat la capuche. Et ce n'est pas du tout le Seigneur d'En Dessous, mais une étrange créature pâle.

Contrairement à Owl ou Fawn, celle qui se tient devant moi ne pourrait jamais être confondue avec une humaine. Sa peau est d'une pâleur exsangue, ses cheveux d'un bleu de givre, ses yeux énormes, d'un noir solide sous des sourcils arqués.

Elle se tient dans une posture aussi royale qu'une reine des fées, le menton haut, un sourire sur ses lèvres pleines. Elle est vêtue de noir et la large jupe de sa robe est brodée d'un motif marbré, des taches de charbon et d'argent, une bordure de dentelle ouvragée. Elle porte une couronne d'acier filé en forme de plumes, comme les bois d'un fantôme.

Ce n'est pas une fille, mais le mot « monstre » n'est pas non plus adéquat. Ma voix, si déterminée quelques secondes plus tôt, quand je pensais parler au Seigneur d'En Dessous, s'adoucit maintenant par prudence.

– Qui êtes-vous ?

– Tu peux m'appeler… dame Moth.

Un courant d'air froid fait frémir les arbres, une odeur de fumée, comme si quelqu'un venait de souffler une bougie. En frissonnant, je resserre ma cape autour de moi.

– Vous êtes quoi ?

Ses yeux se posent sur moi, considèrent le bas boueux de ma chemise de nuit, ma cape en lambeaux, mon bras blessé. Une acuité troublante brille dans son expression, et son sourire s'élargit.

– Tu dois le savoir, maintenant. Après tout, tu as rencontré mes sœurs. Et je sais que tu connais mon frère.

– Vous êtes tous…

Le mot se bloque dans ma gorge et sort dans un murmure :

– Des *dieux* ?

Dame Moth relève ses jupes et s'approche précautionneusement de moi.

– Croyais-tu que le Seigneur d'En Dessous était le seul de son espèce ? raille-t-elle, avant de lâcher un petit bruit moqueur. Il lui plairait de te savoir dans l'erreur, j'en suis sûre. Mais non.

Muette, je tourne et retourne ses mots, m'efforçant de comprendre ce qu'ils signifient.

– Mais comment… ?

Son sourire s'étire encore, à croire qu'elle se délecte de ma confusion.

– Le monde du Dessous est divisé en terres limitrophes, comme le monde du Dessus. Là-haut, chaque endroit est géré par une famille noble. Il n'en va pas autrement dans notre monde. Chaque région a son propre gardien qui veille sur les âmes du domaine.

Je pense au monde du Dessus, à Rowan qui est le seigneur de toutes les terres qui s'étendent des bois de Vair au domaine de Lakesedge. Il est étrange d'imaginer que le monde du Dessous fonctionne de la même façon. Divisé par des frontières et lié par leurs propres versions des rituels de notre village. Des feux de joie sous une lune invisible, des arbres qui livrent des branches enrubannées en guise de dîme annuelle.

Et puis, il y a ma place dans tout ça. Mon empoisonnement et mon transport par le Seigneur d'En Dessous à travers la forêt, les étranges silhouettes apparues le long du chemin. Mon chalet, construit de ses mains, coupé du reste des bois par le mur de ronces.

La vérité est une liane épineuse, lentement enroulée sur moi et de plus en plus serrée, jusqu'à ce que je puisse à peine respirer.

– Il ne m'a rien caché. C'est moi qu'il cachait… de vous.

Dame Moth pose sur moi un regard accusateur et je me sens observée d'extrêmement près, de la même façon que lorsque je marchais dans les bois, les yeux des arbres étaient braqués sur moi.

– Il nous a dit que tu étais morte. Une âme de plus, revendiquée comme n'importe quelle autre. Il s'est donné beaucoup de mal pour te garder secrète, tu ne trouves pas ? Sa petite humaine. Son animal de compagnie.

Je croise les bras.

– Je ne suis pas « sa » propriété.

– Il a pourtant enfreint nombre de règles pour toi, Violeta. Tu dois être très spéciale à ses yeux, lâche-t-elle en s'approchant, sourire conspirateur aux lèvres. Dis-moi : est-il spécial pour toi ?

– Non.

Mais j'ai beau protester, je ne peux m'empêcher de penser à la façon dont je l'ai laissé me toucher dans le jardin. À ce que j'ai ressenti lorsqu'il a jeté le sort et pris ma douleur, au silence de sa poitrine quand il m'a enlacée, à la caresse de ses griffes dans mes cheveux.

Et en dépit de tout – ma confusion, ma colère, ma fuite à travers les bois alors qu'il me poursuivait –, une rougeur inopportune se répand sur mes joues. Dame Moth capture mon visage entre ses mains. Elle appuie ses pouces contre ma peau et rit en sentant la chaleur.

– Oh, je t'ai gênée. En vérité, je n'ai aucune idée de la raison pour laquelle l'un des nôtres voudrait d'une relation sentimentale avec une créature comme toi. Mais il a toujours eu des goûts bizarres. Il serait doux avec toi, je pense – du moins il essaierait. Tu ne lui seras d'aucune utilité si tu es brisée.

– Je n'ai nulle envie de vos conseils sentimentaux.

Elle secoue la tête, riant doucement pour elle-même. Puis son regard se pose sur mon poignet ensanglanté. Instinctivement, mes doigts s'enroulent autour du sigil.

– Tu as des envies, cependant, Violeta. Que cherches-tu, ici, dans les bois ?

Plantée là devant elle, ce monstre, ce dieu, j'ai l'impression d'être en équilibre sur le fil du rasoir. Je prends une lente inspiration, tâchant de m'ancrer dans le sol. La chaleur de mon pouvoir, d'abord discrète, commence à se répandre sur mes mains.

Je me rapproche de dame Moth et soutiens son regard.

– Je voulais trouver la vérité.

– Tu voulais trouver Rowan.

Au son de son nom sur sa langue acérée et sournoise, je recule. Et puis, sa voix se fait plus basse et elle poursuit :

– S'il y avait un moyen pour toi de repartir... le saisirais-tu ?

Je m'immobilise soudain, comme touchée par un sortilège. Chaque mot me fait l'effet d'un danger. Je lui réponds dans un silence dur comme du verre. Il fera couler le sang si je l'agrippe trop fort.

– Tout dépend de ce que je devrais faire.

Mon esprit est flou, rempli de calculs plus complexes que n'importe quelle formule alchimique de Clover.

– Je pourrais... vraiment retourner là-haut, être à nouveau avec Rowan ? je bredouille.

Dame Moth passe son pouce sur ma joue en fredonnant pour elle-même. Le temps semble ralentir. Tout a des allures de cire fondue qui coulerait le long du cierge d'un autel. Puis son expression s'assombrit et son sourire se transforme en un rictus irrégulier et... affamé.

Sa poigne se resserre sur ma mâchoire, ses doigts gantés appuient fort.

– Je ne voulais pas dire que tu retournerais dans le monde du Dessus, ni à ce garçon à qui tu as donné ton cœur. Je voulais dire que tu retournerais à ta place.

– Non... je ne...

J'essaie de la repousser, mais sa main glisse le long de mon bras et m'attrape le poignet.

– Mes sœurs se sont comportées de manière stupide lorsqu'elles t'ont aidée. Presque aussi stupides que mon frère. Il a failli tout gâcher avec la Corruption avant que tu ne la répares pour lui. Toute cette histoire aurait dû se terminer là : toi détruite par le poison et l'équilibre de notre monde rétabli.

Elle enfonce douloureusement ses doigts dans mon bras, sur la blessure où dame Owl a pris sa part de sang. Je pousse un cri et recule d'un bond, pour tenter de me libérer. Mon corps est parcouru d'un bourdonnement de pouvoir, qui crépite en réaction à la douleur. La marque en forme de croissant palpite sauvagement au centre de ma paume. Du sang coule sur le sol, semant des taches cramoisies dans la neige.

Je lève mon autre main pour saisir les fils de ma magie. La lumière brûle le bout de mes doigts tandis que je lance un regard à dame Moth.

– J'ai gagné ma place ici.

Elle montre les dents. Resserre sa prise, m'attire vers elle. Nous sommes si proches que je distingue les fines veines de ténèbres sous sa peau pâle.

– Tu joues les braves, s'emporte-t-elle, mais tu n'es qu'une humaine dans un monde de dieux. Mon frère pense te garder à ses côtés, seulement les morts doivent rester morts. Tu n'as plus qu'une seule chose à donner maintenant, Violeta.

Dans un mouvement d'une vitesse inouïe, elle m'attrape à la gorge. Je me débats, mes pieds glissent sur la neige. Ses yeux sont voilés par une faim glacée. Plus je me démène, plus elle semble satisfaite.

Je pense avec nostalgie à la force que j'avais autrefois, celle de mettre fin à une malédiction, d'appeler un dieu à sortir de l'obscurité. Un seul mot, désespéré, résonne dans mon esprit. *Encore*.

Aujourd'hui, mon pouvoir n'est plus qu'une chaleur infime dans les paumes de mes mains écorchées. La flamme toute simple d'une bougie dans la pénombre. Pourtant, je m'accroche à ces traces ténues alors que je lutte contre dame Moth. L'air étincelle quand je m'agrippe à son poignet, essayant d'enfoncer mes ongles dans sa peau. Je visualise des fils de lumière autour de ses os que je sens fragiles.

Ses doigts se resserrent brutalement autour de ma gorge. Ma vision devient noire. Je commence à m'enfoncer, les membres flasques. Tout se rétrécit, jusqu'à ce que je n'entende plus que le rugissement du vent qui secoue les branches au-dessus de ma tête.

Puis une marée d'eau sombre déferle sur le sol, qui gèle en rubans déchiquetés sur la neige. Le Seigneur d'En Dessous émerge à grandes enjambées d'entre les arbres, les dents dénudées sur un grognement aussi aiguisé qu'une lame. Son visage est un masque de rage incandescente. Il lève la main, griffes acérées, et la magie se répand dans l'air.

Secouant la tête, il me grogne dessus d'une voix empreinte de dégoût :

– Petite bête ingrate !

Puis il se tourne vers dame Moth et crache un mot que je ne comprends pas. Les syllabes sortent de sa bouche et résonnent à travers le bosquet ravagé. Tout s'arrête. Tout. Même la neige s'immobilise, les flocons de glace deviennent statiques.

Les yeux de dame Moth s'écarquillent. Elle dévisage le Seigneur d'En Dessous avec une fureur impuissante. Il serre son poing griffu enveloppé d'ombre et l'abaisse brusquement, arrachant dame Moth de mon corps. Je tombe à genoux et me mets à tousser, peinant à recouvrer mon souffle.

D'autres ombres surgissent du sol. Elles s'enroulent autour de dame Moth et la capturent entre leurs fils de plus en plus serrés. Le Seigneur d'En Dessous grogne à nouveau ce mot étrange et informe.

– Sœur, donne-moi une raison de ne pas te tailler en pièces sur-le-champ.

Dame Moth le regarde en ricanant. Une traînée de sang noirci suinte de ses lèvres.

– Tu vas vraiment perdre ton temps avec moi, alors que ton petit animal de compagnie gît blessé dans la neige ?

Le regard du Seigneur d'En Dessous devient mauvais au mot « animal ».

– Violeta peut prendre soin d'elle-même.

– Oui, elle s'est bien débrouillée jusqu'à présent. Elle s'est enfuie loin de toi. Elle a passé un pacte avec Fawn et Owl. Essayé de retrouver son chemin pour retourner dans le monde du Dessus.

Le Seigneur d'En Dessous me jette un coup d'œil. Dame Moth profite de cette distraction, où sa poigne se relâche, pour libérer sa main du piège de la magie. Elle a dans les yeux un éclat doré, comme Fawn lorsqu'elle a lancé un sort.

Un nuage de papillons de nuit descend des arbres et la magie qui l'emprisonnait se désagrège. Elle-même se dissout dans un tourbillon d'ailes. Le bosquet est éclairé – brièvement, d'une lumière d'argent – avant qu'elle ne s'évanouisse dans l'obscurité.

Le Seigneur d'En Dessous la suit d'un regard furibond avec un autre juron incompréhensible. Puis il s'avance jusqu'à l'endroit où je suis effondrée dans la neige.

– Je t'avais prévenue. Je t'avais mise en garde contre les dangers de la forêt. Si je n'étais pas arrivé à temps, Moth t'aurait arraché la gorge.

J'enfonce mes doigts dans la terre froide et je soutiens son regard, impassible.

– Je suis toujours liée à Rowan. Le sort que j'ai jeté, le sort que vous m'avez donné pour arrêter la Corruption qui le dévorait, il nous connecte. Pendant tout ce temps, j'avais une chance de le revoir. D'y retourner. Et vous me l'avez caché. Vous m'avez gardée enfermée dans cette cage que vous avez construite.

Des ombres furieuses affluent autour de lui. Les dents serrées, il me rétorque d'une voix basse qui ressemble à un grognement sourd :

– Quel que soit le lien ténu que tu imagines entre Rowan Sylvanan et toi, ça ne change rien. La vie que je t'ai donnée ici est tout ce qui te reste. Il n'y a aucun moyen de revenir en arrière.

Il tend brusquement la main vers moi pour m'aider à me relever. Je l'ignore et me hisse maladroitement sur mes pieds instables. Je laisse échapper un cri, la gorge encore irritée.

– Ce que vous m'avez donné n'égalera jamais ce que vous m'avez volé. Vous m'avez enlevée à ma famille et à ma maison. Vous avez pris tous les souvenirs que j'avais de ma mère et de mon père. Vous m'avez *tout* pris.

Il me toise d'un regard noir, le visage marqué par une exaspération acérée.

– Je t'ai tout donné. Une maison, une vie au-delà de la mort. Ne te comporte pas comme si tu étais irréprochable,

Violeta. Je n'ai rien volé. Tu t'es offerte à moi, avec les souvenirs de tes parents. Tu étais très pressée de te sacrifier pour protéger ceux que tu aimais, qu'ils le veuillent ou non.

Je fonce sur lui. Des étincelles de magie crépitent dans l'air à chaque coup que je porte à son torse. Il recule d'un pas, les mains levées, des ombres jaillissant de ses paumes. La brume s'élève entre les arbres en ruine et la neige se transforme en pluie, des gouttes glacées de la couleur de l'encre qui se répandent sur le chemin.

Je lève aussi la main, en écho à son geste. La petite flamme pâle de ma magie illumine l'air entre nous.

– Vous vous êtes servi de moi.

– Oui, admet-il, féroce et sans remords. En effet. J'avais besoin d'un vaisseau volontaire pour contenir la Corruption, car c'était le seul moyen de la réparer. Et j'avais l'intention de la laisser te détruire.

L'honnêteté brutale de ses mots me fait vaciller. Je le savais depuis le début, je savais qu'il avait l'intention de se débarrasser de moi. Mais l'entendre exprimé si crûment change ma colère en rage bouillonnante. Un feu de forêt au centre de mon corps.

Ma bouche se tord sur un grognement.

– C'est tout ce que j'ai jamais été pour vous. Un moyen de parvenir à vos fins.

– Oui. En effet.

Je le frappe à nouveau. Il ne bouge pas, ne se défend pas, ne cède pas. Je le frappe et le frappe encore. Il reste debout, immobile et silencieux, jusqu'à ce que je sois à bout de souffle, affalée contre lui, les poings noués dans sa cape. J'appuie mon front contre son torse et me mets à pleurer à chaudes larmes, des larmes affreuses qui ruissellent, brûlantes, sur mes joues.

Le Seigneur d'En Dessous lève la main, passe ses griffes dans mes cheveux. Je sens la colère contenue dans son geste, dans la façon dont ses doigts tremblent, et le mouvement raide lorsqu'il inspire.

– Tu étais un moyen de parvenir à mes fins. Tu m'as donné ce dont j'avais besoin : le pouvoir de mettre un terme à la Corruption et un moyen de la contenir. J'avais l'intention de te laisser mourir, de m'approprier le pouvoir issu de ta douleur et de ton désespoir, de te placer à l'intérieur d'un de mes arbres. Voilà comment ça aurait dû se terminer entre nous.

– Je vous déteste, je sanglote. Je vous déteste, je vous déteste.

Je n'ai jamais ressenti un tel désespoir. J'ai envie de le repousser, de le mettre en pièces, de le voir se changer en poussière. De l'attirer tout contre moi.

Tendrement, il essuie ma joue avec son pouce. Lorsque je tente un regard vers lui, son expression s'est progressivement adoucie.

– J'avais l'intention de te laisser mourir, répète-t-il. Mais tu m'as rappelé. Quand tu as demandé mon aide, tu as été très courageuse, même face à ta ruine. Et j'ai réalisé… que je ne voulais pas te voir disparaître.

– Comment puis-je croire ce que vous dites ?

Il me dévisage un instant. Il hésite, paraît mesurer ses mots. Enfin, il répond, tout bas comme un vœu :

– Parce que je tiens à toi, Violeta.

Je secoue la tête, incrédule.

– Vous tenez à moi ?

Sans ciller, il soutient mon regard.

– Je tiens tellement à toi que j'ai enfreint les règles de mon monde. Risqué la colère de mes sœurs. Tout ça pour pouvoir tenir la promesse que je t'ai faite à genoux, au centre de ce même bosquet.

Lentement, ses bras m'entourent. Je resserre ma prise sur sa cape et je me mets à pleurer plus fort, mes sanglots résonnent bruyamment contre les branches des arbres en bois de cœur. Il me colle contre lui et j'ai l'impression d'être happée par une créature nocturne redoutable. Tout en griffes et en ailes interminables.

Les ombres commencent à se dissiper. La pluie d'encre s'adoucit, se fond en une brume fine comme des gouttes de rosée. J'enfouis mon visage contre sa poitrine et laisse échapper un soupir blessé, brisé.

– Je veux rentrer chez moi.

Il passe à nouveau ses griffes dans mes cheveux. Mais si son geste est doux, sa voix a la froideur d'un champ couvert de givre.

– Tu es chez toi.

J'ai un goût de rouille et de cuivre dans la bouche, et je me rends compte que mon nez s'est mis à saigner. Je ferme les yeux. Le sol tangue, mes genoux flanchent. Je m'écroule. Le Seigneur d'En Dessous me rattrape, un mouvement maintes fois répété.

Il me soulève dans ses bras et m'emporte dans la forêt.

10
VIOLETA

Le Seigneur d'En Dessous pousse la porte du chalet, entre à l'intérieur avec moi toujours dans ses bras. Je commence à me débattre et il me repose à terre, brutalement, au pied de mon lit. Je m'assieds sur les courtepointes défaites, les genoux remontés et mon bras blessé serré contre ma poitrine, et je le fusille du regard à travers mes cheveux emmêlés de feuilles.

Il tend la main vers moi, ses griffes sur ma manche trempée de sang. Dans un souffle vif et furieux, il me dit :

– Tu as de la chance que mes sœurs ne t'aient rien fait de pire. Et que moi, la pire créature habitant dans ces bois, je sois la seule qui ne te veuille pas de mal.

– Oui. De la chance, c'est exactement ce que j'ai l'impression d'avoir en ce moment.

Son regard devient froid et il désigne le ruban noué à mon col.

– Enlève ta cape et laisse-moi voir ta coupure.

D'une seule main, je vais pour dénouer les rubans qui maintiennent ma cape. Mes doigts sont engourdis et maladroits : tout ce que je réussis à faire, c'est resserrer le nœud. Frustrée, je laisse ma main retomber lourdement sur mes genoux.

– J'ai besoin de votre aide.

Il soupire à nouveau, puis s'agenouille devant moi. Mon ventre se serre de le voir ainsi, dans cette répétition de notre rencontre dans le bosquet infesté. Je ferme les yeux en sentant le ruban s'accrocher à ses griffes. Je les garde fermés, le temps qu'il défasse le nœud. Ma cape tombe. Je frissonne de froid, soudain privée du poids du tissu.

Le Seigneur d'En Dessous s'attelle ensuite aux lacets de mon poignet pour pouvoir remonter ma manche. Un étrange picotement de chaleur remplace le froid sur ma peau lorsqu'il me touche. J'ouvre les yeux, repousse ses mains.

– Je peux terminer seule.

Je serre les dents et décolle le tissu taché de sang. Ma respiration, d'abord saccadée, se mue en hoquet. La coupure est une tranchée, sanguinolente et criarde. Je frissonne, j'ai la nausée. Je suis comme captive, horrifiée par l'empreinte des dents de dame Owl incrustée dans mon bras.

Le Seigneur d'En Dessous regarde fixement la blessure. Il est immobile, figé par une fureur muette. Les quelques flammes pâles restées allumées dans le feu suffisent à baigner son visage d'or, comme il pourrait être représenté sur une icône. Des ombres se déplacent sur le sol derrière lui, incurvées en angles acérés.

Lentement, il lève les yeux pour rencontrer les miens.

– Qu'as-tu échangé avec mes sœurs ?

Je carre mes épaules. Et je le regarde, toujours agenouillé à mes pieds. Je refuse de m'excuser pour ce que j'ai fait.

Même maintenant que la marque sur moi signifie l'ampleur de mon échec.

– Mon souffle, avec Fawn. Mon sang, avec Owl.

– Et avec Moth ?

Je désigne ma gorge, qui me fait encore mal à cause de sa prise étouffante.

– Elle ne voulait pas d'échange.

Il fléchit ses griffes, les recourbe contre ses paumes. Un lent flux d'ombres se détache de ses poings, leurs vrilles au sol obscurcissent la lumière blafarde du feu. Son regard se porte au-delà de moi, plissé vers le coin sombre.

Lorsqu'il parle, sa voix est teintée d'une colère sourde, comme une lame rengainée.

– Violeta, qu'attends-tu d'autre de moi ?

Je repense au moment, dans le bosquet infesté, où la vision de Rowan a disparu. Où la lumière est revenue et où le fil du sort s'est tu. Et où, malgré tout ce que j'ai tenté, il est resté inaccessible.

– Vous m'avez bien fait comprendre que tout ce que je veux de vous est impossible à avoir.

Sur ce, je me lève et le pousse rudement pour traverser la pièce jusqu'à la malle où je range mes vêtements. Mes bottes laissent des traces de boue sur le sol.

Il me rappelle.

– Tu veux rentrer chez toi ? Je t'ai donné mon monde entier comme maison.

J'arrache un ruban de la malle et l'enroule, maladroitement, autour de la coupure, en guise de bandage de fortune.

– Vous n'avez même pas été capable de me dire la vérité. Vous alliez me cacher ici pour toujours, plutôt que de me parler de vos sœurs ? C'était donc si important que je vous prenne pour le seul dieu ?

Il se met debout et les ombres s'élèvent autour de lui comme un nuage d'orage. Il pose sur moi un regard furieux à travers la pièce qui s'assombrit.

– Ce qui compte, c'est ta sécurité. Mes sœurs et moi sommes liés par les règles établies par la Dame. Des règles qui nous empêchent de nous détruire les uns les autres. Mais toi, tu ne bénéficies pas de cette protection. Si elles en ont l'occasion, mes sœurs te prendront *tout*.

J'enlève ma chemise de nuit tachée de sang et la laisse tomber au sol, toute froissée. En fouillant dans la malle, je cherche une nouvelle tunique.

– Si ma sécurité est aussi importante, vous auriez pu me donner suffisamment de magie pour me défendre. Je n'ai même pas le pouvoir de réparer ça.

Je me tourne vers lui et tends mon bras bandé. Des étincelles de magie crépitent dans ma main. Elles s'éteignent rapidement, comme pour me donner raison.

– Tu ne peux pas… commence-t-il, puis il se ravise.

Ses yeux passent de moi à ma chemise de nuit abandonnée. Nous nous taisons tous les deux. Un sentiment indéfinissable et brûlant monte en moi quand je réalise le peu de vêtements que je porte, plantée là avec seulement ma brassière et ma culotte.

Une rougeur féroce me monte rapidement aux joues. À l'aveuglette, je plonge la main dans la malle et attrape la première tenue qui vient, un ample peignoir de soie. Des ailes de papillons de nuit en ornent les manches et le revers. Je l'enfile rapidement.

Je me baisse pour délacer et ôter mes bottes boueuses. Puis je traverse la pièce pieds nus, avec mon peignoir qui traîne derrière moi comme des ombres. Je m'arrête avant d'atteindre le Seigneur d'En Dessous. L'espace qui nous sépare ressemble à un sort qu'il faut conjurer.

Lentement, je remonte ma manche. Lui tends mon bras blessé.

– Si vous tenez tant à ma protection, me donner la capacité de me guérir serait un excellent point de départ.

– Une telle blessure ne peut être réparée par l'alchimie.

– Alors peut-être que vous devriez la réparer pour moi.

Il hésite, réfléchit, puis franchit l'espace entre nous en une seule enjambée. Il prend ma main, la retourne, paume en l'air. Il fait glisser ses griffes sur la cicatrice dans ma paume.

Sans que je m'y attende, une gerbe d'étincelles jaillit de mes doigts. Je tressaille, en proie à des sentiments contradictoires. Car son geste me rappelle le jour où Rowan m'a touchée comme ça, quand ma magie était encore un secret bien caché… Il avait alors appuyé ses doigts sur ma ligne de cœur. Pour me soutirer mon pouvoir.

Quand le Seigneur d'En Dessous baisse les yeux sur mon poignet bandé, son regard est voilé par la ligne de ses cils.

– Tu sais que si je te répare, ça nécessitera un échange.

– Bien sûr, je rétorque, irritée. Bien sûr qu'il faudra passer par un échange.

Je lui retire ma main et vais me rasseoir sur mon lit. Je leur ai tant donné, à lui, à ses sœurs, à ce monde entier. La pensée de renoncer à encore autre chose me fait grincer des dents et grogner.

Il m'observe un moment, puis se dirige vers la cheminée et commence à ajouter du bois dans le poêle.

– Crois-moi, Violeta, je ne suis pas non plus ravi à l'idée de procéder à un nouvel échange avec toi. Chacun de nos marchés a causé des problèmes sans fin. Mais ma magie a un prix.

– Oui, je sais comment fonctionne la magie dans ce monde. Et pour ce qui est des « problèmes sans fin », le sentiment est tout à fait réciproque.

Il secoue la tête avec un soupir de désaveu.

– Je dois d'abord nettoyer ta plaie. Tu as jusqu'à ce que j'aie fini pour décider quoi m'offrir.

J'essaie de ne montrer qu'indifférence.

– Très bien.

Il remplit la bouilloire et la met à chauffer sur le poêle, puis il descend un bol en émail et un pot de sel, qu'il pose sur la table de ma cuisine. C'est étrange de le voir faire des choses si ordinaires, si humaines. Lorsque la bouilloire commence à ronronner, il la prend même avec un chiffon plié autour de sa main, exactement comme je le fais.

Il verse de l'eau chaude dans le bol, y ajoute une bonne cuillerée de sel qu'il touille. Puis il rapporte le bol près du lit et s'assoit prudemment à côté de moi.

– Donne-moi ta main.

Je la lui abandonne. Avec une douceur inattendue, il tire sur le nœud du bandage de fortune. Il est tout proche de moi, nos épaules se touchent, son genou est pressé contre le mien. Pour me distraire de sa proximité, je repousse mes cheveux de mon visage, ce qui détache quelques feuilles.

Les pointes de mes mèches sont humides là où les flocons de neige ont fondu.

Je triture un bout de feuille entre mes doigts.

– Qu'avez-vous dit à dame Moth pour qu'elle me laisse partir ? Ce mot… c'était un sort ?

– Non…

Il s'interrompt, reste silencieux suffisamment longtemps pour que je sois certaine qu'il ne me le dira pas. Puis, résigné, il ajoute :

– C'était son nom.

– Son nom… à elle ?

– Son vrai nom. Je l'ai utilisé pour la contraindre.

– Vous voulez dire… pour l'obliger à vous obéir ?

Un bref instant, il a l'air presque embarrassé.

– Oui. Ce n'est pas un pouvoir que j'utilise souvent, mais c'était le moyen le plus rapide de l'arrêter.

Je repense au mot qu'il a prononcé, à sa sonorité obscure que mes oreilles n'arrivaient pas à discerner. On ne s'attend pas à ce qu'un nom – une chose si tendre et si humaine – puisse exercer un tel pouvoir sur les créatures du monde du Dessous.

– Vous aussi, vous avez un vrai nom ?

Il lâche un rire tout bas.

– Tu espères me contraindre, Violeta ?

À mon poignet, le nœud se défait. Il détache le ruban avec une lenteur oppressante. Qui glisse sur ma peau avant de se détacher enfin.

Je me détourne de lui et regarde fixement par la fenêtre.

– Si je pouvais vous contraindre, c'est sûr que ça faciliterait les choses.

Il rit à nouveau, plus fort cette fois.

– Malheureusement pour toi, ce n'est pas si simple. Lorsque la Dame a créé ce monde, j'ai été créé comme sa moitié égale, l'ombre pour contrebalancer la lumière. Mes sœurs sont venues plus tard, quand ma forêt est devenue si vaste que je ne pouvais plus m'occuper seul des âmes. Leurs noms m'ont été donnés pour maintenir l'équilibre.

– Donc la contrainte ne fonctionnerait pas sur moi non plus.

Sa bouche s'étire sur un sourire en coin.

– Non.

– Malheureusement pour vous.

– Oh, je ne sais pas. Peut-être que tes disputes finiraient par me manquer.

Il plie le ruban ensanglanté et le met de côté. Je ramène mon bras contre moi, en essayant de ne pas regarder la blessure. Il plonge un chiffon dans le bol d'eau et l'essore. D'un signe de tête vers mon bras, il me prévient :

– Ça va faire mal.

Je serre les dents, me prépare à son contact, pourtant lorsqu'il y appose le tissu, je ne peux m'empêcher de sursauter. La douleur me traverse le corps, comme une étincelle aussi vive que soudaine. J'enroule mon autre main dans ma jupe et je me force à rester immobile.

Des larmes tenaces perlent au coin de mes yeux tandis qu'il frotte le chiffon imbibé de sel sur chaque centimètre de la plaie et en lave le sang. Le temps s'écoule dans un brouillard flou, marqué seulement par ma respiration saccadée et la piqûre de mes larmes retenues. Enfin, il me relâche.

Je berce mon bras contre ma poitrine. Laisse échapper une expiration saccadée. La douleur sourde de la blessure est un soulagement bienvenu, par comparaison.

Le Seigneur d'En Dessous dépose le linge et le bol sur la table à côté de mon lit. Il se tourne ensuite vers moi, avec une lenteur délibérée, et me regarde.

– Tu as décidé de ce que tu vas offrir ?

Ce mot, « offrir », remplit le petit espace de ma chambre. Je suis dans les bois de Vair, j'ai cinq ans, Arien dans les bras, je ne souhaite qu'échapper à la nuit. Je suis sous l'autel, les doigts poisseux de sang et de jus de grenade, je chuchote aux ombres. Je suis au bord du lac, le chemin s'ouvre devant moi, m'appelle vers les ténèbres.

Je serre les poings, la chaleur de la magie brûle sous ma peau, inutile. Je déteste être allée si loin et finalement me retrouver comme la fille qui a pressé ses paumes ensanglantées sur le sol du salon et déposé des promesses telle une offrande de pétales.

Je veux faire pencher la balance entre le Seigneur d'En Dessous et moi. Le combattre avec autant de feu et de détermination que j'ai combattu les épines, avec le pouvoir qui vient de moi, de mon être humain.

Sans que je l'aie voulu, mon regard se pose sur sa bouche. Mes pensées s'emplissent d'images perfides, persistantes, malgré mes efforts pour les repousser. Mes lèvres contre les siennes, mon souffle sur sa peau alors qu'il est subjugué par mon contact. Ce que ça ferait d'être celle qui a le pouvoir, au lieu de l'inverse.

Un tremblement nerveux me prend à la gorge, mais je le ravale. J'essaie de paraître désinvolte lorsque je lui dis :

– Je pourrais vous embrasser, en échange.

Il arque un sourcil.

– Qu'est-ce qui te fait penser que j'ai envie d'être embrassé par toi ?

J'écarte les mains, feignant la nonchalance.

– Vous n'êtes pas obligé d'accepter. Mais c'est ce que j'offre en échange.

Il reste complètement immobile, seule son expression vacille. Je l'ai pris de court. Une lueur méfiante colore ses yeux, puis il commence à se décomposer. Ses traits se déchirent, comme c'était souvent le cas la première fois que je l'ai vu, avant que je puisse garder une image fixe de lui dans mon esprit. Un groupe d'yeux s'agglutine sur le renflement de sa joue. Sa bouche se divise en deux bouches, toutes pourvues de crocs et ouvertes sur une expression sinistre. Une rangée d'entailles flotte sur sa gorge au rythme de sa respiration mécanique.

Ça me plaît de l'avoir déstabilisé, ne serait-ce que le temps de cette seconde fugace. Je pose ma main sur son genou, me penche en avant, mue par une irrésistible envie de bouger, de me replonger dans les épines.

– Si vous préférez un autre échange, vous devriez peut-être faire l'offre vous-même. Je vous promets d'y accorder toute ma réflexion.

Ses dents s'entrechoquent, suffisamment fort pour que j'entende le claquement. Ses traits reprennent les plans froids et tranchants du visage que je lui connais. L'incertitude disparaît et sa main recouvre la mienne, griffes enfoncées.

– Un baiser. C'est ça que tu proposes ?

Mon offre prononcée par lui me pétrifie. Un battement de cœur s'écoule, puis je parviens à me ressaisir, à répondre sans bafouiller.

– Oui.

Sa voix devient lente et doucereuse comme du miel.

– Tu en es certaine ?

Je hoche la tête, privée de tous les mots.

Ses yeux brillent d'une émotion indéchiffrable. Pas du désir, pas tout à fait. Non, ça me rappelle plutôt l'air qu'il avait lorsqu'il a trempé ses griffes dans la grenade coupée que je lui avais laissée sur l'autel. Je pensais avoir fait pencher cet équilibre précaire en ma faveur, mais voilà qu'il rebascule dans la direction opposée tandis que ses griffes effleurent ma joue.

Une chaleur lancinante s'épanouit au creux de mon ventre. Il écarte une de mes boucles de cheveux égarée sur ma joue, puis descend plus bas, le long de ma gorge, jusqu'à la veine qui palpite au rythme de mon pouls. Le tout si lentement que j'en ai mal. Sa main atteint mon bras et encercle mon poignet blessé.

Je m'écroule sur le lit, allongée sous lui. Ses cheveux tombent lorsqu'il se penche au-dessus de moi. Si près que je sens le mouvement de sa poitrine qui se soulève et s'abaisse sur ses lentes respirations. Puis il s'arrête. Un long moment, nous restons ainsi, enfermés dans le petit espace entre nous.

Il attend que je l'embrasse. C'est ainsi que j'ai formulé l'échange.

Je suis trop bouleversée pour les faux-semblants. Je tends la main vers lui, les doigts allumés par une lueur de magie, et suis en tremblant le contour de sa bouche, la courbe de ses lèvres. Il sourit, dévoilant la pointe de ses dents, ses crocs. Puis je l'attire vers moi. Presse ma bouche sur la sienne.

C'est un contact infime. Léger comme de la gaze. Et pourtant, il éveille une vague de chaleur qui me traverse. Mes os se transforment en mélasse. J'hésite, je recule. Il s'écarte instantanément.

Je commence à me redresser, mais il me prend la main. Je serre le poing, réaction instinctive. Il déplie doucement mes doigts, touche l'endroit où la cicatrice forme un croissant noir sur ma ligne de cœur. Il baisse la tête, le visage caché par le rideau de ses cheveux soyeux.

Lentement, il embrasse ma paume.

Un son déchiré m'échappe avant que je puisse le retenir.

– Oh…

Je relâche une respiration superficielle. Serre les cuisses contre le fichu… désir qui se propage dans tout mon corps. Son souffle est froid. Je sens le givre courir partout sur moi. Les paupières closes, je pense aux secrets, au pouvoir, aux noms. Un nom pour lui, au-delà du titre connu de tous.

Il est là, tel un scintillement doré derrière mes paupières. Si je ne peux pas prononcer le mot, j'en ai le goût dans la bouche. Le sucre qui fond sur ma langue.

De son doux rire, je sens le bourdonnement contre ma main. Puis il se rassied. J'ouvre les yeux et le dévisage, m'efforçant d'ignorer la déception qui m'envahit.

Il a mon sang sur ses doigts. Les yeux fixés sur les miens, il les porte à sa bouche et lèche. En prenant tout son temps.

Je me sens comme droguée, les paupières lourdes, le corps engourdi.

– Vous êtes horrible. Vraiment horrible.

Ma main est toujours bloquée dans son étau. Il retourne mon bras et pose un regard évaluateur sur la blessure.

– Réparer ça ne sera pas agréable.

– Rien de ce qui vous concerne n'est agréable.

Il sourit. Il y a une légère trace de mon sang à la commissure de ses lèvres.

– Quelle créature changeante tu es donc !

– Allez-y, qu'on en finisse.

Il resserre les doigts sur mon poignet. Affluant brusquement, les ombres s'enroulent autour de mon bras blessé, comme des liens de ténèbres. La coupure se met à brûler et à faire mal. J'étouffe un cri. La douleur est celle d'innombrables aiguilles enfoncées dans ma peau, encore et encore. Mille fois pire que la morsure elle-même, ou ce que j'ai ressenti lorsque le Seigneur d'En Dessous a nettoyé ma blessure.

Je me tortille entre ses mains. Il resserre son emprise, impitoyable.

– Je suis le seigneur des morts. Pensais-tu que je pouvais te soigner sans te faire mal ? lâche-t-il d'une voix devenue plus grave, à mi-chemin entre la caresse et la menace. Tu as déjà ressenti un tel pouvoir.

En effet. Et c'est ce qui rend les choses si terribles. Le souvenir de ce qu'il a fait pour me sauver me revient soudain en mémoire. Quand il m'a emmenée au cœur de la forêt, déposée au pied d'un autel, quand il a arraché le poison de mon corps grâce à son pouvoir. Cette idée d'être réparée, le désespoir quand j'ai appris le coût de ma promesse ravivent une souffrance en moi, qui vient se superposer aux tremblements de la douleur.

J'essaie de recouvrer une respiration régulière. Je m'imagine dans un ruisseau, envisage la sensation comme une série de déferlantes. Une marée noire d'encre, qui monte de plus en plus haut jusqu'à m'avaler sous la surface. La sueur perle à mes tempes et dans ma nuque. Il me faut déployer d'immenses efforts pour rester immobile. *Ça va passer, ça va passer.*

Enfin, le Seigneur d'En Dessous relâche ma main.

– Voilà. C'est fait.

Je m'effondre sur le lit, me recroqueville sur le flanc. Toujours perdue sous la surface des vagues, dans la douleur. Tout est étouffé, sombre, puis je laisse lentement revenir la lumière.

Avec prudence, je regarde la blessure. Elle est devenue une cicatrice noircie, une lune falciforme. Elle croise le sort à mon poignet et éclipse le soleil que dessine le sigil. Je passe la pulpe des doigts sur la nouvelle marque, puis sur la cicatrice correspondante de ma paume.

– Ça fait deux fois maintenant que je suis marquée par vous, dis-je au Seigneur d'En Dessous.

Il fredonne, impénétrable.

– Essayons de ne pas en faire une habitude.

Baissant les yeux sur ses griffes tachées de mon sang, il lâche un soupir rugueux. Un son empreint des dernières traces de sa colère désormais consumée.

– Pourquoi te bats-tu autant contre ce que je t'ai donné ? ajoute-t-il.

– Parce que me battre est tout ce qui me reste.

Je veux me détourner, me rouler en boule sous les édredons, mais il m'attrape par l'épaule et me pousse sur le dos. S'ensuit un moment de choc. Je suis maintenue, trop abasourdie pour bouger. Puis je le prends au dépourvu en m'échappant et je le plaque à mon tour contre le lit. Et c'est moi qui me penche sur lui, une main de part et d'autre de ses épaules.

Il me regarde fixement, ses traits éthérés marqués par l'ombre. Et je me penche encore. Mes cheveux tombent autour de nous et forment un voile, des feuilles mortes sont encore prises dans mes boucles.

– Vous m'avez demandé, tantôt, ce que j'attendais de vous. Vous voulez vraiment le savoir ?

Le regard qu'il me lance est un défi.

– S'il te plaît. Éclaire-moi.

– J'en veux plus, je lâche, comme un avertissement, ou une prière, ou les deux. Plus de pouvoir, plus de force. De la magie pour me protéger. Je ne veux plus me cacher derrière les ronces. Je veux être assez forte pour être toujours en sécurité dans ce monde plein de monstres. Je veux… être comme vous.

La faim éclaire brièvement ses yeux – c'est subtil, comme une flamme qui vient lécher le petit bois à l'allumage d'un feu.

– Tu veux m'égaler. Être ma pareille.

Je déglutis, frappée par une soudaine envie de combler la distance qui nous sépare. Je me demande si je sentirais le goût de mon sang sur sa bouche, si je l'embrassais maintenant. Au prix d'un immense effort, je parviens à rester immobile.

– Oui, c'est ce que je veux.

Le silence se referme sur la pièce. Puis, lentement, les bruits de la forêt s'infiltrent de l'extérieur, le bruissement des feuilles, le mouvement des branches, le murmure des âmes. Le Seigneur d'En Dessous ne bouge pas. Il reste allongé, captif de mes mains, à me considérer comme si j'étais un nœud à démêler, comme si la réponse à d'innombrables secrets était écrite sur ma peau.

Enfin, il acquiesce, dans un geste si ténu qu'il est presque imperceptible.

– Je te le promets : la prochaine fois que Moth croisera ton chemin, c'est toi qui auras tes griffes autour de sa gorge. Au sens figuré, du moins.

Doucement, je demande :

– Comment ça va fonctionner ?

– Nous devrons retourner à l'endroit où je t'ai réparée. À l'arbre d'os.

À ce nom, prononcé d'une voix douce et par sa voix, je vois une forme émerger des bois sombres, sinistre. L'arbre d'os, l'énorme bois de cœur qui pousse au centre de la forêt. Un monument tout blanc, à la fois sépulcre et autel, lieu de ma mort et de ma renaissance.

Mes oreilles se mettent à bourdonner de façon inquiétante. Avec difficulté, j'arrive à demander :

– Quand ?

– Je viendrai te chercher demain, au crépuscule.

Je recule et le laisse s'extirper de sous moi. Il se déplace lentement, veillant à garder de l'espace entre nous. Nous nous asseyons côte à côte, sur le bord de mon lit. Sans nous toucher. Je contemple la nouvelle marque en forme de croissant à mon poignet.

Dehors, les bois de cœur s'agitent silencieusement tandis que la brume se faufile entre leurs branches. Je visualise le mur au-delà des arbres, le portail déchiré, ouvert et refermé d'un coup de griffes par le Seigneur d'En Dessous.

– Jusqu'à demain, ne refermez pas les ronces.

Il secoue la tête.

– Je n'ai aucune envie de me traîner à travers la forêt pour te sauver si quelque chose se fraie un chemin dans l'enceinte de ce mur.

Je ne peux pas supporter cette idée. D'être en cage, même si ce n'est que le temps d'une nuit supplémentaire.

– Si vous êtes si inquiet, restez ici avec moi cette nuit.

Il émet un son, trop cassant pour être un rire.

– Je ne dors pas.

Nous nous regardons. Je ne l'ai jamais vu aussi hésitant, aussi déstabilisé. J'aimerais être plus satisfaite. Mais la chaleur a recommencé à me picoter la peau et je sens le rouge me monter aux joues. La distance qui nous sépare me semble soudain à la fois trop mince et d'une largeur infinie.

Avant qu'il ne puisse bouger, je pose une main sur son bras. Un geste qui me surprend autant que lui. Nous regardons tous les deux mes doigts noués dans sa manche.

Je me redresse. Tâche de garder une voix stable.

– Vous n'êtes pas obligé de dormir. Mais je veux que vous restiez.

Il ne répond pas. Je lui lâche le bras, m'allonge sur le flanc, le visage tourné vers le mur. Pendant un long moment, il ne bouge pas. Je reste immobile aussi, attendant qu'il parte. Et puis, je sens son poids s'installer à côté de moi. Il reste habillé, sans même enlever sa cape ou ses bottes, comme pour ne pas capituler complètement.

Je m'adosse à lui, incertaine. Lentement, il passe un bras autour de moi. Écarte mes cheveux pour qu'ils ne lui viennent pas sur le visage et pose son front contre mon épaule.

Je ferme les yeux et j'écoute le son de sa respiration. Je ne savais pas que ça me manquait autant, quelqu'un d'autre à côté de moi pour m'endormir. Je me détends contre lui. Les plaines dures deviennent des creux. Il est si dur, si froid. Je prends soudain conscience du rythme battu par mon cœur. Que je suis de chair et de sang. Qu'il n'est rien de tout ça.

Et pourtant, dans ses bras, je pourrais presque me sentir en sécurité.

Mais alors que le feu se consume et que le calme s'installe dans la pièce, je porte la main au sigil sur mon bras. Du bout des doigts, je trace le sort, nouvellement coupé en deux par la cicatrice en forme de croissant. Retenant mon souffle, j'hésite, puis j'appuie timidement. Une petite lueur de chaleur sur ma peau, un frémissement sous le bout de mes doigts qui n'est peut-être rien d'autre que mon propre pouls.

Les visions que j'ai eues de Rowan – floues et oniriques – me font l'effet d'une offrande à déposer sur un autel. Une chose fragile, parsemée de fleurs et éclairée à la bougie. Et maintenant, dans l'espace paisible qui précède le sommeil, je me laisse aller à m'avouer mon espoir secret.

Celui de pouvoir suivre le fil qui nous lie et retourner dans le monde du Dessus. D'avoir assez de pouvoir pour retrouver mon chemin jusqu'à lui.

11
ROWAN

Nous quittons le domaine dans l'obscurité, à cheval et en silence. Au portail en arche de fer, nous arrêtons nos montures. Je me retourne vers la maison, vers Florence près de la porte, une lanterne à la main. L'unique lumière scintille comme une étoile timide lorsqu'elle lève la main en signe d'au revoir.

Derrière elle, le lierre couvre les murs de la façade en longues lignes d'encre. Un motif jumeau des marques sur mes bras, où mes veines sont teintées en noir par le poison. Où une guirlande d'ecchymoses indigo encadre le sigil à mon poignet.

Le chemin vers le village nous emmène à travers des vergers. La route est sombre sous un ciel bas, dont les nuages sont si lourds qu'ils frôlent les arbres. Les premières lueurs du jour révèlent un monde devenu d'un gris terne. La pluie commence à tomber et nous relevons les capuches de nos manteaux.

Arien ne sachant pas monter à cheval, il est assis derrière Clover. Ça me rappelle Leta. Quand nous avons chevauché ensemble, après que je les avais pris, Arien et elle, à leur cottage. La courbe de son dos contre ma poitrine. L'étrange besoin de la protéger, même si je savais à quel point il était dangereux de tenir à quelqu'un.

Tout aussi féroce et téméraire aujourd'hui, je ressens la même chose. Je veux qu'elle soit en sécurité. Je veux qu'elle rentre à la maison. Je le veux tellement que je risquerai tout.

Nous atteignons le village juste après l'aube. Je ne suis pas venu ici depuis l'incendie de Mordété. J'essaie de l'éviter autant que possible. Même comme ça, dans le calme du petit matin, le village me déstabilise.

Quelques habitants sont déjà dehors. Ils jettent des regards méfiants dans notre direction et j'entends le murmure nerveux de leurs voix sur notre passage. Je baisse un peu plus la capuche de ma cape et rentre la tête dans les épaules afin de ne pas les remarquer.

Arien se retourne vers moi. Il porte une paire de gants que je lui ai prêtée et une cape qui a appartenu à Elan. Il tire sur le col, le serre plus étroitement contre sa gorge. Clover nous jette un coup d'œil, à l'un comme à l'autre, et secoue la tête.

– Vous pouvez essayer de ne pas avoir l'air si suspects, vous deux ?

Je me force à redresser les épaules et laisse retomber ma capuche. Je regarde droit devant moi, juste à temps pour attirer l'attention du gardien Harkness. Il est devant sa chaumière, en train de seller un petit poney gris.

Je veux détourner les yeux, mais croise ceux de Clover, comme une mise en garde. Avec un soupir, je m'arrête et salue le bonhomme d'un signe de tête.

– Gardien Harkness.

– Lord Sylvanan, répond-il avec une pointe d'hésitation. Je ne m'attendais pas à vous voir avant le feu de joie de Noirdautomne.

Il nous regarde tour à tour, Clover, Arien qui tire sur ses manches en tripotant les lacets de ses poignets, et moi à nouveau. J'arrange mon visage pour lui montrer une expression que j'espère neutre.

– Nous ne faisons que passer. Des courses nous emmènent au village suivant.

Arien se racle la gorge.

– Oui, des courses, acquiesce-t-il.

Le gardien Harkness fronce les sourcils.

– Je pensais…

Avant qu'il ne puisse terminer, la porte de sa chaumière s'ouvre. Thea sort sous la pluie. Elle est habillée pour le voyage, grosses bottes et lourde cape. Ses cheveux sont remontés en une couronne de tresses.

Elle tient un morceau de parchemin roulé, enveloppé dans une housse imperméable, et en bandoulière une sacoche remplie de palis de bois, du genre qui peuvent réparer le cadre d'un autel. Elle nous regarde, puis parvient à esquisser un sourire.

– Bonjour. Vous voilà tous bien matinaux.

Elle prend les rênes du poney des mains de son père, attrape la main qu'il lui tend pour l'aider à monter en selle.

– Merci, lui dit-elle, puis, les sourcils froncés à notre attention : Où est Violeta ?

Deux taches rouges apparaissent sur les joues de Clover.

– Je… Elle…

– Elle est restée, l'interrompt trop promptement Arien. Au domaine.

Le froncement de sourcils de Thea s'accentue. Elle me scrute avec méfiance tandis que je fais signe à Clover.

– Nous devrions y aller. Une longue route nous attend.

Sans un mot, elle opine. Nous nous remettons en branle, en gardant les yeux fixés droit devant nous pendant le reste de la traversée du village. Une fois sur la grand-route, j'emprunte rapidement un petit sentier, puis guide mon cheval vers les champs. Je me retourne, une fois, pour vérifier que Clover et Arien m'ont bien suivi. Puis j'éperonne mon cheval au galop, jusqu'à ce que le village soit loin derrière nous.

Les champs que nous traversons sont en jachère, la terre laissée nue par la dernière récolte. La nuit du feu de joie de Noirdautomne, je suis censé revenir ici. Chanter la litanie, allumer une bougie, faire une offrande.

Des souvenirs surgissent, tels des fantômes, de l'époque où mon père était seigneur. Les villageois s'alignaient dans le champ tandis qu'il s'agenouillait pour verser du sel et des poignées de pétales sur le sol, afin de consacrer la terre.

Il portait le manteau de seigneur comme une cape parfaitement taillée. Le poids du devoir, qu'il arborait si naturellement. Si je l'ai porté, ce poids, c'était uniquement pour ne pas être écrasé par lui.

Nous finissons par quitter le terrain découvert, pour suivre un sentier qui serpente à travers un bosquet d'oliviers. À mon poignet, le sigil émet une pulsation aiguë. J'y jette un coup d'œil. Sur la bande de peau dénudée entre ma manche et mes gants, je vois les lignes du poison. Plus sombres, plus lourdes soudain. Elles bougent, ondulent sous ma peau.

Il y a une faim familière dans cette souffrance. Mais je n'ai pas peur. J'accueille avec plaisir la propagation des ombres. Le goût de vase qui monte sur ma langue. Les épines qui semblent emprisonner mes poumons. Le tranchant soudain des cicatrices de ma gorge.

Ce n'est pas la Corruption, avec ses exigences de dîmes sanglantes. Je ne suis lié par aucune malédiction. Seulement avec Leta. Une connexion née de ma promesse. De sa magie. Du fil d'incantation qui nous relie. L'amour féroce tissé en moi, suivant les ténèbres dans mes veines.

Il nous faudra presque deux jours entiers pour atteindre les bois de Vair. Nous chevauchons sans nous arrêter, sauf pour reposer brièvement les chevaux au bord d'un chemin désert. Puis nous repartons. Évitant la route, je choisis un sentier camouflé par les arbres. C'en est fini des vergers à présent. Nous sommes dans une forêt plus sauvage. L'air devient froid, car les rayons du soleil sont bloqués par les branches entremêlées.

La nuit tombe tôt à Fauchaison. Le crépuscule ne tarde pas à dessiner des ombres à travers les bois. Le ciel nuageux, à peine visible au-delà des arbres, a la couleur de la cendre. Le vent se tait peu à peu.

Ma peau commence à me piquer, et je ne peux me défaire de la sensation que je suis surveillé.

Je jette un coup d'œil par-dessus mon épaule et me rends compte que je suis seul. Arien et Clover ont dû se laisser distancer. Avec un soupir las, j'arrête mon cheval.

Descends de selle. J'enroule les rênes autour de ma main et me dirige vers le bord de la route pour les attendre.

À l'orée de la clairière se trouve un arbre couché au sol, dont les racines torsadent au-dessus de la cime. Un énorme papillon de nuit s'envole des radicelles. Je sursaute, effrayé, lorsqu'il me tourne autour, suffisamment près pour que je sente les battements de ses ailes sur mon visage. Je l'aperçois clairement avant qu'il ne disparaisse dans le ciel qui s'assombrit.

Je sens dans mon poignet un élancement insistant, qui me pousse à rabattre ma manche. Le pansement qui recouvre le sigil est taché d'un sang trop foncé. J'enlève mes gants, glisse mes doigts sous le bandage et j'appuie sur le sort.

Je cherche le lien qui m'unit à Leta. Au début, il n'y a que des ténèbres silencieuses. Puis cela se transforme en une douleur acérée et brûlante. L'obscurité envahit les bords de ma vision. Je lâche mon poignet, m'adosse à l'arbre. Les yeux clos, je tâche de reprendre mon souffle.

Des bruits de sabots se font entendre au loin. Je me redresse, pivote vers la route. Mais au lieu d'Arien et de Clover, c'est… Thea que je vois.

Je la dévisage, le ventre noué par l'appréhension. Le chemin que nous suivons est loin de la route principale, je l'ai choisi en sachant que nous ne rencontrerions pas d'autre cavalier. M'avisant seul, elle stoppe net son poney.

Elle regarde autour d'elle avec anxiété, les mains crispées sur ses rênes. Sous sa capuche, des boucles brunes, échappées de la couronne de tresses, encadrent son visage.

– Où sont Arien et Clover ?

Je prends une inspiration entre mes dents serrées. Parler est un effort lorsque la magie se déchaîne en moi.

– Ils se sont laissé distancer. Je les attends, j'explique à Thea.

Son regard visiblement apeuré se reporte sur la forêt sombre.

– Il y a un problème ?

Un nouveau coup de vent agite les arbres autour de nous. Thea frissonne, se frotte les bras. Après un regard dubitatif vers la route, elle descend de poney et me fait face.

– Il y a des rumeurs sur vous au village.

– Oui. Je suis au courant.

– Des rumeurs sur vous… et Violeta.

À mon poignet, le sigil m'élance à nouveau, puis la douleur s'atténue dans un silence. Le regard de Thea tombe sur mes mains et elle se mord la lèvre. Des lignes noires entourent chacun de mes doigts, maintenant, comme autant d'anneaux d'ombre. Je serre les poings, regrettant de ne pas avoir renfilé mes gants.

– Quelles rumeurs sur Violeta ?

Toujours nerveuse, Thea jette un nouveau regard vers la route.

– Comme quoi vous l'auriez sacrifiée.

Le goût du poison s'insinue sur ma langue. Boue et encre, limon et fumée. Je m'efforce de rester immobile, de contenir le tremblement affamé de la magie. *Elle ne doit pas savoir.* Mais les rumeurs à mon sujet n'ont jamais été loin de la vérité.

Avec précaution, je demande :

– Et toi, qu'en penses-tu ?

– Je ne sais pas.

Elle hésite, puis, semblant se ressaisir, elle s'avance d'un pas et ajoute :

– Mais je ne vous laisserai pas faire de mal à qui que ce soit d'autre.

– Qui que ce soit d'autre ? je répète, perplexe.

Et puis je comprends ce qu'elle veut dire. Pourquoi elle est si effrayée et si déterminée à la fois. Je ne peux m'empêcher de rire.

– Je n'ai pas l'intention de sacrifier Arien ou Clover. Ni personne, d'ailleurs. Maintenant, il faut que tu partes. Ton voyage de retour, ou jusqu'à l'endroit où tu es censée aller, sera long.

– Non.

Je la fusille du regard.

– Ce n'était pas une demande, Thea.

Elle croise les bras.

– Je ne partirai pas.

Le silence s'installe, s'étire. Chacun soutient le regard de l'autre. Ses yeux sont brillants d'une promesse de larmes. Puis, au loin, j'entends le bruit d'un autre cheval. La voix aisément reconnaissable de Clover qui crie à travers les arbres.

– Vous voilà !

Thea pousse un soupir de soulagement lorsqu'Arien et Clover apparaissent.

– Désolé, dit Arien avec un sourire gêné. On a tourné au mauvais endroit et on s'est perdus.

Mon emprise ténue sur la magie se relâche et le poison se répand plus avant en moi, traçant des lignes noircies sur ma peau. Ma gorge est comme serrée par le carex. J'ai du mal à parler. Quand je réussis à le faire, c'est d'une voix étrange. D'un timbre délavé par le lac.

– Tu vois, dis-je à Thea, ils ne sont pas sacrifiés du tout.

Clover descend de cheval, puis aide Arien à faire de même.

– Qu'est-ce qui se passe ? Thea, qu'est-ce que tu fais là ?

Thea se précipite et prend Clover dans ses bras. Elle enfouit le visage contre son épaule et se met à pleurer.

– Je ne pouvais pas le laisser vous faire du mal !

Clover passe ses bras autour de Thea.

– Oh ! sursaute-t-elle. Non, tout va bien. Je te le promets. On est en sécurité.

Arien étouffe une toux.

– Je ne dirais pas exactement ça.

Clover lui jette un regard noir. Elle sort un mouchoir plié de sa poche et le donne à Thea.

– Vraiment, Thea, on va bien, murmure-t-elle.

La fille du gardien renifle en s'essuyant le visage.

– Mais elle, elle a disparu. N'est-ce pas ? Ça, c'est vrai. Violeta a disparu.

Arien et Clover échangent un regard affligé. Clover prend la main de Thea.

– Thea, on…

– J'apprécie ton inquiétude, je l'interromps. Mais il faut vraiment que tu t'en ailles.

Au son de ma voix, toujours aussi lacustre et sombre, Arien se tourne brusquement. Il pose les yeux sur mon avant-bras, là où le pansement ensanglanté dépasse de ma manche.

Je ravale le goût de la cendre, du sang. Sur un soupir saccadé, je parviens à reprendre le contrôle. Une partie de l'obscurité se dissipe de ma vision. Le collet, à ma gorge, se desserre.

Thea me dévisage avec horreur. Elle hésite, l'air sur le point de fuir. Puis elle carre les épaules.

– Je ne partirai pas. Mais si vous ne me dites pas la vérité, je retournerai au village et je leur dirai à tous que vous avez sacrifié Violeta.

Arien me regarde – ce regard... Puis il lâche un soupir rauque et secoue la tête.

– Il y a eu trop de mensonges, Rowan. J'en ai assez. Peut-être que si on avait eu ne serait-ce qu'une conversation honnête avec Leta avant le rituel, on n'en serait pas là maintenant.

Clover resserre ses bras autour de Thea.

– On peut lui dire. On peut lui faire confiance.

Je veux refuser. Dire la vérité me semble impossible. Tout ce que j'ai fait, tout ce que j'ai jamais fait de ma vie, c'est dissimuler. Garder mes secrets pour moi. Le mensonge a toujours été plus facile, me permettant d'espérer épargner des souffrances à tout le monde.

Mais Arien a raison. Leta et moi avons causé beaucoup de mal par notre réticence à l'honnêteté. Si nous avions été plus ouverts, peut-être aurions-nous trouvé d'autres solutions que la dîme, que des pactes dangereux.

Maintenant que l'occasion se présente à moi d'être honnête avec Thea, je ressens un étrange et vertigineux... soulagement.

Avec précaution, je remonte mes manches. Défais le bandage. Et je lui montre mes bras. Les cicatrices, le sigil – avec l'ajout d'Arien marqué par des lignes plus récentes et plus nettes. La couronne d'ecchymoses autour du sort.

– Violeta Graceling s'est donnée au Seigneur d'En Dessous. Elle est dans le monde du Dessous, et on essaie de la ramener par le biais d'un rituel alchimique.

Thea porte les doigts à sa poitrine, se signe dans un geste de protection. Elle me regarde comme si elle me voyait clairement pour la première fois. Sa main se crispe, on dirait qu'elle cherche à attraper une explication.

– Tu es touché par la mort, souffle-t-elle enfin, oubliant le vouvoiement qu'elle doit à son seigneur. C'est pour ça que tu es… comme ça.

– Oui, je réponds sans détour. Je me suis noyé quand j'étais enfant, et le Seigneur d'En Dessous m'a sauvé la vie. Leta a conclu un marché similaire dans son enfance. C'est grâce à ça, et à bien d'autres choses, qu'elle est toujours en vie dans le monde du Dessous.

Je la vois vaciller à mesure qu'elle analyse la situation. Puis elle se tourne vers Clover.

– On a tous été élevés avec ce qui se murmure sur le Seigneur d'En Dessous. Ce qui pourrait arriver si on s'approchait trop près de la frontière de la mort. Je n'aurais jamais cru…

Elle laisse sa phrase en suspens et secoue la tête. Clover lui pose une main sur le bras.

– Je sais que ça fait beaucoup à digérer. Mais tu m'as déjà vue manier la magie.

Thea redresse les épaules.

– Oui, en effet.

– C'est plus ou moins la même chose ici. Tu n'as pas à avoir peur. Il y a une connexion entre Violeta et Rowan, née de l'alchimie de Leta. Alors on va l'utiliser pour l'atteindre.

Thea me jette un coup d'œil. Elle est toujours méfiante, mais c'est la nervosité de quelqu'un qui a vu un mythe devenir réalité.

– J'ai toujours su que l'alchimie ne se résumait pas à ce que peut faire un guérisseur de village, admet-elle avec un rire incrédule. Mais ça… Clover, tu penses vraiment que vous pouvez la ramener avec de la magie ?

Clover et Arien échangent un regard et acquiescent.

– On va faire tout ce qu'on peut pour ça, en tout cas.

Thea incline la tête devant moi. Elle s'éclaircit la gorge, gênée.

– Je suis contente que ce qui se raconte ne soit pas la vérité : à savoir que tu serais un monstre et que tu lui aurais fait du mal.

Une douleur aiguë me vrille la poitrine. Je suis un monstre. Cependant, malgré l'honnêteté du moment, je ne suis pas prêt à partager cette partie de mon histoire avec Thea. Au lieu de quoi, je me détourne, attrape mes rênes et me prépare à remonter en selle.

– Maintenant, tu connais la vérité, je lui lance par-dessus mon épaule. Personne ne sera sacrifié. Personne n'est en danger, sauf moi. Et c'est un risque que je suis plus que prêt à courir.

Doucement, Clover dit :

– Il fait presque nuit, Thea. Veux-tu que je t'accompagne jusqu'au village ?

– Non, répète Thea. Je ne veux pas y retourner. Si vous essayez de retrouver Violeta, je veux venir avec vous. Je veux vous aider.

Clover tire sur le bout de sa tresse et tourne les yeux vers moi, un sourcil haussé en question silencieuse. Je pousse un soupir sonore.

– D'accord. Mais si tu viens avec nous, dépêche-toi. Je veux atteindre le bord du chemin avant qu'il fasse complètement nuit.

Thea se précipite vers son poney, tandis que Clover tend la main pour aider Arien à remonter. Nous regagnons la route, baissant la tête pour passer sous les racines de l'arbre tombé. Un autre papillon de nuit s'échappe de l'intérieur du tronc lorsque nous passons. Il disparaît dans les branches au-dessus, laissant une traînée de particules argentées dans l'air.

Les ombres s'allongent à mesure que nous sortons des bois. Une fois sur la route, nous découvrons que le ciel est terne. Une ligne rouge clair marque l'horizon comme une traînée de sang.

Aucun de nous ne parle. Je regarde droit devant moi sans rien voir nettement alors que nous traversons des champs en friche. Un mauvais pressentiment m'étreint, comme un poids trop lourd à porter.

Enfin, sous un ciel nuageux, le chalet du bord de la route est en vue. Ce n'est pas l'endroit où je me suis arrêté avec Arien et Leta l'été dernier. Ce chalet est plus petit, une seule pièce. Pendant que nous descendons de cheval et nous occupons de nos montures, mes souvenirs repartent vers cette autre extrémité de chemin, cette autre nuit.

L'histoire que Leta racontait à Arien sur une jeune fille courageuse. Un monstre. Un labyrinthe. Son silence quand elle a remarqué que je l'écoutais. C'est une histoire qu'elle ne pourra plus jamais raconter. Elle l'a donnée au Seigneur d'En Dessous, avec tous les autres souvenirs de sa famille.

À l'intérieur de la maisonnette, j'allume le feu pendant que Clover remplit une bouilloire à l'évier dans le coin et la met à chauffer sur le poêle.

Nous nous partageons des tranches de pain sans la moindre garniture. Thea propose un paquet de thé épicé. Il y a une théière sur une étagère, ainsi qu'une pile de tasses en émail. Clover les apporte à l'évier pour les laver. Puis elle prépare le thé, qu'elle verse dans les tasses.

Nous sommes tous assis ensemble, agglutinés près de l'âtre. Thea balaie la pièce du regard, boit une gorgée de son thé. Je perçois un amusement discret dans sa voix lorsqu'elle dit :

– Ce pourrait être amusant de refaire ça un jour. Quand la situation sera moins extrême.

Arien la regarde par-dessus le bord de sa tasse.

– J'apprécie que tu ne présages pas un désastre complet de toute cette situation.

– Vraiment, Arien, le tance Clover, après toutes mes excellentes leçons, tu devrais être un peu plus confiant.

Elle regarde la pièce avec un soupir mélancolique, avant d'ajouter :

– Peut-être qu'un jour, tout sera à nouveau... sans histoire.

– Nos vies ont-elles jamais été sans histoire ? réplique Arien, qui lui fait une grimace.

Elle le bouscule.

– Eh ! s'écrie-t-il en serrant sa tasse contre lui pour que son contenu ne se renverse pas.

Clover lève les yeux au ciel.

– D'accord, si tu veux être aussi pointilleux, nuançons : après ça, tout pourrait être pour la première fois sans histoire.

– J'ai hâte, commente Arien.

Thea s'esclaffe. Clover pose sa tasse et sort un carnet de sa sacoche. Pendant qu'elle le feuillette, Arien s'approche, un stylo à la main.

Il dessine une ligne de sigils sur la page. Ces signes me sont familiers, néanmoins je n'arrive pas à me rappeler où je les ai vus. Clover examine les symboles, sourcils froncés, puis elle en efface un et en inscrit un autre.

Thea observe Clover, l'air à la fois mélancolique et curieuse. Leurs regards se croisent et elles échangent un sourire timide. Mais ni l'une ni l'autre ne bouge.

Je me souviens de l'émerveillement mêlé de crainte que j'ai éprouvé la première fois où j'ai vu Leta utiliser sa magie. Même si l'alchimie m'était familière, il y avait une admiration nouvelle à la voir opérée par ses mains.

Je me rapproche de Clover. Avec un signe de tête à Thea, je murmure :

– Tu pourrais lui montrer comment fonctionne la magie.

Elle me jette un regard surpris, les joues empourprées par la timidité. Baissant la voix jusqu'à un souffle, elle me demande :

– Tu es en train de me donner des conseils en matière de romantisme, là ?

Je me passe une main dans les cheveux, le rouge aux joues moi aussi.

– Euh… oui. Et c'est tout aussi gênant pour moi, pour le cas où tu te poserais la question.

Clover étale le cahier sur ses genoux. Hésitante, elle fait signe à Thea.

– Tu veux voir ?

– Oui ! accepte aussitôt l'intéressée.

Quand Arien rit de son empressement, Clover lui jette un regard noir.

Thea se racle la gorge.

– Je veux dire, oui, s'il te plaît.

Sur ce, elle prend sa tasse de thé et va s'asseoir à côté de Clover. Leurs épaules se touchent lorsqu'elle se penche pour regarder la page. Clover passe son doigt sur les sigils.

– Il nous faut un moyen de renforcer la magie, sans qu'elle cause davantage… de dégâts. Si on redessine le sort au même endroit, tout le pouvoir est concentré. J'ai donc déconstruit les sigils. Tracés ainsi, ils devraient protéger Rowan.

Arien la regarde d'un air interrogateur.

– Ils « devraient » ? Tu viens de me commander d'être plus confiant.

Clover porte une main à sa poitrine, mimant la fille blessée par sa remarque.

– Mes propres mots, utilisés contre moi !

Thea secoue la tête face à leurs pitreries et ils éclatent tous de rire. J'ai très envie de me joindre à leur jeu, leur légèreté.

Mais je suis trop nerveux, trop agité. Je baisse la main et vois des taches semblables à des hématomes entourer mon poignet. Chaque fois que je respire, je produis une sorte de râle. Lorsque j'avale, j'ai dans la bouche un goût de terre. Comme si j'étais déjà dans les bois. Piégé par les ronces, par le désir, par la magie empoisonnée.

Je me lève et me dirige vers l'extérieur. Clover, redevenue sérieuse, veut me suivre, mais je lui fais signe de s'éloigner.

– C'est bon. J'ai juste besoin d'air.

L'espace entre le chalet et la route est jonché de feuilles mortes. Elles crissent sous les pas qui me conduisent vers un autel tout proche. L'étagère en bois est parsemée de restes d'offrandes.

Il reste une bougie parmi les ruisselets de cire fondue. J'ai encore une pierre à feu dans ma poche. Je porte sa flamme à la mèche. La bougie s'allume et éclaire faiblement l'icône. La peinture en est presque effacée. La moitié supérieure est voilée par des toiles d'araignée.

Ça me fait penser à la double icône dans le salon de Lakesedge. L'apparence de Leta lorsqu'elle a surgi, enveloppée par les ténèbres.

Je délace mes manches. Les rabats. Le sigil se réveille à mon poignet, un battement de cœur sourd. L'obscurité se déplace sous ma peau, à la fois mienne et étrangère.

Lentement, j'abaisse mes mains vers la terre. Les nuages se retirent et la lumière de la lune se répand sur moi, entrecoupée par les branches de l'arbre au-dessus. Je ferme les yeux. Je ne chante pas. Je ne pense même pas aux mots d'une litanie. Je ne cherche pas à atteindre la magie qui traverse le monde.

Au lieu de ça, je pense à d'autres arbres, à la couleur du sang, à leurs troncs enveloppés de brume. Je pense à ma voix appelant le nom de Leta dans un silence qui engloutit tous les sons.

La porte du chalet du bord de la route s'ouvre en grinçant. Arien en sort. Il a la cape d'Elan serrée autour de lui pour se protéger du froid. Il me regarde un instant. Puis il vient s'asseoir à côté de moi à l'autel. Je retire mes mains de la terre, les essuie sur mes genoux.

Arien fronce les sourcils en voyant les lignes sur mes bras. Les cicatrices tachées de sang, le sigil meurtri.

– Tu vas bien, c'est sûr ?

– Ça va aller très bien.

– Oui, je vois ça. Comment pourrais-je penser qu'il en va autrement ? ironise-t-il.

Il saisit mon poignet. Ses doigts se déplacent avec précaution sur les lignes du sort. Les ténèbres s'échappent en spirale là où il me touche. Il fronce un peu plus les sourcils.

– C'est de pire en pire.

– J'ai remarqué. J'ai essayé de les retenir, mais…

Je m'interromps pour ravaler un sifflement de douleur. Arien me lâche. Je me recroqueville, le poignet serré contre ma poitrine. Je veux lui dire que ça n'a pas d'importance. Mais je n'arrive pas à former les mots.

Arien dessine un sort sur son bras, puis tend à nouveau la main vers moi. Les ombres m'enveloppent. Sa magie est froide, mais même si elle fait mal, le contact de son pouvoir est une douleur bienvenue. Il envahit mes veines, lente remontée de givre, pour faire taire le poison.

Je pense à Leta, vêtue de toiles d'araignées et d'ailes de papillon de nuit. J'ai déjà dérivé tout près du bord de la ruine. Mais je suis résolu à prendre ce risque. Je ne ferai pas demi-tour. Même si ça doit me détruire, ça n'a pas d'importance. Je paierai le prix nécessaire pour la sauver.

Lentement, Arien me relâche. Il me regarde, sourcil haussé.

– Dis-moi… Elan, il était aussi téméraire que toi ?

Malgré la situation, j'éclate de rire.

– Oh, il était bien pire. Il passait sa vie à échafauder les plans les plus ridicules et à m'entraîner avec lui.

Arien pousse mon genou du sien, puis il m'offre un vague sourire.

– Ça me rappelle quelqu'un. J'espère qu'il approuverait ce plan ridicule.

– Oh, je suis certain que oui.

Je songe à ce qui nous attend demain. Notre incursion ensemble dans les bois. Et pour moi, les ténèbres que je vais laisser entrer. J'aimerais être plus assuré de ce qui se passera ensuite.

Tout ce dont je suis sûr, c'est que tout ça prendra fin dans les bois de Vair. D'une manière ou d'une autre.

12
VIOLETA

Au crépuscule, le Seigneur d'En Dessous m'attend près de la porte détruite. Il a plu sans discontinuer toute la nuit et la forêt est maintenant enveloppée de brume. Les feuilles des bois de cœur sont piquées de perles d'eau, avec des colliers étincelants de toiles d'araignées suspendus entre leurs branches.

Je suis vêtue d'une robe en dentelle délicate qui laisse mes bras nus. Lorsque je sors des arbres, mes jupes font tourbillonner la brume.

Le Seigneur d'En Dessous se retourne au bruit de mes pas. Nos regards se croisent et le silence entre nous chatoie. Il était parti avant que je me réveille, mais j'ai des souvenirs flous de sa présence à mes côtés pendant mon sommeil. Son bras autour de ma taille, le contact de ses griffes sur mes cheveux.

Maintenant, alors que je m'avance vers lui, j'ai la poitrine serrée par un mauvais pressentiment, comme une ronce avec des épines qui s'y accrocheraient. J'entoure mon poignet de la main opposée, trouve l'endroit où la nouvelle cicatrice rencontre le sigil. J'appuie, ne sens que mon pouls. Les lianes se resserrent davantage.

Je regarde le mur. L'arbre que j'ai fait pousser, qui a créé une fissure entre les ronces, est devenu encore plus grand pendant la nuit. L'écrin de ses branches projette une ombre lourde sur le sol et, quand je m'avance dans cette ombre, j'y sens un air suffisamment froid pour hérisser mes bras de chair de poule.

Le Seigneur d'En Dessous me tend un grand vêtement plié, attaché par un ruban.

– Tiens. J'ai réparé ton manteau.

Mes lèvres s'étirent sur un sourire perplexe. Il dénoue le ruban, révélant ma cape, dont chaque déchirure a été recousue avec de minuscules points. L'intérieur a été doublé de soie cobalt – la couleur des bois au crépuscule.

Je lui tourne le dos et écarte mes cheveux. Avec précaution, il drape la cape sur mes épaules. Puis il me fait doucement pivoter face à lui. Lentement, il attache les rubans à ma gorge. La chaleur me picote la peau et la magie me chauffe les paumes.

– Je...

Ma voix est instable. Je prends une pause, inspire. Réessaie.

– Merci.

– Tâche de ne plus te jeter dans d'autres buissons quand tu le portes.

Je promène mes doigts sur le manteau. Les nouveaux points forment un motif délicat et asymétrique, comme la courbe d'une fronde de fougère. En riant, je réponds :

– Je ferai de mon mieux.

Le Seigneur d'En Dessous pose sa main sur ce qui reste de la porte. Comme il passe ses griffes sur les ronces, celles-ci s'écartent un peu plus, créant un espace plus large pour nous permettre de passer. Je prends une lumière des lucioles dans un arbre voisin et rassemble les pans de ma cape.

Avant de partir, je me retourne pour voir les dégâts que j'ai causés. La porte éventrée. L'arbre au milieu des ronces. La dernière fois que je suis venue ici, j'étais animée d'un seul désir : percer les secrets de l'autre côté du mur.

Maintenant, je sais ce qui se trouve au-delà, pourtant je suis toujours aussi ignorante de ce que je trouverai à l'autre extrémité du chemin. Même mon espoir de voir ce que ce pouvoir va m'apporter – force, protection – est facilement ébranlé. Tout ce dont je suis sûre, c'est que je le veux. Ce *plus* que j'ai tant désiré dans mon combat contre les déesses sœurs.

Je veux rétablir la connexion entre Rowan et moi. Presser mes doigts sur le sigil et l'invoquer à volonté. Suivre le fil dans l'obscurité et trouver mon chemin… jusqu'à la maison. Là où je serai avec lui, pas seulement pour un bref moment de baisers volés et de promesses désespérées, comme dans les visions. Non, pour *toujours*.

Côte à côte, le Seigneur d'En Dessous et moi marchons dans les bois, sur le sol humide à cause de la neige fondue, vestige de la tempête provoquée par dame Moth. À mesure que nous suivons le sentier qui nous enfonce dans le cœur de la forêt, celle-ci change autour de nous. Les arbres se rapprochent les uns des autres, leurs branches forment une arche enchevêtrée. Bien que le soleil se soit couché, une étrange lumière transforme le ciel en une brume lilas. Et tout est baigné d'une odeur particulière, un parfum capiteux d'encens et de fleurs écrasées.

Le chemin commence à monter. Les arbres reculent, révélant des formes enfouies dans les ombres qu'ils projettent. Des vestiges de murs de pierre, d'encadrements de portes qui ne mènent nulle part, des cadres d'icônes remplis uniquement de lichen et de feuilles en décomposition.

Et puis, au bout du chemin… l'arbre d'os.

Entourés de brume, son tronc blanchi et la canopée squelettique de ses branches sans feuilles se découpent sur le ciel. Je m'arrête, sonnée par cette vue. Nous sommes au cœur du monde du Dessous. À l'endroit où j'ai été amenée pour être réparée, où je me suis réveillée et où j'ai découvert le prix de ma survie.

Alors que nous nous approchons de l'arbre, un sentiment étrange s'installe dans ma poitrine. Les fils de ma magie bougent, se déroulent. Comme si quelque chose d'endormi commençait à se réveiller en moi. J'enroule ma cape autour de mes épaules, resserre les rubans au niveau de ma gorge. Le Seigneur d'En Dessous me touche doucement le bas du dos. Je prends sa main. Une étincelle de pouvoir crépite entre nous – l'or pâle de mon alchimie, l'obscurité de ses ombres.

Dans un espace dégagé au bout du chemin s'élève un autel en bois, entouré de bougies déjà allumées. Le cadre de l'icône est usé par le temps, ceint de toiles d'araignées et de mousse. Et il est vide. Au lieu d'un portrait, le cadre ne montre que l'arbre osseux, pâle et sans fin, sculpté sur toute sa surface d'un motif délicat.

Je m'agenouille lentement, par habitude plutôt que par réflexion. Mes doigts s'enfoncent dans la terre à la base de l'autel, comme lorsque je pratiquais l'observance dans le monde du Dessus. Les yeux clos, je me connecte à l'obscurité silencieuse.

Je pense à la lumière qui traverse le monde. La Dame qui a fait la terre, qui est devenue la terre. La Dame qui a fait le Seigneur d'En Dessous. La création, la destruction, la capacité de prononcer un nom et de lui conférer magie et pouvoir.

Sur l'étagère située au pied de l'icône, le Seigneur d'En Dessous prend une couronne de branches tressées en forme de cercle, semblable à une auréole.

– Incline la tête.

Mais je ne m'incline pas. Au lieu de ça, je lui prends les branches des mains. Un sourire amusé se dessine sur ses traits tandis qu'il me regarde poser la couronne sur mes cheveux.

C'est alors qu'un bruit se fait entendre sur le chemin en contrebas. Je me relève et me retourne pour regarder vers la forêt. Sous les flocons de neige qui ont recommencé à flotter dans l'air, trois silhouettes émergent de la brume entre les bois de cœur. Dame Moth. Dame Owl. Dame Fawn.

Elles s'avancent en file indienne. La neige tombe plus lourdement, les chuchotements dans les arbres s'atténuent pour devenir un silence étouffé, désespéré. Le Seigneur d'En Dessous se redresse. Un grognement bas et défensif résonne dans sa poitrine. Les ombres se déchaînent, nous entourent et assombrissent l'air.

Il est un feu pâle, froid et féroce lorsqu'il les contemple.

– Je pensais m'être bien fait comprendre, la dernière fois que nous nous sommes parlé : vous devez rester chacune dans votre coin de la forêt.

Dame Moth regarde tour à tour le Seigneur d'En Dessous et moi, non sans froncer les sourcils à la vue de la couronne dans mes cheveux.

– Frère, une humaine n'a pas sa place dans notre monde.

– Je suis le souverain du Dessous. Ce que je fais ne regarde que moi.

Dame Owl le fusille de ses yeux brillants de colère.

– Ce que tu fais nous regarde depuis que la Corruption a échappé à ton contrôle et failli détruire notre monde. C'est une fille, une âme morte, et tu n'as pas le droit de la garder ici.

– Violeta est à moi, grogne le Seigneur d'En Dessous. Elle a droit à tout ce que je décide de lui donner.

Dame Fawn montre ses dents, tranchantes derrière le masque d'os.

– Nous ne te laisserons pas faire.

Je fais un pas vers elles, lent et délibéré. Le vent attrape ma cape, elle s'envole derrière moi dans un tourbillon de soie brillante. Mes mains sont contre mes flancs, les doigts serrés contre mes paumes. Le pouvoir s'éveille sous ma peau. L'air crépite autour de moi.

Je me tiens devant les dieux. Je refuse d'avoir peur.

– J'ai échangé mon sang, mon souffle et ma sécurité pour être ici. J'ai renoncé à ma vie. C'est mon choix, et vous ne m'arrêterez pas.

Dame Moth penche la tête et sa bouche s'incurve sur un sourire cinglant.

– Petite souris. Quel pouvoir as-tu face à nous ?

Je tends la main et prends celle du Seigneur d'En Dessous. Nos yeux se rencontrent, une compréhension voilée passe entre nous. La magie bourdonne avec une chaleur avide entre nos doigts serrés. Je pense à mes mains dans la terre, aux graines écloses entre mes paumes. Je pense à ce que j'ai ressenti quand son pouvoir s'est tissé au mien pendant que je réparais la Corruption.

Maintenant, je me prépare à accueillir sa magie qui m'envahit, me traverse. En même temps, je puise dans mon propre pouvoir. L'air s'emplit d'ombres étincelantes d'or. Notre pouvoir englobe tout. La forêt s'assombrit. L'air devient froid. Je relâche un souffle chargé de givre. Une pression forte et lourde m'écrase. Tout a un goût de sel, de fumée et de brume.

Puis il y a un grésillement et la lumière apparaît.

Les déesses sœurs ont disparu. Seul un léger mouvement dans les bois de cœur, au-delà du chemin, montre qu'elles ont été là.

Le Seigneur d'En Dessous regarde fixement l'endroit où elles se sont évanouies. Peu à peu, ses ombres s'estompent. Il baisse les yeux vers nos mains, nos doigts toujours entrelacés. Il y a une expression étrange sur son visage. Une admiration calme et confuse.

Il esquisse un sourire penaud.

– Je n'ai jamais partagé mon pouvoir comme ça. Aucun d'entre nous ne l'a jamais fait. Jusqu'à ce que je te rencontre, je ne pensais pas que c'était possible.

Une poussée d'adrénaline me traverse. Mon rythme cardiaque s'accélère, comme un écho à la pulsation de ma magie quelques instants plus tôt.

– Je ne les laisserai pas me faire du mal.

– Non, acquiesce-t-il. Mes sœurs… elles te veulent endormie dans un arbre, pas en vie dans notre monde. Mais tu as raison, ma Violette. Tu as gagné ta place ici.

Je retire ma main de la sienne et me dirige vers l'arbre. Il y a un espace vide au centre du tronc creux. À peu près de la forme d'une arche de porte. J'y presse ma paume. L'arbre est tiède, il brûle d'une chaleur qui semble vivante, comme si du sang coulait, chaud, sous la surface.

Le Seigneur d'En Dessous effleure le tronc de ses griffes et le motif en volute commence à bouger. Je retire ma main, hésitant entre horreur et fascination quand la voûte s'ouvre. La dernière fois que je suis venue ici, c'était dans ses bras. Portée à travers l'obscurité alors que le poison m'emportait.

La fille d'autrefois est morte ici.

Maintenant, nous marchons ensemble dans le creux obscur. À l'intérieur, le sol est mou sous mes pieds et l'air sent la pluie. Au-delà de la lueur de ma lumière des lucioles, l'espace caverneux est plus grand qu'il ne paraissait de l'extérieur.

Au bout d'un long moment, le couloir débouche sur une pièce circulaire. Vide, à l'exception d'une plate-forme surélevée en son centre, faite du même os filigrané que l'extérieur de l'arbre. Je m'avance, lampe levée. Comme mes doigts courent sur le bord de l'estrade, un éclat d'os me perce la peau. Le sang afflue. Je scrute la coupure, les battements de mon cœur pulsent bruyamment à mes oreilles. Lentement, je tends la main et étale un filet de sang sur les os.

La lumière vacille. Je vois une image en superposition. Le souvenir de ma dernière visite ici, comme un rêve sorti du sommeil. Je suis toujours dans la grotte, près de l'estrade. Mais maintenant, il y a une silhouette dessus, étendue, mortellement immobile. Une fille, à la peau blanche et aux cheveux roux emmêlés. Sa poitrine se soulève et s'abaisse faiblement, comme si elle n'était pas morte, mais profondément, irrévocablement endormie.

Son corps entier est rempli d'ombres.

Je prends une inspiration et ferme les yeux. Quand je les rouvre, la fille n'est plus là.

Le Seigneur d'En Dessous vient se placer à côté de moi. Il me prend des mains la lumière des lucioles et la place dans une niche du mur. Aucun de nous n'a parlé du prix, de ce que je devrai échanger contre ce nouveau pouvoir. Je pince les lèvres. Déglutis malgré ma gorge serrée.

– Tu ne m'as pas demandé ce que j'allais t'offrir.

Il se tait, hésite prudemment. L'appréhension me parcourt l'échine, frisson après frisson. Ses traits se fracturent, le temps d'un infime clin d'œil. Sa réponse est mesurée, chaque mot retenu avant d'être prononcé.

– Je ne veux rien échanger avec toi. Pas cette fois.

– Comment ça ?

Son visage se recompose. Les yeux, les bouches, les entailles à la gorge, tout s'estompe et ne restent plus que des marques argentées, à peine visibles sur sa peau. Avec un effort, son expression se recompose également.

C'est comme regarder quelqu'un remettre un masque souvent porté qui, une fraction de seconde, avait glissé.

– Ce n'est pas la même chose que de jeter un sort. Je te donne une part de mon pouvoir. La moitié de tout ce que je suis.

Je frémis à nouveau, un frisson qui descend jusqu'au plus profond de moi. *La moitié de tout ce que je suis*. La moitié de sa force, de ses ombres et de sa magie inhumaine.

Dans mes veines, le pouvoir chante avec une résonance nouvelle. Ma poitrine est oppressée, ma peau d'une chaleur fiévreuse. Je tremble lorsqu'il me tend la main et m'aide à monter sur l'estrade.

Il reste près de moi lorsque je m'assois sur le bord de la plate-forme. Dans la pénombre de l'alcôve et l'odeur de la pluie, je prends pleinement conscience de mon humanité, qui me distingue résolument de lui. Lui dont la peau est si froide, les griffes si acérées.

– Qu'est-ce que ça fera de moi ? je lui demande. Quand tout sera terminé ?

Il passe son pouce sur la cicatrice de ma paume.

– Tu auras du pouvoir. Énormément de pouvoir.

Ses mots et son contact me plongent dans un tourbillon d'émotions. Désespoir et désir. Au fond de ma poitrine, je sens la forme d'un nom – son nom – qui a presque, mais pas tout à fait, la forme d'un mot que je peux prononcer.

Je touche son torse, sens le silence là où devrait battre un cœur. L'espace entre nous se rétrécit. Il se penche jusqu'à ce que nos fronts se rencontrent. Un soupir s'emmêle entre nos bouches. Il repousse une mèche de cheveux égarée sur ma joue et murmure mon nom.

– Violeta.

Et je veux son nom en retour, je veux le chanter en réponse comme l'écho d'une litanie. Pourtant, je reste sans voix, tous les mots se perdent dans sa froideur.

Je veux presser mes lèvres dans le creux de sa gorge. Poser des baisers qui laisseront une marque, comme une revendication sur sa peau. Au lieu de quoi, je recule. Je pose les mains à plat sur l'estrade de part et d'autre de moi. Je sens l'os usé et lisse de sa surface.

– Je suis prête.

Une lumière des lucioles brûle derrière le Seigneur d'En Dessous, le transformant en silhouette. Lentement, il pose les mains sur mes épaules. L'air s'emplit d'ombres et du goût familier de sa magie. Cendre et sel, thé noir, nuits sans lune.

Je laisse mes paupières se fermer et mon pouls s'accélère. Je suis traversée par un bourdonnement de pouvoir, une sensation différente de ma propre magie. Je serre les poings. La cicatrice en forme de croissant pulse sur ma paume. Je suis sur le point de franchir une ligne qui ne devrait pas l'être. Mais je ne veux pas faire demi-tour.

Mon pouvoir s'éveille dans une étincelle. Il rejoint le glissement froid de ses ombres. Je le laisse entrer, je le laisse se répandre en moi. Alors que cette nouvelle magie noire s'insinue à travers mon corps, tout le reste s'estompe. Le Seigneur d'En Dessous disparaît dans les ténèbres. Je suis seule.

Il me semble normal, juste, que ce moment soit le mien, tout entier. C'est moi qui ai demandé ce pouvoir, moi qui ai choisi de le revendiquer.

Avec précaution, je descends de l'autel. Le sol sous mes pieds n'est plus de la terre meuble, mais des pierres, disposées selon un motif délicat. Une lumière douce brille au loin. Je commence à marcher vers elle. Au début, il n'y a que le chemin et les murs, l'air qui sent vaguement le parfum que j'ai déjà identifié dans la forêt. Encens et fleurs écrasées.

Puis la lumière s'intensifie. Au loin, j'aperçois une porte sculptée dans un bois écarlate. Il y a une couronne au centre, des lianes de ronces tressées pour former un cercle et hérissées d'épines aussi longues que mes doigts.

La porte s'ouvre à mon approche. Je pénètre dans une salle haute de plafond, éclairée à la bougie. L'air est de miel et d'ambre, amolli par une brume de fumée. Une fenêtre cintrée occupe tout le mur à l'autre bout de la pièce. Au-delà de la vitre, une étendue de ciel enveloppée de brume. Et sous la fenêtre, une silhouette se découpe sur la lumière pâle.

Plus je m'avance, plus j'en distingue les détails, les traits. Une peau bronzée, des yeux dorés, des mains qui brillent d'une magie incommensurable, merveilleuse.

J'entends un son qui n'en est pas un. Une voix qui n'en est pas une. Je me tiens devant la Dame et ses mots passent sur moi comme une caresse.

Tu tiens le feu du monde entre tes mains.

Je suis sur un sentier entre des rangées d'arbres. Les ombres grises du monde du Dessous se déplacent et vacillent autour de moi quand j'avance. La lumière du soleil s'estompe et le ciel devient argenté comme un clair de lune. L'air prend la couleur des étoiles. Le sigil à mon poignet commence à battre frénétiquement, comme un papillon de nuit pris dans un bocal. Il y a un sifflement, un afflux, et tout l'air disparaît de mes poumons.

Puis la vision s'estompe et je suis éveillée, de retour à l'intérieur de l'arbre d'os.

Le Seigneur d'En Dessous m'observe attentivement pendant que je me redresse.

– Comment te sens-tu ?

Je regarde mes mains, je sens le bourdonnement et la brûlure de la nouvelle magie.

– Je… je me sens très… différente.

Il m'aide à descendre de l'autel. Nous retournons ensemble dans la forêt. Ma peau est terriblement froide, comme si toute ma chaleur, toutes les parties les plus douces et les plus ensoleillées de moi avaient été éliminées. Le pouvoir coule dans mes veines avec une férocité que je contiens à peine. J'ai l'impression que je vais me découdre, me peler comme un fruit, devenir un arbre, une feuille, une fleur. Juste une partie de ce monde magnifique et terrible.

Devant l'arbre d'os, nous marquons une pause, une distance volontaire entre nous. Agitée, je regarde le chemin qui ramène à la forêt. Mes doigts se recroquevillent machinalement, ils cherchent à se glisser sous ma manche et à toucher le sort. J'ai besoin d'un endroit où je puisse être seule, où je puisse tester mon nouveau pouvoir, voir jusqu'où je peux aller dans les ténèbres.

À côté de moi, le Seigneur d'En Dessous est soudain immobile. Il se tourne dans un mouvement brusque qui me fait sursauter de peur. Il ne peut pas savoir ce que j'ai l'intention de faire, si ?

Mais ce n'est plus sur moi qu'il est concentré, ses yeux se plissent vers la forêt. Je regarde aussi, m'attendant à voir surgir une de ses sœurs des arbres. Au lieu de quoi, j'entends un son étrange porté par le vent. Comme le murmure des âmes. Sauf que, si les voix qui murmurent dans les bois de cœur sont calmes et reposantes, ce son-là mêle la douleur et la peur.

Je fais un pas en avant pour tâcher d'entendre le son plus clairement. Le Seigneur d'En Dessous tend la main, m'empêchant d'aller plus loin. Son regard est illuminé d'une ardeur qui m'effraie. De la même faim bien particulière que le jour où je l'ai invoqué, la première fois, lorsqu'il est sorti de l'autel et qu'il s'est tenu devant moi.

– Qu'est-ce que c'est ? je demande, la voix étouffée.

Avec un effort, il détourne son attention du son.

– Beaucoup de vies ont été prises dans le monde du Dessus. Je dois revendiquer leurs âmes.

13
VIOLETA

Aux mots du Seigneur d'En Dessous – « revendiquer leurs âmes » –, mon esprit se met à tournoyer, mes pensées sont si rapides que j'ai du mal à les saisir. Pour revendiquer une âme, il doit franchir la frontière entre les mondes. C'est ainsi que je l'ai rencontré pour la première fois dans les bois de Vair, alors qu'Arien était proche de la mort.

Et si moi, je pouvais franchir cette frontière, grâce à mon nouveau pouvoir et au fil d'incantation qui me lie à Rowan, notre connexion serait bien plus forte.

Je me tourne vers le Seigneur d'En Dessous. J'essaie – en vain – de masquer mon excitation.

– Je veux venir avec vous.

Il n'y réfléchit pas plus d'une seconde. Déjà sur le chemin, il se retourne pour lancer :

– Absolument pas.

Je rassemble mes jupes et marche plus vite, pour le rattraper.

– Vous voulez dire que je ne peux pas venir revendiquer une âme ou que vous refusez de me laisser faire ?

Sur un brusque soupir, il s'arrête et me prend par les épaules.

– Ma réponse est non. La raison n'a pas d'importance.

Ses mains glissent le long de mes bras. Ses doigts s'entrelacent aux miens et il regarde vers le chemin.

– Je te raccompagnerai chez toi avant de partir.

Je me mords l'intérieur de la joue. J'ai envie de discuter. Mais si j'insiste, je ne ferai qu'éveiller sa méfiance. Je ne veux pas qu'il se doute de la raison pour laquelle je tiens tant à le suivre. Je ravale donc mes protestations et j'acquiesce. Il me considère un instant, une lueur de méfiance dans le regard. J'essaie de conserver un visage neutre.

Puis il resserre sa prise sur ma main et m'entraîne à sa suite. Je le suis en m'éloignant de l'arbre d'os. Dame Moth nous attend au bas de la pente. Elle rabat son capuchon et une volée de flocons de neige se disperse dans l'air autour d'elle lorsqu'elle s'avance sur le sentier.

Elle nous observe, haussant un sourcil de plumes au-dessus de son regard sans fond.

– Je pensais que tu étais en route pour les champs de deuil, mon frère. J'ai entendu dire qu'il y avait eu beaucoup de morts près des bois de Vair.

Le Seigneur d'En Dessous s'avance d'un pas lent, serrant les doigts autour des miens.

– Qu'est-ce que tu en sais, toi ?

L'air nonchalante, dame Moth examine ses griffes.

– Tu es bien distrait, ces derniers temps. Peut-être qu'une partie de notre magie s'est échappée dans le monde du Dessus. Mais bien sûr, ce n'est qu'une supposition. Qui pourrait dire ce qui est réellement advenu ?

– Ces terres sont sous ma protection. Si tu as transgressé, Moth…

Il montre les dents, ligne crantée de colère. Laisse la menace en suspens.

Le Seigneur d'En Dessous et dame Moth se dévisagent. À chaque seconde qui passe, l'air devient plus tendu. Moth le fusille du regard, le défie.

– Et tes transgressions, à toi ?

Son attention se porte soudain sur moi. Je croise les bras.

– Pas la peine de parler de moi comme si je ne vous entendais pas.

Elle repousse une mèche de cheveux bleu pâle. Redresse les bois de sa couronne. Un énorme papillon de nuit gris volète depuis les arbres et se pose sur son épaule.

– Je suis surprise, Violeta. Ce que mon frère a fait ne te met-il pas en colère ? Il a détruit la vie de Lord Sylvanan, et la tienne aussi, avec la Corruption. Par la ruse, il t'a poussée à te sacrifier pour la réparer.

– Je ne l'ai pas réparée pour lui.

Avec un soupir, elle se retourne vers le Seigneur d'En Dessous.

– Une vie pour une vie, tel aurait dû être le châtiment lorsque Lord Sylvanan a refusé de payer sa dette. Mais toi, tu voulais le pouvoir issu de sa peur et de sa douleur. Et maintenant, tu as quelqu'un qui te donnera plus de pouvoir qu'une malédiction ne pourrait jamais le faire.

Donne-lui du pouvoir.

Le Seigneur d'En Dessous évite soigneusement mon regard. Une sueur nerveuse me picote la nuque, puis commence à couler lentement le long de mon échine. Je serre les dents, j'essaie de chasser ce sentiment. Il m'a donné du pouvoir parce que je l'ai exigé. C'est moi qui ai gagné en force, pas lui.

Je me rapproche de dame Moth, laisse monter ma magie, tel un baiser froid sur ma peau. Je me visualise avec mes griffes sur sa gorge, égalant sa propre cruauté. Nos regards se croisent et ses traits commencent à se modifier et à se fracturer. Sa bouche se subdivise en un flou de dents acérées, ses joues se couvrent de taches semblables à des ecchymoses qui se tortillent et dansent.

Je soutiens son regard sans ciller.

– Tout ce qu'il a obtenu de moi, je l'ai exigé pour moi dans la même mesure.

Son visage est parcouru d'un autre frisson, puis reprend le masque impeccable d'avant.

– Tu ne seras jamais vraiment à sa hauteur. Tu peux porter une couronne et marcher aux côtés de mon frère, ça ne change rien à ce que tu es et à la place qui est la tienne. Une âme n'a qu'une seule place légitime dans notre monde.

Je ferme les yeux et pense à un mot, un nom, l'ordre que j'ai entendu le Seigneur d'En Dessous utiliser contre cette créature lorsqu'elle a essayé de me faire du mal.

– *Chmah*. Laisse-nous.

Les yeux de dame Moth s'écarquillent. Elle regarde tour à tour le Seigneur d'En Dessous et moi, le visage tordu par la fureur.

– Cet affront ne peut rester sans réponse.

Mais alors même qu'elle parle, elle commence à s'évaporer. D'autres papillons gris l'entourent, un nuage fait de poussière d'argent et d'ailes délicates. Elle disparaît, laissant derrière elle une congère en travers du chemin.

Je déglutis, une brûlure vive jusque dans l'estomac. Le mot qui n'en était pas un pour moi auparavant, qui n'avait aucun sens dans ma bouche, s'attarde maintenant sur ma langue avec un goût de nectar. Une chose trop mûre, trop sucrée, écœurante. Je résiste à l'envie de frotter ma manche contre mes lèvres.

Le Seigneur d'En Dessous laisse échapper un rire surpris. Il a l'air stupéfait, expression rarissime et étrange sur les angles de ses traits éthérés.

– Tu as prononcé son nom.

Moi aussi, je suis ébranlée. Mais j'essaie de ne pas le laisser paraître lorsque je m'adresse à lui, avec plus de familiarité qu'avant.

– Qu'est-ce que tu imaginais quand tu m'as donné ce pouvoir ?

Il ne répond pas. Au lieu de ça, il regarde le sol, les yeux plissés. Autour de mes pieds, des fleurs sont sorties de la terre. Des feuilles et des pétales délicats s'enroulent autour de la pointe de mes bottes et viennent frôler mes chevilles. Surprise, je recule d'un pas. D'autres fleurs poussent à l'endroit où j'ai posé les pieds.

Je tends la main. Des fils de lumière dorés s'échappent de mes doigts et montent en spirale vers le ciel baigné de brume. La forêt brille. Les bois de cœur sont d'un écarlate lumineux, leurs feuilles d'un argent tranchant. Les voix des âmes qui, jusqu'alors, n'étaient que des chuchotements, chantent désormais dans l'air.

C'est ça, mon pouvoir. Je suis tissée avec la forêt. J'ai la force du monde du Dessous.

Le Seigneur d'En Dessous me prend la main et me ramène sur le chemin, vers mon chalet. À mesure que nous avançons, d'autres fleurs et lianes naissent de mes pas, qui tapissent le sentier de pétales et de feuilles vert pâle. Le pouvoir bourdonne dans mes os, d'une intensité écrasante.

Je me sens complètement changée. Avec une couronne de branches dans mes cheveux et une magie destructrice dans mes veines, je suis la fille qui a été empoisonnée sur l'autel. La fille qui a pris la main de la mort.

Lorsque nous atteignons le mur d'épines, un autre son se fait entendre, un appel plus aigu, plus urgent que les voix des âmes dans les arbres. Je les entends, les nouveaux morts des bois de Vair.

Je resserre mes mains dans le tissu de mes jupes et je regarde en direction de leurs voix. C'est là que je dois aller pour atteindre la frontière entre les mondes.

Près de l'arche qui mène à ma partie des bois, je m'arrête. M'écarte du Seigneur d'En Dessous.

– Je peux trouver mon chemin toute seule à partir d'ici.

Il me lance un regard d'avertissement.

– Rappelle-toi ce que j'ai dit. Ne t'éloigne pas tant que je ne suis pas revenu vers toi.

Je jette un coup d'œil au sentier qui retourne dans la forêt. À l'endroit où il serpente entre les arbres. Au sol marqué par les ombres.

– Que voulait dire Moth, tout à l'heure, à propos de sa magie et des bois de Vair ? Tes sœurs ont fait quelque chose aux gens de là-bas ?

– Mes sœurs n'acceptent pas que je t'aie laissée m'aider, que j'aie conclu un autre marché avec toi après ton empoisonnement. Elles ne me pardonnent pas le déséquilibre que j'ai causé avec la Corruption, m'explique-t-il avec un soupir contrarié. Je l'admets, j'ai été impitoyable. J'aimais Rowan Sylvanan pour sa douleur et sa peur. Cela m'a donné la volonté folle de lui faire du mal. Mais c'est allé trop loin.

C'est un choc de l'entendre admettre sa faute. D'entendre le nom de Rowan prononcé par sa voix éthérée. L'espace d'un instant, je suis incapable de produire un son. Puis :

– « Trop loin », c'est peut-être le plus gros euphémisme que j'aie entendu sortir de ta bouche. Tu voulais le pouvoir. Tout ce que tu as gagné, c'est la destruction.

Il lâche un brusque soupir qui teint l'obscurité de givre.

– Je ne m'excuserai pas pour ce qui relève de ma nature, Violeta. En revanche, je veux me racheter. Je t'ai donné la moitié de tout ce que je suis. Tu as un pouvoir phénoménal, et ça change tout.

Je frissonne, et la sensation de magie dans mes veines brûle d'une nouvelle résonance.

– Est-ce que… ça t'a mis en danger, aussi ?

– Je ne peux pas prédire comment mes sœurs réagiront lorsqu'elles comprendront ce que ça implique, admet-il avec un coup d'œil significatif vers la porte dans le mur. C'est pourquoi tu dois t'enfermer chez toi et y rester jusqu'à mon retour.

Je recroqueville les doigts dans ma paume, j'appuie sur la cicatrice en forme de croissant.

– Je ferai de mon mieux pour éviter les ennuis.

Ma taquinerie lui tire un soupir.

– J'imagine que c'est le maximum que je puisse attendre de toi.

Je passe sous l'arcade, avance de quelques pas sur le sentier. Puis je m'en écarte pour me glisser dans la pénombre entre deux bois de cœur. Je patiente un moment. Lorsque j'entends s'éloigner les pas du Seigneur d'En Dessous, je reviens sur la pointe des pieds jusqu'au mur et je me cale contre l'arbre qui vient de pousser.

Je relève le capuchon de ma cape. J'imagine que la brume s'est accumulée autour de moi, jusqu'à ce que je sois recouverte par les morceaux assombris de la forêt. Ainsi cachée, j'observe à travers une brèche entre les épines : le Seigneur d'En Dessous s'éloigne, son manteau déployé derrière lui, comme une traîne d'ombres.

Une fois assurée qu'il est assez loin pour ne pas me remarquer, je franchis à nouveau la porte et je le suis.

J'évite de marcher à découvert sur le chemin, chargeant un bosquet de bois de cœur de me camoufler. C'est la direction opposée à celle où j'ai fui avec Fawn la première fois. Il fait plus sombre ici, dans cette partie du monde du Dessous. La lumière ondule en filtrant à travers les arbres, et les champignons fantômes scintillent en cercle entre les grappes de fougères. Des papillons de nuit argentés me croisent en dansant, suffisamment près pour que je sente le frôlement de leurs ailes.

Au bout d'un long moment, les arbres commencent à se raréfier. Au-delà, j'aperçois un espace clos qui ressemble aux ruines où Fawn et moi nous étions réfugiées. Sauf qu'ici, à l'une des extrémités, se trouve un escalier qui monte vers une porte creusée, encadrée par deux piliers de pierre. L'espace au-delà n'est que ténèbres.

Le Seigneur d'En Dessous gravit rapidement les marches, quatre à quatre. En haut, il s'arrête et jette un coup d'œil à la forêt derrière lui. Je me cache derrière un arbre, retiens mon souffle, à l'affût du bruit de ses pas. Mais il n'y a que le silence. J'attends encore un moment, puis je coule un regard discret depuis ma cachette.

Il n'est plus là. Il ne reste que l'escalier, l'arche et l'obscurité.

Je serre fort les mains dans mes jupes. Avant de perdre courage, je monte l'escalier à mon tour. D'autres lianes se déploient à mesure que je marche, qui s'enroulent autour de la rampe et des piliers qui flanquent l'arcade. Des fleurs pâles en forme d'étoiles s'épanouissent entre les feuilles vert foncé. Elles emplissent l'air d'un parfum si suave que j'en ai presque le goût sur la langue – sirop, baies trop mûres et sucre brûlé.

Une vrille de lierre se déroule lorsque je m'approche et s'étire en l'air jusqu'à moi.

L'arche se profile en haut de l'escalier. Je tends la main vers l'obscurité. C'est froid, mais je ne sais pas déterminer ce qu'il y a derrière. Je prends une profonde inspiration, avance d'un pas et traverse pour me retrouver dans l'espace privé de lumière, de l'autre côté de la porte.

Le monde se mue instantanément en ombres. Elles m'enferment dans une obscurité impénétrable. Mes yeux sont ouverts, mais je ne vois rien. Tout se réduit aux halètements de ma respiration, à l'écho des battements de mon cœur, à la pulsation de la magie au centre de mes paumes.

Je me mords la lèvre, goûte le sang. La tension m'étreint. Puis, d'un coup, la lumière afflue. Une teinte dorée que je n'ai jamais vue, jamais, dans le monde du Dessous.

J'avance maladroitement.

Je me trouve dans un champ de flammes. Une rangée de bûchers brûlent sous un ciel nocturne dégagé. Il y en a des dizaines, disposés en un croissant qui fait écho à la lune. Je jette un coup d'œil prudent autour de moi, mais je ne vois pas le Seigneur d'En Dessous ni aucune des personnes qui auraient dû venir ici pleurer les morts. Tout ce qui se trouve au-delà de l'endroit où je me tiens est flou, comme la surface opaque de l'eau. Je ne sens même pas la chaleur des bûchers. Je suis à la fois là et ailleurs.

Lentement, je m'approche des flammes. Les corps sont étendus sur des lits de branches. Leur peau exsangue est striée de veines sombres. C'est la même chose, le même poison que j'ai vu si souvent sur Rowan. Les ténèbres qui l'enveloppaient se répandaient en lui alors qu'il devenait un monstre.

C'est ce dont Moth parlait lorsqu'elle a dit que leur magie était arrivée dans les bois de Vair. Ces gens ont été empoisonnés par la magie du monde du Dessous.

Je secoue la tête, refusant de croire à cette terrible vérité. Moth a dit que j'avais distrait le Seigneur d'En Dessous. C'est pour ça qu'elles ont pu envoyer de la magie ici et empoisonner ces gens. La cruauté de la chose me pétrifie :

d'innombrables vies détruites dans une lutte de pouvoir entre les dieux.

Je remonte ma manche, regarde la cicatrice laissée par mon marché avec dame Owl. Les dieux m'ont fait du mal, ainsi qu'à tous ceux que j'aimais. Mais j'étais consentante quand je suis venue invoquer le Seigneur d'En Dessous à l'autel. J'étais consentante quand j'ai offert mon souffle, mon sang et mes baisers.

Les morts qui sont allongés là n'ont jamais rien choisi.

Je suis si distraite que je suis à deux doigts de ne pas voir le Seigneur d'En Dessous qui déambule entre les bûchers. Juste à temps, je m'esquive dans un champ vide, de l'autre côté de la lumière des feux.

Depuis le couvert de l'obscurité, je le regarde s'approcher des flammes, s'enfoncer au milieu des étincelles qui jaillissent sous ses pieds quand ses bottes écrasent les braises. Son visage est empreint d'une tendresse désespérée.

La lumière scintille à la pointe acérée de ses griffes. Je suis frappée par une crainte mêlée de sidération et d'horreur lorsqu'il se penche au-dessus de la forme enveloppée sur le bûcher. Les doigts entrelacés d'ombres, il passe doucement les mains sur le corps. Qui s'effrite à son contact. Des cendres s'envolent dans l'air. Je cligne des paupières, les yeux me piquent, les flocons se déposent sur ma peau et mes cils.

Le Seigneur d'En Dessous recueille quelque chose dans ses bras. Un fagot carbonisé de tissu, d'os et de ténèbres. Une âme.

Avec les flammes à ses pieds et le ciel de la nuit dans son dos, il brille comme une lune pâle. Lointain et puissant, d'une beauté absolue. Dans mes veines, le pouvoir exerce une traction sourde, et les fils d'or qui me relient à la forêt du Dessous commencent à s'allumer, à s'étirer vers lui.

Je prends une brusque inspiration et j'ordonne à la magie de se calmer. Elle commence à se dissoudre. Mais le Seigneur d'En Dessous s'immobilise. Il fixe l'obscurité, ses yeux givrés cherchant à distinguer un point exactement dans ma direction. Pendant un instant d'impuissance interminable, je suis prise au piège. Certaine qu'il m'a vue. Je recule d'un pas lent et hésitant, m'enfonce dans le champ, plus loin des flammes.

À mon poignet, le sort me fait mal. Et même si je ne touche pas le sigil, la lumière s'élève de ma peau. La magie se déploie à nouveau, des fils s'échappent de mes doigts… pas vers les bûchers et le Seigneur d'En Dessous, mais au loin. De l'autre côté du champ.

Le Seigneur d'En Dessous hésite encore un instant. Les yeux toujours rivés à l'obscurité. Puis il serre l'âme contre sa poitrine et se retourne, s'éloigne. La lumière des flammes est un mur entre nous. Je suis à nouveau cachée. Soulagée, je lâche un soupir silencieux.

Au-delà du champ, je vois des ombres striées : noir sur noir, les silhouettes d'arbres à l'infini. Les battements de mon cœur s'accélèrent.

Les bois de Vair.

L'endroit où, enfant, j'ai fui avec Arien tandis que notre village brûlait, désespérée de le protéger. L'endroit où le Seigneur d'En Dessous est venu à nous, deux enfants perdus dans les bois, et où je lui ai proposé mon tout premier marché. C'est à ce moment-là que tout a changé.

Quand j'ai abandonné ma magie en échange de la vie d'Arien. Quand j'ai forgé le lien qui s'est réveillé lors de ma venue à Lakesedge.

Cette nuit-là, dans les bois, j'ai fait le premier pas sur le chemin qui me mènerait… ici.

Je m'éloigne des flammes. M'approche de plus en plus de la forêt. Les bûchers s'estompent derrière moi, éclipsés par l'obscurité croissante. Je ne me retourne pas. Mon chemin vers les arbres me vient comme instinctivement – comme la respiration de mes poumons, les battements de mon cœur.

Les souvenirs me rattrapent lorsque j'arrive dans les bois. J'étais tellement plus jeune la dernière fois que je suis venue ici. Pourtant, les arbres paraissent encore énormes, découpés comme ils sont, hauts et couleur argent dans la nuit. Branches silencieuses, ciel silencieux. C'est comme revenir dans le monde du Dessous. Même si les arbres sont gris pâle, et non cramoisis, et que le sol est jonché de feuilles dorées.

Il règne dans les bois de Vair le même silence feutré. La même impression de secrets et de monstres tapis juste au-delà des ombres.

Mes doigts se recroquevillent contre mon poignet, appuient sur le sigil. Je pense aux promesses faites sous une lune de Midiver, aux promesses faites sur la rive du lac. J'entre dans les bois, avec mes jupes qui chatoient à l'instar de la soie d'araignée, ma couronne de branches sur mes cheveux.

Les arbres se séparent et je me retrouve dans une clairière, sous une voûte de branches et d'étoiles. Un petit feu brûle au centre du bosquet.

Et là, au-delà des flammes… Rowan.

14
ROWAN

Nous attendons à la lisière des bois de Vair. Regardons le soleil se coucher. Ici, les arbres sont hauts et leurs branches engloutissent le ciel qui s'assombrit. Leur contour dessiné par la lumière écarlate semble se tendre vers nous. Comme des mains acérées et griffues. À l'intérieur des bois, là où la lumière est déjà partie, le vent s'agite dans un murmure grave et inquiétant. Les mots chuchotés d'un secret, d'un sort.

Thea ajuste la sangle de sa sacoche. Avec un petit rire nerveux, elle dit :

– Je ne me suis jamais aventurée aussi loin de chez moi. Je crois que le plus loin que je sois allée, c'est ton village, Arien. Je voyais ces bois depuis la place de Greymere, les jours de la dîme.

Arien se dirige lentement vers les arbres. Il passe les doigts sur une branche basse, arrache un brin de lierre qui s'y est entortillé et en fait un nœud.

– Tout m'est familier, à moi, dit-il, tant j'ai rêvé des bois de Vair. C'est étrange de m'y retrouver pour de vrai.

Clover lui touche doucement l'épaule.

– Ça va ?

Il hoche la tête, le regard fixé sur le lierre serré entre ses doigts assombris par la magie.

– Je… pense, oui.

Je sors une pierre à feu, l'approche de la mèche de la lanterne que j'ai apportée. En la levant, je laisse sa lueur tracer le chemin devant nous.

– Venez.

Nous marchons en silence, tous les quatre, le long du sentier étroit qui serpente à travers bois. Arien reste en tête. La lumière de ma lanterne projette son ombre sur les arbres. Derrière nous, Clover et Thea ramassent des bâtons et des feuilles mortes par terre, qu'elles fourrent dans la sacoche ouverte de Thea.

Bientôt, le chemin est moins délimité. Entrecoupé par des pierres et des herbes enchevêtrées. Il est en pente, irrégulier. Le sol est érodé, creusé de profondes tranchées. Nous progressons prudemment, les yeux rivés sur nos pieds. L'air sent la fumée. C'est léger. Comme si un feu de camp était allumé, loin au-delà des bois.

J'imagine Leta ici. Enfant, avec Arien dans ses bras. Je savais déjà à quel point elle était féroce. Profondément protectrice. Mais maintenant que je suis à l'endroit où elle a affronté la mort et négocié avec le Seigneur d'En Dessous, je réalise le changement survenu dans sa vie lorsqu'elle a amené Arien dans ces bois.

Ce qui s'est passé cette nuit-là a laissé des traces. Sur elle, et sur cet endroit. Je le sens, un écho dans l'air. Une cicatrice sur la terre. C'est ce que je ressentais aussi chaque fois que j'étais près du lac. La noirceur laissée par mon propre marché. Le souvenir de l'endroit où j'ai traversé vers le monde du Dessous. Vivant, mort, vivant à nouveau.

Arien nous conduit au centre d'une clairière. Le sol est nu. Le ciel rempli d'étoiles. Il s'agenouille, les yeux déjà assombris par la magie. Il est silencieux, les épaules voûtées. Tout son être est tendu dans l'observation de la forêt. Dans l'écoute de la forêt.

Il pose ses mains sur la terre.

– Je pense que c'est là.

Je m'approche et m'agenouille à côté de lui. J'enlève mes gants, touche le sol. Sous mes paumes, les signes de pouvoir que j'ai ressentis avant se sont maintenant mués en une pulsation régulière.

– Oui, je murmure. C'est là.

Je retrousse mes manches, déroule le bandage à mon poignet. Arien grimace en regardant le sigil. Les lignes à vif de mes cicatrices. Les hématomes comme autant de taches d'encre sur mes poignets. Je sens le poison qui monte, affamé. Appelé par la magie du sol. Il se déverse avidement sous ma peau, me sillonne en veines irrégulières le long des bras, jusque dans mes doigts.

Avec un soupir, Arien écarte les cheveux de son visage. Puis il sort son stylo et le morceau de papier sur lequel sont inscrits les sigils déconstruits.

– Je vais essayer de les espacer le plus possible.

Il inscrit le sort en morceaux minutieux. Un symbole au centre de ma paume. Un symbole dans le creux de mon coude. Une rangée de marques mystérieuses plus petites pour les relier. Il répète le même motif de l'autre côté.

Puis il me fait signe de dénouer les cordons de ma chemise. Je défais les nœuds, renverse la tête en arrière, les yeux fixés sur les branches au-dessus de moi pendant qu'il écrit les sigils sur ma gorge et mes clavicules.

Quelque chose de pointu et de ténébreux se détache de moi. Appuie entre mes côtes. Se faufile avec une langueur inquisitrice dans mes veines. C'est à la fois étrange et familier : la magie d'Adrien, le sort de Leta et les traces du pouvoir resté dans les bois.

Pendant qu'Arien s'active, Clover et Thea créent un cercle de pierres. Elles empilent les feuilles et les branches qu'elles ont ramassées. Y mettent le feu. La fumée s'élève en vrilles lentes. Donne à l'air une couleur grise. Le bois est humide. En brûlant, il dégage une odeur de poussière et de mort.

Arien sort un flacon de sédatif et me le met dans la main. Ensemble, nous portons la fiole à ma bouche. Le liquide a un goût amer qui me fait frémir. Dès que j'avale, mon corps devient lourd. Ma vision se brouille. Je prends une profonde inspiration, qui reste coincée comme s'il y avait des épines dans ma poitrine. L'obscurité des bois s'approche de moi. Des ombres tachent les bords du bosquet.

Clover ajoute une poignée de feuilles sur le feu. Puis elle vient se poster à côté de moi. Écarte mes cheveux. Touche ma nuque. Sa paume est chaude de magie. Une infime chaleur contre ma peau.

La magie envahit l'air, un maillage d'ombre et de lumière. Arien saisit mon poignet. Les sigils qu'il a inscrits sur moi s'enflamment, un par un. Ça brûle. Une douleur impitoyable me traverse tout le corps. Des flocons de cendres fondent sur ma langue. Le monde devient cramoisi. La couleur du coucher de soleil, du sang.

La voix de Clover est douce à mon oreille.

– Fais attention.

Ses mots sont à mi-chemin entre la supplique et l'avertissement.

– Oui, je parviens à répondre.

Ensuite, je ne peux plus parler.

La douleur crépite sur ma peau. Dans mes veines coule du feu. Je m'allonge au centre de la clairière, pense aux rumeurs qui m'ont poursuivi toute ma vie, ma vie volée. *Marqué par la mort. Monstre.* Mais c'est parce que je suis marqué par la mort, parce que je suis monstrueux, que je peux être ici, entrer dans les ténèbres, trouver Leta de l'autre côté.

Je fixe le feu. Je regarde la lumière s'estomper derrière les flammes. Arien, Clover et Thea deviennent d'abord flous, puis disparaissent. Je glisse derrière le sort. Mon cœur se serre. Le monde s'immobilise. Je suis seul dans les bois de Vair, submergé par le poison et la magie.

Et puis, là dans la nuit de velours, je vois une forme.

Une ombre, une silhouette, une fille.

Leta.

Elle est toute sombre. Dentelle sombre, manteau sombre, yeux sombres. Ses cheveux de braise sont relevés, retenus par une guirlande de branches qu'elle porte comme une couronne. Un souffle de vent s'élève à travers les arbres. Il s'empare de sa cape, qui gonfle derrière elle. Un aperçu de doublure cobalt.

Je me lève. Fais un pas en avant. Les feuilles sèches crissent sous mes bottes.

– Leta.

Son nom s'échappe de moi dans un murmure rauque.

– *Leta.*

Elle est éthérée dans la lumière du feu. Une créature sortie d'une de ses histoires. Une jeune fille courageuse. Une reine des fées. L'expression de son visage, en revanche, est inchangée. La façon dont ses yeux s'écarquillent de peur, d'espoir. Ses lèvres qu'elle mord. La rougeur qui lui monte aux joues.

– Es-tu réel ? demande-t-elle, tout en désespoir et en tendresse. Es-tu bien réel ?

J'avance d'un autre pas vers elle. Lent, hésitant. J'ai peur que tout se brise.

– Oui, Leta. Je suis réel.

Elle s'approche, je m'approche. Lentement, je tends la main vers elle. Elle tend la main vers moi. Ma main tremble près du contour pâle de ses doigts. Il ne reste que quelques centimètres entre nous, pourtant ces secondes avant que nous nous touchions semblent durer une éternité.

Je l'attrape. L'air s'illumine d'un brusque afflux de pouvoir. Leta pousse un soupir désespéré, surpris – « Oh ! » – lorsque je l'attire contre moi. Le lien palpite de couleurs – argent, charbon, vert foncé, profond. Toutes nos humeurs mélangées. Peur. Désespoir. Désespérance. Espoir.

Les sigils brûlent comme des braises sur ma peau. L'air rougeoie d'une magie déchaînée. Le sort s'empare de moi, de Leta. Je sens que ça tire, fort, quand le fil se déploie entre nous, noué de son poignet au mien. Il nous entoure d'un éclat féroce, pulse au rythme de nos cœurs.

Je me penche vers elle. J'appuie mes lèvres sur le coin de sa bouche, murmure contre sa peau, des mots ponctués de baisers.

– Pendant tout ce temps, je n'ai pas cessé de te chercher. Depuis que je t'ai emmenée à l'autel. Depuis que je t'ai regardée entrer dans les ténèbres.

Elle lève les yeux vers moi. Des larmes brillent sur ses cils.

– Et me voilà.

Je l'embrasse à nouveau. Trace un chemin de baisers le long de la ligne de sa mâchoire, de la courbe de sa gorge. Mes doigts entourent son poignet. J'appuie sur le sigil. Elle hoquète. Le sort s'enroule entre nous, de plus en plus serré. Mais le pouvoir – celui de Leta –, il est différent. Plus tranchant, plus froid. Une obscurité qui rappelle les nuits sans lune, le thé amer. L'eau noircie du lac.

C'est à la fois familier et pas familier. J'ai déjà ressenti cette magie, mais pas émanant d'elle.

Je recule en tremblant. Pose la main sur sa joue. Elle est froide, plus froide qu'elle ne l'a jamais été. Et lorsque je la touche, elle frissonne.

Puis ses traits… changent.

Son visage est recouvert d'un masque fait d'os. Des ombres enveloppent ses mains. L'auréole ramifiée de ses cheveux se transforme en épines. Son regard argenté est une nouvelle lune. Impénétrable, vide, insondable.

Je la dévisage sans un mot. J'essaie de comprendre ce que signifie cette étrangeté. Sa peau gelée, son pouvoir modifié. La façon dont les ombres s'accrochent à elle, drapées autour de ses épaules, regroupées à ses pieds.

– Leta, qu'as-tu fait ?

Sa voix se coince, elle tente de retenir un sanglot.

– Quelque chose de très stupide.

– Quoi… Comment ça ?

Avec un soupir malheureux, elle m'attire à elle et m'embrasse, sa bouche est douloureusement froide contre la mienne. Elle a le goût du sel et des larmes. Le fil de l'incantation s'emmêle autour de nous et le pouvoir de Leta m'assaille, me vole mon souffle, mes mots, mon tout. Le poison ondule sous ma peau.

– Leta.

Je prononce son nom comme un vœu, une promesse faite devant un autel.

– Rentre à la maison avec moi.

Ses baisers deviennent féroces : ses dents, sur ma lèvre, font couler le sang. Ses doigts glissent sur ma gorge, le long du col ouvert de ma chemise. Tracent le chemin des sigils. Je brûle partout où elle me touche.

Je lui rends son baiser désespéré et fiévreux. Je m'abandonne à la force de sa magie. Sur mes poignets et ma gorge, les coupures se rouvrent. Le col de ma chemise et le bout de mes manches sont humides et noirs. Le sang coule de ma gorge, de mes bras, dégouline entre mes doigts.

Je suis marqué par la mort. Plein d'ombres et de ténèbres, une monstruosité qui ne m'a jamais quitté parce que je ne pouvais pas la laisser.

Je ne pouvais pas la laisser partir, elle.

– Reste avec moi, je murmure encore. S'il te plaît.

Les mains agrippées à ma chemise ensanglantée, elle me regarde. Et je la vois se métamorphoser, d'une fille à… l'autre – os, épines et ombres – et puis reprendre son apparence première. Elle devient terriblement, misérablement immobile. Un flot d'émotions envahit le lien, de Leta à moi. Plus profond que la peur, plus féroce que la douleur. Une obscurité si immense qu'elle ressemble à une noyade.

– Non, dit-elle. Non, non, non.

Un son déchire l'air. Un son que je ne comprends pas. C'est une voix, mais pas une voix. Des mots qui n'en sont pas. Un grognement grave, profond. Empli d'une fureur amère et infinie.

Je suis saisi par l'horreur, comme un couteau sous la gorge. Il commence à pleuvoir, de l'eau noircie qui tombe à verse à travers les arbres. L'obscurité au-delà du bosquet devient liquide. Elle s'écoule vers nous, devient une forme. Une silhouette aux contours acérés. Un regard pâle. Des griffes opalescentes. Une couronne de bois.

Le Seigneur d'En Dessous.

Tant de nuits, j'ai appelé son nom. J'ai voulu qu'il apparaisse. Et maintenant, je le vois. Je le vois vraiment. Un chaos de traits inouïs. Des dents crochues, des yeux froids, un visage mouvant, jamais cohérent. La peur me gratte l'échine.

J'attire Leta contre ma poitrine, l'entoure de mes bras pour la protéger. Le Seigneur d'En Dessous nous considère tous les deux. Sa bouche se retrousse sur un sourire cruel, plein de crocs. Son visage s'éclaire – il m'a reconnu – et il m'adresse un signe de tête.

– Rowan. Je suis désolé, ajoute-t-il, mais son attention est déjà revenue sur Leta. J'ai interrompu quelque chose ?

Sa colère traverse le bosquet en même temps qu'un froid brutal. La pluie se fige en éclats de glace, suspendus, immobiles dans l'air. Le givre crépite sur le sol. Il lève une main, des ombres plein la paume qui suintent et gagnent le sol. Ses griffes crochues sont une menace tacite.

Pourtant, Leta s'avance vers lui, inébranlable. Furieuse, elle soutient son regard et lève elle aussi une main. Des étincelles en jaillissent qui illuminent l'air quand elle me désigne, moi, puis les ombres dans les bois.

– C'est pour ça que tu ne voulais pas que je vienne avec toi. Parce que tu *savais*…

Le Seigneur d'En Dessous grogne. Ses griffes fendent l'air. La pluie gelée s'éparpille autour de nous, tombe au sol comme une averse de poignards. Ses ombres affluent. Elles s'emparent de Leta, lui enserrent les poignets. Il plisse les yeux, féroce.

– Chasse les fantômes de ton passé autant que tu veux, il n'y a pas d'échappatoire à la mort, Violeta.

Elle crie tandis que ses ombres la ligotent. Le fil d'incantation se tend entre nous. Nos émotions s'entremêlent tant et si bien que je me perds dans une brume de colère écarlate et de chagrin noir. À ce stade, ma magie est sauvage. Je ne suis plus que ça, ce poison, ces ténèbres. Je m'élance, mû entièrement par l'instinct. Ma voix est la profondeur du lac. Le son des épines. Je crache chaque mot de mon ordre au Seigneur d'En Dessous :

– Laisse-la partir !

Il se tourne brusquement vers moi. Il y a quelque chose d'anormal dans le fait d'affronter la mort alors que je suis en vie. De lui parler. D'être seulement regardé par lui. D'entendre le son de sa voix quand il me répond :

– Elle ne peut pas revenir en arrière.

Il lève la main, et d'autres volutes de magie et d'ombre jaillissent de sa paume. Resserrent leur étau autour de Leta.

– Montre-lui, Violeta. Montre-lui ce que tu es.

Furieuse, elle le bouscule. À nos pieds, la terre se fend. Des branches émergent du sol et forment un mur d'épines acérées comme des lames entre Leta et le Seigneur d'En Dessous. Les ombres s'enroulent en lianes entre eux. Elle s'arrache à son emprise, se tourne vers moi, les larmes aux yeux.

– Je suis désolée, dit-elle d'un air malheureux. Je suis désolée.

Leta me fixe avec des yeux devenus noirs. Et je vois, pour la première fois, toute la force de son pouvoir transformé. C'est le soleil et la fumée. Un mélange confus, brillant et terrible d'obscurité et de lumière. Elle n'est plus une fille, mais une créature d'encre et de minuit, ourlée d'or. Aussi lointaine et belle que les étoiles. Et pas humaine. Plus humaine.

Elle a rejoint le Seigneur d'En Dessous. Elle est entrée dans l'abîme. Et les ténèbres sont revenues. Cette prise de conscience me pétrifie. L'horreur absolue de ce qu'elle a fait. Tout ce qui me reste, c'est la regarder, la femme que j'aime, qui est entrée dans les ténèbres et en est ressortie changée.

Je ne peux pas laisser l'histoire se terminer ainsi. Je ne peux accepter qu'elle soit perdue.

– Leta… je t'aime.

Je porte la main à mon poignet. J'appuie fort sur le sigil qu'elle a inscrit sur moi. La douleur et le pouvoir déchirent mon corps, l'incendient. Le sort déconstruit n'est plus qu'un unique brasier en feu. Leta agrippe ma main. Elle est givre, elle est mousse, ailes de papillon de nuit.

La lumière s'embrase, flamboyante, puis bégaie, puis s'estompe. Alors que les ombres nous encerclent, elle me murmure :

– Je t'aime, Rowan.

J'avance d'un pas, incapable de voir autre chose que le lien qui nous unit. Tel un vers du poème que je lui ai offert et qui a pris la place de mes propres mots. Afin de lui expliquer ce que je ressentais. À quel point je l'aimais.

Un sceau sur ton cœur, un sceau sur ton bras.

Puis un autre fil vient s'agréger à notre lien. Délicat comme de la soie d'araignée, incassable comme de l'acier. La magie du Seigneur d'En Dessous se faufile entre nous.

Nous sommes tous les trois dans les bois de Vair. Le Seigneur d'En Dessous avec ses ombres qui assombrissent l'air. Leta avec sa magie, nouvelle et froide, le pouvoir du monde du Dessous. Et moi, avec mon sang transformé en poison. Je suis lié à Leta par le sort qu'elle a jeté pour me sauver. Elle est liée au Seigneur d'En Dessous par sa promesse inviolable.

Et je suis lié à eux deux.

Les ombres se referment, la forêt s'assombrit. Violeta Graceling se dissout dans la brume, morceau par morceau. Je veux la retenir, mais elle n'est plus qu'un fantôme. Elle est fumée, cendres et flammes. Elle est partie.

Les arbres s'élèvent. La chaleur du feu scintille dans l'air. Je prends une inspiration désespérée tandis que le monde bascule. Arien agenouillé à côté de moi, sa main à mon poignet, ses doigts pressés contre mon pouls.

Je le repousse et me lève, puis j'avance en titubant. J'essaie d'attraper les dernières traces d'ombres. De garder la main sur les fils du lien qui se dissolvent. Mais mes doigts ensanglantés se ferment sur l'air, sur le vide. Au-delà du feu, il n'y a que les bois de Vair. Éclairés par les flammes et le clair de lune.

– Elle est partie. Elle est partie.

Ma voix sonne faux, les mots sont déchirés par les ronces.

Clover me prend par les épaules et me dévisage, l'air effrayée.

– Rowan. Tu es…

Dans le feu, les branches s'effondrent en un amas de braises. Les étincelles jaillissent en plein ciel. Mon visage est couvert de cloques à cause de la chaleur. Le monde devient blanc.

Je me mets à tousser, à cause de l'eau qui envahit mes poumons, ma gorge, ma bouche. Ma vision se ferme. Je sens des ronces s'enrouler autour de moi, serrées. La magie, le poison se répandent à travers chaque coupure, cicatrice et blessure sur ma peau.

Je sais que j'ai changé. Je me suis transformé en monstre pour trouver Leta. Mais elle est partie, et maintenant je ne peux plus revenir en arrière. Il y avait une ligne, que j'ai franchie depuis longtemps. Depuis si longtemps qu'elle est invisible.

Je suis perdu, je suis perdu, je suis perdu.

15
VIOLETA

Je trouve Rowan. Je trouve Rowan dans les bois. Il est là, c'est vraiment lui, pas une vision magique, pas un souvenir qui me hante comme un fantôme. C'est tous les souhaits, dangereux et pitoyables, que je me suis permis qui se réalisent au centre des bois de Vair. J'ai à peine osé l'éprouver, ce désir désespéré, et pourtant nous sommes là, nous sommes ensemble.

Je m'approche de lui, bras tendus. Ma magie tisse des ombres à travers les arbres, refroidit l'air. Le lien s'illumine de mon nouveau pouvoir, au point qu'il semble vivant. Le fil du sort noué entre nous, je tombe dans ses bras.

Rowan glisse ses doigts sur mon poignet, appuie sur le sigil. Ses humeurs se déversent sur moi en une cascade de couleurs et d'émotions. Un désir féroce, un désespoir brutal et un espoir aussi fragile que du verre brisé. Nous sommes connectés, maintenant et pour toujours. Un lien qui traverse la vie et la mort et deux mondes entiers.

Il chuchote contre ma peau des mots qui sont autant de prières et de promesses.

– Rentre à la maison avec moi. Reste avec moi.

Je m'agrippe à lui, me serre contre lui. Je sens la chaleur de son torse, le rythme effréné de son cœur. Il est humain, il est là, il est à moi.

Puis, soudain, un autre fil de magie m'enserre. Il me tire vers l'arrière. Je suis prise, liée par un pouvoir qui n'est pas le mien. Le Seigneur d'En Dessous apparaît. Sa fureur transforme l'air en glace et ses ombres se faufilent autour de moi. Je suis arrachée aux bois, à Rowan, au monde où je pensais ne jamais pouvoir revenir.

– Lâche-moi !

J'essaie de me dégager en tentant un appel désespéré à ma propre magie. Des échardes de lumière déchirent l'obscurité tandis que je me bats contre lui.

– Je veux retourner là-bas. Je veux…

Ses griffes se resserrent, s'enfoncent dans mon bras. Il me grogne dessus, me transperce de la lame aiguisée de son grondement.

– *Non.*

Nous sommes de retour aux bûchers. Un champ stérile sous une lune blanche comme des os. Tout ce que je veux, c'est retourner dans les bois. Retrouver Rowan. Je me mets à pleurer. Je me déteste pour ça, et en même temps je suis incapable de m'arrêter. À travers un brouillard de larmes chaudes et furieuses, je fusille du regard le Seigneur d'En Dessous.

– Tout ce temps, quand je voulais rentrer chez moi, tu disais que c'était impossible. Et pourtant je suis là. C'est la réalité. Je veux rentrer. Je veux y rester. Laisse-moi partir.

En réponse, ses griffes s'enfoncent profondément dans mon poignet. Je pousse un cri et me mets à le frapper. Des étincelles de magie jaillissent et brûlent mon poing qui cogne sa poitrine. Il m'attire de force contre lui, son regard pâle rivé au mien avec une rage inébranlable.

Des ombres surgissent autour de nous et tout se brouille. Le monde au-delà des flammes des bûchers – le champ, les bois et Rowan – se perd dans le noir. Nous retraversons la frontière à une vitesse telle que j'en ai la nausée et le souffle coupé. Je franchis l'arche en titubant, pénètre dans le monde d'En Dessous, désorientée.

La douleur fuse à mon poignet, et le fil du sort qui me liait à Rowan, si fort encore quelques instants auparavant, se tait. Je me retourne, horrifiée, et vois que la porte vers monde du Dessus est scellée. Un espace vierge de pierre impénétrable.

Le Seigneur d'En Dessous m'attrape à nouveau et me tire vers les escaliers. Je le suis comme je peux, trébuchant et luttant à chaque pas. Mon poignet coincé entre ses griffes, mon pouvoir fouettant l'air autour de nous. Lorsque nous atteignons le bas des marches, il me lâche.

Désespérément, je m'agrippe à mon poignet douloureux, le fil du sort brisé traîne autour de moi. Je tends mentalement la main vers Rowan, j'essaie de renouer notre connexion interrompue. Le sigil brûle et la magie jaillit de mes mains, hors de tout contrôle. Des veines indigo sillonnent mes bras. Mon nouveau pouvoir est un torrent de glace sous ma peau.

– Violeta, dit le Seigneur d'En Dessous, impassible. Le passé est perdu pour toi. Si tu ne peux pas le laisser partir, tu seras détruite.

Je suis submergée, perdue sous un flot de douleur. La douleur de tout ce que j'ai sacrifié – mon amour, ma vie, ma famille – est une blessure qui suppure. Mes paupières se ferment et je vois un monde stérile où il n'y a que moi, seule, pour toujours. La perte, la perte et la perte.

Tout ce que je peux faire, c'est me battre pour garder le fil, la magie, la dernière connexion que j'ai avec Rowan et le monde du Dessus.

Les ombres s'élèvent, se détachent de mes mains, et je pense à Arien dans la chambre de notre chalet. Sa terreur et son incapacité à les contrôler, sa magie déchaînée. Des hématomes s'étalent sur ma peau. Le sang coule à flots de mon nez. Je me recroqueville, les bras autour de la taille.

J'entends la voix du Seigneur d'En Dessous, tranchante comme une lame à travers les ténèbres :

– Rappelle ton pouvoir.

Je me mords la langue, fort. Je recrache une pleine bouche de sang.

– Je ne peux pas.

Je ne *veux* pas.

– Rappelle-le, avant qu'il ne te mette en pièces.

Mon cœur bat à un rythme erratique et effréné dans ma poitrine de plus en plus contractée. Je laisse échapper un souffle saccadé, peinant à respirer. Mon pouvoir n'est que souffrance et chaos. Je suis en train d'être détruite dans un combat entre la magie et la mémoire.

Sanglotante, impuissante, je ferme les yeux et je visualise mon pouvoir, serré comme une graine entre mes mains. Je pense aux arbres, à la brume et à une forêt calme. Un chalet sous deux arbres en bois de cœur.

J'ai l'impression de me détruire, à force de repousser tout le reste, toutes mes pensées de Rowan, d'Arien et les souvenirs perdus de ma famille, du monde du Dessus. Pourtant, je m'entête. Je les plonge de force dans l'obscurité et je ne pense qu'à *ici*.

Je commence à m'effondrer, me rattrape à un bois de cœur voisin avant de tomber. Mes doigts se crispent sur l'écorce rugueuse. Je laisse ma tête s'affaisser vers l'avant, m'appuie contre l'arbre. Lentement, la douleur s'estompe. Les ombres s'éclaircissent. Mon pouvoir se réinitialise, s'enfonce sous ma peau, s'enroule dans mes veines. Il ne reste qu'une douleur, un creux au centre de ma poitrine. Un chagrin féroce et désespéré.

J'ouvre les yeux et je regarde le Seigneur d'En Dessous, planté au pied de l'escalier de pierre. Il m'observe d'un air dénué de toute émotion, comme un masque qu'il aurait délibérément enfilé.

Je frotte ma manche sur ma bouche, ravale le sang qui coule de ma morsure à la langue.

– Quoi d'autre ? Sur quoi d'autre m'as-tu menti ?

Il y a un changement, un scintillement. Ses yeux deviennent froids. Il tient une âme dans ses bras, rapportée des bûchers. Il dirige maintenant son attention sur elle, replie le linceul sur les cendres et les os.

– Tu n'as pas le droit de m'accuser de mentir, Violeta. Pas après ce que tu as fait. Tu m'as promis. Puis tu t'es servie de moi et de ma magie. Avec tout ce que je t'ai donné…

Un rire rauque se coince dans ma gorge.

– Tout ce que tu m'as donné ? C'est toi qui t'es servi de moi.

Il se détourne, me frôle en se dirigeant vers le sentier. Je le suis, qui emporte l'âme dans les arbres. Les lianes s'élancent sous mes pieds à mesure que j'avance, un sentier d'épines follement acérées naît derrière nous à travers les bois.

Le Seigneur d'En Dessous ne me répond pas. Aucun bruit ne retentit, que le souffle furieux de son haleine, le bruit de ses bottes qui écrasent les brindilles du sous-bois. Il se déplace si rapidement que je peine à le suivre, obligée de me frayer un chemin à travers les arbres. D'autres ronces surgissent de mes pas, dont les épines sont entremêlées de roses pourpres.

Le temps que nous atteignions un bosquet de bois de cœur, l'air est imprégné d'un parfum si suave que la gorge me brûle et que la tête me fait mal. Le Seigneur d'En Dessous s'arrête à côté d'un arbre plus petit et plus récent que les autres dans le bosquet. Il me considère un long, très long moment.

– Ce que tu veux est impossible.

Il pousse un brusque soupir et se tourne vers le bois de cœur. Prêt à le fendre pour l'âme.

Je le dépasse, pose ma propre main à plat contre le tronc. La cicatrice sur ma ligne de cœur palpite sans relâche. Des motifs givrés en forme de fougères apparaissent sur ma peau. Je déglutis, goûte le sang. Les yeux rivés aux siens, tout en défi, j'effleure l'arbre de mes doigts aux ongles émoussés dépourvus de griffes.

L'écorce se fend en deux, dévoilant des entrailles blafardes. Mon estomac se révulse à cette vue : le lustre de la sève, les profondeurs nues du bois de cœur. Mais je refuse de me détourner.

Le Seigneur d'En Dessous m'observe un moment. Puis il s'approche. Il m'offre l'âme. Je sens l'équilibre se modifier entre nous. Il attend que je flanche, que je recule. Mais je résiste. Sans hésiter, je prends l'âme et la place dans la cavité.

Les éclats de bois se referment comme des dents affamées, transperçant le linceul. Les os et les cendres à l'intérieur se dissolvent, avant de répandre dans l'air une fumée incolore. Je pense à une bougie qui s'éteint, à une traînée de suie dans l'air vide.

Alors que la blessure se referme sur une écorce lisse et cramoisie, une petite partie perfide en moi se délecte de tout ça. La poussée glacée de la magie dans mes veines, la sensation de puissance, de ce *plus* que j'appelais de mes vœux quand je n'étais qu'une fille perdue dans les bois.

Mais sous l'orgueil, c'est une fureur brûlante qui couve.

Je me tourne vers le Seigneur d'En Dessous, si rapidement qu'il est pris au dépourvu. Je le pousse brutalement contre l'arbre.

– Si ce que je veux est tellement impossible, alors pourquoi ai-je pu voir Rowan et lui parler ? Être avec lui dans le monde du Dessus ? je demande en lui martelant la poitrine. Pourquoi m'as-tu caché que notre connexion demeurait au-delà de la mort ?

Il attrape mes mains avant que je ne puisse le cogner à nouveau.

– Je ne pouvais pas prédire que ça durerait de cette façon.

Je veux rentrer. Je veux rentrer à la maison.

La magie du Seigneur d'En Dessous embrume l'air. Sa noirceur est doublée par les ombres qui jaillissent, froides, de mes propres mains. Nous nous toisons. D'égal à égal, pouvoir contre pouvoir, colère contre colère. Il commence à pleuvoir, vite et fort. Malgré les arbres, l'averse forme bientôt une mare à nos pieds. La terre piquée d'épines se mue en boue noircie.

Il soutient mon regard, plein de défi. La mâchoire tranchante, les dents serrées sur un grognement.

– Tout ce que je t'ai dit était vrai. Tu ne peux pas y retourner. Ta maison est ici. Ton monde aussi.

Il est toujours contre l'arbre, là où je l'ai poussé. J'attrape sa cape, j'enroule le tissu dans mon poing. Je tire dessus avec insistance, jusqu'à ce qu'il se penche, jusqu'à ce que son visage soit au niveau du mien. L'espace entre nous se rétrécit, se rétrécit encore et finit par disparaître complètement.

Sa respiration se fait saccadée, comme l'air s'agite avant l'orage.

Et puis… il m'embrasse.

Au début, je suis figée. Pétrifiée par la sensation de sa bouche sur la mienne, si incroyablement douce. Il est d'un froid glacial. Puis je resserre mes doigts dans sa cape et je lui rends son baiser. Ses lèvres s'entrouvrent et la douceur disparaît, remplacée par le tranchant de ses dents.

Il y a de la faim, maintenant, dans la façon dont il m'embrasse. Comme s'il était affamé et que j'étais une chose à dévorer. Il n'y a pas de tendresse dans ce baiser, ni de la part de l'un ni de celle de l'autre. Il n'y a que des coups de crocs et de dents, des meurtrissures. Ses griffes sur ma peau, mes mains toujours agrippées à sa cape. Les ombres déferlent autour de nous et je goûte l'amertume cendrée de mon nouveau pouvoir obscur.

Je glisse ma main jusqu'à sa taille, mes doigts s'enfoncent et je me rapproche, je le pousse plus fort contre le tronc du bois de cœur. Mes lèvres sont logées au creux de sa gorge. L'endroit où il devrait y avoir un pouls est silencieux et immobile. Il frissonne lorsque je l'embrasse là, et je sens le tremblement contre ma bouche. Puis, avec un grognement bas et rauque, il me fait pivoter sur moi-même, de sorte que c'est moi qui suis plaquée contre l'arbre.

Je détecte la légère palpitation de l'âme à l'intérieur du bois de cœur, qui frémit contre mon dos. Le Seigneur d'En Dessous me contemple, un conflit d'émotions dans les yeux. Chaleur et faim. Confusion indéfinie. Nos respirations résonnent bruyamment dans l'infime espace qui nous sépare.

– Violeta…, commence-t-il.

Je pense à la promesse que j'ai faite dans le bosquet infesté. De l'aimer, de le vénérer. Je pense à tout le pouvoir qu'il a acquis sur le terreau de mes souffrances et de mon désespoir. Un pouvoir qui est maintenant le mien. Je bascule vers l'avant, j'écrase ma bouche contre la sienne. Je l'étreins à la fois avec mes baisers et mes ombres, qu'il sente ce que je suis devenue.

Je me suis empoisonnée, enfermée dans les ténèbres pour lui, et maintenant je *suis* un poison, je *suis* les ténèbres.

Il m'embrasse à son tour, ses poings crispés sur mes jupes, froissant la dentelle. Ses griffes appuient sur ma cuisse nue et je laisse échapper un hoquet. Il étouffe le son avec sa bouche. J'enroule ma jambe autour de lui, sa main glisse vers le bas. Il touche mon genou, dessine les boucles des cicatrices les plus profondes qui marquent ma peau.

Le dos cambré, je lâche une expiration haletante. Le sigil à mon poignet se met à battre à tout rompre. Je pose ma main dessus, le sort se réchauffe contre ma paume.

Alors j'appuie.

Tout à coup, le monde devient lilas et crépusculaire. Au lieu des griffes du Seigneur d'En Dessous, je sens les mains de Rowan. Rugueuses, douces, tendres. La façon dont il m'a touchée lorsque je lui ai montré mes cicatrices dans le jardin, la nuit où j'ai exercé ma magie pour la première fois. Où je lui ai dit la vérité sur mon passé : le marché auquel j'avais consenti en échange de la vie d'Arien, comment ce pacte avait assombri la magie de mon frère, les reproches que je m'adressais pour tout ce qu'il avait souffert à cause de ces ombres.

Et quand j'ai pleuré et que Rowan m'a prise dans ses bras, j'ai réalisé à quel point je tenais à lui, j'ai su jusqu'où j'irais pour le garder en sécurité.

Le Seigneur d'En Dessous lève la tête et me regarde. Il voit mon expression bouleversée et mes doigts pressés contre le sigil. Il prend ma main et l'éloigne de mon poignet. Le lien se tait.

Nous nous dévisageons un moment, puis il s'écarte de moi. Son souffle est rauque, ses cheveux emmêlés. Il se retourne et regarde fixement les ombres, juste au-delà de l'endroit où nous nous trouvons.

– Tu m'aurais causé beaucoup moins d'ennuis si j'avais mis ton âme dans un arbre.

– Oh, vraiment ?

Je rabats mes jupes, fiévreuse, mélange détestable de colère et de désir.

– Peut-être faudrait-il t'en souvenir, la prochaine fois que tu voudras un réceptacle pour la Corruption.

Mes mots sont tranchants, seulement ils arrivent un peu trop tard pour le blesser comme je le voudrais. Je me déplace de l'autre côté du bosquet, où un muret de pierre se dresse entre deux bois de cœur. Je m'y affale tout en m'efforçant d'ignorer la sensation de ses baisers encore sur ma bouche.

Peu à peu, les battements de mon cœur se calment. La pluie, qui tombe toujours, commence à refroidir la fièvre sur ma peau. J'enroule ma cape autour de moi et remonte la capuche sur mes cheveux. D'innombrables souhaits impossibles montent en moi. Si désespérés que je ne peux leur donner voix. Je veux retourner dans le monde du Dessus. Je brûle d'être avec Rowan.

D'un geste tremblant, je touche le sigil à mon poignet et je vois le flou des couleurs derrière mes paupières closes.

– Réponds-moi honnêtement. Pourrai-je y retourner un jour ?

Lentement, le Seigneur d'En Dessous s'approche et s'appuie contre le mur à côté de moi. Son expression est troublée. Il a l'air presque… désolé.

– Tu n'es pas humaine, Violeta. Plus maintenant.

Mes yeux recommencent à se remplir de larmes, mais je combats leur afflux. La vérité me fait mal. Rowan et moi sommes liés par une magie qui traverse les mondes, et pourtant je ne pourrai jamais le retrouver. J'aimerais être à la maison avec lui, dans le jardin, au soleil, avec des fleurs tout autour de nous.

Au lieu de quoi, je suis ici avec une créature de mort, et ma seule maison est dans les ténèbres.

– Et notre lien, alors ? Les sigils que j'ai inscrits sur Rowan, les sigils que tu m'as appris ? Il y a encore du pouvoir là-dedans. Je sais que tu l'as senti dans les bois.

Il avance d'un pas, les yeux rivés à mon poignet, où le sigil est visible sous ma manche.

– Toi, Rowan et moi... nous sommes connectés. Il y a du pouvoir là-dedans, dans le sort tissé entre nous tous. Ma magie. Son désespoir. Ton amour. Il ne te permettra pas de rentrer chez toi. Mais... tu peux l'utiliser pour m'aider. Pour aider ce monde.

Je lui lance un regard noir, un rire incrédule se coince dans ma gorge.

– Pourquoi est-ce que je t'aiderais encore ?

– Tu as vu ce que mes sœurs ont fait, ce soir.

Une seconde passe. Je me remémore un monde devenu silencieux, à l'exception du rugissement des flammes. Une âme dans chaque bûcher, chaque vie volée par la cruauté de dame Moth.

– Alors, punis-les, dis-je d'un ton sec. Enferme-les, vole leur magie, transforme leurs paroles en un marché irrévocable. Fais toutes ces choses pour lesquelles tu es si doué.

Il me jette un regard irrité.

– Ce n'est pas si simple. Je suis lié par des règles. Je ne peux pas m'opposer à elles de manière durable. Mais avec ton pouvoir en plus du mien, je peux les obliger à répondre de leurs actes. J'ai besoin de ton aide.

– Non, je corrige. Tu as besoin de *moi*.

Lentement, le Seigneur d'En Dessous porte la main à ma joue. Ses doigts suivent la courbe de ma mâchoire.

– Oui, j'ai besoin de toi. Je ne peux pas le faire seul, Violeta.

Son contact me berce, prudent. Il baisse la voix, ses mots se transforment en sortilège.

– Ce monde est aussi le tien maintenant. Aide-moi à le protéger.

Mes paupières se ferment et je m'appuie contre sa paume. Ça me trouble, cette sensation de l'équilibre entre nous qui s'inverse à nouveau. Je voulais du pouvoir pour retrouver mon chemin vers Rowan, pas pour aider le Seigneur d'En Dessous à se venger de ses sœurs.

Mais je ne peux échapper à la brutalité de ce qu'elles ont fait. Les villageois étendus dans le champ de deuil, leurs corps piégés par le poison. Les déesses-sœurs auraient dû se battre contre moi, pas contre les habitants des bois de Vair.

Je rouvre les yeux, les lève vers le Seigneur d'En Dessous.

– Si j'accepte… ça ne veut pas dire que tu es pardonné.

– Non, convient-il doucement. Je ne m'attendais pas à gagner ton pardon aussi facilement.

Sa main s'attarde encore un instant sur ma joue. Puis il s'éloigne de moi.

– J'ai d'autres morts à aller chercher sur les bûchers. Je vais te raccompagner chez toi, puis j'y retournerai.

– Je n'ai pas besoin d'être accompagnée. Je peux trouver mon chemin toute seule.

– Ce n'est pas toi qui m'inquiètes, nuance-t-il avec un regard appuyé sur mon bras et la cicatrice laissée par la morsure de dame Owl, visible à travers le tissu de ma manche. Je ne veux pas que tu rencontres mes sœurs, surtout pas maintenant, avec ce que nous avons prévu.

– Et qu'avons-nous prévu, exactement ?

– Je pense que pour l'instant, moins tu connais de détails, mieux c'est. Au cas où tu les rencontrerais avant que nous soyons prêts.

Les prémices d'une migraine commencent à fleurir au niveau de mes tempes. Avec un profond soupir, je presse les doigts contre mon front. Puis je tourne le dos au Seigneur d'En Dessous et continue à marcher, en faisant de mon mieux pour oublier qu'il est derrière moi.

La pluie tombe abondamment dans les bois. Lorsque nous passons sous l'arche d'épines, l'air est tellement chargé de nuages et de brume que je ne vois guère plus loin que le sol sous mes pieds. Mon chalet est caché sous un voile gris, les arbres au-dessus dégoulinent d'une eau d'encre.

Nous arrivons à ma porte. Le Seigneur d'En Dessous s'arrête un instant et regarde à nouveau la cicatrice sur mon bras.

– Reste à l'intérieur jusqu'à mon retour.

Je le fusille du regard.

– Tu peux me faire confiance pour ne pas me perdre dans les bois.

– Ce n'est pas que je ne te fais pas confiance. La vraie question, ma Violette, c'est de savoir si toi, tu me fais confiance.

Mon ventre se noue au son de ce petit nom affectueux qu'il utilisait si souvent, à une époque. Je pince les lèvres, tâchant – en vain – d'effacer la sensation de ses baisers.

Il part sans attendre ma réponse. Je le regarde regagner le chemin. Les extrémités sombres de sa cape se fondent dans la brume. Les arbres se referment autour de lui. Il se glisse entre deux bois de cœur et disparaît dans la forêt.

J'ouvre la porte de mon chalet et j'entre. Le feu est toujours allumé, qui baigne la pièce d'une faible chaleur dorée. Je m'assieds au bord de mon lit pour délacer mes bottes. Pendant que mes doigts s'attaquent aux lacets, je remarque que les veines à mes poignets sont devenues franchement bleues. C'est l'une des nombreuses façons dont je suis marquée par ce nouveau pouvoir.

J'ai une maison. J'ai une magie qui peut égaler celle des dieux. J'ai la force de me protéger. Pourtant, tout ce qui m'occupe l'esprit, c'est le lien, le sort, la sensation d'être avec Rowan dans les bois de Vair.

La sécurité, comme tout ce qui vient du Seigneur d'En Dessous, a un prix. Et si fort que je le souhaite, je ne peux pas me détourner de mon passé.

Pas encore.

16
VIOLETA

J'enlève mes bottes, mon manteau et ma robe. Je les laisse tomber en un tas de tissu froissé, mouillé par la pluie et taché de boue. Pieds nus, je traverse ma chambre et me poste devant la cheminée. Ôtant la couronne de mes cheveux, je la tiens au-dessus des flammes, en m'imaginant les branches tressées réduites en cendres et en fumée. Comme sur les bûchers dans le champ de deuil.

Mais je ne peux pas le faire. Je n'arrive pas à lâcher.

Les mains tremblantes, je dépose soigneusement la couronne au bout de mon lit. Mon cœur bat toujours de façon erratique, il me cogne dans les oreilles. J'appuie les doigts sur mon poignet, à la recherche de mon pouls. La pulsation qui monte sous ma peau semble appartenir à quelqu'un d'autre. Pas à moi.

Je suis morte. Et je ne serai plus jamais que ça, pour toujours.

Je laisse ma main glisser le long de mon bras, touche le sigil, encore douloureux d'une chaleur presque éteinte. Je trace les lignes du sortilège et ferme les yeux. Encore une fois, je me tends vers la magie qui s'est liée entre Rowan et moi dans les bois de Vair.

Mais j'ai beau essayer, essayer désespérément, je ne perçois plus qu'un faible et lointain scintillement, comme un écho éteint.

Il est trop loin. Ce n'est pas suffisant. Malgré toute la force de mon nouveau pouvoir, je ne peux rien faire pour franchir la distance qui nous sépare.

Il serait si facile d'abandonner, de me résigner. Sauf qu'il me reste un point indéniable auquel me raccrocher. Le fait que, lorsque j'ai questionné le Seigneur d'En Dessous sur un retour dans le monde du Dessus, il ne m'a pas répondu « non ».

Il m'a dit que je n'étais plus humaine. Qu'il m'avait donné la moitié de son pouvoir. Derrière ces mots se cache une vérité voilée – sur ma magie, sur notre connexion. Et peut-être, si je trouve un moyen de comprendre… Si je peux parler à quelqu'un qui connaît les façons de ce monde brutal…

Je pense au lac, à mon retour sur le rivage, engourdie et bousculée par le vent après avoir réparé la Corruption. Un os, une branche, un morceau de bois flotté. Moi, allongée entre les bras de Rowan alors que le poison commençait à me dévorer. Quel sacrifice serait trop grand pour avoir une chance de revenir en arrière, d'être à nouveau avec lui ? Pas dans une vision brouillée par les rêves ou la mort, pas liés par un fil de magie cassable. Mais avec lui, pour toujours.

Je passe les mains sur mon visage et soupire. Je sens la brûlure dans mes poumons au souvenir de l'horrible vide, quand dame Fawn m'a volé mon souffle.

N'importe quoi – c'est ce que Rowan a échangé contre sa vie, et le même mot monte facilement à mes lèvres maintenant. Je le murmure, ce son qui a le goût des ombres, des bûchers et des sacrifices.

Lentement, je me remets debout. De la malle dans le coin de la pièce, je sors une nouvelle robe, une robe argent foncé avec une ceinture brodée. Je laisse mes pieds nus, je laisse mes cheveux libres sur mes épaules. À la porte, j'hésite, puis je me retourne pour ramasser la couronne. Que je pose sur ma tête.

Je sors dans le bois en refermant bien la porte derrière moi.

Dans mon jardin, les fougères sont recroquevillées contre la terre et les hellébores à pétales repliées. Tout est endormi sous la nuit enveloppée de brume.

Alors que je me dirige vers le bois de cœur, une traînée de lianes marque mon chemin depuis le chalet, des feuilles et des épines surgissent à chacun de mes pas. Lorsque j'atteins les arbres, ils se séparent pour moi, les troncs se redessinent en une arche qui s'ouvre sur la forêt au-delà. Quand je la franchis lentement, j'entends les arbres pousser un soupir silencieux.

Devant moi, le chemin s'illumine de nuages de papillons de nuit. Leurs battements d'ailes donnent à l'air une nuance argentée.

La forêt m'enveloppe. Les branches se penchent pour caresser mes cheveux, les fleurs s'épanouissent à mes pieds. Quand j'arrive au mur d'épines et que je passe sous l'arbre que j'ai fait pousser, l'ombre de ses branches se pose sur moi comme un châle tissé de nuit.

Au-delà de la porte, la forêt est silencieuse. Lourde d'une immobilité vigilante. Mais à mesure que je progresse, de la magie – fils de chaleur et de lumière – scintille entre les bois et moi. Une infinie toile d'or qui me relie au monde du Dessous.

Je me faufile sous les lumières des lucioles suspendues çà et là, je passe devant les autels couverts d'offrandes éparses. Me glisse à travers les bosquets ombragés, remplis de chuchotements. Et puis le chemin rétrécit, les arbres cèdent la place à une alcôve de pierre recouverte de lichen. Sa fenêtre sans carreau révèle une étendue de forêt sombre. L'icône à l'extrémité montre une créature aux cheveux pâles, à la tête ornée de bois de cerf, trop petite et trop délicate pour être le Seigneur d'En Dessous.

C'est l'endroit où je suis venue avec dame Fawn. Quand je pensais qu'elle n'était qu'une fille comme moi, à la recherche d'un chemin à travers les bois.

Je me tourne vers l'obscurité qui m'écoute, je tends les mains. Je l'appelle :

– S'il te plaît, Fawn. Je veux te parler.

Un silence, un bruissement, et les branches au-dessus commencent à s'agiter. Le brouillard s'infiltre à travers les pierres en filaments qui se rassemblent en une forme, un tourbillon, comme de la fumée, avant qu'une silhouette n'émerge.

Dame Fawn porte une robe de dentelle argentée dont la jupe est fendue jusqu'à la cuisse, et bien qu'elle ait les pieds et les épaules nus, elle ne frissonne même pas de froid. Derrière les trous du masque, ses yeux me scrutent, depuis la couronne sur mes cheveux jusqu'au sol jonché de fleurs. Puis sa bouche s'incurve sur un sourire mauvais.

– Eh bien, eh bien. Regarde-toi un peu. Tellement changée. Dis-moi : comment s'est passée ta visite aux champs de deuil ?

Je serre les mains, ongles enfoncés dans les paumes. La cicatrice en forme de croissant palpite au centre de mon poing fermé.

– J'ai vu ce que tes sœurs et toi avez fait. Les vies que vous avez détruites. Peu importe votre combat contre le Seigneur d'En Dessous – ou contre moi –, ceux que vous avez tués étaient innocents.

Imperturbable, elle se rend à l'autel situé au fond de l'alcôve et fouille parmi les offrandes qui s'y trouvent. En avisant une fleur fanée, elle demande :

– C'est pour ça que tu es venue ici, pour me gronder ?

Je laisse mes mains retomber le long de mes flancs, desserre les poings. À contrecœur, je secoue la tête.

– Non, ce n'est pas pour ça. Je veux… une trêve.

Fawn laisse retomber la fleur sur l'autel. Elle se tourne vers moi, les yeux plissés.

– Pourquoi accepterais-je une chose pareille ?

Nous nous dévisageons, le silence entre nous est devenu précaire, empli de danger. Je recule d'un pas, appuie mes paumes contre le mur derrière moi pour tenter de m'ancrer. Le lierre se déploie contre mes mains, descend au goutte-à-goutte sur les pierres éboulées.

– Parce que, lui dis-je, nous y avons un intérêt commun.

Elle croise les bras, s'adosse au mur opposé.

– Je t'en prie. Continue.

– Tes sœurs et toi, vous voulez que je quitte ce monde. Et moi… je veux partir.

Ma confession est suspendue dans l'air, tissée dans la brume. Fawn émet un son très bas, presque un rire, mais trop grave, trop froid.

Elle se rapproche de moi, à pas mesurés.

– Tu veux retourner auprès de lui, ce garçon monstrueux que tu aimais. Je sais que tu l'as vu quand tu es allée aux bûchers, ma frontière passe à côté des bois de Vair.

Sa voix est légère, elle agite une main nonchalante et poursuit :

– En vérité, tu devrais nous remercier pour ce que nous avons fait aux villageois. C'était malin, de suivre le Seigneur d'En Dessous pour récupérer une âme afin que vous puissiez vivre ces tendres retrouvailles.

– Ce n'était pas prémédité.

Elle secoue ses cheveux, ses boucles brillantes qui ondulent dans la lumière argentée de la forêt.

– Est-ce que Rowan t'a seulement reconnue, quand tu es sortie des bûchers avec ta cape et ta couronne ?

J'enfonce mes doigts dans les pierres couvertes de lierre. Je m'efforce de ne pas penser à Rowan, à l'émerveillement mêlé de crainte dans ses yeux lorsqu'il m'a vue dans les bois de Vair. À la façon dont il m'a embrassée et à ses promesses contre ma peau. Tout ça me semble si proche. Un secret que je refuse de partager.

Je tourne mon visage vers les arbres.

– Je ne veux pas parler de lui avec toi.

– Que voyait-il, je me le demande, quand tu es revenue des bûchers ? Une vision, une ombre, un fantôme. Une fille qui marche sur les talons d'un dieu.

Elle fait un geste de la main en direction de l'icône.

– C'est tout ce que tu seras jamais pour lui maintenant. Quelqu'un de bien au-delà de son monde.

– Tu ne pourras jamais comprendre ce qu'il y a entre nous.

Fawn ne relève pas. D'un air amusé, elle continue :

– Le monstrueux, le beau lord Sylvanan… Je parie que son amour s'en est trouvé encore accru quand il t'a vue comme ça… même s'il s'est peut-être détesté par la même occasion.

– Ça suffit.

Je franchis l'espace qui nous sépare d'un pas lourd. Nous sommes de la même taille, avec les bois saillants de son masque assortis aux branches tressées dans mes cheveux.

– Vous aspirez à ce que l'équilibre soit rétabli dans votre monde. Que les règles ne soient pas brisées. Tout ça arrivera quand je serai partie.

Ses yeux s'illuminent d'une faim aiguë et féroce.

– Ou je pourrais simplement te détruire. Puisque mon frère n'est pas là pour te sauver.

Elle s'avance vers moi, les babines retroussées. Mais je ne flanche pas. À mes pieds, des roses aux épines acérées éclosent de la terre, qui répandent des pétales cramoisis sur le sol. Le givre qui commence à emplir l'air fait crépiter notre souffle. Je sens mon pouvoir monter, inonder mes veines.

Je soutiens sans ciller le regard de dame Fawn. Des ombres enveloppent mes mains, en même temps que des étincelles de lumière.

– Je n'ai pas besoin de lui pour me sauver.

Les ténèbres – mes ténèbres – assombrissent l'atmosphère. Elle pâlit en comprenant ce que je suis devenue. Le pouvoir que j'ai revendiqué et qui me permet de marcher dans ces bois sans crainte.

Puis elle se met à rire.

– Oh, Violeta. Qu'est-ce que tu as fait ?

L'appréhension me hérisse le dos. Je recroqueville mes doigts contre mes paumes tandis que mon pouvoir enfle. D'autres ombres s'élèvent du sol et s'emmêlent aux pieds de dame Fawn. Ses traits commencent à vaciller. Le masque d'os prend le pas sur son visage, ses bois s'aiguisent. Ses yeux brillent d'une lueur écarlate.

Je m'avance vers elle. Je croise son regard d'eldritch.

– Dis-moi clairement : y a-t-il un moyen pour moi de revenir ? Pas via le bûcher, mais pour toujours ?

Un sourire danse sur sa bouche fracturée.

– Pas tant que tu seras liée à mon frère. Tant que tu auras son pouvoir – et sa promesse –, tu ne seras jamais libre.

– Alors dis-moi, j'insiste en me rapprochant, tandis que les ombres montent encore autour de nous. Comment puis-je me libérer ?

Elle me dévisage, silencieuse. Son visage se transforme encore, des crocs dépassent d'entre ses lèvres écartées, une constellation d'étoiles minuscules pique ses yeux cramoisis.

– Il n'y a qu'une seule façon de te libérer de lui. Par le sacrifice.

Le sens de ses mots me fait frémir tant il est lourd. Le Seigneur d'En Dessous et moi sommes connectés, nous l'avons toujours été. Depuis les bois de Vair, lorsque j'ai négocié avec lui pour sauver la vie d'Arien. Il est inextricablement lié à mon existence tout entière. Même la force que j'ai aujourd'hui est tirée de lui.

Je secoue la tête, comme si ça allait m'aider à échapper à l'horreur de tout ça.

– Pour me libérer, je devrais le détruire ?

Fawn lâche un profond soupir, son regard se fait cinglant.

– Pourquoi es-tu si loyale ? Tu n'es rien d'autre pour lui qu'une fille craintive de plus agenouillée devant son autel. Il te détruira, Violeta, de la même façon qu'il détruira notre monde.

– S'il sait que tu m'as demandé ça, c'est toi qu'il détruira.

Elle sourit, pas gênée du tout.

– Hmm. Tu ne le lui diras pas. C'est le seul espoir que tu as de retrouver le chemin de la maison.

Une bouffée de colère me chauffe la peau, me serre la poitrine. Elle joue avec ma vie aussi inconsidérément qu'elle l'a fait avec celle des villageois près des bois de Vair. Sur un grognement, je plie les doigts et ma magie s'enroule plus fermement autour d'elle. Au point de lui tirer un son étouffé.

Je l'attire vers moi jusqu'à ce que nous ne soyons plus qu'à un souffle l'une de l'autre.

– Et je suppose qu'une fois que je l'aurai détruit, tu prendras sa place ?

– Non, intervient une voix de l'extérieur de l'alcôve. C'est moi qui la prendrai.

La brume s'agite et se transforme en un nuage de papillons de nuit. Ils affluent par la fenêtre, emplissant l'air de leurs ailes chatoyantes. Dame Moth sort à grands pas de la forêt, dans sa robe aux couleurs de la lune décroissante, ses cheveux bleu-givre retenus par un voile de soie. Sur un geste de sa main, les papillons descendent en piqué pour se poser sur ses jupes, son voile, ses bras nus. Puis, dans un frisson, ils disparaissent.

Mon emprise sur dame Fawn faiblit. Elle se libère de ma magie et recule légèrement, laissant de délicates empreintes sur le sol. L'air furibonde, elle passe une main sur sa robe pour lisser les endroits où mes ombres se sont accrochées.

Je regarde tour à tour les deux déesses-sœurs, un son incrédule coincé dans ma gorge.

– Vous prétendez que le Seigneur d'En Dessous a transgressé… mais vous avez fait du mal à des innocents pour prouver votre point de vue. Vous voulez tuer votre propre frère.

Impassible, Dame Moth hausse une épaule.

– Parfois, la seule façon de contrecarrer le pouvoir, c'est le pouvoir. Il ne voulait pas nous écouter, il a donc fallu prendre des mesures drastiques pour obtenir son attention.

– Après tout ce que vous avez fait, pourquoi vous confierais-je ce monde ?

– Je me soucie de ce monde. C'est le seul moyen de rétablir l'équilibre.

Les yeux plissés, elle avance d'un pas lent vers moi, puis ajoute :

– C'est la seule façon pour toi d'être libre. Défais-toi du lien qui t'unit à lui, retourne dans ton monde et laisse-moi régner ici.

Ses innombrables yeux changent et clignent, je vois le reflet flou de mon propre visage dans l'obscurité sans fond de son regard. Je sens ma détermination commencer à vaciller, je suis remplie d'un désir indéniable. Je veux accepter. La forme d'un « oui » désespéré, misérable, se modèle dans ma bouche.

Je ravale le mot au prix d'un immense effort. Je repousse mon désespoir jusqu'à ce qu'il devienne un piège dans ma poitrine, un nœud emmêlé.

– Laissez-moi tranquille.

Moth tend une main apaisante. La lumière s'accroche à ses griffes.

– Nous n'attendrons pas éternellement, Violeta, fait-elle avec un sourire froid.

– J'ai dit : laissez-moi tranquille.

Je sens le poids de son nom secret sur ma langue. Le monde s'immobilise, tout est tendu à l'extrême. Mais avant que je puisse parler, Moth laisse retomber sa main. Fawn et elle échangent un regard, puis se détournent lentement et se dirigent vers l'arche. Je les contemple sortir de l'alcôve et s'enfoncer dans la forêt. Elles s'éloignent sans se retourner. Les ombres finissent par atteindre les arbres à force de s'allonger. Puis les ténèbres les engloutissent.

Je suis seule, avec juste les bois de cœur, les âmes et l'instabilité croissante de mon souffle. Les dernières lueurs de ma magie se réduisent à des ombres au bout de mes doigts, comme la fumée d'une bougie éteinte. Je laisse ma tête tomber en avant, ferme les yeux contre la brûlure des larmes.

Les arbres se penchent doucement vers moi à travers le plafond ouvert de l'alcôve, touchent mes épaules avec leurs branches. D'autres larmes s'échappent de mes yeux. Je les frotte, avant de renoncer, trop épuisée pour lutter plus longtemps.

Je suis si fatiguée. Des paroles cryptiques, des pactes, de la cruauté des dieux.

Sur un soupir saccadé, je quitte l'alcôve et sors dans la forêt. Là aussi, les arbres se penchent vers moi le long du sentier à travers bois. Au bout d'un long moment, je vois le mur de ronces se dresser au loin, brouillé par mes larmes.

À mesure que je m'en approche, les ombres sous l'arbre au centre de la porte se détachent pesamment pour s'assembler en une forme solide. Le Seigneur d'En Dessous me regarde avancer. Il y a des flocons de cendres dans ses cheveux. Dans la semi-pénombre de la forêt, il est à la fois pâle et distant, beau et horrible.

Il fronce les sourcils quand je le rejoins.

– Je t'avais dit de rester au chalet.

Je m'essuie le visage avec ma manche, puis je franchis la porte malgré lui. Par-dessus mon épaule, je lance sèchement :

– Si ce monde est ma maison, alors j'ai le droit d'aller où je veux.

– Tu n'es pas prisonnière.

Il commence à me suivre le long du chemin, mais je fais volte-face.

– Je suis quoi, alors, pour toi ?

Les muscles de sa mâchoire se contractent. Il prend ma main, entrelace ses doigts aux miens. Lentement, il me conduit vers l'un des arbres. Il y a une cicatrice sur l'écorce à l'endroit où elle a été rescellée – sans doute l'endroit où il vient de placer une âme récupérée sur le champ de deuil.

Il guide ma paume à plat contre le tronc. Sous ma peau, je sens l'âme battre doucement. Calme. Comme en sécurité.

Si loin de la tempête qui fait rage dans mon cœur.

Le Seigneur d'En Dessous regarde nos mains pressées contre le bois de cœur.

– Tu sais exactement ce que tu es pour moi.

– Non.

Il fixe l'arbre encore un moment, puis ses cils s'abaissent et sa voix devient solennelle.

– Je tire ma force du souvenir. Du seigneur qui gouverne les terres du Dessus et qui pratique l'observance envers moi à son autel. De tous ceux qui craignent les ombres. De ceux qui sont touchés par la mort, marqués par moi et laissés en vie. Chaque fois que je suis vénéré ou craint, ça me donne du pouvoir.

Je lui retire ma main et m'écarte du bois de cœur.

– Je ne te craindrai pas, moi.

Il m'entoure la taille de son bras et se rapproche de moi, de sorte que la courbe de son torse se moule à celle de mon dos. Il se penche, pose sa bouche sur mon pouls. Son soupir fait courir un frémissement glacé sur ma peau.

– Je veux tout de toi, Violeta. Ta haine, ta peur, ta dévotion. Je veux que tu restes avec moi, que tu partages mon pouvoir et que tu gouvernes mon monde.

Il embrasse le côté de ma gorge. Je sens la pression de ses dents, acérées, sous la douceur de la caresse. Mon souffle se bloque et je me visualise avec des griffes et des ombres. Une fille de givre, de clair de lune et de pouvoir. Je ne mourrais jamais. Je ne serais jamais seule, privée des souvenirs de ma famille, si je dormais à l'intérieur d'un arbre en bois de cœur.

Je serais très loin de Lakesedge. D'Arien, de Rowan, de tout ce que j'ai abandonné de mon passé.

Secouant la tête, je me libère de l'étreinte du Seigneur d'En Dessous. Je ramène ma cape autour de moi, resserrant ostensiblement les rubans autour de ma gorge.

– Je rentre chez moi maintenant. Tu n'as pas besoin de me suivre.

– Demain, nous nous confronterons à mes sœurs, dit-il d'une voix égale. Nous allons rétablir l'équilibre de ce monde.

Je le regarde s'éloigner. L'ample mouvement de sa cape, le tombé de ses cheveux sur une épaule, ses bottes qui écrasent la mousse et laissent de profondes empreintes sur le sentier. Le Seigneur d'En Dessous m'a fait du tort de bien des façons. Il m'a trompée pour son propre compte. Il m'a donné la mort alors que je demandais la vie.

Et pourtant, face à la possibilité de le trahir, de rentrer chez moi, je ne ressens que de l'incertitude.

17
ROWAN

Je rêve de dents, de griffes et de ténèbres. Qu'on m'embrasse. Des baisers tour à tour doux et tranchants. Un soupir. Le soupir de Leta. Puis un autre son. Plus bas. Plus froid. Comme le vent au cœur de l'hiver lorsqu'il murmure, glacial, sur le lac. Je devrais avoir peur. Au lieu de quoi, avec les griffes sur ma peau, je suis perdu dans une chaleur fiévreuse, accablé de désir.

J'ouvre brusquement les yeux. Je suis étendu sur le dos, entortillé dans mes draps, le cœur affolé. La sueur perle sur ma peau. Chaque fois que je cligne des paupières, d'autres images du rêve m'apparaissent. Des dents. Des griffes. Des baisers. Des soupirs dans le noir.

Je fixe le plafond, à tâcher de comprendre ce que j'ai vu. Ce que ça signifiait. Bientôt, mon désir se mue en un nœud dans mon ventre. Je me sens anxieux, pris au piège. Je repousse les draps et me redresse.

Je suis dans une pièce inconnue, petite et dépouillée. Des murs blanchis à la chaux, une fenêtre recouverte d'un rideau pâle. Je suis presque certain de n'être jamais venu ici, pourtant quelque chose dans cet endroit me semble… familier.

La porte s'ouvre dans un grincement. Clover passe la tête à l'intérieur. Derrière elle, j'aperçois un étroit couloir. La lueur d'un feu de poêle dans la pièce au-delà. L'odeur de la fumée de bois me parvient, accrochée à ses jupes, lorsqu'elle entre dans la pièce. Elle referme la porte derrière elle et s'approche timidement du lit.

Elle porte une main à son visage.

– Oh ! Tu es réveillé.

Elle commence à m'examiner. Ses doigts marquent mon pouls, touchent les sigils sur mes bras. J'essaie de parler. Ma gorge est râpeuse et les mots sortent lentement, éraillés.

– Combien de temps ai-je dormi ?

Clover s'assoit sur le bord du lit en soupirant. Ses cheveux sont emmêlés, sa tresse défaite. Derrière les montures rondes de ses lunettes, l'épuisement cerne ses yeux.

– Tu es inconscient depuis deux jours.

– On est où ?

Les sourcils froncés, elle regarde la pièce autour de nous.

– Tu ne reconnais pas ?

J'observe à nouveau, mais ne décèle aucun indice. Il n'y a que le lit sur lequel j'ai dormi, un autre cadre vide et la fenêtre à rideaux.

– Je devrais reconnaître cet endroit ?

– On est à Greymere. C'est ici qu'Arien et Violeta vivaient avant que tu…

Clover s'interrompt, cherche la bonne formulation.

– Avant que je vienne bousiller leur vie ? je complète à sa place. C'est bon, tu peux le dire. C'est la vérité.

Elle pose sur moi un regard appuyé.

– Là où ils vivaient quand tu les as rencontrés, la première fois.

J'examine à nouveau la pièce, à la recherche de traces de Leta et Arien. Des années qu'ils ont passées dans cette maison. À Lakesedge, Leta laissait traîner des rubans, des livres et des fleurs séchées, comme une poussière de fée dans toute la maison. Et partout où Arien s'arrêtait plus d'un instant, l'endroit finissait couvert de piles de cahiers, de stylos et de pinceaux.

Au lieu de quoi, cette maisonnette, où ils ont grandi et passé la majeure partie de leur vie, est vide et dépouillée. Il n'y a que poussière et toiles d'araignée.

– Pourquoi on est ici maintenant ? je demande à Clover. Où est Arien ? Et leur mère ?

– C'est Arien qui nous a amenés ici. On avait besoin d'un endroit où te garder en sécurité, le temps que tu te rétablisses.

Je commence à me lever, déjà tendu par une colère censée me défendre.

– Ahhh, je siffle tout bas, furieux contre moi-même. Après tout ce que Leta a fait pour protéger son frère, je l'ai ramené à la personne qui lui a fait le plus de mal.

Clover tend la main.

– Reste là. Tu dois te reposer. Tout va bien, elle est partie. La maison était vide quand on est arrivés. Personne ne vit plus ici. C'est une chance, vraiment. Tu étais dans un sale état quand on t'a traîné ici.

Elle désigne le col ouvert de ma chemise. À côté du sort déconstruit qui tapisse ma poitrine se trouvent des sigils plus récents, tracés de la main soignée de Clover. Ce sont des copies du sort que Leta a jeté à l'origine pour retenir la Corruption. Les ténèbres s'accumulent sous les marques, s'agitent et se tordent en un mouvement constant.

Nauséeux, je touche l'une des inscriptions. Une douleur vive et brûlante me déchire. Ma poitrine se contracte. J'inspire à grand-peine un souffle bordé d'épines. J'attends que la douleur s'apaise.

Elle se résorbe en une palpitation sourde, mais un goût de terre persiste au fond de ma gorge. Au prix d'un grand effort, je dis :

– Ce n'est pas la même sensation que la magie de Leta.

Clover me lance un regard acéré.

– On ne passe pas tous des marchés avec le Seigneur d'En Dessous pour obtenir son pouvoir. Ce n'est pas comme ce que Leta a fait pour toi. C'est au mieux un palliatif, et ça ne durera pas longtemps si tu ne fais pas attention.

Prudemment, je remonte mes manches. Regarde mes bras. Des lignes noires et épaisses rayonnent à partir des sigils, s'étirent de mes coudes jusqu'au bout de mes doigts. Je fléchis les mains. Les ténèbres se déplacent, se déroulent. S'étendent sous ma peau dans un mouvement lent, comme inquisiteur.

Un râle humide me secoue jusque dans mes poumons. Je me mets à tousser. Clover me regarde fixement, sidérée.

– Tout va bien, je parviens à lui dire. Je suis toujours moi.

Elle soupire.

– Pardonne-moi si je ne suis pas rassurée.

Elle m'observe attentivement jusqu'à ce que mon souffle redevienne vaguement régulier. Puis elle se lève et se dirige vers la porte.

– Je vais te chercher du thé.

Seul, je m'affaisse contre le mur. Mes doigts s'approchent du sigil à mon poignet. Je le touche, lentement. Tout en me rappelant l'avertissement de Clover, qui m'a demandé de me montrer prudent.

Tout ce qui s'est passé dans les bois de Vair me fait l'effet d'une vision cauchemardesque. Je tenais Leta dans mes bras. Nous étions ensemble. Je l'avais retrouvée, comme promis. Mais ce n'était pas suffisant.

À tâtons, j'appuie au centre du sigil. L'espace juste au-dessus de mon pouls. Une étincelle de pouvoir crépite en moi. L'espace d'un instant, infime, le lien se réveille. Puis la douleur, profonde, soudaine, me brûle la poitrine. Chaque sigil de la nouvelle et fragile toile d'alchimie sur ma peau est comme une blessure profonde.

Je lâche mon poignet avec un cri étouffé, ma tête bascule en avant. Je serre les paupières en grimaçant. Je me revois avec Leta, dans le noir. Les changements survenus en elle. Ses yeux sombres, sa magie ombragée. Et juste avant qu'elle ne disparaisse, l'autre brin de pouvoir qui a rejoint le lien nous unissant.

Le Seigneur d'En Dessous.

Je pense à des paroles désespérées, prononcées dans les ombres. Aux promesses faites sur les autels. Au fait que le Seigneur d'En Dessous est dans ma vie depuis qu'il m'a sauvé. Sa présence est une cicatrice, un poison en soi.

Je suis lié à lui. Lié à Leta. Lié à eux deux.

Est-ce pour cette raison que j'ai fait ce rêve ? Des baisers et des griffes, la chaleur douce, les caresses qui ressemblaient à du givre ? Mes joues s'échauffent. Cette connexion est incroyablement intime. Une chose trop secrète pour être exprimée avec des mots. Et en même temps que je la crains… je suis attiré par elle.

Avec un soupir, je serre les poings. Les ténèbres s'accumulent au centre de mes paumes. Une pulsation persistante fait écho aux battements de mon cœur. C'est douloureux de penser à Leta. Au fil du sort tissé si étroitement entre nous. À quel point elle était près d'être… là.

Et au fait que, malgré tout, elle est plus loin que jamais.

La porte se rouvre. Clover entre, suivie de Thea, qui me considère attentivement derrière l'épaule de Clover.

– Tu te sens mieux ? me demande-t-elle.

– Un peu.

Je me déplace sur le bord du lit. Clover me passe le thé qu'elle a préparé. Sèchement, elle déclare :

– Le niveau d'amélioration de son état est assez bas, pour l'instant.

– Eh bien, glousse doucement Thea, je suis contente que tu ne sois pas mort.

Je ris aussi. Bois une timide gorgée de thé. Il est épicé et sucré, fait à partir des feuilles que Thea a apportées. Mais après l'avoir avalé, je note une indéniable pointe d'amertume. Je sens que Clover l'a agrémenté de l'une de ses potions.

Je tiens la tasse entre mes mains, m'efforce de cacher ma réaction.

– Alors, Thea, est-ce que ça a satisfait ton désir d'aventure ?

– Un peu, admet-elle, et elle sourit, réalisant qu'elle fait écho à ma réponse précédente. Je crois.

Clover s'assied sur le lit à côté de moi. Doucement, elle me demande :

– Tu veux nous dire ce qui s'est passé dans les bois ?

Je bois une autre gorgée de thé et repose la tasse.

– J'ai vu Leta. Et ce n'était pas une vision. Elle était bien réelle. Mais quand j'ai essayé de la ramener, tout a… mal tourné. Le Seigneur d'En Dessous est apparu. Il ne voulait pas la laisser partir.

– Oh, lâche Clover, impuissante. Rowan, je…

– Il n'était pas le seul en cause. Je ne pense pas qu'elle pouvait…

Je m'arrête, incapable d'entendre autre chose que les mots qu'il a adressés à Leta. *Montre-lui ce que tu es.* Ses excuses larmoyantes lorsqu'elle m'a révélé son nouveau pouvoir. Je peine à trouver les mots pour expliquer ça à Clover et Thea.

– Leta est… changée.

Clover tire sur la pointe de ses cheveux, les doigts tremblants.

– Changée comment, exactement ?

Je secoue la tête, cherche un moyen de décrire comment Leta m'est apparue dans les bois. Une créature de fumée et d'ombres, enveloppée de ténèbres.

– On l'aurait crue devenue l'une des créatures peintes sur un autel.

– Tu veux dire…

Thea déglutit nerveusement. Sa main remonte, trace une ligne protectrice sur sa poitrine.

– Tu veux dire qu'elle ressemblait à... une déesse ?

– Elle est liée au Seigneur d'En Dessous : elle a son pouvoir, elle portait sa couronne. Sa magie, elle sent la mort, je leur explique, et je vois l'horreur se peindre sur leur visage à mesure que je parle. J'étais près d'elle, impossible de faire plus proche, mais ça n'a rien changé. Elle ne *pouvait pas* revenir.

Ma vision commence à noircir sur les bords. Je sens les ténèbres pousser contre les sigils. Clover m'observe en se mordant la lèvre. Ses yeux brillent de larmes.

– Rowan, on ne peut pas continuer comme ça. Tu vas te détruire.

– Je suis lié à elle, Clover. Je ne peux pas la laisser partir.

Elle pose sa main sur mon genou.

– Violeta n'est pas morte. Ce qu'elle est pourrait être... pire. Si on n'y prête pas attention, on vous perdra tous les deux.

Clover se met à pleurer. Assise à côté d'elle, Thea lui prend la main. Soudain, la pièce semble trop petite. Les murs se resserrent. Je me lève, rabats mes manches pour couvrir mes bras et noue solidement les lacets à mes poignets.

Je sors dans le couloir et ferme la porte derrière moi.

Le reste de la maisonnette est aussi dépouillé que l'ancienne chambre de Leta et Arien. Dans la cuisine, tous les meubles ont disparu. La fenêtre laisse entrer un carré de soleil délavé. Dehors, les branches sans feuilles d'un pommier projettent une ombre allongée sur le sol. Toute la maison a été vidée.

Tout au fond du chalet se trouve une petite pièce, rajoutée à la bâtisse initiale. Avec des murs en bois au lieu des pierres enduites, un plafond bas incliné. Elle est vide, à l'instar des autres pièces. Mais elle conserve l'odeur du vernis et de l'huile de lin.

Arien est là. Il se tient près de la fenêtre, penché en avant, les coudes appuyés sur le rebord. Quand j'entre, il lève ses yeux injectés de sang. Des larmes coulent sur ses joues. Avec un sourire las, il dit :

– Mère ne nous autorisait jamais à entrer ici. C'était son atelier, là où elle peignait les icônes.

– Je suis désolé, lui dis-je. Désolé que tu aies dû revenir ici.

Il hausse une épaule, l'air las.

– On avait besoin d'un endroit où tu pourrais te reposer. C'est le refuge le plus proche auquel j'ai pu penser.

Balayant la pièce du regard, il se passe une main sur le visage.

– Il était tard lorsqu'on a traversé Greymere, mais Clover a brièvement parlé au gardien. On voulait… savoir à quoi nous attendre en arrivant.

Arien marque une pause. Il secoue la tête, lâche un rire sec.

– Apparemment, après que tu nous as emmenés, dans la semaine qui a suivi, Mère s'est rendue à Anglrie. Elle est allée peindre des icônes à la capitale.

Je vais me poster à côté de lui. La fenêtre donne sur les champs derrière le cottage. Un jardin oublié, bordé d'une rangée de cerisiers sans feuilles. Je me sens impuissant et malheureux. Incapable de penser à un moyen d'améliorer la situation.

– Arien, c'était… courageux de ta part de faire tout ça. Merci.

Il me regarde, puis son regard suit la ligne de ma gorge. Les nouvelles marques qui retiennent le poison.

– Tu n'as pas à t'excuser. Après ce que tu as fait pour essayer de retrouver Leta, je pense qu'on est quittes.

Avec un soupir, il se retourne vers la fenêtre.

– Tout le temps où j'ai vécu ici, je voulais m'enfuir. Mais Leta refusait de partir. Du moins, pas jusqu'à ce que tu te montres. Elle disait toujours qu'il y avait de pires dangers dehors, dans le reste du monde. Je n'ai jamais pensé que Mère ressentait la même chose que moi. Après notre départ, je suppose… qu'elle était libre.

Il le dit avec désinvolture, mais je sens la blessure derrière ses mots. Il s'en veut. Je suis saisi par la culpabilité et la colère, au souvenir du jour où je suis venu ici pour la première fois. Les bleus sur les bras de Leta. Les brûlures sur les mains d'Arien, et la façon dont les traits délicats de leur mère s'étaient tordus de peur lorsqu'elle m'avait révélé la vérité sur son pouvoir. *J'ai essayé de le guérir. Mais il y a trop de ténèbres en lui.*

Je pose ma main sur l'épaule d'Arien.

– Rien de ce qui s'est passé ici n'est ta faute. Rien du tout.

Il émet un son étranglé et ravale un rire.

– Tu es vraiment en train de me réconforter, après t'être pointé ici et m'avoir menacé, tout ça pour pouvoir utiliser mon pouvoir ?

Je pouffe moi aussi.

– Écoute, je fais de mon mieux.

Nous restons sans bouger un moment. Puis il me regarde, et son sourire s'efface.

– J'ai entendu ce que tu as dit à propos de Leta. Si ce que tu as vu est vrai… ça signifie qu'elle appartient au Seigneur d'En Dessous maintenant ?

– Je ne sais pas, Arien.

Nous échangeons un regard solennel. Il prend une inspiration tremblante, puis s'incline vers l'avant. Il s'appuie contre moi. Le visage enfoui contre ma poitrine, il se met à pleurer. Des larmes tranchantes, trop longtemps refoulées et qui à présent le déchirent.

J'hésite, puis je passe mes bras autour de ses épaules raides. Elan occupe soudain toutes mes pensées. Il était tellement en colère après la mort de nos parents. Il savait que je lui avais caché des choses. Nous nous disputions tout le temps. Une fois, notre affrontement a été tellement violent qu'il m'a frappé. Je l'ai laissé me cogner. Je l'ai laissé me faire du mal.

Puis il a pleuré et je l'ai pris dans mes bras. Et je me sentais aussi impuissant que maintenant.

Clover entre dans la pièce. Son visage se décompose à la vue d'Arien en pleurs. Elle s'approche de nous, doucement. Pose la main sur son épaule.

Nous restons là tandis que ses larmes s'adoucissent pour n'être plus que des sanglots saccadés. Puis il recule et s'essuie le visage avec sa manche. Clover le contemple, les yeux assombris par le chagrin. Elle baisse la tête. Délicatement, tristement, elle dit :

– Je sais que ça fait mal d'y penser, Arien. Mais on ne peut pas réessayer le sort, pas encore. C'est trop dangereux. On doit la laisser partir.

Les joues maculées de larmes d'Arien rougeoient de colère.

– Non !

Il fusille Clover du regard, puis repousse sa main.

– Je ne vais pas allumer un bûcher et dire à tout le monde que Leta est morte, poursuit-il. Ce n'est pas vrai. Elle n'est pas partie, pas dans ce sens-là.

– Arien, mon cœur… commence Clover, mais il l'écarte pour passer.

Il sort de la pièce en trombe. Ses pas résonnent, bruyants, dans le couloir.

Clover ouvre les mains dans un geste d'impuissance en le suivant du regard. Elle se pince les lèvres, luttant pour ne pas pleurer. Je ne l'ai jamais vue aussi perdue. Pas même aux pires moments de notre combat contre la Corruption.

Poussant un soupir rauque, je retourne dans le couloir. J'arrive dans la cuisine au moment où Arien se précipite dehors. La porte claque derrière lui.

Thea est près de la cuisinière, en train d'alimenter le feu. Nos sacoches de voyage sont posées à côté de l'âtre, déjà prêtes pour le voyage de retour. Elle ferme le tirage, puis jette un regard attristé vers la porte qu'Arien vient de claquer.

– Quand on retournera au village, je pourrai dire à mon père que Leta est morte d'une maladie, propose-t-elle.

Que vous avez monté un bûcher au domaine. Est-ce que ce serait mieux ?

Je ne peux pas lui répondre. Nous restons silencieux. Elle crispe ses mains dans ses jupes, l'air bouleversée.

– Je sais que tu veux bien faire, je parviens enfin à lui répondre. Mais…

Je secoue la tête, incapable de terminer.

La cape d'Arien – celle qui appartenait autrefois à Elan – est pliée à côté des sacoches. Je la ramasse et la serre dans mes bras. Un souvenir fugace remonte à la surface de mon esprit. Elan, enveloppé dans la même cape, la dernière fois que nous avons marché vers le village avec notre père. Je soupire, repousse l'image, me tourne vers la porte de la cuisine et je sors.

Loin du chalet clos, l'air de Fauchaison est froid et vif. J'inspire profondément. J'essaie de chasser l'odeur de la poussière et de l'huile de lin. Des fantômes de ces pièces inoccupées.

L'espace derrière le chalet est presque aussi enchevêtré et mal entretenu que le jardin de Lakesedge. Les plantes, principalement des herbes et des légumes, sont soit mortes soit montées en graine. Au-delà du jardin, il y a une rangée d'arbres fruitiers. Des branches nues qui se tordent contre le ciel nuageux.

Lorsque je pose le pied sur l'herbe mouillée par la rosée, je me rends compte que je suis encore pieds nus. Je m'arrête pour retrousser le bas de mon pantalon. Puis je suis le chemin laissé par les bottes d'Arien à travers les herbes folles.

Je le trouve à la lisière du verger. Là où le sol est couvert de feuilles en décomposition. Je secoue la cape d'Elan et la drape sur les épaules d'Arien. Il s'y blottit en soupirant. Des larmes silencieuses coulent sur ses joues tandis qu'il garde les yeux fixés quelque part au loin.

– Si on la laisse partir, est-ce que ça arrêtera de faire mal ?

Je veux lui dire que le chagrin va s'atténuer. Que nous pouvons trouver le moyen de nous en sortir. Mais les mots meurent dans ma bouche. Au lieu de les prononcer, j'admets, avec une douleur brute :

– Non.

Je m'avance le long de la rangée d'arbres, jusqu'à la limite du verger. La faible lumière du soleil traverse l'épaisse couverture nuageuse. Le champ au-delà de l'endroit où nous nous trouvons est bordé de ruches, actuellement en sommeil à cause du froid. Plus loin, je distingue la ligne sombre des bois de Vair.

Je touche mon poignet, j'appuie. Je sens le faible bourdonnement du lien. Il n'a pas disparu. Je suis toujours lié à Leta, même avec sa magie sombre. Malgré sa connexion avec le Seigneur d'En Dessous. Malgré son changement lors de notre rencontre dans les bois.

Et même maintenant qu'elle est perdue dans les ténèbres, je ne pense pas pouvoir la laisser partir. Il y a un fil qui relie son âme à la mienne. Si j'allumais un bûcher, si je disais à tout le monde qu'elle est morte, il resterait toujours un lien entre nous, plus profond que la magie.

Mes doigts tracent les lignes qu'elle a marquées sur ma peau. J'entends sa voix, la façon dont elle a changé et s'est adoucie lorsqu'elle a essayé pour la première fois de m'expliquer son lien avec le Seigneur d'En Dessous. Pourquoi elle lui a demandé de l'aide, en dépit de tout et si stupide que ça paraisse. « *Il a besoin de moi. Nous sommes connectés.* »

Connectés.

Ma main retombe. Je me retourne vers Arien. Le poison me parcourt dans un frisson, se heurte aux rangées de sorts improvisés. Pourtant, pour la première fois depuis aussi loin que remontent mes souvenirs, une petite étincelle d'espoir s'allume en moi.

– Je sais comment trouver Leta. Je sais comment la ramener. Mais je vais avoir besoin de ton aide.

Il me regarde, troublé.

– Qu'est-ce que tu vas faire ? Je ne… je ne veux pas que tu continues à t'empoisonner. Je n'ai pas envie de renoncer, mais Clover a raison. On ne peut pas réutiliser le sort.

– Non. Il ne s'agit pas de poison. Je connais un autre moyen.

Il tire sur sa manche, hésitant. Une lueur de curiosité timide allume son regard.

– Qu'est-ce que tu veux dire ?

– Leta et le Seigneur d'En Dessous sont liés depuis qu'elle l'a rencontré dans son enfance. C'est pour ça qu'elle a pu le voir, lui parler et entrer vivante dans son monde. Elle l'a invoqué à l'autel pour conclure son marché. Ils étaient connectés.

Je remonte ma manche et lui montre le sigil à mon poignet.

– Leta et moi aussi, on est connectés.

Arien se mord la lèvre, son expression s'assombrit.

– Quand tu l'as vue aux bûchers, tu as dit qu'elle ressemblait à…

Il s'interrompt, incapable de l'exprimer avec des mots.

– Qu'elle lui ressemblait, à *lui*.

– Oui, je confirme.

Je retiens un frisson au souvenir de ses traits modifiés, éclairés de façon éthérée par la lune. La brûlure froide de son pouvoir dans l'air.

– Si nous avions un autel, je pourrais peut-être l'atteindre. Toutes les autres fois – au lac, dans les bois –, j'essayais de trouver mon chemin jusqu'à elle. Mais si on fait comme je propose, c'est elle qui serait attirée vers moi. Je pourrais l'invoquer.

Il est très étrange de prononcer ces mots à haute voix. Mais une fois que je les ai énoncés, un calme surréaliste s'installe en moi. Un silence tombe sur les arbres nus. Tout devient immobile et calme. Au loin, les ombres des bois de Vair se découpent sur l'horizon.

Arien regarde nos pieds, enfoncés dans les tas de feuilles en décomposition. Il hoche la tête, lentement. Il est déterminé. Il avait le même air quand je lui ai dit que je l'aiderais à utiliser sa magie, que je voulais qu'il combatte la Corruption.

– Alors, dit-il, qu'est-ce que tu attends de moi ?

– J'ai besoin que tu peignes une icône.

18
VIOLETA

Je marche dans les bois, seule dans la nuit de velours. En passant entre les arbres remplis de brume, je pense au monde du Dessus. Au ciel qui doit y être sombre et sans étoiles, et en dessous, au lac entièrement noir. Comme si l'eau était à nouveau corrompue.

Ma robe est de la même couleur que ce genre de nuit, faite de soie d'araignée et nouée d'une ceinture qui traîne derrière moi. Je tiens la couronne de branches dans ma main molle.

Le Seigneur d'En Dessous me rejoint à l'intérieur d'un bosquet de bois de cœur, où une arche de pierre encadre le chemin vers l'arbre d'os. J'ai passé toute la nuit à ressasser l'impossible marché proposé par ses sœurs. Tiraillée entre nostalgie et désespoir.

Je veux retrouver le monde du Dessus, retrouver Rowan. Mais plus que tout, je veux que tous ceux que j'aime soient en sécurité. J'ai payé si cher pour assurer leur protection. J'ai passé mes marchés et laissé la Corruption me dévorer pour mettre fin au risque, à la souffrance, à la cruauté.

Pour mettre fin précisément au type de ruine que j'ai vu dans les bois de Vair.

Si je détruis le Seigneur d'En Dessous, si je laisse dame Moth s'emparer de son pouvoir, tout ce que j'ai sacrifié sera réduit à néant. Pour l'instant, ce que je peux faire, c'est l'aider à rétablir l'équilibre dans ce monde. Utiliser mon pouvoir pour empêcher ses sœurs de faire du mal à quelqu'un d'autre.

Après... peut-être mon propre chemin à travers tout ça sera-t-il plus clair.

Les bruyères s'élèvent autour de mes pieds sur le sentier que je suis pour le rejoindre, laissant derrière moi une traînée de ronces. Les arbres se penchent vers moi, leurs branches caressent mes cheveux. Le Seigneur d'En Dessous observe la forêt qui change, qui s'anime à ma présence. Doucement, il constate :

– C'est à toi qu'obéissent les bois, maintenant.

Je baisse les yeux. Des roses fleurissent entre le lierre, aux pétales aussi rouges que le sang. Je ne sais pas s'il est heureux ou troublé par cette preuve de mon nouveau pouvoir.

– Oui, on dirait bien.

Il avance d'un pas lent vers moi.

– Tu sais, tu n'as jamais répondu à ma question.

Malgré la nonchalance délibérée de sa voix, il a les mains serrées, crispées contre ses flancs.

– As-tu confiance en moi, Violeta ?

Je regarde la couronne, toujours entre mes mains. Puis, avec précaution, je la pose sur mes cheveux. Une lente boucle de magie murmure sous ma peau avec une froideur qui me fait frissonner. Sous les manches translucides de ma robe, mes avant-bras sont sillonnés de veines assombries. Comme une feuille, dressée contre le ciel.

J'expire un nuage de givre pâle.

– Je te fais confiance. Si je ne peux pas, alors… que me reste-t-il ?

Il s'approche de moi et ses griffes suivent la courbe de ma joue.

– Parfois, je n'arrive à penser à rien d'autre qu'à toi.

Il lâche un rire sans joie. Puis sa voix devient grave, ses mots hésitants, comme s'il ne voulait pas l'admettre mais ne pouvait s'en empêcher.

– Malgré tout mon pouvoir, j'ai parfois l'impression que c'est moi qui suis retenu ici, lié par un sort. Par toi en fait.

Entouré d'ombre, il brille d'un éclat pâle dans le noir, me rappelant son apparition lorsque je l'ai invoqué devant l'autel, lorsque je me suis agenouillée et que j'ai pressé mes mains ensanglantées sur le sol du salon.

Des ombres froides de magie s'épanouissent au bout de mes doigts, et des émotions innommables montent dans ma poitrine, vives et douces-amères.

– C'est peut-être tout ce que je suis maintenant. De la magie et du poison. Tu as réparé la fille et laissé la Corruption.

Ses griffes touchent à nouveau ma joue. Une flamme affamée lèche brièvement ses yeux, puis il s'éloigne de moi et se tourne vers le chemin.

– Il est temps de partir.

L'air bourdonne du murmure des âmes. D'autres fleurs poussent sous mes pas tandis que nous marchons ensemble dans la forêt. Je vois la magie qui se tisse entre les bois de cœur qui nous entourent et moi. Des fils sans fin brûlant comme autant d'étoiles capturées.

Autrefois, j'étais impressionnée par l'immensité infinie de ce monde. Aujourd'hui, je me sens bien loin de la jeune fille qui est entrée dans le lac, poussée par l'espoir et une bravoure insensée. Celle qui croyait pouvoir venir dans ce monde de monstres et en sortir indemne.

Le sol s'élève et les arbres qui bordent le chemin se rapprochent. Les troncs cramoisis et les zones d'ombre entre eux prennent l'allure de murs lambrissés. J'ai l'impression d'être dans un couloir sans fin, où je vais marcher et marcher sans jamais trouver de porte, de fenêtre ou d'issue. Puis une lueur blanche traverse l'obscurité. L'arbre d'os émerge, grand et pâle, dominant le reste de la forêt.

Nous grimpons vers lui, sur notre chemin bordé de bois de cœur aux branches qui s'inclinent, comme des suppliants. L'entrée voûtée de l'arbre d'os est refermée, son écorce creusée pour l'instant scellée. L'autel à sa base est garni de bougies éteintes.

Je m'agenouille et pose mes mains sur la terre. Le sol frémit sous mes paumes, puis des hellébores à pétales noirs fleurissent au bout de mes doigts. Une à une, les bougies de l'autel s'allument, la chaleur de leurs flammes me caresse le visage.

Le Seigneur d'En Dessous fixe un point dans mon dos, le cadre vide de l'icône.

– Ce monde m'appartenait autrefois, tout entier, jusqu'à ce que mes sœurs soient créées. Et maintenant, il va m'appartenir à nouveau.

Ses paroles sont un écho tellement sinistre de la nuit dernière que j'ai l'impression d'être à nouveau dans l'alcôve avec dame Moth. Son offre impitoyable, à l'attrait indéniable. Lentement, je me remets debout. J'essuie sur mes jupes la terre de mes mains. Je contemple le Seigneur d'En Dessous avec curiosité.

– Tu veux les détruire !?

Le silence s'étire, lent battement de cœur entre nous. L'appréhension fait courir sur ma peau un frisson vif, interminable.

Finalement, il hoche la tête.

– Je n'ai pas le choix.

– Quand je t'ai proposé de t'aider, je ne pensais pas à ça. Comment leur destruction rétablirait-elle l'équilibre ?

– Parce que, lorsque nous entrerons au cœur de l'arbre où nous prononcerons leur nom, elles seront dépouillées de leur pouvoir. Elles retourneront à la cendre, à la poussière, à la lumière qui traverse le monde.

– Ce sera… quoi ? Une redistribution de la matière ?

Un rire incrédule se coince dans ma gorge. J'ai refusé d'aider dame Moth, et maintenant je suis sur le point de sceller son destin exactement de la même manière.

– Si ça t'aide de l'envisager comme ça.

Je le dévisage en secouant la tête.

– Leur nom, tu l'as toujours eu. Tu aurais pu les arrêter à tout moment.

Le Seigneur d'En Dessous appuie sa main sur l'arbre d'os. Le motif des volutes commence à se déplacer et la porte voûtée s'ouvre au centre du tronc. Il me touche le bras avec délicatesse et me guide vers l'avant.

Lorsque nous passons devant l'autel, nos corps font obstacle à la lumière des bougies, si bien que le couloir devient une alternance d'or pâle et d'ombres tamisées. Puis la lumière s'éteint et le couloir est plongé dans l'obscurité.

– Je n'ai jamais pu arrêter mes sœurs. Pas de manière durable.

Il me jette un regard impénitent par-dessus son épaule. Puis il s'arrête, radouci.

– Rien de tout ça n'a jamais été possible sans toi, Violeta. Je t'ai déjà dit que mes sœurs et moi sommes liés par les règles de notre monde. Afin d'assurer l'équilibre, notre pouvoir est suffisant pour nous blesser les uns les autres, mais pas pour nous détruire.

– Donc, tu as besoin de ma magie parce qu'elle n'est pas soumise aux mêmes règles que la tienne ?

Il hésite, enveloppé par la lumière pâlissante.

– Non. Ce n'est pas la seule raison.

On dirait un test. Qu'il réclame une preuve de la confiance que je lui ai promise, dehors, dans les bois. Un frisson me parcourt, mais je le réprime.

– Et quelle est l'autre raison ? je demande.

Il se détourne, continue d'avancer. Je le suis. Le couloir débouche sur une pièce, un sépulcre étroit fait de branches tressées. Sans rapport avec la pièce où nous sommes venus la dernière fois, où il m'a donné son pouvoir. D'innombrables petites lumières scintillent tout en haut, comme des étoiles à travers les branches de l'arbre.

Le silence entre nous s'étire, remplissant la cavité obscure tandis que le Seigneur d'En Dessous s'approche de moi.

– Ce n'est pas de ta magie que j'ai besoin, Violeta. J'ai besoin de *toi*.

Il prend ma main, appuie son pouce sur la cicatrice de ma paume. Observe les étincelles qui crépitent au bout de mes doigts, ma magie réveillée par son contact.

– Je n'aurais jamais cru possible… de partager mon pouvoir de cette façon, jusqu'à maintenant. Tu es mon égale, mon autre moitié. Ensemble, nous avons la force de maintenir l'équilibre de ce monde tout entier.

Il me regarde avec plus de tendresse qu'il n'en a jamais montré. Sous le feu de son regard, je suis vaincue. La douleur de la perte jaillit soudain du centre de ma poitrine. Je pense à sa voix dans le salon, quand je l'ai appelé pour la première fois. *Nous sommes connectés.* Je pense aux promesses faites et aux promesses non tenues. À tous mes choix alignés, macabre calcul alchimique.

Destruction. Force. Résurrection.

Ma magie se transforme. Des fils de pouvoir s'élèvent, ombres tissées d'or, assombrissant l'air alors qu'ils s'enroulent vers le Seigneur d'En Dessous. Je l'attire près de moi. Il lève une main, passe ses griffes sur ma joue. Geste lent, prudent. D'une douceur minutieuse. Je ne sais pas s'il a peur que je me brise ou que ce soit moi qui le brise.

D'autres ombres se répandent autour de nous tandis que j'enroule mes doigts dans la soie douce de ses cheveux. Il produit un son que je ressens, un froid de Midiver qui passe sur ma peau. J'enfonce mes orteils dans la terre, je m'étire, me fais plus grande, j'abolis le dernier espace qui nous sépare.

Je l'embrasse.

Il hésite un instant, captif de la pression de ma bouche contre la sienne. Puis sa main se porte à ma hanche, son contact s'enflamme d'un désir retenu et d'un besoin timide. Il soupire, son informe d'où transpire la faim. Je l'attire contre moi, sens l'arête tranchante de ses crocs lorsque ses lèvres s'écartent.

L'or scintille derrière mes paupières closes, la lumière la plus vive que j'aie vue dans ce monde d'ombre et de ronces. Je frissonne, je frissonne, je frissonne. Ses griffes s'enfoncent dans ma taille, me rapprochent de lui. Les pauses entre nos baisers deviennent essoufflées, remplies de choses trop misérables pour être exprimées par des mots.

À mon poignet, le sigil brûle. Je glisse mes doigts sous ma manche et j'appuie. La magie illumine mes paumes et le monde bascule en images superposées – ombre et soleil, brume et brillance. Ses griffes suivent la courbe de mes côtes, de ma taille, de mes hanches. Et puis, un contact râpeux et rugueux mais toujours volontairement doux, toujours désespérément humain.

Il y a les monstres, et il y a les *monstres* : il y a un garçon qui a été maudit et une créature qui règne sur les morts. Il y a des dents-rasoirs sur ma gorge et des chuchotements doux comme du miel à mon oreille. Poison et poésie, je suis ici, je suis en Dessous, j'embrasse le Seigneur d'En Dessous à l'intérieur de l'arbre d'os. Et je suis là-bas, à Lakesedge, avec Rowan. Lovés l'un contre l'autre sous une fenêtre ouverte, avec la lumière qui se déverse sur nous, la pièce remplie par la cadence enfiévrée de notre respiration.

Je ne sais pas si c'est la magie persistante du lien ou mon propre désir, implacable, mais je le sens aussi, je le sens ici, je les sens tous les deux. Rowan – la manière tendre dont il m'a touchée, dont son contact s'est gravé sur ma peau, à côté de ces nouveaux doigts acérés. Nos baisers désespérés, quand nous étions enlacés sur son lit étroit, comme si nous savions qu'il n'y aurait qu'une fois, la dernière... Tout ça reste sur ma bouche, fraîche et meurtrie.

Je relâche la pression sur le sort et brise la connexion. La chaleur et la mémoire s'estompent. Je suis de retour dans le froid et l'obscurité. Le Seigneur d'En Dessous me contemple. Une émotion inexprimable voile ses yeux pâles. Il soupire, un souffle fragmenté qui se répand sur mes lèvres.

Il se rapproche de moi, pose la bouche sur le lobe de mon oreille.

– Je t'aime, Violeta. Tu vas me donner tant de pouvoir.

Je suis à moitié perdue dans sa tendre confession, dans la brûlure glacée de ses baisers sur ma peau. Cependant, ses mots résonnent encore et encore dans mon esprit, jusqu'à ce que je n'entende plus qu'eux. *Donne-moi, donne-moi, donne-moi*.

Je sais ce que j'ai à faire. Mon seul choix.

Je le repousse contre le mur du sépulcre. L'espace est si étroit qu'il suffit d'un pas hésitant. Il laisse échapper un hoquet audible lorsque son dos rencontre les branches tressées et l'air se mêle de givre. Je plaque une main sur son torse. Mon cœur bat très vite, le sien pas du tout.

Je murmure un seul mot. Il a le goût de la cendre, de la brume et du sel de mes larmes.

– *Rvth.*

Ses yeux s'écarquillent. Il devient instantanément, horriblement immobile.

– Comment…

J'appuie plus fort sur son torse, le pouvoir se déploie à partir de mes doigts. L'arbre frémit, les motifs courbes de l'écorce commencent à bouger. Des vrilles translucides, semblables à des racines, se déploient et serpentent autour de ses poignets, de sa gorge. Et puis des lances d'os blanchis s'arrachent à l'arbre et le transpercent.

Il ne se débat pas. Il ne peut pas.

– Comment ? je répète, en écho à sa question, la bouche tordue par un sourire amer. Comment nomme-t-on une créature qui n'a pas de nom ? On lui en donne un. On le prononce au plus profond de son cœur, on le rend réel. Je t'ai connu. Je t'ai aimé. Et maintenant, je t'ai donné un nom.

Le pouvoir monte en moi dans un élan impatient. Je replie les doigts et d'autres racines, d'autres os se referment autour de lui. Mais il n'y a pas de joie dans cette magie féroce. C'est le pouvoir le plus sombre, chaque souvenir de ma famille effacé, la cicatrice noire laissée là où il les a coupés de mon cœur. Ce sont les mains d'Arien, brûlées par les flammes des bougies alors que je n'avais pas les moyens de l'aider. C'est Rowan, dévoré par des ténèbres qui lui ont tout volé, avant de consumer sa vie entière.

Le Seigneur d'En Dessous tente de m'attraper, mais son poignet est bloqué, transpercé par un os recourbé. Ses contours commencent à se brouiller. Ses traits se fendent sur une confusion imperceptible. Bouches étirées par des grognements fracturés, entailles à sa gorge qui se déchirent lorsqu'il halète, yeux innombrables qui me fixent d'un éclat froid et implacable.

– Je t'ai offert le pouvoir. Je t'ai offert un monde entier, lâche-t-il entre deux halètements, les lèvres mordues, ensanglantées. Que veux-tu d'autre de moi ?

– Plus de mensonges.

– Je ne t'ai jamais menti, Violeta.

Mes doigts s'enfoncent en lui, durs, sur la plaine froide de sa poitrine silencieuse.

– Je veux la vérité.

Il montre les dents. Les ombres de ma magie sont nouées entre nous, emmêlées autour de mes doigts, accumulées au creux de mes paumes. Et même ainsi, capturé et défait, il me toise d'un air de défi féroce et inébranlable.

– Si tu veux la vérité, pose les bonnes questions.

Je laisse les mots sortir lentement, m'attarde sur chacun avant de parler.

– Suis-je vraiment morte ?

Sa bouche s'étire sur un sourire dur.

– Non. Du moins… pas comme tu le penses.

Mon cœur s'emballe, bat un rythme effréné. Je pense à mon désespoir lorsque je me suis réveillée dans l'arbre d'os, où j'ai appris que ma vie était perdue et que j'étais liée à ce monde.

– Qu'est-ce que tu m'as fait ?

– Je t'ai sauvée. Je t'ai réparée. Et quand tu t'es réveillée et que tu t'es crue morte, j'ai compris que si je respectais les termes de notre marché – la fin de la Corruption, une maison construite à partir de la forêt –, je pourrais te garder. Je te voulais ici, et mienne, pour pouvoir puiser plus de force en toi. Grâce à ta peur, ton cœur et ta magie. Je ne pouvais pas te laisser partir. Je savais pouvoir être incomparablement plus fort si tu restais à mes côtés.

– Tu n'avais pas le droit ! Tu n'as jamais fait que te servir de moi !

Je tremble de fureur, tous mes sens sont perdus au profit d'une rage solide et insondable.

Il baisse les paupières, son regard se détourne quand une nouvelle lame d'os le transperce.

– J'avais besoin de ton pouvoir. Je n'avais pas prévu que mes sentiments à ton égard… s'approfondiraient comme ça. Mais la façon dont je t'ai guérie signifiait un lien si puissant à mon pouvoir, à mon monde, que même après avoir pris conscience de l'attachement que tu m'inspirais, il m'était impossible de te libérer.

– Alors dis-moi, je siffle entre mes dents serrées. Dis-moi comment me libérer de ce lien.

– Il n'y a aucun moyen. Quelle qu'ait pu être la possibilité de dénouer notre lien avant, une fois que tu as revendiqué une part de ma magie… il était trop tard.

Les sigils sur mes bras s'enflamment. Des étincelles jaillissent dans l'air tandis que je serre le poing. Je sens la cicatrice en forme de croissant palpiter douloureusement au centre de ma main. J'enfonce mes pieds plus fort dans le sol et tire sur les ombres entre nous.

Le Seigneur d'En Dessous grogne, un son terrible. Ses dents sont couvertes de sang tandis que d'autres fragments d'os lui transpercent la poitrine, avant de ressortir, tels des pieux, de part et d'autre de ma main appuyée là.

– Je t'aime aussi, je murmure.

Mon aveu est une douleur, une blessure.

– Mais tu m'as dupée. Tu m'as piégée. Tu m'as volé mon choix.

Nous nous dévisageons dans un silence tendu, sans espoir. Puis je resserre mon emprise sur la magie et l'arbre se referme un peu plus sur lui. Une écharde lui transperce la gorge et il crache une pleine bouche de sang noirci.

Les ombres envahissent le sépulcre, masquant la lumière étoilée au-dessus de nous. Les murs commencent à se brouiller et à s'estomper. Tout l'arbre d'os se perd sous un linceul de ténèbres. Je suis seule, au centre d'un néant noir comme la nuit.

Et puis, au loin, une voix commence à parler. Qui sonne comme la lumière du soleil et le pollen, les feuilles et le miel.

Aucun dieu ne peut régner seul sur le monde du Dessous.

Je suis dans un couloir. Sous mes pieds, le sol est recouvert d'un carrelage aux motifs délicats. Les murs sont lambrissés de bois cramoisi. Une énorme porte ouverte encadre une pièce pleine de fumée. Le parfum suave jusqu'à l'écœurement des fleurs en décomposition flotte lourdement dans l'air.

La Dame se tient sous la fenêtre cintrée où je l'ai vue pour la première fois. Elle se tourne vers moi, nimbée de lumière. Elle me semble plus proche, plus réelle que la dernière fois. Le poids de sa présence m'empêche de parler. C'est la crainte mêlée d'émerveillement que j'ai ressentie lorsque j'ai touché la terre et qu'un afflux de magie brillante a jailli de mes mains, la crainte mêlée d'émerveillement que j'ai ressentie lorsque j'ai pénétré pour la première fois dans le monde d'En Dessous.

– *Violeta. Tu ne devrais pas être ici.*

– Je sais.

Tout ce que je peux faire, c'est m'agenouiller. J'incline la tête, pose les mains sur le sol dallé. Un chatoiement de chaleur passe en dessous, une sensation qui s'apparente à un souffle, à la palpitation d'un pouls.

– *Pourtant, tu as le pouvoir de la mort à côté de ton cœur humain, ton cœur battant.*

Il n'y a pas de condamnation dans sa voix dorée, pourtant une pointe de honte me brûle. Je lève les yeux vers elle, écarte mes mains du sol pour lui montrer mes paumes retournées.

– Ce pouvoir est le mien. J'ai donné ma vie pour lui. Le Seigneur d'En Dessous m'a fait entrer dans son monde, et j'ai pris ce qu'il fallait pour survivre.

Elle me considère un long, long moment, puis elle descend de l'estrade et s'avance vers moi. Les plis de sa cape ressemblent à un coucher de soleil lorsqu'ils flottent, diaphanes, derrière elle. La lumière scintille sur le sol sous ses pas et des fleurs s'épanouissent sur son passage, dont les tiges s'insinuent entre les planches de bois.

De la même manière que la forêt changeait pour moi, lorsque je me promenais dans les bois de cœur.

La Dame pose ses doigts d'or sous mon menton, soulève mon visage jusqu'à ce que nos yeux se rencontrent. Son regard est brillant – étoiles et lumière de feu – tandis que les traits de sa peau de bronze se modifient. Une rangée d'yeux, frangés de cils épais, clignent le long de son front. Des crocs délicats et recourbés apparaissent lorsqu'elle sourit.

– *J'ai créé ton Rvth. J'ai créé ses sœurs. Ils sont, et ont toujours été, des créatures immuables qui se nourrissent de règles et de pouvoir, avec des moyens qui peuvent sembler impitoyables à une humaine. Et pourtant... c'est parce que tu étais humaine que tu es ici. Il pensait t'utiliser, te plier à sa volonté, mais ton humanité l'a changé en retour.*

Elle pose sa main sur ma joue qui ruisselle de larmes.

– Même s'il m'aime, je dois le détruire. Pour rétablir l'équilibre. Sa vie contre la mienne. Et ensuite... je pourrai rentrer chez moi.

– *C'est une façon de rétablir l'équilibre, oui. Un dieu détruit, un autre à sa place. Mais est-ce vraiment ce que tu souhaites ? Penses-tu pouvoir retourner à ta vie humaine, avec son sang sur tes mains ?*

– Je... je ne sais pas. Que dois-je faire ?

– *Tu es la seule à pouvoir prendre cette décision, Violeta. Que vois-tu quand tu te regardes ? Toi, la fille qui a aimé un dieu au point de lui donner un nom ?*

Je regarde mes mains écartées. Puis je remonte mes manches et dénude mes bras. Je révèle toutes les marques laissées sur moi, laissées par ce que j'ai fait, gagné et sacrifié à cause du Seigneur d'En Dessous.

Mes poignets, veinés de magie ruineuse. La cicatrice sur ma paume, datant du jour où je l'ai invoqué pour la première fois au pied de l'autel. Le sigil qu'il m'a appris et que j'ai utilisé pour sauver Rowan. La cicatrice laissée par la morsure de dame Owl.

– Que restera-t-il de moi si je ne le sauve pas ?

– *Il n'y a qu'une seule façon de le savoir avec certitude.*

Elle retire sa main, ses doigts laissent une ligne de chaleur sur ma mâchoire. La lumière s'assombrit, morceau par morceau. Des mèches de pouvoir jaillissent de mes paumes ouvertes. Elles s'étendent au loin, jusqu'à l'endroit où se dresse l'arbre d'os, dominant le reste de la forêt. Là où le Seigneur d'En Dessous est captif, emprisonné par mes mots et mon pouvoir.

Il m'observe, ses traits sont l'image même de la souffrance, un flou d'yeux et de dents, du sang noir d'encre étalé sur sa bouche. Il murmure mon nom. Je sens sa magie me parcourir comme un frisson. Un champ couvert de givre, une lune de minuit, les bois de Vair au cœur de l'hiver.

J'imagine un fil, épineux et noir, enroulé autour de ma main.

Je le serre dans mon poing et je tire.

19

ROWAN

Au chalet en bordure de route, à mi-chemin entre les bois de Vair et le domaine de Lakesedge, nous nous attelons à la fabrication du cadre de l'icône. Il est tard. La nuit étendue sous un ciel sans étoiles. La lune claire enveloppée de nuages. Le tambourinement régulier de la pluie sur le toit de chaume. À l'intérieur, le feu brûle doucement dans l'âtre.

Aucun d'entre nous n'a dormi. Nous sommes tous bien éveillés, agités par la perspective de ce qui nous attend. Ce qui se passera une fois que nous serons de retour au domaine. Quand l'icône sera terminée, l'autel construit.

Nous avons quitté Greymere tôt, aux premières lueurs du jour. La maisonnette, avec sa porte fermée et ses volets clos, a paru abandonnée dès l'instant où nous en sommes sortis. Arien s'est attardé derrière nous pendant que nous préparions les chevaux. Je l'observais depuis l'endroit où je m'étais tenu lors du dernier Flordété, à attendre que Leta et lui viennent avec moi.

Tête baissée, il a posé une main contre le mur de devant. Fait lentement courir ses doigts sur la pierre rugueuse.

Un long moment, en silence. Puis il s'est détourné vers Clover qui l'attendait, les rênes de leur cheval à la main.

– Bon, a-t-il dit d'une voix calme, allons-y. Il n'y a aucune raison de rester ici plus longtemps.

Une fois que nous sommes partis, il n'a plus regardé en arrière. Pas même lorsque nous avons atteint les bois. L'endroit où la pente des champs ne nous avait pas encore coupé la dernière vue sur le chalet. Le ciel s'est chargé de nuages. La lumière a baissé et il s'est mis à pleuvoir. Nous sommes passés sous les arbres en silence. Les ombres baignaient la forêt à mesure que le soleil se couchait, le soir bordait le chemin derrière nous.

Maintenant, au bord du chemin, nous sommes assis dans la pièce unique. Agglutinés près de l'âtre. Les outils de menuiserie de Thea sont étalés au sol, à côté des morceaux de bois sortis de sa sacoche. Concentrée, elle est penchée sur un cahier et dessine le cadre de l'icône.

Je tiens une tasse de thé, additionnée d'une fiole de sédatif. Semblable à celui qu'Arien a utilisé lorsque nous avons essayé le sort près du lac. Le liquide écarlate a taché le thé, lui donnant la couleur du sang. Je serre la tasse entre mes mains, sens sa chaleur dans mes paumes. Je bois avidement, avalant la brûlure et l'amertume. J'attends qu'il m'engourdisse.

Je suis conscient à l'extrême des battements de mon cœur. De la montée et la descente de ma poitrine. Du mouvement du feu. De la bougie vacillante que Thea a allumée pour mieux voir son travail.

Dans les coins de la pièce, les ombres s'accumulent comme de l'encre renversée. Il y a une étrangeté dans l'air. Tout semble… aiguisé.

Je jette un coup d'œil autour de moi, je regarde les autres. Mais ils sont tous concentrés sur le travail de l'icône. Arien, un carnet sur les genoux, le stylo dans une main tachée de magie. Clover, qui observe Thea en train de fabriquer une forme grossière à partir de bouts de bois.

– Vraiment, dit Thea, la bouche étirée sur un sourire, vous me rendez service. Je devrais au minimum prétendre que je n'étais pas ici avec vous tous. Et je ne peux pas rentrer chez moi avec tout mon matériel, sinon mon père aura des soupçons.

Clover se penche vers elle, hausse un sourcil taquin.

– Ne t'inquiète pas, Thea. Ton secret est bien gardé avec nous.

Elles rient. Arien lève les yeux au ciel.

Aucun d'eux ne peut le sentir. Qu'au-delà de l'obscurité, il y a quelque chose.

Sous ma peau, le poison se tortille. Des vrilles noircies plongent et ressortent. Un éclat à mon poignet, une bande sur mon pouce. Il pousse sur les protections. Il cherche, il teste. Enroulé contre la magie qui le retient – tout juste. Il essaie de se frayer un passage.

J'avale encore un peu du thé amer. Tourne mon visage vers les flammes. Une sueur fébrile perle à mes tempes, dans ma nuque. Je regarde Thea aiguiser sa lame. Prête à pratiquer des entailles aux coins du cadre.

Dans les profondeurs du feu, une ombre s'agite sous les braises. Une forme en émerge. Disparue avant que j'aie le temps de cligner des yeux. Je me passe une main dans les cheveux, m'éloigne de l'âtre et m'assieds, adossé au mur.

Arien lève brièvement les yeux de son carnet, dont il feuillette les pages et examine les croquis dessinés entre deux calculs. Il me regarde, un sourcil interrogateur. Je secoue la tête, raide.

– Ça va.

Il m'observe encore un moment, les sourcils toujours froncés. Puis, avec un soupir, il se remet à son travail. Il met de côté son carnet de notes pour fouiller dans sa sacoche, dont il sort un carré de parchemin vierge. Il l'étale devant l'âtre. À la lumière de la bougie de Thea, il commence à dessiner, penché en avant. Tout son être est tendu par la concentration.

Pendant un long moment, on n'entend plus dans la pièce silencieuse que le grattement de son stylo sur la page. Le raclement des outils de Thea qui commence à sculpter le bois.

Mes paupières sont lourdes. Je pose ma tasse. Laisse ma tête retomber contre le mur. En dehors de l'espace éclairé par le feu, les ombres s'allongent. L'obscurité dans les coins de la pièce est pesante. Comme si la magie que j'ai touchée au cœur des bois de Vair s'était accrochée à moi. M'avait suivi. Comme si, maintenant, elle attendait, observait.

Je vois d'autres formes floues, comme celle qui a surgi des braises. Des bois de cerf entrelacés de lianes. Des plumes pâles qui flottent. Un papillon de nuit aux ailes argentées. Et Leta, de la magie autour de ses mains. Ses poings sont serrés, phalanges blanchies tant elle tire de plus en plus fort sur les fils du pouvoir.

Je cligne lentement des yeux. Regarde à nouveau dans le coin. Les images fantomatiques ont disparu. Il ne reste plus que le sol nu. Quelques feuilles froissées, qui ont voleté là depuis l'extérieur. Une toile d'araignée drapée entre les murs.

Devant l'âtre, les autres sont encore plongés dans leur tâche. Le cadre de l'icône est à moitié sculpté, une esquisse prend forme sur la page d'Arien. Je pense à l'espace entre *maintenant* et *après*. À nous dans le noir, dans ce chalet entouré de champs stériles. À moi qui dois tenir bon une nuit encore.

Je me figure le domaine. Je le vois comme si je le regardais de loin. La maison, ses murs couverts de lierre. Le jardin, déchiré par une cicatrice noircie. Le lac au-delà, son eau reflétant la lune nuageuse. Et moi, incliné devant l'autel nouvellement construit.

Il y a un bruissement de papier. Arien se lève et vient s'asseoir à côté de moi. Timidement, il me tend le parchemin.

– Qu'en penses-tu ?

Je regarde la page. Il a repris et parfaitement reproduit l'histoire fragmentée que j'ai racontée : Leta dans les bois, une couronne dans ses cheveux, les ombres sur ses mains. Tétanisé, je suis à peine en mesure de parler.

– Arien... je commence, incapable d'aller plus loin.

La lumière changeante de la lanterne transforme l'esquisse baveuse et emplumée en une figure en mouvement. La courbe de la joue de Leta, la cascade emmêlée de ses cheveux. La férocité avec laquelle elle s'est opposée aux ténèbres.

Arien tire sur sa manche.

– Ce n'est pas fini. Et peut-être... Je ne suis même pas un vrai peintre. Peut-être que l'icône ne sera pas bonne.

Je pose une main sur son épaule. En tâchant de ne pas remarquer le tremblement de mes doigts. Le poison recouvre chacune de mes articulations, une lourde bande de noir épais. Comme des anneaux faits d'ombre.

– Je ne vois personne qui serait plus qualifié que toi pour la tâche, dis-je à Arien. Et ce dessin, il est tout à fait ressemblant.

Il reprend le parchemin avec un petit sourire reconnaissant. Je reste assis à côté de lui, silencieux, et je le regarde ajouter des détails à l'image. Dans les coins de la pièce, les ombres recommencent à muer. D'autres formes étranges et floues traversent mon champ de vision.

Mais je garde les yeux fixés sur la page pendant qu'Arien travaille. Je ne pense qu'à l'autel. À mes genoux au sol. À ma tête inclinée devant cette nouvelle icône. À Leta, qui me tend la main. À une forêt d'arbres cramoisis et enveloppés de brume dans son dos.

Dehors, la pluie commence à se calmer. Quand je regarde par la fenêtre, le ciel n'est plus qu'une étendue de gris blafard. Les premières lueurs de l'aube donnent à la pièce la couleur de la cendre. De la fumée.

Thea nous montre le cadre terminé. Il est petit et carré. Sculpté d'un simple motif de lignes. Le bois n'est pas verni. Sur n'importe quel autre autel, il paraîtrait trop banal. Incomplet. Mais ici, il a l'air d'une relique trouvée dans la forêt. Enfouie sous les feuilles et les branches tombées.

– C'est parfait, lui dis-je. Merci.

Avec un sourire timide, elle enveloppe le cadre dans un morceau de tissu. Le remet entre mes mains. On dirait un rituel. La façon dont elle me le tend, les yeux baissés, l'expression solennelle.

– Fais attention à toi, dit-elle. Quand tu l'invoqueras.

– Oui.

Dans un silence préoccupé, nous nous apprêtons à quitter le chalet. Chacun de nous se perd dans ses propres pensées tandis que nous évoluons à travers la pièce. Arien roule soigneusement le parchemin. Il l'attache avec un brin de ficelle, reste du matériel de Thea. Nous remballons les sacoches. Pendant que Clover sort préparer les chevaux, je couvre le feu. Ferme les volets de l'unique fenêtre.

Le soleil jette des traînées blafardes sur l'horizon lorsque nous nous mettons en route. Nous passons des champs silencieux, la terre nue argentée par le gel. Une fois arrivés dans la forêt, nous reprenons le chemin que nous avons emprunté à l'aller, en file indienne sur le sentier qui serpente à travers les bois.

Les nuages s'amoncellent, le vent froid nous mord. L'air est lourd de la promesse de pluie. Et je la sens encore. Cette traction de l'obscurité. La vigilance des ombres. Elles s'étirent vers moi quand nous passons sous les arbres. Le goût de la terre s'insinue sur ma langue.

Nous arrivons à l'arbre tombé. Les ombres sont massées entre ses racines creusées. Il y a un flou, un frisson. Une silhouette apparaît, entourée de ténèbres au milieu des branches dépourvues de feuilles. Une silhouette aux contours vifs.

Le Seigneur d'En Dessous.

J'enroule les rênes autour de mes mains, m'agrippe au rebord de ma selle. Les battements de mon cœur s'accélèrent, une pulsation rapide qui cogne dans mes oreilles.

Il se tient debout, comme cloué au tronc déchiqueté. La tête baissée, le visage caché par ses cheveux pâles. Puis il lève la tête. Me fixe de son regard fracturé. La lumière le traverse. Il n'est qu'une image formée d'ombres. Un tour de mon esprit empoisonné.

Et pourtant, nous nous dévisageons. Comme si c'était réel. Des yeux apparaissent sur ses tempes. Le bord, acéré comme un rasoir, de sa bouche remplie de crocs s'ouvre, façonne des mots inaudibles.

Je contracte la mâchoire, serre les dents jusqu'à sentir le goût du sang. Je tiens toujours le cadre de l'icône dans mes bras. Maintenant, je le rapproche de moi, je sens son angle qui appuie contre mes côtes.

L'image vacille, tremble. Puis s'estompe. Le Seigneur d'En Dessous – cette vision sinistre de lui – a disparu. Ne reste plus que l'arbre. Branches anguleuses, racines déterrées. Bois délavé par la lumière.

Nous continuons à chevaucher dans les bois. Le chemin s'incurve et l'arbre tombé se perd derrière nous. Mais la forme de ce que j'ai vu persiste. Ma peau devient froide et je pense à ce que j'ai ressenti lorsque le piège de sa magie s'est allumé, tissé dans le sort qui me lie à Leta. Au son de sa voix lorsqu'il m'a parlé dans les bois de Vair.

Un frisson me parcourt. Le long de ma poitrine, les sigils brûlent. Une douleur qui augmente d'un sort à l'autre. Il y a de la faim là-dedans maintenant, dans la sensation que me procure le poison. Il m'appelle, de la même manière que la Corruption autrefois, lorsqu'elle exigeait une dîme. C'est familier, même si je ne le veux pas.

Je le repousse. Je l'écarte. J'imagine les ténèbres recroquevillées en moi. Endormies, en attente.

Au bout d'un long moment, la forêt s'éclaircit. Les bois plus sauvages cèdent la place aux rangées de vergers.

Au-dessus de nos têtes, les nuages s'amoncellent. Voilent la lumière du soleil jusqu'à ce que tout ressemble à un paysage de rêve. Un paysage d'où toutes les couleurs ont été aspirées.

Tout sent la fumée et la terre. Une odeur qui me rappelle le feu de joie de Noirdautomne. Le jour le plus court de la saison approche, celui où nous organisons le festival. Les flammes brillent au centre de la place du village. Le ciel sans lune au-delà. C'est une pensée lointaine, impossible. Que je tournerai autour des pierres du feu de joie. Que Leta sera là pour marcher à mes côtés.

Lorsque le village arrive en vue, nous nous écartons du chemin pour nous abriter sous un bosquet d'oliviers. Cachés par un écran de branches, nous descendons tous de cheval. Les feuilles qui poussent en rangs serrés masquent tout, sauf un petit demi-disque de ciel.

Arien tient les rênes du poney de Thea pendant qu'elle ajuste sa sacoche et lisse sa cape. Une boucle s'est détachée de ses tresses épinglées. Clover tend la main et la lui remet en place.

– Tiens, laisse-moi faire. Si on te questionne, n'oublie pas que tu reviens de quelques jours sans histoire, à réparer des ruches près d'Ashengold.

Thea appuie son visage contre la main de Clover qui s'attarde sur sa joue. Avec un rire doux, elle répond :

– Et je ne me suis même pas fait piquer une seule fois.

Clover lui renvoie un sourire timide et un regard prudent.

– Tu voudrais venir avec moi au feu de joie de Noirdautomne ? Je te promets que ce sera moins dangereux que ce qu'on a vécu dans les bois.

Thea rit à nouveau, plus fort cette fois.

– Tu ne peux absolument pas le promettre. Mais, ajoute-t-elle plus bas, l'expression devenue sérieuse, j'adorerais aller au feu de joie avec toi.

Elles se tiennent ensemble un moment. Détourées par la lumière du soleil qui a fugitivement traversé les nuages. Thea pose sa main sur la taille de Clover, l'attire à elle et l'embrasse.

Tout se fige. L'espace d'un souffle, les ténèbres relâchent leur emprise sur moi. Je ferme les yeux et je distingue une lueur d'or ténue.

Clover et Thea s'écartent, retournent dans l'ombre. Clover, rougissante, ajuste ses lunettes en se mordant la lèvre pour réprimer un sourire satisfait. Thea passe une main dans ses cheveux, revérifiant les épingles qui maintiennent ses tresses en place.

Elle resserre sa cape, récupère les rênes auprès d'Arien, puis mène son poney vers le village. Lorsqu'elle atteint le chemin principal, elle se retourne et nous adresse un signe de la main par-dessus son épaule.

– Bonne chance !

Nous attendons, tous silencieux, qu'elle ait disparu.

– On devrait prendre le chemin le plus long, dit alors Clover. Pour que personne ne nous voie.

Arien lui sourit, un sourcil arqué.

– Oui, on ne voudrait pas être trop proches de Thea.

Clover lui donne une tape sur la tête.

– Ne commence pas, toi.

Il écarte les mains, feignant l'innocence.

– Je ne commence rien !

Elle rejette sa tresse derrière son épaule.

– Je pensais que tu aurais préparé quelque chose de poétique pour chanter la naissance de l'amour au cœur du danger.

– Désolé. Peut-être la prochaine fois.

Nous parcourons le reste du chemin à travers les oliviers, la tête baissée sur nos montures pour éviter les branches de part et d'autre du chemin. Les feuilles se pressent contre moi – mes épaules, mon manteau, mes cheveux. Une fois que nous avons dépassé le village et repris la route à travers les bois que nous suivrons jusqu'au bout, la pluie promise se met enfin à tomber. Goutte à goutte à travers les arbres.

Une douleur commence à m'enserrer la tête. Une aura sombre et floue rétrécit lentement ma vision, tache après tache. Jusqu'à ce que tout soit bordé d'ombres. J'essaie de passer outre, mais même le bord dur du cadre contre mes côtes ne suffit pas à m'ancrer. Lorsque nous atteignons le domaine, je suis si tendu que je me sens sur le point de craquer.

Je ravale le goût du sang, de la terre. Prends une inspiration qui se bloque sur un son comme étranglé par des lianes. Je devrais avoir peur d'être arrivé si près du bord. Au lieu de quoi, j'accueille la sensation. Je suis là, prêt à marcher dans les ténèbres. Une dernière fois.

Nous remontons l'allée d'un Lakesedge silencieux et immobile. Un filet de fumée s'échappe de la cheminée. Une lanterne brûle dans la fenêtre de devant, qui projette une petite lueur à travers le carreau, sur les feuilles de lierre qui en bordent le cadre.

Le bruit que nous faisons en approchant attire Florence devant la maison. Elle se dirige rapidement vers nous, les yeux écarquillés lorsqu'elle me voit.

– Qu'est-ce qui s'est passé ? Tu es dans un état épouvantable !

Je commence à descendre, le cadre toujours maladroitement serré contre moi. Elle m'attrape le bras, essaie de m'aider. Quand elle sent à quel point je suis fiévreux, elle recule. Sous le choc, son visage est devenu blême. Elle examine attentivement ma gorge, la ligne des nouveaux sigils au-dessus de mon col de chemise lacé.

– Je vais bien, Florence.

Elle secoue la tête, horrifiée, puis enlève sa cape et la pose sans cérémonie autour de mes épaules. Une main sur mon bras, elle m'entraîne vers la maison.

– Ce n'est pas aussi grave que ça en a l'air, crie Clover depuis l'allée où elle se tient avec les chevaux. On a un plan.

– Oh, quel soulagement ! marmonne Florence. J'ai hâte de l'entendre.

Arien nous suit à l'intérieur. Il referme la porte, enlève la cape d'Elan. Le tissu en est maintenant trempé de pluie. Florence me lâche, recule d'un pas pour m'examiner à nouveau. Elle fronce les sourcils, laisse échapper un soupir las. Puis, une main dans ses cheveux, elle se rend à la cuisine.

Arien reste en retrait, la cape toujours pliée sur son bras. Il fouille dans ses poches, en sort une autre fiole de sédatif. Sous le faible éclairage du vestibule, le liquide de la fiole, pareil à du sang, est presque noir.

Il me prend des bras le cadre enveloppé et me donne la fiole à la place.

– Tiens. Bois ça, puis va t'allonger avant de t'effondrer. Je vais tout expliquer à Florence.

20
ROWAN

Dans ma chambre, les heures s'écoulent, brouillées, remplies de visions cauchemardesques. Crocs, ombres et griffes. Ténèbres de ronces. Le contour fragmenté de l'icône qu'Arien a dessinée. Leta, voilée par les ombres. Une voix qui m'appelle d'un endroit que je ne peux atteindre. *Sois dans le froid, sois dans le noir, laisse-toi te perdre.*

Quand je me réveille, je suis brûlant. Trempé d'une sueur fiévreuse. Je me redresse, enlève ma chemise sale et la jette au sol. Mes cheveux sont emmêlés, des mèches collées à mon visage. Je passe les doigts dedans pour défaire le pire des nœuds et les attache à l'aide d'une cordelette.

Un coup à ma porte me fait sursauter. Je me lève. Traverse la pièce à pas chancelants. Arien est dehors, qui tient une toile roulée soigneusement dans sa main. Il me regarde et blêmit. Sur mon torse nu, le poison s'est transformé en flaques d'encre sous les sigils. Une autre bande noire marque chacun de mes doigts. Cette fois-ci, au-dessus des articulations.

– Tu es dans un état épouvantable, dit-il.

– Florence me l'a déjà dit.

Je commence à rire, mais ça devient une toux rauque. En attrapant l'icône terminée, je découvre que mes doigts sont tachés de sang. Perplexe, je porte les doigts à ma gorge : les cicatrices se sont rouvertes.

Arien me prend le bras. L'air sombre, il me conduit à travers la pièce, jusqu'au lavabo. Il met de côté la toile, puis verse de l'eau fraîche dans la bassine. Il humidifie un chiffon, le presse sur ma gorge avec une expiration frustrée.

– Ahhh, soupire-t-il. Tu es dans un sale état.

– Vraiment, tu n'as pas idée.

Je lui prends le linge des mains et me penche par-dessus le meuble. Les coudes sur le bois, le front près du miroir. Nous restons silencieux pendant que je maintiens le tissu contre mes cicatrices jusqu'à ce que le saignement s'arrête. Je laisse échapper un profond soupir qui embue la vitre du miroir.

– C'est un peu barbouillé, s'excuse Arien, et il me faut un moment pour comprendre qu'il parle de l'icône. On est censés travailler dessus pendant des mois. On superpose les couches de peinture à mesure qu'elles sèchent. Mais... bon, tu verras.

Je jette le tissu plein de sang dans la bassine d'eau, puis je me mets à fouiller dans ma commode. J'en sors une chemise propre. Je me débats pour l'enfiler, le tissu colle à ma peau encore humide. Je tire sur les lacets du col en retraversant la pièce.

– Je suis sûr que ça ira. Le but n'est pas de fabriquer un sanctuaire à la Dame. C'est juste... Leta.

Sans un mot, avec précaution, Arien prend la toile roulée sur la commode. La gravité de ce que nous sommes en train de tenter s'impose à moi. Tous les deux. C'est étrange comme ça, après tout – le poison, les visions, ce dernier moment désespéré dans les bois de Vair – a rendu les choses réelles. La prise de conscience que Violeta Graceling, avec ses genoux couverts de cicatrices et ses cheveux non peignés, son aptitude totale au désastre, est comparable à… une déesse.

Arien regarde la toile. Il la déplace entre ses mains.

– Où penses-tu qu'on devrait installer l'autel ? Pas… dans le salon ?

Je secoue la tête en pensant à la pièce fermée. Aux taches de sang sur le sol. L'image de cette icône plus récente placée devant le double autel me vrille le ventre.

– Non. Pas là-bas.

– Pourquoi pas…

Ses yeux se détournent vers la fenêtre. La pente au-dessus de la maison, couverte d'arbres stériles. Ma fenêtre ne donne pas sur le jardin, ni sur le lac, mais je sais à quoi il pense.

– Oui, j'acquiesce, avant de marquer une pause : à cause de ma poitrine oppressée, j'ai du mal à parler. C'est un bien meilleur endroit.

Arien attend pendant que je lace mes bottes. J'enfile ma cape encore mouillée par la pluie. J'attache les liens, lâches, au niveau de ma gorge. Je remonte le capuchon sur mes cheveux. Nous descendons l'escalier en silence.

Florence et Clover attendent dans la cuisine. Clover tient dans ses mains le cadre en bois que Thea a fabriqué, maintenant déballé. Lorsque nous entrons dans la pièce, Florence s'approche de moi.

Elle redresse le col de ma chemise. Passe une mèche de mes cheveux derrière mon oreille. Les mains posées sur mes épaules, elle me considère de son regard devenu sérieux.

– Tu es certain de vouloir faire ça ?

– Oui, Florence. Sûr et certain.

Elle me tient encore un moment, puis me relâche. Je sors dans le jardin, suivi par les autres. L'air est chargé d'un lourd brouillard. Florence a une lanterne, mais sa lumière n'aide pas à percer l'obscurité. À mesure que nous progressons, tout se perd dans un linceul blanc.

C'est bientôt la fin de Fauchaison. Sous peu, cela fera six mois que Leta est arrivée à Lakesedge. Presque deux ans qu'Elan s'est noyé. Plus longtemps depuis que le Seigneur d'En Dessous a appelé ma mère, dans la nuit. Depuis que je me suis réveillé et que j'ai trouvé mon père mort au bord du lac.

Et encore plus longtemps depuis ma propre mort. Quand je suis tombé dans l'eau. Quand j'ai fait une promesse qui a tout changé.

Nous traversons le chemin. La brume s'effiloche lorsque nous atteignons le jardin, elle dévoile lentement le portail. Je l'ai fermé à clé, le jour où Leta est partie. Mais j'ai gardé la clé dans ma poche. Attachée, toujours, avec le ruban qu'elle portait autour de son cou.

Mes mains tremblent. Il me faut un moment pour me stabiliser. Pour insérer la clé dans la serrure. Puis j'ouvre le portail et j'entre.

L'automne a ombragé le reste des terres du domaine. Mais le jardin de Leta est un monde devenu gris. Branches cassées, tiges sans feuilles, pièges de ronces. Une cicatrice noircie traverse la pelouse stérile. Et au centre, un arbre tombé. Fendu presque en deux, le tronc taché par la Corruption.

Cet endroit est le cœur de tout ce que j'ai perdu. Là où je me suis assis avec Leta et l'ai regardée pratiquer sa magie pour la première fois. Là où je l'ai prise dans mes bras alors qu'elle pleurait, et où j'ai vu ses cicatrices. Là où je me suis laissé aller à espérer que tout ce que je touchais ne serait pas ruiné.

Là où je suis devenu un monstre qui voulait détruire tout ce que j'aimais.

Arien apporte la toile. Clover l'aide à la placer dans le cadre. Ils posent l'icône contre le tronc meurtri de l'arbre tombé. Florence positionne sa lanterne à côté. La lumière de la flamme dessine les contours de l'autel de fortune, les branches étendues au-dessus.

– Oh, Arien, souffle Clover, impressionnée. Comme c'est beau !

Je me mords l'intérieur de la joue. Submergé. « Beau » n'est pas le mot qui convient à ce portrait étrange et sombre. L'esquisse d'Arien s'est transformée en une image barbouillée, abstraite et… parfaite.

C'est Leta. Soulignée par des festons de ténèbres qui pourraient être des ombres ou de la dentelle. Comme la robe qu'elle portait lors de notre dernier rituel. Ses traits pâles occupent le centre de l'image. L'angle de son menton. La courbe de sa joue. Une touche de peinture plus sombre pour indiquer son regard baissé. Ses cheveux sont une flamme vive.

Elle est une créature de conte de fées. À peine plus qu'un rêve. Mais c'est elle, toujours elle.

J'arrive enfin à parler.

– C'est parfait, Arien.

Il hoche la tête, les lèvres serrées, les larmes aux yeux. Hésitant, il me touche le bras.

– Tu veux qu'on reste ?

– Non, je réponds rapidement. Je dois faire ça tout seul. Attendez là-bas et je… je vous appellerai après.

Aucun d'entre nous ne le dit à haute voix. Comme si c'était un sort qui se briserait si nous disions les mots. *Après que je l'aurai ramenée.*

Florence me regarde, l'air solennelle. Elle me met dans les mains une bougie et une pierre à feu. Puis elle passe son bras autour des épaules d'Arien. Je les observe retraverser le jardin, se frayer un chemin avec précaution sur le sentier fracturé.

Clover reste en arrière un moment. Elle jette un coup d'œil à l'autel. Puis elle se tourne vers moi. Pour me regarder fixement dans les yeux.

– Elle me manque, Rowan. Promets-moi que tu vas t'en sortir.

– Oui.

Sur un hochement de tête, elle se dirige vers le portail. Les bras enroulés autour d'elle pour se protéger du froid. Elle m'adresse un petit sourire encourageant, franchit le portail, le referme.

Je suis seul. Tout devient soudain silencieux. Je prends une inspiration. Je sens le déplacement et le glissement des ténèbres contre les sigils.

Je dépose la bougie que Florence m'a donnée sur l'autel, l'allume avec précaution, puis place ma main autour de la mèche pour protéger la flamme. Après quoi, je me relève. Me dirige vers la tonnelle de grenades.

C'est la seule partie du jardin qui n'a pas été touchée par la Corruption. Le sol est couvert de feuilles mortes. Mais quelques bouts d'or s'accrochent encore aux branches. Encerclent le dernier fruit mûr. Fendu, il renferme des graines pourpres. Je le détache de la tige.

De retour à l'autel, je m'agenouille. Tout a beau me sembler bien rodé, familier, mes mains tremblent quand même. Au point que j'arrive tout juste à déplier le couteau. Je coupe d'abord le fruit. Puis ma paume. La blessure n'est pas nette. La première entaille ne saigne pas assez. La deuxième fait mal.

Je devrais pourtant être habitué. Je l'ai fait si souvent. Mais aucun rituel ou observance ne m'a jamais semblé aussi vital que celui-ci. Un sort, une fille, un amour tiré des ténèbres.

Les dents serrées, j'enfonce la lame dans ma peau. Un sifflement m'échappe. Je mords, ravale le son. Des larmes de douleur emplissent mes yeux tandis que je fais glisser le couteau d'avant en arrière sur ma paume. Je coupe et je coupe. Jusqu'à créer une entaille profonde au centre de ma main.

Du sang noirci suinte entre mes doigts.

Je prends le fruit coupé en deux et je l'enfonce dans la terre. Je ferme les yeux. Je sais que je devrais dire quelque chose. Un chant, une litanie. Mais aucun mot ne convient. Je ne réussis qu'à murmurer son nom.

– Violeta. Violeta. *Violeta.*

Je le répète encore et encore, jusqu'à ce que les mots soient colorés. Comme s'ils avaient été peints. Rose, lavande, or. Je sens le bourdonnement du lien entre nous. Il bat dans mon poignet comme un second pouls. Je m'imagine dans les bois de Vair, la main tendue vers les arbres.

Le vent se lève. La bougie de l'autel vacille. J'entends le son du lac quand il vient lécher le rivage. La brume s'épaissit. Tout semble doux. Enfermé. Lointain.

Je pose ma main sur l'autel. Étale mon sang sur le cadre.

– Leta, s'il te plaît.

Au début, il n'y a rien. Juste le vent à travers les arbres vides. Le givre commence à envahir le sol. L'air devient de plus en plus froid. Ça brûle quand je respire. Comme si de la glace s'était formée au fond de mes poumons.

Puis j'entends un bruissement, comme des branches qui s'écartent. Un frisson. Un soupir.

Et enfin…

Mon cœur s'emballe. Le poison déferle brusquement en moi, se libère en spirale des sigils qui le retenaient. Je laisse échapper un son d'impuissance. Mon sang est de l'eau du lac. Les cicatrices à mes poignets, des plaies ouvertes.

Je le laisse m'envahir. Le laisse me changer.

Peut-être que je ne retrouverai pas mon chemin cette fois-ci. Rien de tout ça n'a d'importance. Pas en cet instant.

Tout ce qui compte, c'est Leta.

Elle est là, devant l'autel. Enveloppée d'ombres. Qui me regarde avec des yeux incrédules. Sa voix, prise dans un sanglot, murmure mon nom.

– *Rowan.*

Je tends ma main tailladée vers elle. Le sang coule entre mes doigts. Je pense à toutes les fois où j'ai essayé de la retenir, sans y parvenir. Je suis dans les ténèbres. Je suis empoisonné. J'ose à peine espérer.

Puis ma main trouve sa joue, je lui barbouille le visage de sang.

Je peux la toucher. Elle est *là*.

Elle se retourne contre ma paume. Pose ses lèvres sur ma peau. Elle lèche la coupure, avale mon sang. Je frémis, écœuré. Rempli en même temps d'un désir douloureux et ruineux. Mon monde se réduit à cet instant. À sa langue râpeuse. Son souffle givré. Le son qui monte du fond de sa gorge. Désir, désespoir.

Je l'attire à moi. Nous retombons contre l'autel. La bougie s'éteint et la fumée monte dans l'air en une courbe gracieuse. Nous sommes pris dans un enchevêtrement de manteaux, de cheveux et de mains. Nous nous embrassons si férocement que nos bouches se rencontrent à peine. C'est comme un combat, plein de fureur et de feu. Je sens le rythme frénétique de son pouls. Le rythme frénétique de sa magie.

Je capture son visage entre mes mains. Je la maintiens immobile pour approfondir le baiser. Sa bouche a le goût de mon sang, cuivré et acide. Le lien s'allume entre nous. Une explosion de couleurs. Je vois son espoir.

Son désespoir.

Sa peur.

Elle se met à pleurer, très fort. Ses sanglots ponctuent nos baisers. Je recule, la regarde attentivement pour la première fois depuis qu'elle est apparue. Elle a du sang partout. Plus que la tache que j'ai laissée sur sa joue. Elle en est tout empoissée, ses bras sont cramoisis jusqu'au coude.

– Tu es blessée.

Je passe les mains sur elle, cherche la blessure. Vaguement, je note que sur ma paume coupée, l'endroit où elle m'a embrassé s'est transformé en une cicatrice noircie pour ne laisser qu'une ligne noire. La même que le croissant marqué sur sa propre main, depuis qu'elle a invoqué le Seigneur d'En Dessous.

– Ce n'est pas...

Ses mots se perdent dans les larmes. Elle prend une inspiration saccadée.

– Rowan, ce n'est pas mon sang.

Ma confusion se mue en horreur. Son chagrin insondable vibre à travers le lien. Sa robe est trempée de sang. La dentelle du devant en est comme amidonnée. Comme si elle avait tenu quelqu'un contre elle pendant qu'il se vidait de son sang.

– Si ce n'est pas le tien, alors à qui appartient-il ?

Mais ma question est inutile. Je sais, je sais. Je l'ai vu dans les ombres attentives. Dans l'obscurité entre des racines creusées et un arbre tombé. La silhouette qui apparaissait, floue et accrochée, dans les bois. Bras écartés. Tête baissée.

Le Seigneur d'En Dessous.

Leta se plaque les mains sur le visage et se met à... gémir. Un son à peine humain. Un cri qui pénètre jusqu'aux os, qui déchire le cœur. C'est le son que ma mère a fait le matin où ils ont sorti mon père du lac. Le son de la ruine.

Je la dévisage, privé de mots. Je n'arrive même pas comprendre ce que ça signifie. Ce qu'elle a fait.

– Leta, comment as-tu… comment as-tu tué un dieu ?

Elle secoue la tête et pleure encore plus fort. Je l'entoure de mes bras. La rapproche. Murmure des mots de réconfort inutiles dans ses cheveux emmêlés.

– Tu es en sécurité, tu es en sécurité maintenant.

– Non, sanglote-t-elle. Non.

Je sens sa peur. Son cœur affolé. La magie crépite entre nous, enflammée par sa terreur. Je resserre mon emprise sur elle. Doutant de tout, sauf de sa présence ici. Je l'ai ramenée. Et peu importe ce qu'elle a fait, je ne la laisserai jamais repartir.

– À la maison, je parviens à ajouter. Rentrons à la maison.

Je me lève, puis je l'aide à se mettre debout. J'essaie de la guider à travers le jardin. Elle marche lentement, le regard dans le vague. Je la traîne presque le long du chemin. Lorsque nous atteignons le portail, il s'ouvre en grinçant. Arien le franchit d'un pas hésitant.

Il s'arrête un instant, nous regarde tous les deux. Puis il se précipite vers Leta et l'entoure de ses bras.

– Leta ! s'écrie-t-il, en pleurs. J'ai cru qu'on ne te reverrait jamais.

Elle ne parle pas. Elle appuie son visage ensanglanté contre l'épaule de son frère. Fixe sans le voir le jardin en ruine de ses yeux emplis de larmes.

Arien lui prend la main, l'entraîne vers le portail.

– Viens. Florence et Clover t'attendent. Retournons à la maison.

Elle hésite.

– Arien, attends.

Mais il est déjà parti. Leta m'attrape le bras, agrippe mon poignet. Au moment où nous franchissons le portail, où nous sortons du jardin, le sol se soulève dans un terrible frémissement. La douleur me vrille les tempes. Les sigils marqués sur ma peau brûlent, se fracturent. Les ténèbres se déversent sur moi. À travers moi. Je suis comme étouffé par un enchevêtrement d'épines.

Je sens les mains de Leta sur ma poitrine. Puis un étrange glissement froid sur ma peau. Elle effleure de ses doigts la ligne de ma gorge, appuie fort sur les sigils. Je pousse un cri. Son contact est si dur qu'on la dirait dotée de griffes. Le sang et l'amertume envahissent ma bouche.

Puis elle m'attire contre elle. Elle saisit mon poignet. Son pouce marque mon pouls. La douleur s'atténue. Les ténèbres commencent à s'éclaircir. L'assaut de magie et de poison à l'intérieur de mon corps s'arrête enfin.

J'ouvre les yeux et regarde autour de moi, confus. La maison, le jardin… tout a disparu. Derrière nous, il n'y a pas d'arbre détruit ni d'autel de fortune. Il n'y a que la forêt. Des arbres à l'infini, si hauts que leurs branches masquent le ciel. Des arbres à l'écorce couleur sang.

– Je suis désolée, dit Leta, la voix lointaine. Je ne peux pas… Je n'ai pas pu…

Arien se trouve à quelques pas devant. Sur un sentier étroit qui s'enfonce dans l'obscurité.

– Leta.

Sa voix est basse, plus chargée de colère que je l'ai jamais entendue.

– Leta, qu'as-tu fait ?

21
VIOLETA

Je suis dans le monde du Dessus, devant l'autel où Rowan m'a invoquée. Je vois mon jardin, encore marqué par la Corruption, mais si beau que j'en ai mal au cœur. L'air est tout de fumée de bois, de feuilles mortes et d'une pluie régulière. Les nuages voilent le soleil, pourtant il est lumineux, beaucoup plus lumineux que le ciel brumeux du monde du Dessous. Je suis chez moi. Je veux rester ici, tellement, terriblement.

Mais je ne peux pas.

J'ai le sang du Seigneur d'En Dessous sur les mains, son pouvoir volé dans mes veines. J'ai laissé derrière moi un monde sans surveillance, à la merci de déesses impitoyables.

Arien commence à m'entraîner vers le domaine. J'essaie de l'arrêter, envahie de magie dans un afflux désespéré. Avant même de réaliser ce que j'ai fait, je les attire en arrière avec moi – Arien et Rowan aussi – dans le monde des morts.

L'arbre d'os est à côté de nous, un flou pâle. Et je suis submergée par la peur et la ruine, au souvenir du sépulcre fait d'épines et d'os déchiquetés. Je ne peux pas le supporter, je ne peux pas être ici, pas maintenant.

Je me mords l'intérieur de la joue jusqu'au sang, j'enfonce mes ongles dans mes paumes, fort. *Pas ici, pas ici, pas ici.* Les ténèbres enflent autour de nous, qui transforment le monde en ombres striées et pulsations cramoisies. Je suis perdue dans la douleur brutale de ma nouvelle magie.

Puis, tout à coup, l'obscurité s'installe. L'arbre d'os a disparu et nous nous retrouvons plus loin dans les bois, au centre d'un bosquet de bois de cœur au sol voilé par des enchevêtrements de nouvelles fougères. Arien et Rowan se tiennent légèrement en retrait, tous deux dans un silence choqué. Ils observent autour d'eux : les arbres, la brume, le ciel couvert.

Arien détache son regard du fouillis de branches au-dessus de sa tête et se retourne vers moi. Il reste silencieux un long moment, regard horrifié sur le sang qui macule ma robe et mes bras. Puis, très lentement, il demande :

– Leta, est-ce que c'est… le Dessous ?

Je hoche la tête, à court de mots.

Rowan tend vers moi une main tremblante, les doigts noircis par des bandes de poison.

– Pourquoi nous as-tu amenés ici ?

– Je n'en avais pas l'intention.

Arien et lui échangent un regard méfiant. Arien se passe une main dans les cheveux. Je remarque pour la première fois qu'ils sont plus courts. Il les a coupés et les boucles irrégulières le font paraître beaucoup plus vieux.

– Qu'est-ce que tu voulais, alors ? demande-t-il, les yeux plissés, manifestement conscient de la situation, et sa voix vacille, rauque, marquée par la trahison. Tu n'as jamais voulu revenir.

– Arien, non, ce n'est pas…

Je laisse ma phrase en suspens, les yeux baissés sur mes mains ensanglantées, impuissante.

– Je ne peux pas partir. Je… je ne *peux* pas.

Je me détourne d'eux, les joues mouillées de nouvelles larmes. Avec un soupir saccadé, Rowan s'approche de moi. Il touche mon bras, son pouce sur le sigil marqué à mon poignet.

– Leta, dit-il, qu'as-tu fait ?

Je commence à trembler, l'afflux de pouvoir que j'ai utilisé pour les repousser, Arien et lui, est maintenant retombé. La douleur me transperce, aussi vive que des aiguilles. Je ferme les poings, sens sur ma peau le sang qui sèche. Je pleure si fort que je n'arrive pas à parler. Je suis toujours dans le cœur sombre de l'arbre d'os, le pouvoir volé inondant mes veines. Je n'entends que des cris.

– Je dois rester, je parviens à lâcher, autrement personne ne sera en sécurité. Ni ici ni dans le monde du Dessus.

Rowan prend mon visage entre ses mains et se penche vers moi, jusqu'à ce que nos fronts se touchent. Il tremble de colère, pourtant lorsqu'il parle, sa voix est douce.

– Raconte-moi. Raconte-moi tout ce qui s'est passé.

Je n'ai pas les mots. Pour expliquer ce que j'ai abandonné, ce que je suis devenue. Mais le lien bourdonne entre nous, tellement plus fort maintenant. Je ressens le changement des humeurs de Rowan alors que les couleurs passent du pêche au rose, puis au gris cendré. Toutes les batailles qu'il a livrées contre lui-même depuis que je suis entrée dans les ténèbres.

Je ferme les yeux et laisse la magie s'emparer de mes propres émotions. Je le laisse tout voir. Toutes les erreurs que j'ai commises, tous les morceaux de moi auxquels j'ai renoncé en me frayant un chemin à travers la forêt. Les marchés, les ruses. Les faveurs que je dois.

Et la fin – la fin brutale – à l'intérieur de l'arbre d'os.

– J'ai tout pris au Seigneur d'En Dessous. Tout.

– Mais il est la mort, chuchote Rowan. Comment détruit-on la mort ?

Alors, la bouche contre son oreille, je lui murmure la terrible vérité.

– Je me suis rapprochée de lui. Assez pour le nommer et prendre son pouvoir.

Rowan s'écarte. Arien et lui ont blêmi. Ils savaient déjà ce que j'étais devenue. Ils m'ont construit un autel, m'ont invoquée depuis les ténèbres. Mais il y a savoir et… savoir.

Rowan tourne son visage vers les arbres.

– C'est donc vrai. Tu appartiens à son monde maintenant.

Ses poings sont crispés, ses yeux fermés. Je sens la pulsation vive de sa douleur. Et une émotion étrangère, plus récente : l'envie, verte et virulente comme les flacons de sédatif dans l'office de Clover. Il essaie de la repousser, cette sensation, pour que je ne la voie pas. Mais elle brille, inévitable, malgré les couches plus sombres qui la recouvrent, sa honte et sa culpabilité.

– Je ne suis pas à ma place ici, lui dis-je d'une voix basse et désolée, un nœud de tristesse au creux de la poitrine.

Mais mes actes ont causé un déséquilibre. Et je ne peux pas partir tant que je n'ai pas rétabli la situation.

Je prends une profonde inspiration, regarde tour à tour Rowan et Arien. Puis, hésitante, j'essaie de leur expliquer.

– Il y a des dieux. D'autres divinités, comme le Seigneur d'En Dessous. J'ai tenté de retrouver le chemin de la maison, et j'ai… j'ai négocié avec elles pour qu'elles m'aident.

Je remonte ma manche, révélant la cicatrice laissée par les dents crochues de dame Owl. Arien se penche plus près pour examiner la marque. Il secoue la tête, s'efforçant visiblement de comprendre ce que je viens de dire.

– D'autres divinités ?

– Ce sont ses sœurs… les sœurs du Seigneur d'En Dessous. Créées pour l'aider à s'occuper des âmes, quand le monde du Dessous est devenu trop vaste pour qu'il puisse le gérer seul. C'est comme dans le monde du Dessus où il y a des frontières et où chaque territoire a son seigneur. Le monde du Dessous est divisé de la même façon, avec un dieu de la mort pour chaque endroit.

Son front se plisse à mesure qu'il appréhende la situation.

– D'autres divinités, dit-il encore. Ah, Leta. Je trouvais déjà que ce que tu avais fait au rituel était grave. Mais là… Rowan m'a expliqué à quoi tu as renoncé pour nous sauver. Notre famille, tes souvenirs d'eux et ta possibilité d'être avec eux après ta mort. Ta possibilité d'être avec…

Sa voix s'étrangle. Il presse son poing contre sa bouche, puis reprend.

– D'être avec moi. Leta, tu as déjà tant sacrifié à ce monde. Il ne mérite rien de plus de ta part.

Les larmes brouillent mes yeux devant la férocité de ses paroles.

– Je dois tout réparer. Si je ne rétablis pas ce déséquilibre, personne ne sera plus jamais en sécurité.

Arien prend une inspiration frémissante. Il me jette un regard brûlant, les yeux noirs de colère.

– Eh bien, on ne partira pas sans toi. Alors dis-nous comment on peut t'aider.

Je pose doucement ma main sur son épaule.

– Vous ne pouvez pas rester ici, Arien. C'est trop dangereux. Laissez-moi vous ramener tous les deux à la maison, et ensuite...

Les bras croisés, il m'interrompt d'un air de défi.

– Non ! On repart ensemble, ou pas du tout.

Je l'enlace. Il ne me repousse pas, mais il reste immobile, les bras toujours croisés, le corps tendu. Je ferme les yeux, lâche une lente expiration qui se mue en givre dans l'air. Malgré la douleur dans ma poitrine, je me force à continuer.

– Il n'y a pas que les déesses-sœurs, Arien. Il y a autre chose...

Avant que je puisse terminer, une brutale rafale de vent fend l'air, assez soudaine pour me couper la parole. La lumière commence à changer, pour devenir aussi sombre qu'une ecchymose. La chair de poule me picote les bras, la température se fait glaciale. Une neige diaphane se met à tomber du ciel nuageux et la glace recouvre peu à peu le sol sous nos pieds.

Je fixe du regard l'espace au-delà du bosquet, le cœur battant plus vite. Rowan s'avance et vient se placer à côté de moi pour me protéger.

– Qu'est-ce que c'est ? demande-t-il. Qu'est-ce que tu vois ?

Les flocons de neige scintillent à présent, ils palpitent, deviennent des ailes, un nuage de papillons de nuit qui se répand entre les arbres.

Je lève la main et un ruban de pouvoir s'enroule autour de mes doigts. Je m'avance devant Arien et Rowan.

– Restez en arrière.

D'autres sons déchirent l'air, par-dessus le vacarme des battements d'ailes. Le craquement d'une branche cassée sous le pied. Un rire aigu, perçant. Puis dame Moth sort de la forêt.

À moitié cachée dans l'ombre, c'est une créature aux plumes lumineuses et aux boucles bleu pâle, dont les yeux sont aussi inondables que le lac au milieu de la nuit. Elle nous toise, s'arrêtant sur Rowan et Arien d'une manière qui fait battre mon cœur encore plus vite.

Il y a du danger dans la façon dont elle s'avance vers nous, sans hâte, la bouche tordue sur un rictus cruel. Dans ses bras, elle porte une âme, enveloppée dans un long linceul de soie.

Lorsqu'elle entre dans la lumière, Rowan se serre contre mon flanc. Sa main se cramponne sur ma taille.

– Est-ce l'une des… sœurs dont tu as parlé ?

Dame Moth lui sourit, crocs et férocité bien en évidence. Elle incline la tête en signe de déférence moqueuse.

– Lord Sylvanan. Permettez-moi de me présenter. Je suis dame Moth, souveraine légitime du monde du Dessous.

Son regard glisse lentement vers moi. La cicatrice en forme de croissant sur ma paume palpite. Le sang sur mes mains a séché maintenant, j'ai l'impression d'avoir la peau prise dans une armure. Je pense à l'arbre d'os, aux cris, aux baisers au goût de mort. Magie et ténèbres. Un nom que j'ai écrit sur mon cœur.

– Ce n'est pas à vous de gouverner ce monde, dis-je lentement à dame Moth. Il n'y a pas d'endroit ici que vous puissiez revendiquer.

Elle serre l'âme contre sa poitrine. Sa forme se modifie, membres déformés et doigts trop longs. L'éclat de trop de dents dans trop de bouche.

– Nous avions un marché, Violeta.

– Non. Pas de marché. Je ne vous ai rien promis.

– J'espérais te voir plus raisonnable.

Son expression devient acérée. Il y a du défi dans chaque ligne de son corps quand elle ajoute :

– Peut-être que ceci te fera changer d'avis.

Elle saisit le linceul qui recouvre l'âme dans ses bras et le retire lentement. Le tissu soyeux tombe, révélant ce qui se trouve en dessous. Je recule brusquement, la bouche ouverte sur un choc muet.

Elle a un garçon… un garçon dans les bras. Il est pâle mais indéniablement… vivant. Chair, sang et souffle, paupières closes et pourtant mobiles, poitrine soulevée sur des mouvements rapides et superficiels.

Rowan émet un son rauque, saccadé. Il prononce un nom. Un nom que j'ai entendu pour la première fois une nuit, dans l'obscurité d'une maison en ruine. Un cri.

– Elan ?

Elan ouvre les yeux. Il regarde Rowan, et son expression change, l'engourdissement cède la place à la peur.

– Rowan ?

Sa voix est le murmure des arbres, l'air à travers les branches fines comme des aiguilles, le bourdonnement des ombres sous ma peau. Rowan s'avance d'un pas. J'attrape son poignet pour le retenir. Le lien flamboie entre nous, brûlant chaos de couleurs.

Arien se tord les mains, des ombres partout autour de ses poings. Il me regarde, guettant ma réaction.

– Laissez-le partir, j'ordonne avec un regard furieux à dame Moth.

La forme de son vrai nom monte déjà sur ma langue. Mais avant que je puisse parler, elle pose ses griffes sur la gorge d'Elan.

– Je le détruirai, Violeta. Si tu oses prononcer mon nom, je le détruis.

Je me force à ne pas vaciller. J'avance d'un pas lent.

– Votre combat, c'est contre moi que vous le menez, pas contre lui.

Dame Moth caresse les longs cheveux bruns d'Elan pour les écarter de son visage. Il tressaille lorsque ses griffes s'accrochent à sa joue.

– Mon combat est contre toi ? lâche-t-elle avec un rire désinvolte. Eh bien, si tu revendiques cette partie de la forêt, alors il est à toi. Et je choisis de me battre ici.

– Vous ne pouvez pas lui faire de mal, lui dis-je en ravalant ma panique grandissante. Vous êtes obligée de protéger les morts.

– Comme tu peux le voir, il est bien vivant.

Elle passe à nouveau la main dans les cheveux d'Elan, répandant sa magie sur lui en mèches fines comme des toiles d'araignée. Il émet un son effrayé, se débat dans ses bras quand les mèches commencent à se resserrer.

– Maintenant, donne-moi ce qui m'est dû.

La magie que j'ai réclamée au Seigneur d'En Dessous se répand dans mes veines, en une marée montante d'eau noire. Je recroqueville mes doigts pour retenir l'efflorescence froide du pouvoir, le laissant s'accumuler dans mes paumes.

– Je ne vous dois *rien*. Maintenant, laissez-le partir.

Je lève la main, mais dès que je bouge, dame Moth resserre son étreinte sur Elan. Elle me montre les dents dans un grognement mauvais.

– Tu penses vraiment pouvoir régner à la place de mon frère ? Tu es une fille, pas un dieu, et ce monde ne t'appartient pas.

Elan gémit. Il commence à trembler et à se brouiller, comme s'il se dissolvait dans l'obscurité. Ses yeux se révulsent. Du sang lui coule du nez. Des mèches d'argent s'entortillent dans ses cheveux, dont la couleur s'efface au contact de dame Moth.

Tout se déroule dans un flou. Arien remonte sa manche jusqu'à son coude et trace rapidement un sigil sur son bras. Les ombres se déploient autour de nous. Le pouvoir glacé me brûle la peau. Dame Moth grogne. J'ai son nom au bout de la langue, mais avant que je puisse le prononcer, ses griffes se resserrent sur la gorge d'Elan. Je la frappe avec ma magie, dans une gerbe d'étincelles. Elle vacille, babines retroussées sur un feulement furieux, et j'arrache Elan à ses bras.

Sa magie se détache de lui dans un frisson brutal, laissant derrière elle une plaie sur sa joue où perle le sang.

Il tombe lourdement dans mes bras. Il est froid, si froid. Sa gorge est meurtrie, son œil gauche fermé tant il est enflé. Ses cheveux sont maintenant presque entièrement argentés. Il se tortille contre moi en criant :

– Non, non, non !

J'essaie de le maintenir immobile.

– Elan… Elan, je suis là pour t'aider, je…

Nous trébuchons ensemble, dans un enchevêtrement de membres. Rowan tend la main vers son frère qui se débat toujours entre mes bras.

– Tout va bien, Elan, intervient Rowan. C'est moi.

Dame Moth bondit. J'intercepte sa magie avec mon bras levé avant qu'elle ne puisse blesser Elan à nouveau. Elle m'enserre étroitement, mes poignets, mes chevilles. Ses traits changent : bouches, yeux et crocs.

– Tu ne peux pas les protéger, Violeta. Une humaine ne régnera jamais sur ce monde.

J'arrache ma main à sa magie, plaque ma paume au sol. Des feuilles, des épines et des pétales jaillissent de la terre à travers la boue. À l'extérieur du bosquet, les bois de cœur commencent à s'incliner vers nous, leurs branches gémissent.

– Rowan, Arien, j'ordonne en tournant la tête vers les arbres. Allez-y, vite. Prenez Elan et mettez-le en sécurité.

Ils me jettent un dernier regard désespéré. Puis Rowan soulève Elan dans ses bras et l'emporte au plus profond des bois. Arien les suit, les mains encore enveloppées d'ombres.

J'inspire profondément. Des veines indigo parcourent mes avant-bras tandis que j'en appelle à plus de pouvoir, à la forêt pour lui demander sa protection.

Les branches grognent et changent. Des racines tendres percent la terre. Les bois de cœur s'entrelacent jusqu'à former une barrière entre le sentier et le reste de la forêt.

De derrière les arbres, j'entends Elan, sa voix forte et effrayée, et le ton plus bas de Rowan, qui essaie de le calmer.

Je me retourne rapidement vers dame Moth. Je commence à prononcer son nom, mais sa main jaillit et me prend à la gorge. Ma voix est étouffée par le piège de son pouvoir et la cisaille de ses griffes. Je me débats furieusement contre les vrilles de plus en plus serrées autour de mon cou.

Ma bouche a un goût de sang. Je m'effondre, visage contre le sol froid et enneigé. Tout se brouille : la voix effrayée d'Elan, les ombres d'Arien qui se dissolvent, Rowan qui m'appelle de l'autre côté des arbres.

Je ne peux pas les laisser être blessés.

Je ne peux pas combattre dame Moth.

Je ne peux pas…

Alors je m'arrête. Je laisse son pouvoir me submerger. Je le sens. Je *la* sens. Je sens sa capacité à semer derrière elle un chemin jonché de douleur et de mort pour sauver son monde. Je ressens sa cruauté, son caractère impitoyable, comme si c'étaient les miens.

Ce sont les miens. Je veux prétendre que ce que j'ai fait n'est pas aussi cruel, pas aussi impitoyable. Mais nous sommes toutes les deux allées très loin pour protéger ceux que nous aimons.

Je le laisse entrer, je me laisse envahir. Une nuée de papillons de nuit volète partout autour de moi, leurs ailes effleurent mon visage. Je laisse venir son pouvoir, tout son pouvoir, toute la force de sa magie, jusqu'à ce que nous soyons tellement liées l'une à l'autre que j'ai du mal à dire où je finis et où elle commence.

Elle montre les dents. La lumière scintille sur ses griffes lorsqu'elle lève la main.

Je me tords contre la magie, crache une bouchée de sang noirci. Enfin, enfin, je prononce son nom dans un murmure hargneux.

– *Chmah*. Arrête.

Moth grogne alors que la force l'immobilise. Son emprise sur moi se relâche. Elle tombe à la renverse et moi, je me redresse péniblement. Je suis au-dessus d'elle, mes genoux sur ses épaules, mes mains sur sa gorge, ma magie enroulée autour d'elle en épais fils sombres.

Je veux la détruire. Et une partie de moi sait que si je le fais, si je lui vole son pouvoir, son souffle, son existence, ce sera comme si je m'étais détruite moi-même. Mais là tout de suite, je m'en fiche.

Elle se tortille sous moi, lutte contre la magie qui l'immobilise. Puis, dans un mouvement désespéré, elle se libère, au prix d'une plaie effroyable sur son bras. Et elle abat son poing contre ma poitrine dans une explosion de pouvoir.

Je bascule en arrière, le cœur affolé, je bataille pour respirer, pour voir, pour me maintenir en un seul morceau.

Les ailes emplissent l'air. Le nuage de papillons de nuit nous encercle, et puis elle disparaît.

L'obscurité voile ma vision et je ferme les yeux. Je pense aux bois de cœur remplis de voix pressantes. Au champ de bûchers, aux bois de Vair au-delà. Et au dernier son désespéré que le Seigneur d'En Dessous a émis, à l'intérieur de l'arbre d'os, lorsque j'ai volé son pouvoir.

22
ROWAN

Les arbres qui nous emprisonnent reculent. Je me précipite hors du bosquet, Elan serré contre moi. Arien court devant, jusqu'à l'endroit où se trouve Leta. Recroquevillée sur le sentier. Pâle et immobile. Lèvres tachées de sang. Arien s'agenouille près d'elle. Doucement, timidement, lui touche le bras. Elle a une toux rauque. Ses paupières se soulèvent et elle se redresse dans un gémissement.

Arien l'aide à se mettre debout. Elle frotte sa bouche ensanglantée avec sa manche.

– Ah. Ah, nom des dieux, jure-t-elle. Au diable les dieux. Au diable tout.

Elle se rétablit, une main à la poitrine. Ses doigts se crispent sur le tissu couvert de sang de sa robe. Elle respire difficilement. Les yeux plissés, rivés sur les ombres entre les arbres, elle est tendue, immobile et méfiante, à l'écoute. J'écoute aussi, mais les bois se sont tus.

Pourtant, c'est net. Il y a des choses dans cette obscurité. Les mêmes choses qui me suivaient depuis les coins d'ombre du chalet au bord des bois. Qui nous observent. Qui attendent.

Tout bas, je dis :

– Leta, il faut qu'on sorte de la forêt.

Elan se blottit contre moi et gémit doucement. Je resserre mes bras autour de lui. Ses cheveux sont devenus complètement argentés. Comme si cette créature avait volé toute la couleur d'un contact de ses griffes. Lorsqu'il appuie son visage contre mon épaule, je sens le sang, chaud. Il commence à imprégner le tissu de ma chemise. Je porte les doigts à sa joue, ils en reviennent cramoisis.

Leta se met à tirer sur l'ourlet de sa robe : elle essaie, à gestes impatients, d'en arracher une bande et émet un son frustré de ne pas y parvenir. Elle tend la main, l'index replié pour me faire signe d'approcher.

– Rowan, tu as encore ton couteau ?

Je lui lance un regard accablé.

– Tu ne vas pas utiliser ta robe pour le bander. Elle est dégoûtante.

Avec un lourd soupir, elle relève ses jupes et dévoile une combinaison en lin en dessous. Encore relativement propre. Elle me jette un regard appuyé.

– Cela te conviendrait-il ?

Je sors le couteau de ma poche et le lui passe. Elle découpe sa combinaison, en arrache un long morceau de tissu. Qui flotte, pâle, tandis qu'elle tend la main vers Elan. Elle essaie de lui presser le tissu contre la joue, mais le corps d'Elan se fige de terreur.

– Ne me touche pas, souffle-t-il.

Arien observe l'échange, la bouche figée sur une moue compatissante. Délicatement, il prend le tissu des mains de Leta, puis le tend à Elan.

– Elle ne te fera pas de mal, dit-il à mon frère.

Elan lui arrache le tissu avec un air renfrogné. Il l'applique sur son visage. Le tissu pâle devient d'un rouge éclatant. Arien, le front plissé par l'inquiétude, se retourne vers Leta.

– Je connais quelques sigils de guérison, mais mon alchimie ne peut pas réparer quelque chose comme ça. On doit rentrer à la maison. Il a besoin de Clover pour le soigner.

Leta plie le couteau et me le rend avec un soupir, la tête baissée en signe de résignation.

– Je dois d'abord remettre les choses en ordre. Je ne peux pas laisser ce monde à la merci de créatures comme Moth. Oh, j'ai tout gâché, termine-t-elle en fermant les yeux.

Le lien s'assombrit. Sa fatigue, son désespoir se déversent entre nous dans un flot d'ombres sombres. Je pose la main sur sa joue, trace un arc interrogatif sur sa mâchoire.

– Y a-t-il un endroit sûr où l'on puisse aller ?

Arien laisse échapper un rire incrédule.

– On est dans le monde des morts. Un dieu, un vrai dieu vient d'essayer de nous tuer. Où pourrait-on être en sécurité ?

Je m'attends à ce que Leta lui réponde de manière taquine. Comme elle le fait toujours. Au lieu de ça, elle nous jette à tous un regard sérieux et sinistre. Et quand elle parle, sa voix ressemble à du givre.

– Vous serez toujours en sécurité avec moi. Je vous le promets.

Elle resserre le ruban de sa cape. Puis, carrant les épaules, elle se tourne vers le sentier qui s'enfonce dans les arbres. Nous fait signe de la suivre. Nous marchons derrière elle, dans la lumière qui baisse à mesure de notre progression. Une pénombre piquée par le scintillement de minuscules lumières. Des lucioles. Capturées dans des bocaux et suspendues aux branches.

Les arbres se déplacent et craquent autour de nous. Les feuilles chuchotent au-dessus de nos têtes. On dirait des voix. Comme des secrets cachés. Leta reste devant, les yeux rivés, méfiante, sur les ombres entre les arbres. Ses bottes laissent des empreintes légères dans la terre molle.

Et à chaque endroit où elle marche… des fleurs poussent, aux tiges minces et aux pétales sombres. Partout où ses pieds touchent le sol.

Je regarde une branche se pencher pour lui caresser les cheveux. De nouvelles pousses effleurer la traîne de ses jupes. Sentant mon regard, elle me jette un coup d'œil par-dessus son épaule. Dans la lumière voilée, ses traits scintillent. Son manteau se déploie derrière elle comme des ailes de soie. La couronne de ses cheveux ressemble à des épines déchiquetées.

Un flot d'émotions me parvient, sombre, par l'intermédiaire du lien. Une douleur brute. Un chagrin désespéré. Ses cils s'abaissent et elle se retourne vers les arbres.

– Par ici. Ce n'est plus très loin.

Nous descendons dans un creux ombragé. La forêt nous oppresse, nous serre les uns contre les autres sur le sentier. Le vent glacial traverse les espaces d'ombre entre les arbres couleur sang. L'obscurité qui règne au-delà me semble… tranchante. Je resserre mon emprise sur Elan, tâche de réprimer un frisson.

C'est ici que je suis venu quand je me suis noyé. Quand je suis mort. C'est ici que j'ai parlé pour la première fois au Seigneur d'En Dessous. Où je lui ai promis de donner *n'importe quoi* en échange de ma vie.

C'est obsédant. Terrible. Et aussi contradictoire que cela puisse paraître, indéniablement beau.

Notre chemin se termine sur un mur de ronces. Qui s'étend, sans interruption, à travers les bois de part et d'autre de nous. Le seul moyen de le franchir est une arche dentelée où les épines sont recourbées vers l'arrière. Un arbre pousse au centre et, dessous, la terre semble carbonisée.

Leta rassemble ses jupes pour franchir l'arche avec prudence. Nous la suivons. Une fois que nous sommes passés, elle met un genou à terre. Appuie sa paume contre le sol. Les ronces sur le mur se mettent à bouger. S'entrelacent étroitement à travers l'ouverture, jusqu'à reconstituer un mur solide. L'espace est maintenant obstrué par des vrilles nouvelles, hérissées d'épines.

Arien touche l'une des lianes, l'air à la fois impressionné et nerveux, puis demande :

– C'est toi qui as fait tout ça, Leta ?

– Hum. Pas tout. Je t'expliquerai plus tard, élude-t-elle en se tournant vers le sentier.

De l'autre côté du mur, l'air est sombre. Lourd de brouillard. Un chemin serpente entre les arbres. Descend en pente dans un creux tout noir. Nous le suivons, passant devant des bougies et des lucioles. Devant des champignons luisants et des racines creusées. Puis nous débouchons dans… un jardin.

Il ressemble au jardin de Leta à Lakesedge, mais en image miroir, inversée. Version sombre au lieu de la lumière. Des feuilles argent, des bosquets de fougères. Des fleurs de la couleur d'une ecchymose. Un lierre s'y faufile, hérissé d'épines aussi acérées que des couteaux.

Au-delà des épines se trouve une chaumière. Façonnée dans la forêt, avec des murs cramoisis et un toit de branchages. La voir m'emplit d'une émotion douloureuse que je ne sais nommer.

– Voici ma…

Leta hésite sur le mot. Arien et moi échangeons un regard.

– Là où je vis.

Elle ouvre la porte. Nous entrons tous rapidement à l'intérieur. Leta tire le loquet, ferme les volets. La pièce unique est éclairée par un feu qui brûle faiblement, couve dans l'âtre. Il y a un lit défait. Un alignement de pierres polies sur le rebord de la fenêtre. Une malle ouverte remplie de robes en désordre.

Ça ressemble énormément à la chambre de Leta chez nous. Et après l'étrange jardin reproduit à l'extérieur, la vue de cet espace – si familier, si clairement habité – envoie en moi une nouvelle vague d'émotions indésirables. Irrité contre moi-même, j'essaie de cacher ce que je ressens. Mais mes émotions chantent le long du lien. Leta me regarde. Ses joues sont rouges. Nos yeux se croisent, mais je détourne vite le mien.

J'aide Elan à s'installer sur le lit. Il s'y enfonce. Garde la bande de tissu déchirée contre son visage. Leta nous observe un moment en se mordant la lèvre. Elle essuie ses mains ensanglantées sur ses jupes, puis désigne une autre porte, de l'autre côté de la pièce, qui donne sur une petite alcôve.

– Laissez-moi… me nettoyer. Ensuite, je verrai ce que je peux faire pour cette coupure.

Elle prend une nouvelle robe dans le coffre, traverse la pièce en se débarrassant des premières couches de ses vêtements. Son manteau, ses bottes, ses chaussettes. Elle entre dans l'alcôve. Referme la porte derrière elle.

Je ramasse ses bottes. Je drape son manteau sur une chaise près de l'âtre. Sur l'étagère au-dessus de la cheminée, il y a des rangées de pots remplis de fleurs séchées que je contemple longuement.

– C'est comme le thé de notre office.

Arien hausse un sourcil.

– Tu es en colère contre elle.

Je ramasse les chaussettes de Leta, les accroche à côté du manteau.

– Pas toi ?

– J'ai des tas de raisons d'être en colère contre elle. Mais cet endroit n'en est pas une. Tu préférerais qu'elle vive dans la forêt, dans le froid ?

– Bien sûr que non.

Il croise les bras.

– Ce n'est pas l'impression que ça donne.

– Je ne regrette pas qu'elle soit en sécurité, Arien. À l'abri ou… quoi que soit cet endroit.

Avec un soupir frustré, il tire l'une des chaises et s'y assoit, avant de s'affaler, les bras croisés sur la table.

– Je veux qu'elle rentre à la maison. Comment va-t-elle faire pour « remettre les choses en ordre » avec cette créature, cette… Moth ?

Je passe une main dans mes cheveux. Lâche un profond soupir. Le combat entre Leta et cette créature qu'elle a appelée « dame Moth » n'est plus qu'un flou, une impossible horreur. Elan, piégé par la magie, les griffes à sa gorge. La sœur-dieu, avec ses rangées de crocs. Ses yeux immenses et liquides. Le frisson glacé de sa voix.

– Je ne sais pas. Mais après tout ce à quoi on a assisté, je pense…

Je secoue la tête, détestant l'admettre. Tout ce que je veux, c'est partir d'ici.

– Ça ne me fait pas l'effet d'une situation qu'on peut laisser derrière soi, je termine.

Je m'assieds sur le lit à côté d'Elan. Il est resté silencieux depuis que nous sommes entrés. Mais il m'offre maintenant un sourire prudent. Je tends une main hésitante, touche son bras. J'enroule mes doigts dans le tissu de sa manche.

Près de deux ans se sont écoulés depuis sa noyade. Sa mâchoire est plus nette. Ses cheveux plus longs. Il n'est plus qu'un écho très ténu et très sec des souvenirs qui peuplaient mes cauchemars.

Mais c'est lui. C'est vraiment lui. En chair et en os et bien réel, à côté de moi.

Il me considère avec la même incrédulité. À mesure qu'il prend conscience de mon changement d'apparence – les marques du sigil, mes nouvelles cicatrices, les lignes sous ma peau –, son expression s'assombrit. Il presse le bout d'un doigt curieux contre l'intérieur de mon bras. Le poison commence à s'agiter et à se modifier. Elan écarquille les yeux, mais il ne recule pas.

Puis il se met à pleurer. La tête baissée, le tissu toujours pressé contre son visage. Son œil indemne se ferme sous l'assaut des larmes. Il murmure, si bas que je l'entends à peine :

– Je suis désolé, Rowan.

– Non, Elan. Tu…

Ma voix me trahit, submergé que je suis par une vague de chagrin et de culpabilité. Toute la douleur que j'ai gardée en moi depuis que je l'ai vu se noyer.

– Tu n'as rien fait dont tu aies à t'excuser.

Il me lance un regard suppliant.

– Cette nuit-là, où je t'ai suivi au lac, je voulais t'aider. Je savais que quelque chose n'allait pas. Je savais que tu avais mal. J'ai pensé que je pourrais peut-être…

Il laisse sa phrase en suspens, d'autres larmes coulent sur ses joues.

– Au lieu de ça, j'ai aggravé la situation, reprend-il.

Je repense à cette terrible nuit. Au couteau à mon poignet. Au sol, tout étoilé de magie. Au moment fatal où Elan a posé le pied sur le rivage. Où la Corruption m'a tenu, m'a changé, de sorte que lorsqu'il a sombré sous les vagues, j'étais… heureux.

Je me mets à pleurer moi aussi. Des sanglots aigus, douloureux, impossibles à retenir.

– Rien de tout ça n'était de ta faute, lui dis-je férocement. C'est moi qui suis désolé, Elan. Je n'ai pas pu sauver nos parents. Je n'ai pas pu te sauver. Je n'ai même pas pu empêcher que tu sois blessé à nouveau, avant. S'il te plaît… ne pense jamais, jamais, que je puisse te reprocher ce qui s'est passé.

Il se jette contre moi, la tête enfouie dans mon épaule.

– Je veux revenir, dit-il dans un murmure rauque. Je veux rester avec toi.

– Quoi qu'il arrive, tu seras en sécurité.

Je garde le mot dans ma bouche comme une prière. En *sécurité.*

– Je ne laisserai plus rien te faire du mal. Aucun de nous ne le permettra.

Il acquiesce, les lèvres serrées. Je ferme les yeux. Pose mon visage contre ses cheveux. Nous restons ainsi jusqu'à ce que nos larmes se résorbent dans un silence instable.

Tant de nuits, je me suis réveillé sur un bruit ou un mouvement dans les ombres, sûr que c'était lui. J'appelais, voulant désespérément qu'il reste. Mais les sons s'estompaient toujours. La lumière changeait. Il était perdu. Mort et noyé.

Et pourtant, je l'ai en vie, dans mes bras.

La porte de l'autre côté de la pièce s'ouvre et Leta revient. Elle a nettoyé le sang de ses mains et de son visage. Ses cheveux sont détachés, l'étrange halo de branches a disparu. Elle nous rejoint en boutonnant sa robe propre. À travers les manches amples et vaporeuses, je vois la nouvelle marque sur son bras. L'étrange cicatrice noire reliée au sigil.

Elle s'accroupit à côté d'Elan, puis s'agenouille à ses pieds. Ils se dévisagent un long moment, à l'issue duquel, nerveux, il lui demande :

– Tu vas m'obliger à retourner dans l'arbre ?

Leta sort un bout de ruban de sa poche. S'attache les cheveux en une tresse lâche. Puis elle tend la main vers lui. De l'énergie en crépite, des volutes de fumée grisâtre. Blême, mon frère s'immobilise.

– Je ne vais pas t'obliger à faire quoi que ce soit, Elan.

Elle pose délicatement les doigts sur sa gorge, sur son poignet. Elle prend son pouls. D'autres spécimens de ces drôles de veines bleutées apparaissent sur ses avant-bras tandis qu'elle l'examine.

– Tu n'es plus mort. Ce qui va se passer à partir de maintenant relèvera de ton choix.

Il y a une note de colère voilée dans sa voix. Tournée vers l'intérieur, comme si elle était furieuse contre elle-même. Ses mains se referment. Sa magie s'estompe. Elan me jette un coup d'œil. Puis, lentement, doucement, il dit :

– Je veux rentrer à la maison.

Leta hoche la tête, pourtant tout ce que je ressens d'elle, à travers le lien, c'est du chagrin. Elle ôte le tissu qui couvre la joue d'Elan. Mon ventre se serre lorsque je vois la blessure sur le visage de mon frère. Une coupure profonde et brutale, de la tempe à la mâchoire, qui entaille nettement le coin de son œil. Ses cils sont collés de sang. Son iris est devenu cramoisi.

Je prends une pénible inspiration, en même temps qu'une résolution : ces créatures des bois ne feront plus jamais de mal à mon frère. Peu importe ce que je devrai entreprendre, je le protégerai.

– Je veillerai à ce que tu rentres chez toi, promet Leta à Elan. Mais je dois d'abord te réparer.

Arien lui jette un regard méfiant.

– Toi, tu peux le soigner ?

– Je pense que oui.

– Comment ça, tu « penses » ? Tu ne devrais pas en être un peu plus sûre ?

– Je n'ai encore jamais utilisé mon pouvoir pour réparer, en revanche on me l'a déjà fait.

Elle remonte sa manche et nous montre son bras. La nouvelle cicatrice qu'elle a révélée à notre arrivée dans les bois. Maintenant, je remarque qu'elle a cicatrisé en noir. Comme la coupure à ma propre main, là où elle a léché mon sang.

– Je peux te guérir, Elan. Mais… ça va faire mal.

Elan porte les doigts à l'entaille sur sa joue, cligne des yeux. Une traînée de sang noirci suinte de son œil.

– Ça fait déjà mal.

– Et il y a une condition…

Elle baisse les cils, fixe ses mains, les doigts appuyés sur la cicatrice à sa paume.

– Je vais devoir te demander quelque chose en échange.

Je me tourne vers elle, consterné.

– Il ne passera pas de marché avec toi, Leta. Comment peux-tu seulement suggérer une chose pareille ?

– C'est ainsi que ça marche. Ce n'est pas moi qui établis les règles.

À nouveau, je perçois une lueur de son profond chagrin via le lien.

– Je t'échangerai quelque chose, chuchote Elan. C'est juste que… je ne sais pas ce que je peux te donner.

Leta s'installe plus près de lui. Ses doigts s'égarent au bout de sa tresse et elle tombe dans un silence pensif.

– Je veux un souvenir. Je veux ta mémoire depuis que Moth t'a ramené.

Il acquiesce, les épaules haussées en signe de détermination.

– Je peux essayer.

Leta pose ses mains de chaque côté du visage d'Elan. Les veines qui strient sa peau commencent à s'assombrir. Quant à Elan, il frissonne.

– Tu es froide.

– Toujours.

Elle porte les mains en coupe devant sa bouche, souffle avant de le toucher à nouveau.

– C'est mieux comme ça ?

Il grimace.

– Pire.

– Au moins, elle s'est nettoyée de son sang, intervient Arien.

Elan rit.

– Oui, alors disons que c'est mieux.

Leta secoue la tête en les regardant tous les deux. Elle fait mine de frotter ses mains l'une contre l'autre pour les réchauffer avant de poursuivre sa tâche.

Ses yeux changent. Ils n'ont plus l'or pâle qu'ils prenaient lors des rituels d'alchimie, mais un argent scintillant, semblable à celui de la lune. Des ombres s'échappent de ses mains. Sa magie est de la couleur de la nuit, mais striée d'or, lorsqu'elle enveloppe Elan.

– Raconte-moi, dit-elle. Raconte-moi ce que tu te rappelles.

Hésitant, Elan commence à parler.

– J'étais dans le noir. Puis elle était là, celle que tu as appelée Moth. Sauf qu'elle n'était pas seule. Il y en avait deux autres avec elle.

De nouvelles ombres obscurcissent l'air. Elan tente de s'éloigner, mais Leta resserre son emprise.

– Et ensuite, qu'as-tu vu ?

– L'une d'elles avait des plumes. Et des yeux, beaucoup d'yeux. Elle a sorti un couteau et s'est tailladé le poignet. L'autre avait des bois, comme un cerf, et son visage était tout en os. Elle a soufflé et tout s'est couvert de givre. Et j'étais... (Il émet un bruit aigu et douloureux.) S'il te plaît, je ne peux pas...

Les dents serrées, Leta lui envoie un peu plus de sa magie. Elle plie les doigts, les appuie plus fort sur la peau. Sa voix se fait basse et froide.

– Continue.

Elan retient un autre cri. Serre les poings dans les draps au point que ses jointures deviennent blanches. Je coince mes propres mains entre mes genoux. Je n'ai qu'une envie, c'est d'arrêter ça, d'arrêter Leta. Mais je m'empêche d'intervenir. Je m'oblige à la regarder guérir mon frère. À la regarder lui faire mal.

– Elles ont donné leur souffle et leur sang à l'arbre, et j'étais vivant. Dame Moth, elle m'a attrapé. J'ai essayé de m'enfuir, mais je n'ai pas pu. Je...

Les blessures sur son visage commencent à se refermer. La chair est recousue par les fils de magie. Et alors que Leta termine le sort, elle se met à changer. L'air autour d'elle tremble. Ses traits se brouillent. En un clin d'œil, elle n'est plus une fille, mais quelque chose d'entièrement... *autre*.

Et puis... je remarque son visage. Son expression, devenue presque le reflet de celle d'Elan, qui essaie de ne pas crier de douleur. Elle est terriblement pâle et sa respiration se fait par à-coups, saccadée.

Il fait souffrir Elan, ce pouvoir. Et il la fait souffrir elle aussi.

Enfin, sur un son rauque, elle libère mon frère. Les fils épais de sa magie commencent à se détacher. Ils s'éloignent, traînant dans l'air comme de la fumée jusqu'à se dissoudre complètement.

Elan s'affaisse sur le lit, recroquevillé sur le côté. La nouvelle cicatrice se détache en noir sur sa pommette. Et ses yeux ont changé. Celui qui était blessé n'est plus marron doré, mais complètement noir. Comme les yeux d'Arien lorsqu'il utilise l'alchimie.

Je l'aide à resserrer la couverture autour de lui.

– Tu as été très courageux.

Il me jette un regard furieux.

– Je ne vais pas dire merci. Ça m'a fait mal.

Il touche sa joue. Ses cicatrices. Puis ajoute, d'une voix radoucie :

– On dirait qu'on va se ressembler.

Je touche mon propre visage. Les marques sur mon front, les coins de ma bouche.

– On dirait, oui.

Un soudain afflux de douleur vibre à travers le lien. Je regarde Leta. Elle est si pâle que ses rares taches de rousseur ressortent sur ses joues. Elle a les bras serrés autour de sa taille. Comme si elle avait mal au ventre. Je vais pour l'enlacer, mais elle s'éloigne et se dirige vers la porte d'entrée.

– Excusez-moi, lance-t-elle d'une voix tremblante, comme si elle se retenait de pleurer. Je reviens dans un instant.

Le loquet grince, avant qu'un flot de lumière grisâtre ne déferle de la forêt. Puis elle referme la porte, et nous sommes de nouveau dans l'obscurité éclairée par le feu. Je me lève. Par-dessus mon épaule, je lance à Arien et Elan en traversant la pièce :

– Attendez ici.

Ils échangent un regard, et Arien grogne à Elan :

– Où est-ce qu'il s'imagine qu'on va aller ?

Dehors, la forêt est calme, vigilante. La brume s'étend doucement sur le sol ombragé. Leta est à quelques pas de la chaumière, dans un bosquet de fougères. La tête inclinée en avant. Une main plaquée sur sa bouche.

Je vais vers elle, l'attire dans mes bras. Elle se blottit contre moi et je passe la main sur ses cheveux. Elle reste silencieuse un long moment, le visage appuyé contre mon épaule, à lutter contre les larmes. Quand elle manifeste l'intention de s'écarter, je saisis sa main, réticent à la laisser partir.

Dans la faible lumière de la forêt, elle est comme floue, irréelle. Aussi effrayante et puissante que la créature qu'elle a combattue dans les bois.

– Le Seigneur d'En Dessous et moi… on devait régner sur ce monde. Ensemble.

Elle hésite, puis continue :

– Il m'aimait.

Je passe mon pouce contre sa paume. Sa peau est glacée. J'ai envie de laisser le silence s'installer, rempli de non-dits. Mais même si ça fait mal, je ne veux pas qu'elle ait à mentir ou à se cacher de la vérité sur ce qu'elle a ressenti. Doucement, je lui dis :

– Tu l'aimais aussi.

Elle commence par secouer la tête, puis elle détourne son visage, une bouffée de honte sur ses joues blafardes.

– Tu dois me trouver bien misérable de tenir à quelqu'un d'aussi cruel. Je me fiche de ce qu'il m'a fait. Mais toi, il t'a fait tellement de mal. Il s'est nourri de ta douleur et de ta peur. Et pourtant, je l'ai aimé, tout comme je t'ai aimé.

Elle se met à pleurer, à grosses larmes qui tombent si vite qu'elle ne peut les retenir.

– Il a toujours été là depuis qu'il m'a tenu la main dans les bois de Vair. Il a toujours eu mon cœur. Vous, tous les deux.

Pendant un instant, je suis incapable de parler ou de bouger. Mais j'ai toujours su. Leur lien, leur connexion. Je l'ai senti dans les bois de Vair. Je l'ai senti dans mes rêves. J'en fais partie maintenant, et peut-être est-ce que ça a toujours été le cas. Je suis lié à lui, moi aussi.

Je pose ma main sur la joue de Leta, l'attire à nouveau pour murmurer doucement contre sa peau :

– Leta, je... je comprends. Ton amour n'est pas un sentiment que je veux mettre en cage. Ton cœur t'appartient.

– Je l'aime. Et je t'aime, dit-elle avec une tristesse qui déferle d'elle, grise et sinistre. Je lui ai fait une promesse quand j'ai été sauvée de la Corruption. Je sais que vous avez tous souffert de mon départ. Me donner à lui me semblait être le seul choix possible. Mais je n'ai jamais eu l'intention de rester dans ce monde. Tout ce temps... chaque fois que je te sentais dans les ténèbres, tout ce que je voulais, c'était rentrer à la maison.

Elle se rapproche de moi, se love dans mes bras. Elle s'accroche à mes épaules comme si je risquais de disparaître. J'enfonce mes doigts dans ses cheveux emmêlés et je me mets à trembler, plein d'une tendresse féroce, impossible à nommer.

Je pense à une nuit d'été. Un verger. L'odeur de la fumée d'un feu de joie. Je l'avais prise dans mes bras alors qu'elle me promettait d'être toujours à mes côtés. Je veux tellement y croire, encore maintenant. Même ici, dans le monde des morts.

Je me penche vers elle, effleure ses lèvres. Je m'attends presque à ce qu'elle disparaisse à mon contact. Elle soupire contre ma bouche. Ses yeux se ferment. Je sens le frôlement de ses cils sur ma joue. Je dépose un chemin de baisers qui va de sa mâchoire au creux de sa gorge. Sa peau a un goût d'encens. Ses cheveux sentent la fumée. Ça me fait penser à un autel.

Je prends son visage entre mes mains, puis je me penche lentement pour poser mon front sur le sien.

– Je t'aime, Violeta. Ce qu'il faut faire avec les autres dieux, pour te permettre de partir… on t'aidera. On trouvera un moyen d'arranger les choses.

Elle secoue la tête, essaie de se dégager.

– Non. Tu ne comprends pas. C'est impossible.

– Dis-moi, Leta. Qu'as-tu fait ?

Elle lève vers moi ses yeux encore argentés par les restes de la magie qu'elle a utilisée. Des tiges de lierre descendent des branches, s'enchevêtrent autour de nous, au-dessus de nous. Nous sommes encadrés par les feuilles. Et, alors que je la tiens dans mes bras, quatre mots s'échappent de ses lèvres meurtries.

– Il n'est pas mort.

23
VIOLETA

Il fut un temps où je ne connaissais que des secrets. J'ai caché. J'ai menti. J'ai gardé le pire pour moi, voulant épargner à tout le monde de souffrir. Mais aujourd'hui, alors que Rowan et moi nous tenons dans l'obscurité tranquille du monde du Dessous, la vérité comme un sort dans l'air entre nous, une partie de moi se libère.

Rowan me regarde, le lien éclairé par sa peur et sa confusion... et un soulagement haletant.

– C'est ça que tu nous cachais pendant tout ce temps ?

Malgré la tristesse qui me serre la poitrine, ma bouche esquisse un sourire ironique.

– Qu'est-ce qui m'a trahie ? Le sang, la magie ou le fait que je puisse être invoquée sur un autel ?

Il arque un sourcil.

– Je peux lire toutes tes humeurs, Leta. Mais même sans ça, il n'était pas bien difficile de deviner que tu avais un secret.

Mon sourire s'estompe et je pousse un soupir qui forme un petit nuage en l'air. Mon regard s'égare vers les arbres, où les ombres masquent les confins de la forêt.

– Je voulais le détruire et m'emparer de son pouvoir complètement. C'est ce qu'il mérite, après tout ce qu'il a fait. Mais au dernier moment… je n'ai pas pu.

Rowan me prend la main. Ses yeux sont assombris par l'appréhension.

– La forêt écoute quand tu parles. Tu as un pouvoir digne des dieux. J'arrive tout juste à croire que tu es réelle. Que tu reviendras avec nous. Que tu es… mienne.

Une question hésitante se pose dans l'espace qui nous sépare. Je prends sa main, je l'attire plus près. Je fais glisser mes doigts le long de son avant-bras pour les presser sur son poignet. Le fil du sort scintille entre nous, pâle lueur dans l'obscurité. Je lui fais sentir le pouvoir qui nous lie entre les mondes, au-delà de la mort.

– Je suis réelle. Et je serai toujours à toi, Rowan Sylvanan. Je le suis depuis que tu es venu dans mon village et que tu m'as dit que j'étais la dernière personne que tu voulais rencontrer.

Il en rit et m'entoure de ses bras. Je ferme les yeux et laisse ma tête s'enfoncer contre son torse tandis qu'il passe doucement les doigts dans mes cheveux. Je veux me perdre dans ce moment, dans notre proximité. Faire en sorte que le monde entier s'arrête, juste le temps d'un souffle.

Mais soudain, un bruit se fait entendre à travers les arbres. Je me tourne brusquement vers ce grattement dur qui vient des profondeurs de la forêt. L'appréhension me hérisse le poil et un pressentiment me vrille l'estomac.

Nerveux, Rowan aussi scrute l'obscurité.

– Moth ou les autres pourraient passer à travers les ronces ?

Je commence à secouer la tête, puis j'hésite.

– Aucune d'elles ne l'a encore jamais fait. Mais je n'étais pas une menace aussi redoutable, avant.

La nausée me noue un peu plus le ventre et un rire étourdi m'échappe.

– C'est sûr que lorsqu'on essaie de détrôner le dieu de la mort, on se fait forcément des ennemis.

Rowan me lance un regard cinglant.

– Content de voir que ton humour n'a pas souffert de ton séjour ici.

J'avance d'un pas hésitant, les yeux rivés sur l'espace entre les arbres. Tout s'arrête, les branches se figent dans un silence artificiel. Puis, rapidement, le vent se lève à nouveau, déchire les bois, fouette et balance les arbres. Rowan resserre sa prise sur ma main.

– Leta, dit-il d'un ton plein d'avertissement, en me tirant vers l'arrière.

Nous faisons demi-tour et courons vers le chalet. Le vent violent nous pousse en avant, gonflant nos vêtements, arrachant mes cheveux à leur tresse et faisant claquer la porte derrière nous une fois que nous sommes à l'intérieur.

Je pousse le loquet et m'adosse contre les panneaux de bois, tâchant de reprendre mon souffle. Arien se lève du lit où il était assis à côté d'Elan.

– Leta, qu'est-ce qui se passe ?

– Dis-leur ce que tu viens de me dire, me fait Rowan.

Je pince les lèvres, déglutis malgré ma gorge nouée.

– Le Seigneur d'En Dessous n'est pas mort.

La vérité, une deuxième fois, est encore difficile à exprimer. Mais une fois que j'ai libéré les mots, je suis à nouveau inondée par le soulagement instable d'être un peu moins seule dans cette situation.

Arien penche la tête, perplexe.

– Tu veux dire…

Il s'interrompt lorsque le bruit revient depuis les bois, plus proche maintenant. Il fait frémir les murs et gémit sous le linteau dans un hurlement guttural prolongé. Un énorme fracas fait trembler toute la pièce. Une pluie d'écorces et de feuilles se détache du plafond. Puis une lumière soudaine, venue d'un autre monde, s'allume à l'extérieur, qui projette des rayons à travers les fissures sous la porte et autour de la fenêtre avant que tout retombe dans l'obscurité.

Prudemment, je m'approche de la fenêtre. Arien se faufile à côté de moi et j'ouvre les volets. Nous scrutons l'extérieur, mais il fait nuit noire. Je ne vois que le reflet de mon visage, flou, dans le carreau.

Puis, lentement, la lumière se lève à nouveau. Un hoquet horrifié me prend à la gorge. En se répandant entre les arbres, la clarté révèle une forêt qui a changé du tout au tout.

Une forêt… démolie.

Les bois de cœur qui bordent mon chalet sont détruits. Leurs troncs sont déchirés, chacun creusé de profondes blessures, d'où la sève s'écoule au sol. Leurs branches sont rabattues, pliées comme des membres cassés. Les regarder ainsi me fait aussi mal que si les blessures avaient été pratiquées dans ma propre chair.

– Qu'est-ce que… je commence.

Et puis, l'étrange lumière, qui s'était atténuée, se rallume de plus belle. Je détourne mon visage de la vitre, les paupières closes pour me protéger de la lueur aveuglante. Je cille et cille, et lorsque ma vision s'ajuste et que je regarde à nouveau par la fenêtre, je me rends compte qu'il y a des silhouettes entre les arbres.

Translucides comme la brume, mais dotées d'une forme qui pourrait presque être... humaine.

Rowan traverse la pièce et se rapproche, tout près, de mon autre côté. Agrippée au bord du volet, je plisse les yeux pour mieux distinguer ce qu'il y a entre les arbres détruits.

– On dirait... les créatures du rituel raté, constate lentement Arien, d'une voix teintée d'effroi.

Rowan émet un son étranglé, visiblement d'accord. La peur trace un chemin le long de mon échine, une série de frissons. Ces créatures sont faites de brume, pas de boue. Sinon, oui, elles ressemblent étrangement aux monstres qui ont surgi du lac lorsque notre deuxième tentative de réparer la Corruption a échoué. Les mêmes membres allongés. Les mêmes bouches trop larges, tout en dents.

Puis quelque chose se déplace à travers la lumière, une silhouette plus solide que les spectres dans la brume. L'appréhension se dénoue des profondeurs de mon ventre et se propage en spirale dans tout mon corps.

Dame Moth sort d'entre les arbres, suivie par ses sœurs.

Je claque les volets et me retourne vers la pièce, le pouls affolé. Rowan détache sa main de la mienne et il se dirige vers Elan. À travers le lien, je vois son désespoir et sa culpabilité, toute la souffrance qu'il porte depuis la nuit où il a vu son frère traîné dans le lac.

Son expression est maintenant empreinte d'une détermination féroce. Il passe un bras protecteur autour de son frère et le guide vers le fond du chalet, le plus loin possible de la fenêtre.

Je jette un coup d'œil à Arien.

– Va avec eux.

Il secoue la tête et ne bouge pas.

– Arien. Vas-y.

– Non, dit-il. On va les combattre ensemble, Leta.

Il glisse sa main dans la mienne, et une supplique brille dans ses yeux assombris par la magie. Pendant tout le temps où nous avons essayé d'arrêter la Corruption, et pendant tout le temps que j'ai passé dans le monde du Dessous, je me suis battue, j'ai eu peur et j'ai abandonné des morceaux de moi-même. J'ai tenté d'affronter la force et l'absence de pitié des dieux, d'égaler cette force, seule.

Maintenant, debout à côté d'Arien, j'ai l'impression que nous sommes de retour sur la rive du lac, le sigil gravé sous nos pieds, le sol ouvert devant nous, la pleine lune au-dessus de nos têtes. Et j'ai l'impression que c'est l'occasion de réparer les erreurs que j'ai commises lors du dernier rituel, quand je me suis sacrifiée et l'ai laissé derrière moi.

L'occasion d'accepter son aide. D'affronter le danger ensemble.

Je lui adresse un unique signe de tête laconique. Puis je me dirige vers la porte et ouvre le loquet.

L'air s'emplit d'un cri misérable, trop rauque et trop creux pour être humain. Une rafale de vent glacial se déverse dans la pièce, qui éteint le feu.

Puis le mur d'entrée de mon chalet est arraché.

Un bois de cœur s'écrase sur le toit avec une grêle d'échardes déchiquetées. Le ciel nouvellement mis à nu est aussi clair qu'à midi. Je pose un genou au sol et abats ma main sur la terre. Mes doigts deviennent griffus et la forêt me répond, un mur d'épines s'élève en spirale depuis le sol.

Il nous entoure d'une cage protectrice. Arien est juste à côté de moi, mais je réalise, affolée, que Rowan et Elan ont disparu. Le bois de cœur tombé a coupé l'espace en deux, nous emprisonnant d'un côté, Rowan et Elan de l'autre.

Je me colle contre l'arbre et gratte le bois.

– Tenez bon !

Je déchaîne mon pouvoir contre le tronc, de toutes mes forces pour abattre la barrière, cherchant désespérément à me frayer un chemin ou à passer à travers. Mais ma magie s'écoule sur le bois, inutile, comme un filet d'eau dévié par une pierre jetée dans un ruisseau.

Déraciné de la terre, l'arbre ne répond pas à ma connexion. Je retiens un grognement, mais j'essaie à nouveau, les mains crépitant d'étincelles inutiles de pouvoir.

Une nouvelle rafale se répand dans la pièce. D'un coup sec, le côté de la barrière protectrice que j'avais créée pour nous protéger du reste de la forêt, Arien et moi, se détache. Je m'écarte d'un pas hésitant de l'arbre tombé, ma magie éparpillée dans un nuage d'ombres.

Dame Moth s'avance à grands pas, une poignée de ronces brisées dans son poing ensanglanté. Elle les jette au sol et frotte sa paume contre ses jupes.

Elle me fusille d'un regard empli d'une fureur meurtrière.

– Violeta. Je suis ici pour ce qui me revient de droit.

Je me lève, sors des ronces. Arien est à mes côtés. Dans les bois détruits qui entourent ma chaumière, nous affrontons les déesses-sœurs.

Dame Moth, dont le bras blessé est maintenant cicatrisé.

Dame Owl, une coupure en forme de morsure au poignet, dégoulinant de sang noir.

Dame Fawn, le souffle rauque à travers l'os sculpté de son masque.

Et soudain je comprends, en me remémorant les souvenirs de la résurrection d'Elan. *Le souffle et le sang.* C'est ce qu'elles ont utilisé. Des morceaux de vie prélevés sur une fille humaine qui n'aurait pas dû se trouver dans le monde des morts.

Elles ont profité de mes échanges pour ressusciter Elan.

Et pour créer…

Mes yeux passent d'un arbre à l'autre, mon souffle se fige dans une terreur de plomb. Ces créatures de brume ne sont pas des monstres, pas du tout, mais des âmes ramenées à la vie par les morceaux de moi que j'ai donnés aux déesses en échange de leur aide.

Un son brisé m'échappe lorsque je vois ce qu'elles ont fait.

– Je trouvais que ce qui s'était passé dans les bois de Vair était déjà assez grave. Mais là… vous avez transformé en monstres les morts que vous aviez juré de protéger.

Dame Moth hausse les épaules sans se repentir un instant.

– Tu ne nous as pas laissé le choix, Violeta.

– Pas le choix ? Vous qui prétendez vous soucier de ce monde, vous avez causé plus de mal et de ruine que le Seigneur d'En Dessous ne l'a jamais fait.

– C'est vraiment ce que tu penses ? réplique Fawn d'une voix tranchante.

Elle se rapproche et, sous les profondeurs de son masque d'os, son regard n'est que haine froide. Je n'arrive pas à croire que j'ai tenu sa main dans les bois, que j'ai pensé pouvoir trouver la sécurité avec elle.

Elle montre ses crocs dans un grognement.

– Comment ce monde peut-il être en équilibre tant que tu restes ici ? Tant que tu refuses de te mettre en retrait ?

– Parce que ce que vous avez fait est une meilleure alternative ? je m'écrie en englobant d'un geste les déesses-sœurs et le carnage qu'elles ont causé.

Dame Owl lève le menton vers les arbres blessés.

– Ça guérira. Une fois que tu seras partie, ça guérira. Alors, si tu veux que tout soit réparé, tu sais ce que tu as à faire.

Je fais un pas en avant, un seul, le pied lourd sur le sol de plus en plus sombre.

– Je ne vous livrerai pas ce monde, après ce que vous avez fait aux gens des bois de Vair, après la façon dont vous avez essayé de blesser Elan. Et surtout pas après ça.

Toutes trois échangent un regard chargé de sous-entendus. Moth lève la main, dont les griffes luisent dans la lumière éthérée.

– Si tu ne te rends pas de ton plein gré, Violeta, nous t'enlèverons de force.

Sur ce, elle trace une ligne rapide dans l'air entre nous. Une nouvelle rafale glacée déchire les bois. Je suis perdue dans un tourbillon de brume et de froid. Je vois un mouvement flou lorsqu'elle se précipite, et Arien et moi avons juste le temps de nous accroupir, prêts au combat.

Mais elle bifurque vers le côté opposé de l'arbre tombé. Là où Rowan et Elan sont piégés.

– Non !

Je me retourne brusquement, m'élance derrière elle.

Avant que je puisse la rattraper, Fawn est devant moi. Nos regards se croisent et le sien est empreint d'une haine rageuse.

– Tu ne peux pas les sauver, assène-t-elle, les dents aiguisées sur les mots qu'elle crache. Le seul moyen d'arrêter ça, c'est de te rendre.

Arien se précipite à mes côtés, un nouveau sigil au poignet, l'encre encore humide et des ombres enveloppant ses doigts écartés. Sa magie s'élève en spirale et s'empare de dame Fawn. Les fils s'enroulent fermement autour de ses chevilles et de ses poignets, l'immobilisant avant qu'elle ne puisse s'approcher davantage.

Il jette un coup d'œil dans ma direction, menton incliné vers l'arbre tombé.

– Aide-les, Leta.

Je passe devant Fawn qui lutte contre les ombres d'Arien et m'agenouille à côté du bois de cœur. J'enfonce les doigts dans la terre, ferme les yeux et puise dans ma magie. J'en appelle à la forêt.

Il y a un murmure sibilant, comme une voix qui siffle à mon oreille. Le pouvoir dans mes veines exerce une forte traction, et une cascade de lianes monte de sous l'arbre. Dans un horrible craquement d'os brisés, une partie du tronc tombé se détache enfin, laissant derrière un bord déchiqueté imprégné de sève.

Je vois Elan accroupi sur le tas de pierres qui était autrefois l'âtre de ma cuisine. Rowan se tient devant lui, son couteau à la main, lame dégainée, et ses manches remontées. Sous sa peau, les restes noircis de la magie qui l'a empoisonné se tortillent en lignes sauvages qui s'étendent, s'étendent.

Il me regarde, et c'est comme la première nuit où je l'ai vu changer, quand il a donné son sang à la rive maudite du lac. Les cicatrices à ses poignets laissent couler une eau noircie. Ses doigts se recourbent, crochus comme des griffes. Le cramoisi tache les coins de ses yeux, et sa bouche s'ouvre sur un grognement plein de dents acérées.

Moth laisse échapper un rire froid et cruel.

– Regarde-toi, monstrueux garçon. Tu ne sauveras pas ton frère. Il est mort à l'époque, et il mourra maintenant.

– Non, rétorque Rowan. Il ne mourra pas.

Une montée de pouvoir glacé me traverse tandis que je fais surgir de la terre des lianes et des ronces, créant ainsi une barrière autour de Moth. Les épines sont entrecoupées de morceaux d'os, d'éclats de bois pâle, de feuilles dentelées aussi tranchantes que des rasoirs.

Elle hésite, s'arrête juste avant de s'empaler sur les épines cruelles. Serre les poings. Tremblant d'une fureur incontrôlée, elle me jette un coup d'œil. Puis, délibérément, elle lève la main. Replie les doigts. Les âmes, telles des spectres, s'agglutinent autour d'elle. Je regarde, horrifiée, ses yeux briller d'une lueur dorée, sa bouche s'ouvrir et, dans un sifflement caverneux, elle les… dévore.

Leur pouvoir l'emplit d'une terrible clarté, qui émane de sa peau comme une lune argentée. L'air autour d'elle scintille. Sa main s'élance, les lianes que j'ai fait pousser se dissolvent, et elle bondit vers moi, portée par un nuage de papillons de nuit.

Leurs ailes sont de minuscules tessons de verre. Je crie quand ils m'entaillent les joues, les avant-bras. Tout devient sombre soudain : Arien a jeté ma cape sur nous deux. Il me serre contre lui dans l'obscurité feutrée. Les papillons de nuit battent furieusement contre le tissu.

Misérable, désespérée, je prends une inspiration et lance un ordre enveloppé d'ombre.

– *Chmah*. Stop !

Les papillons se dissolvent, s'évaporent dans un nuage de brouillard inoffensif. Je repousse la cape et me dirige à grands pas vers l'endroit où dame Moth est tombée à genoux. Avec un sourire froid, elle écarte les mains.

– Ça ne va pas fonctionner, Violeta. Tu as mon nom, mais les autres ?

Frissonnante, au désespoir, je regarde dame Owl tirer les âmes restantes vers elle. La lumière scintille dans ses yeux plissés et ses dents claquent à mesure qu'elle les dévore. Elle s'accroupit et appuie ses mains sur la terre.

Sous ses paumes, le sol commence à trembler. Une fissure s'ouvre, s'élargit, et je recule, m'agrippant à Arien alors que nous luttons pour garder l'équilibre.

Il me repousse et se précipite vers Rowan et Elan. Ses ombres s'entremêlent pour former un mur derrière lequel ils peuvent s'abriter.

Dame Fawn, maintenant libérée de la magie qui la retenait, se lance à la poursuite d'Arien. Elle gratte la barrière de ses griffes, pour tenter de la franchir. Arien pousse de son côté, mais il n'est pas de taille face à elle. Les ombres commencent à se dissoudre, plus vite qu'il ne peut les reformer.

Affolée, je regarde tour à tour Fawn, Owl et Moth. Je peux les combattre, mais ce dont j'ai vraiment besoin, c'est de les faire partir.

– *Chmah*, j'appelle à nouveau. J'ai dit stop. Tu ne permettras pas qu'il nous soit fait du mal. Par personne. Surtout pas tes sœurs.

Elle me montre les dents en grognant, mais elle est impuissante à résister. Elle se retourne contre ses sœurs, happée par la force de mon commandement. Elle est féroce, renforcée par le pouvoir qu'elle a volé aux âmes. Un nuage d'ailes enveloppe les trois sœurs, et un cri de colère monte, aigu, à vous percer les tympans.

Dans un tourbillon de glace, de brume et de plumes, les sœurs disparaissent.

Nous restons dans un terrible silence. Je grimpe sur l'arbre tombé, mes bottes écrasent les lianes magiques dans la boue. Rowan me rattrape, pose les mains sur mes épaules.

– Tu es blessée ?

Son visage est plein d'appréhension.

– Non.

Je les regarde, lui, puis Elan. Tachés de boue, ils subissent les assauts du vent. Elan a de nouvelles égratignures sur sa joue déjà marquée.

– Et vous, vous êtes blessés ?

Rowan secoue la tête. Il essaie de sourire, mais ses yeux sont solennels.

– Arien nous a mis à l'abri. Je pense que ton chalet et ton jardin ont été les plus touchés. Et… la forêt.

Je regarde autour de moi. Ma maison a été rasée, il n'en reste plus qu'un tas de bois enveloppé de ronces. Mon jardin n'est plus que feuilles noircies et flétries, ensevelies sous la neige qui tombe lentement. Et tout autour de nous, les arbres mutilés se dressent telles des sentinelles. Leurs troncs déchirés, leurs voix perdues, leurs âmes… disparues.

Je ravale un gros sanglot étouffé. Rowan me serre contre lui. Je me blottis, tellement submergée par le désespoir et le soulagement que tout ce que je peux faire, c'est pleurer. Il m'étreint fermement, m'agrippe par la taille, les hanches, comme s'il refusait de me laisser partir.

Arien me passe ma cape sur les épaules. Je me love sous son poids agréable, m'accordant un dernier moment d'immobilité. Puis je recule et me tourne vers les arbres blessés.

– Ça ne peut pas se reproduire. Je dois les arrêter.

– On va t'aider, décrète Rowan.

La promesse déterminée qu'il m'a déjà faite.

Arien opine du chef.

– On trouvera un moyen de s'en sortir, ensemble.

Je commence à faire les cent pas, en un arc de cercle agité, les mains crispées dans les plis de ma cape.

– Il y a plus que ça… plus que ce que je vous ai dit tout à l'heure.

Arien fait un pas vers moi. Ses doigts effleurent mon bras, comme s'il voulait s'assurer que je suis toujours là.

– Leta, quoi que ce soit, on est avec toi. Tu n'as pas à affronter ça toute seule.

Le silence s'étire. Quand je reprends la parole, ma voix est douce comme la neige qui flotte encore autour de nous.

– Je vous ai dit que le Seigneur d'En Dessous n'était pas mort. J'ai utilisé son nom et j'en ai fait mon prisonnier. Je lui ai volé son pouvoir. Mais tant qu'il vit… je ne peux pas rentrer à la maison.

Arien resserre les doigts sur la manche de ma cape. Il secoue la tête, à court de mots. Rowan, tremblant d'une peur retenue, m'attire plus près de lui.

– Leta…

Avant qu'il ne puisse terminer, Elan pousse un cri. Nous nous retournons tous pour le voir avec horreur tomber à genoux. Sa tête est penchée vers l'avant, ses mains raclent le sol, impuissantes. Je me dégage des bras de Rowan, me précipite et m'accroupis devant Elan. Les doigts sous son menton, je relève son visage pour pouvoir mieux le regarder.

– Je… râle-t-il, comme étouffé. Je ne peux pas…

Horrifiée, j'observe ses contours se brouiller. Ses traits commencent à s'estomper, comme ceux des dieux lorsque leur emprise sur une forme unique leur échappe. Ses yeux ne sont plus que des taches de ténèbres, sa bouche qu'une grimace incapable de mots.

Et derrière lui, les arbres éventrés se mettent à craquer et à gémir dans un bruit hideux. Leurs branches s'étirent, avides, elles accrochent Elan, entraînent les morceaux flous qui le composent comme des volutes de brume happées par un vent qui se lève.

– Elan ! crie Rowan en se précipitant vers lui.

Il saisit son frère et l'agrippe fermement par les épaules.

Depuis les bois de cœur, je ressens une faim incommensurable et désespérée. Le même besoin féroce qui émanait de la Corruption lorsque je me tenais sous son cœur. La même faim qui irradiait de la rive du lac, lorsqu'il exigeait une dîme de Rowan.

Les arbres sont blessés, leurs âmes arrachées. Et voici un garçon – pas mort, plus mort, mais toujours en lisière de cette frontière – et ils le veulent. Ils veulent Elan, pour remplacer ce qui a été volé.

J'enfonce mes mains dans la terre, mes veines s'enflamment de pouvoir. Des motifs de givre se dessinent sur ma peau, et ma magie se déploie dans un frisson sans fin. Ça fait mal. Ça fait toujours mal. L'injustice d'utiliser cette chose volée, la blessure sous-jacente des souvenirs qui m'ont été arrachés. Mais je repousse la douleur. Je ferme les yeux et je tends la main vers les bois. J'appelle la forêt à m'obéir.

– Non, dis-je d'une voix de givre et de minuit, de cendre comme les bûchers dans les champs de deuil. Elan n'est pas à vous.

Je sens les battements de cœur de la forêt sous mes paumes. Mon propre pouls ralentit pour se caler sur le même rythme. Un à un, les troncs blessés se referment, laissant apparaître des cicatrices argentées sur leur bois écarlate.

Alors que la forêt s'apaise autour de moi, j'ai l'impression que je pourrais m'enfoncer dans les profondeurs du monde. Recroquevillée entre les racines des arbres, j'aspire à dormir pour toujours avec des fleurs qui pousseraient entre mes côtes, nourries par le sang de mon cœur.

Au prix d'un immense effort, je m'accroupis, le monde entier tournoie. Je porte la main à mon nez et réalise qu'il saigne. Des taches d'obscurité dansent devant mes yeux. Je les écarte d'un clignement d'yeux.

Elan pousse un cri étouffé et s'effondre dans les bras de Rowan. Je me remets debout, m'appuyant un instant sur Arien pour lutter contre une nouvelle vague de vertiges. Rowan aide Elan à se lever et je m'approche d'eux, pose une main délicate sur le poignet d'Elan, cherche son pouls du bout des doigts. Il bat faiblement. Sa peau est presque translucide, une menace du flou et de la fracture d'avant cachée juste sous la surface.

Il me regarde, déterminé, même sous la peur blafarde qui creuse ses traits.

– Je veux rentrer à la maison, Violeta.

Je suis remplie de la férocité qui m'anime chaque fois qu'Arien est en danger. Elan est l'un de nous. Même s'il était mort autrefois et qu'il faisait partie des arbres. Je ne le renverrai pas là-bas, pas s'il ne veut pas y aller.

Je jette un long regard nostalgique sur les vestiges de ce qui, un bref moment, fut ma maison. Il n'y a plus que des robes déchirées et de la porcelaine cassée, des pierres fissurées et du bois fracassé. Une forêt de dieux vengeurs et d'arbres détruits, une forêt qui veut s'approprier Elan. Mon pouvoir, seul, n'est pas suffisant pour le retenir à jamais.

Je glisse mes doigts pour serrer doucement sa main.

– J'ai promis de te protéger, lui dis-je, et je le ferai.

Alors que les lumières des lucioles clignotent et que les arbres murmurent autour de nous, j'entraîne ma famille hors des bois.

24
ROWAN

Nous marchons rapidement dans la forêt, perdus dans le silence. Leta reste au-devant de nous, les yeux fixés sur les arbres écarlates. Chaque fois que les branches s'agitent, elle leur jette un regard d'avertissement. Une main levée, un éclair de magie dans sa paume. Même moi, je sens leur faim, retenue mais frémissante.

Je suis envahi par de sombres pressentiments, qui ne sont pas tous les miens. Ils chantent à travers le lien. De Leta à moi. Incontournables. La peur que tout ça disparaisse. Que Leta se perde dans les ténèbres de son nouveau pouvoir. Qu'Elan redevienne une âme, enfermée dans un arbre.

Je n'arrive à penser à rien d'autre qu'à la nuit sur le rivage où je l'ai regardé se noyer. La forêt veut Elan. Elle veut récupérer mon frère. Mais je ne la laisserai pas le prendre, quoi qu'il arrive.

Leta me jette un coup d'œil. Ses yeux sont troublés, cependant, elle m'offre un sourire rassurant.

– Il sera en sécurité, Rowan. Je te le promets.

Arien émet un son pour signifier son approbation féroce.

– On ne te laissera pas souffrir, Elan.

Elan est silencieux, les sourcils froncés. Ses yeux qui ont récemment pris deux couleurs différentes brûlent de peur et de fureur. Je sens à quel point il est tendu. Chaque partie de lui est concentrée sur un but : rester ici.

– Et toi ? je demande à Leta. Qu'est-ce que tu vas faire ?

Elle pousse un brusque soupir et se passe une main dans les cheveux.

– Je ne peux pas… (Elle s'interrompt, lâche un juron à mi-voix.) Bon sang, bon sang. Tout ça est complètement impossible. Je ne peux pas les combattre. Les déesses-sœurs n'accepteront rien d'autre que le pouvoir.

Et nous avançons, dans un silence encore plus lourd qu'avant. J'essaie de comprendre l'étrangeté, l'horreur de ce à quoi nous venons d'assister. La nature impitoyable des déesses-sœurs, les horreurs qu'elles sont prêtes à commettre pour prendre le contrôle. Et le Seigneur d'En Dessous, retenu captif quelque part dans la forêt. Avec une condamnation à mort sur sa tête, puisque sa vie est le prix de la liberté de Leta.

Aucun bruit ne retentit pendant un long moment, si ce n'est le crissement de nos pieds sur les feuilles mortes. Puis Arien prend la parole.

– Leta, qu'est-ce que c'était que ce mot que tu as prononcé pour que dame Moth s'arrête ?

Il essaie de le répéter. Cet ordre mystérieux qui a franchi les lèvres de sa sœur comme une malédiction. Mais il n'arrive pas à reproduire le son.

– C'était un sort ?

– Son nom, lui répond Leta. Son vrai nom.

Elle s'arrête si brusquement que je manque la heurter. À ses pieds se déploie une cascade de lianes. Elles fouettent l'air, faisant écho à son humeur troublée.

– Je ne connais pas les noms des autres. Mais si je pouvais les découvrir…

Elle secoue la tête et soupire, frustrée.

– Il me faut plus de temps, conclut-elle.

Arien lui pose une main sur le bras. La mâchoire serrée, le regard féroce, il la considère avec détermination.

– Alors reste, dit-il, avant de nous regarder tour à tour. On va ramener Elan à la maison. Et quand tout ça sera terminé… tu pourras nous rejoindre.

Leta se mordille le coin de la bouche. Ses joues pâles se teintent de rouge. Des larmes brillent aux commissures de ses yeux. Puis elle pose sa main sur celle d'Arien. Les lèvres pincées, elle m'adresse un signe de tête résolu.

– Je promets, je *promets*, que je vous rejoindrai.

Il ne vacille pas.

– Je sais.

Elle se tourne vers moi. Glisse sa main dans la mienne. Ses doigts sont très froids. Des croissants de boue sont incrustés sous ses ongles. Mais même ainsi, fatiguée et usée, elle reste une créature d'argent et de feu. Avec sa peau veinée des traces de la magie, et la forêt qui s'étire pour faire courir ses branches dans ses cheveux flamboyants, elle ressemble énormément à l'icône qu'Arien a peinte pour notre autel. Plus un sort qu'une fille.

– Je promets, répète-t-elle.

Et bien que sa voix ne soit qu'un murmure, ses mots sont aussi tranchants qu'un éclair de magie.

Tout ce que j'ai voulu depuis que j'ai été amené dans ce monde étrange, c'est rentrer chez moi. Que Leta revienne avec moi. L'idée de partir sans elle m'est insupportable.

Je fais passer Elan à Arien, qui glisse son bras autour des épaules de mon frère. La main de Leta dans la mienne, je l'entraîne à l'écart, le long du sentier. Nous entrons dans un bosquet abrité.

Elle lève les yeux vers moi. Éthérée et belle. Je repense au poème. Ces mots, le seul sort que j'ai pu jeter, sans magie à moi.

Belle comme la lune,

Brillante comme le soleil,

Majestueuse comme les étoiles.

Je l'attire à moi. Me penche. Elle exhale un soupir de givre qui passe telle une caresse contre ma bouche.

– Dis-moi, je souffle. Dis-moi que je peux te ramener à la maison.

Son regard tombe sur son poignet. Ses doigts effleurent le sigil. Je sens la force du sort qui nous lie l'un à l'autre. Un lien qui traversera la forêt. Qui traversera les mondes.

Puis elle me regarde à nouveau. Ses yeux argentés emplis de détermination.

– Rowan, tu es ma maison.

Elle m'embrasse et tout se fige. La connexion entre nous brûle d'un feu d'or infini. L'espace d'un battement de cœur, il n'y a que sa bouche sur la mienne, le goût du sang, de l'encens et de la fumée de bougie. Une promesse qui ne pourra jamais être rompue.

Nous nous écartons. Elle rit doucement, repousse une mèche de cheveux de mon visage. Ses doigts s'attardent sur ma joue. Puis, avec un soupir, nous retournons vers le sentier et reprenons à travers bois.

Les arbres deviennent plus hauts autour de nous, plus rapprochés les uns des autres, maintenant, de sorte que tout est ombragé. Il se met à pleuvoir. Nous baissons la tête pour nous protéger des gouttes qui s'obstinent à tomber des feuilles. Leta rabat le capuchon de son manteau sur ses cheveux.

Le chemin continue à descendre, bordé de pierres de granit couvertes de lichen. Dans les arbres de part et d'autre, des papillons de nuit volètent à l'intérieur de jarres suspendues. Nous atteignons un espace plat, pavé de pierres. D'un côté, la forêt. Silencieuse et ombragée.

De l'autre, un arbre énorme.

Blanc comme l'os, il s'élève loin au-dessus de la canopée. Son tronc est enveloppé de brume. Mais à mesure que nous nous approchons, la brume se dissipe et je vois que l'écorce est creusée. D'un motif qui me rappelle les sigils d'alchimie. Mais en plus net, plus étrange.

Il y a un autel au pied de l'arbre, tapissé de bougies éteintes. L'étagère en bois est abîmée par la cire fondue. Le cadre où devrait se trouver une icône est vide, révélant une vue de la porte ouverte qui mène à l'intérieur de l'arbre. Au-delà, c'est le noir.

Je sens une traction au centre de ma poitrine. J'appuie ma main sur mes côtes. C'est la connexion que j'ai ressentie dans les bois de Vair. Quand Leta, le Seigneur d'En Dessous et moi y étions ensemble.

Je sais ce qu'il y a dans cet espace sombre, derrière l'autel.

Leta jette un coup d'œil à l'arbre. Elle s'arrête, une main levée. La tête penchée, comme si elle écoutait les ténèbres. Je capte le changement de son humeur. Le vert luxuriant des secrets cachés. Le gris du désespoir. Et, plus fort que tout, la peur.

– Il est là, c'est ça ?

Elle répond d'un hochement de tête sinistre.

– L'arbre d'os, c'est le cœur du monde du Dessous. C'est là qu'il m'a réparée. Et là que je…

Elle secoue la tête, se tourne résolument vers le chemin. Mais je lui prends la main avant qu'elle ne puisse s'éloigner.

Les mots qu'elle a prononcés après son combat contre les déesses résonnent en moi. *Tant qu'il vit, je ne peux pas rentrer à la maison.* Je la revois à l'autel, quand je l'ai invoquée. Tachée de sang. Accablée par le chagrin.

Le Seigneur d'En Dessous a déchiré ma vie, morceau après morceau. Pourtant, il n'y a aucun plaisir à envisager sa destruction. Et quand j'imagine Leta s'enfoncer dans ces ténèbres, seule, je me sens terriblement… triste.

– Je pourrais rester avec toi, je suggère doucement. Quand tu…

Un surcroît de désespoir s'allume à travers le lien.

– Non. Tu dois rester avec Elan. Veiller sur sa sécurité.

Je pose une main sur sa joue. Sa peau est striée de sueur. Je lui caresse le visage et elle se laisse aller contre ma paume. Ses paupières se ferment.

– Tu as peur, je souffle.

– Je vais bien.

– Non.

Elle m'offre un sourire faiblard.

– D'habitude, on a les places inverses dans cette dispute. Là, c'est moi qui parle comme toi. *Je vais bien, je vais bien.*

J'appuie mon front contre le sien. J'effleure ses tempes de mes lèvres. Elle soupire contre ma joue, son souffle est froid. Puis elle se tourne vers le chemin opposé. Nous éloigne de l'étrange arbre pâle.

Elle marche lentement, la tête toujours penchée, à l'écoute des bruits de la forêt. Les yeux plissés pour scruter les arbres. Elle tient une main levée, les doigts vaguement repliés sur le vide. Comme si elle suivait un fil invisible. Je me le figure identique au lien qui nous connecte, mais entre elle et les bois.

Nous suivons le chemin. L'arbre d'os disparaît complètement derrière nous. Leta s'arrête, se retourne. Elle se dirige vers les arbres, fait courir ses doigts dessus. Ils frémissent et s'écartent, révélant un espace d'ombre.

Elle l'examine un instant, puis nous fait signe de la suivre dans l'obscurité.

Au-delà se trouve une volée de marches qui mène à un espace creusé. Les marches sont usées. La pierre, couverte de mousse. Leta les contemple.

– Il y a des portes vers le monde du Dessous, explique-t-elle. C'est ainsi que les dieux traversent pour réclamer une âme. Je peux utiliser celle-ci pour vous renvoyer à la maison.

Elan me tient par le bras afin de garder l'équilibre pendant que nous descendons les marches avec précaution. En chemin, Arien attrape l'une des jarres remplies de lucioles sur une branche voisine. Nous atteignons la dernière marche. Il lève la lampe et sa lueur argentée révèle un cercle de terre nue.

Leta enlève ses bottes. Les met de côté. Pieds nus, elle relève ses jupes et s'avance dans le cercle. La mine résolue, elle tire un ruban de la poche de sa cape. Attache en arrière la moitié de ses boucles.

Puis elle se penche et commence à graver un sigil dans le sol. Son tracé est complexe. Des lignes sans fin, reliées entre elles par des fioritures anguleuses. C'est familier, et pourtant non. Nous la contemplons tous en silence. Puis, comme sur une lente prise de conscience, Arien dit :

– Ça ressemble au sigil qu'on a utilisé pour nos rituels. Mais inversé.

Leta recule et regarde la marque avec dépit. Elle touche son poignet, là où sa peau est striée de lignes noires.

– J'ai le pouvoir du Seigneur d'En Dessous. Je sais comment traverser les mondes pour réclamer une âme. Mais j'ai aussi ma propre magie. Je vais utiliser l'alchimie sur cette porte, pour créer un chemin vers la maison.

La pluie commence à tomber plus fort. Leta s'éloigne de la marque, les mains écartées. L'étrange magie voilée – des ombres pailletées d'or – jaillit du bout de ses doigts. Le sol se met à trembler. Les lignes du sigil se remplissent d'eau, qui s'accumule au cœur du sort. Une flaque de plus en plus profonde qui ne cesse de monter.

Pour devenir un lac. Un lac couleur noir d'encre.

Arien regarde l'eau avec une admiration mêlée de crainte muette, avant de lâcher :

– Leta, cette magie, c'est…

Il secoue la tête, à court de mots. Une lueur de peur traverse son expression. Il s'approche des lignes extérieures du sigil, pas encore recouvertes par l'eau. Il le touche, et des ombres s'enroulent au bout de ses doigts.

Leta trace une autre marque en bordure du sort. Celui-ci commence à émettre une lumière pâle qui descend jusque dans les profondeurs du lac. Un chemin.

– Suis-le dans l'eau, indique-t-elle. Tu te réveilleras à la surface, dans le monde du Dessus.

Elan considère le sort, nerveux.

– Tu es sûre de toi ?

Elle esquisse un sourire las. Puis, manière de le taquiner, elle réplique :

– Tu ne me fais pas confiance ?

Arien lui adresse une grimace, avant de se tourner vers Elan.

– On pourrait y aller ensemble.

Elan hésite, semble envisager la proposition. Puis il acquiesce. Avant qu'ils partent, Leta prend Arien dans ses bras. Elle l'étreint longtemps, le visage enfoui dans son cou. Quand elle le relâche, elle se frotte le visage avec sa manche, lutte contre les larmes.

– Vas-y. Je serai si rapide que tu n'auras même pas le temps de t'ennuyer de moi.

Il laisse échapper un rire las et triste.

– Sois prudente, Leta.

– Toi aussi, mon chéri.

Elan tend la main à Arien et, ainsi liés, ils entrent dans l'eau. S'avancent jusqu'à ce qu'elle leur arrive aux genoux.

La lumière autour d'eux commence à faiblir. Ils s'enfoncent plus profondément. L'eau à la taille.

J'ai beau faire confiance à Leta et à sa magie, je n'arrive pas à échapper à l'angoisse qui m'étreint. Tant ce moment ressemble à celui où j'ai vu Elan se noyer.

Leta pose sa main sur la mienne, me lance un coup d'œil rassurant.

– Pense à la surprise générale, quand Elan va revenir.

– Il va falloir trouver un moyen de l'expliquer.

Elle sourit.

– Je dirai à tout le monde que tu sais ressusciter les morts, me taquine-t-elle.

En soupirant, je secoue la tête.

– Tu ne m'aides pas du tout.

Dans le lac, l'eau se referme sur Arien et Elan. La surface s'immobilise. Ils ont disparu.

Je vais pour m'avancer, mais Leta me retient.

– Attends, j'ai quelque chose à te montrer d'abord.

Je regarde la surface lisse du lac.

– Je ne devrais pas les suivre ?

– Tout va bien. Tu as le temps.

Nous remontons les escaliers. Elle me guide à l'écart du chemin, entre des bois de cœur plantés dru. Enfin, nous émergeons dans un bosquet d'arbres.

La canopée est moins dense, ici. Les branches plus éparses. Certains arbres ont l'air plus petits, plus récents. D'autres, plus anciens et plus hauts, sont noircis et morts.

Au centre du bosquet se trouve un cercle de pierres tachées de fumée. Comme l'endroit où l'on allume des feux de joie sur la place du village.

Leta fait courir ses doigts en l'air.

– C'est ici que je suis venue réparer la Corruption.

Elle lève les yeux, je l'imite. Au-dessus de nous, le ciel brumeux s'est éclairci. Le matin doit être proche, si tant est que ce monde connaisse le matin. Il ne reste pas trace de ce qui a été ici jadis. Pourtant, je parviens à l'imaginer. Déchiré et détruit. Griffé et affamé. Je me figure Leta à l'intérieur des pierres, face à ces ténèbres.

Tout ce poids – ce qu'elle a fait, ce à quoi elle a renoncé – est superposé entre nous en couches successives. Lentement, je prends sa main. Je me penche et embrasse ses phalanges pliées. Puis sa paume, la cicatrice qui traverse sa ligne de cœur.

– Je t'aime, Violeta.

– Et je t'aime aussi.

Elle me sourit. L'espace d'un très bref instant, elle n'est que *Leta*. Pas une créature à la magie sauvage et brutale, prête à tuer un dieu. Juste une fille. Aux cheveux emmêlés par le vent. De la boue sur ses jupes.

– Il y a encore une chose que je voulais que tu voies, dit-elle doucement.

Elle me conduit jusqu'à l'extrémité du bosquet où quatre arbres ont poussé ensemble en demi-cercle. Trois d'entre eux ont la même écorce cramoisie que le reste de la forêt. Mais le dernier… est différent.

Son tronc est déchiré par une profonde entaille d'où s'échappent des larmes de sève. Comme les arbres près du chalet de Leta, quand les déesses – celles qu'elle appelait les sœurs – sont venues.

Lentement, je tends la main. Je touche le tronc blessé. La sève macule ma peau, tiède, alors que l'arbre en dessous est froid et immobile.

– Elan, je parviens à lâcher, mais ma voix est devenue instable.

Leta vient se placer à mes côtés.

– C'est le bois de cœur qui contenait son âme. Le Seigneur d'En Dessous me l'a montré quand je suis venue ici pour réparer la Corruption.

– Et ceux-là sont…

Je laisse ma phrase en suspens, les yeux tournés vers les arbres de part et d'autre de celui que j'ai touché. Je n'arrive pas à prononcer les mots. *Ma mère. Mon père.*

– Ta famille, dit-elle.

Sa main glisse sous sa manche. Ses doigts se posent sur la cicatrice à son bras.

– Les déesses-sœurs ont utilisé mes échanges pour libérer Elan, précise-t-elle. Mon souffle et mon sang. Mais ce qu'elles ont fait, je ne peux pas le répéter.

Elle regarde les deux arbres qui encadrent celui où dormait l'âme d'Elan, et son expression devient triste.

– Surtout maintenant. Il n'y a pas moyen de ressusciter quelqu'un d'autre. Je suis désolée.

La note d'excuse dans sa voix me fait mal.

– Tu en as fait assez. Plus qu'assez. Tu as assuré la sécurité de ce monde. Tu as assuré la sécurité d'Elan. Tu n'as pas besoin de t'excuser pour ça, j'ajoute, les mains sur ses épaules et les yeux plongés dans les siens.

D'un geste tremblant, elle touche les nouveaux sigils à ma gorge. Je sens la pointe des épines. L'eau du lac.

Je frissonne à l'instant où le pouvoir crépite au bout des doigts de Leta. Ombres et brume. Nouvelle lune noire. Nuit de gel.

– Je ne peux pas ramener ta famille, poursuit-elle, toujours solennelle. Mais toi, je peux te réparer, Rowan. Je n'ai pas eu le temps de faire plus que l'apaiser, avant. Maintenant, je peux te débarrasser de ce poison pour toujours.

– Au moyen d'un échange.

Elle baisse les cils, hoche lentement la tête.

– Oui. Un échange.

– Je t'ai vue soigner Elan. Ça te fait mal d'utiliser ce pouvoir.

– Ça n'a pas d'importance.

– Si, bien sûr que si.

J'attrape sa main dans la mienne. L'éloigne, romps le contact.

Elle veut échapper à mon emprise, proteste.

– Rowan…

– Je ne veux pas être réparé. Laisse-moi être empoisonné. Laisse-moi être un monstre.

Je la regarde fixement, plein de certitude. Ce n'est pas la première fois que je le dis à haute voix. Mais ces mots, prononcés à cet instant, prennent tout leur poids, leur vraie finalité.

– Je ne veux pas que tu te fasses du mal pour moi. Plus jamais.

Elle sourit, douce et triste. Puis elle me guide vers les arbres pour toucher l'endroit où sont enfermées les âmes de mes parents.

– Là. Ferme les yeux et écoute.

Je m'exécute. Sa magie s'entortille autour de moi. Sous les sons de la forêt, j'entends un bruit inattendu. Au début, ce n'est que le vent. Qui s'agite tranquillement dans les feuilles. Puis ça change. Et j'entends… des voix.

Celles de ma mère et de mon père.

Je les *vois*. Des images qui viennent par flashs. Une bibliothèque remplie de livres. Des roses d'hiver dans un jardin envahi par la végétation. Je vois l'amour et la joie. Je vois le chagrin. Une tristesse morne et sombre comme un lac sous un ciel sans étoiles. Tout est entremêlé. Soleil et chagrin. Désespoir et tendresse.

Ma famille fait désormais partie de la forêt. Ils *sont* la forêt.

Je me mets à pleurer. J'essaie d'abord de lutter contre les larmes, mais je ne peux les retenir. Leta m'entoure de ses bras. J'enfouis mon visage dans ses cheveux. Elle pleure aussi. Des sanglots silencieux qui secouent ses épaules.

Nous restons longtemps dans les bras l'un de l'autre, tandis que les arbres murmurent autour de nous. Puis je me décale. Je touche sa joue, j'essuie ses larmes.

– Et ta famille, à toi ? Tu peux aller là où ils sont et les voir comme ça ?

Elle baisse les yeux vers ses bras, marqués de cicatrices et de sigils.

– Non. Tout mon pouvoir vient du sacrifice de leur souvenir. De mon incapacité à être avec eux dans la mort. Je ne peux pas revenir en arrière. Tout ce que je suis en mesure de faire, c'est rompre ma connexion avec le Seigneur d'En Dessous et rentrer à la maison.

Nous sortons des arbres et reprenons notre route à travers la forêt. En redescendant les escaliers, j'essaie de songer à la vie que nous aurons une fois que tout ça sera terminé. La douleur vive. Le chagrin et l'espoir. Liés inextricablement.

Nous atteignons le lac. Sa surface est lisse, sans la moindre ondulation. Ça me rappelle, étrangement, les jours où je me livrais à la Corruption. Par le biais des dîmes. Des rituels. Et puis, je pense à la nuit où Leta est restée à mes côtés. Où elle a mis ses mains dans la terre à côté des miennes alors que je me vidais de mon sang dans le sol.

– Tu viendras avec moi, je lui demande. À l'eau ?

Elle sourit, la bouche tremblante, les yeux encore humides de larmes.

– Oui. Je viendrai.

Elle enlève sa cape. La laisse au pied des marches, à côté de ses bottes. Elle resserre le ruban dans ses cheveux. Puis, lentement, nous suivons le sentier. Ensemble, nous entrons dans le lac.

L'eau attrape la jupe de Leta, la fait gonfler. Le tissu s'étale derrière elle à mesure que nous nous enfonçons. Une traîne de dentelle. Les bords de mon champ de vision se mettent à vaciller. Je regarde en arrière. La forêt entière est floue. Perdue dans les ombres.

Je commence à me dissoudre. Seule Leta – sa main dans la mienne, le lien qui nous unit – m'empêche de m'effondrer complètement.

L'eau m'arrive à la poitrine maintenant. Leta se tient sur la pointe des pieds, les vagues lèchent ses épaules.

Elle m'attire à d'elle. Je vois son pouls s'accélérer dans le creux de sa gorge veinée de bleu. Ses mains tremblent.

Je me penche. Elle m'embrasse avec férocité, avec désespoir. Ses dents s'accrochent à ma lèvre. Ses doigts s'enfoncent fort dans ma taille. Comme si elle avait des griffes. Je déglutis, goûte le sang. L'eau monte plus haut. C'est une dîme. Un sacrifice.

Une résurrection.

Le lien entre nous brûle et brûle. Elle m'entoure de ses bras. M'entraîne sous la surface. L'eau se referme au-dessus de nos têtes. La lumière baisse. Je laisse échapper une seule et misérable respiration qui monte sous forme de bulles.

Ensuite, tout est silencieux.

25
VIOLETA

Je m'extirpe de l'eau. Ma peau est glacée. Mon cœur se tait. Mes cheveux sont noués d'herbe du lac.

Je suis dans le monde du Dessous et je suis seule.

J'enfile ma cape, laisse mes pieds nus. Je ramasse la lampe de lucioles qu'Arien a abandonnée. Je m'éloigne du lac et commence à monter lentement l'escalier. Il me faut toute ma volonté pour ne pas flancher.

Je ne peux pas regarder en arrière.

Je pense à Arien, Rowan et Elan sur le rivage, dans le monde du Dessus. Au domaine de Lakesedge, entouré de ses vignes et magnifique. À mon jardin, éclairé par la lueur rousse du coucher de soleil de Fauchaison. À la bibliothèque avec ses étagères vides, aux livres qui attendent toujours que je les déballe.

À la cuisine où je peux m'attabler avec Clover, boire du thé amer et échanger des histoires, me taquiner avec elle. Je peux presque imaginer le timbre de sa voix. *La fille et les monstres…*

Je ferme les yeux pour retenir les larmes qui viennent. Je voudrais tellement me perdre dans cette tendre nostalgie.

Mais il me reste bien des choses à affronter avant de pouvoir rentrer chez moi.

Lorsque j'arrive en haut des marches, les bois de cœur se mettent à murmurer. Leurs branches se penchent pour me caresser les joues. Je tourne le visage vers le frôlement de leurs feuilles. Le sol tremble sous mes pieds nus. Avec un frisson, l'eau s'évapore de mes cheveux et de mes vêtements. L'étoffe soyeuse de ma robe se réinstalle autour de moi dans un froufrou. Et tout autour de moi, la forêt commence à changer.

Les arbres et les pierres se redessinent, s'entrelacent pour former un espace étroit et clos. Les branches s'étirent et deviennent un plafond caverneux qui me rappelle le salon de Lakesedge. Un lieu où l'on échange des secrets dans la nuit. Un lieu où l'on conclut des pactes.

À l'une des extrémités se trouve une seule porte voûtée. À l'autre, dans l'obscurité, une estrade surélevée. Et dessus, un trône.

Il est taillé dans le même bois blanchi que l'arbre d'os. Un rideau de lianes tombe derrière lui, dont les minuscules feuilles ressemblent à de la dentelle. Des bougies sont disposées à intervalles réguliers à travers la pièce. Elles s'allument à mesure que j'avance. L'air est de miel, empli de l'odeur de la cire qui fond et des fleurs en décomposition.

Je dénoue le ruban de mes cheveux et laisse mes boucles tomber autour de mes épaules. Lentement, je m'agenouille. J'appuie mes mains sur le sol. Je ferme les yeux et fais appel à chaque parcelle de la magie volée au Seigneur d'En Dessous que je me suis appropriée. Je goûte la terre et la cendre, je ressens la douleur de la désolation, du néant à l'intérieur de ma poitrine tandis que je me connecte à la forêt.

Je pense à la neige et aux plumes, aux griffes et aux os. Aux créatures impitoyables qui veulent tellement le pouvoir qu'elles se retournent contre ceux qu'elles ont juré de protéger.

Dis-moi leur nom.

Un sifflement aigu emplit mes oreilles, qui étouffe tous les autres sons. Je pense aux cris des arbres blessés. À Elan, impuissant dans les bras de dame Moth. À son œil injecté de sang. Je pense à ma famille, quelque part dans les bois. Et bien que leurs souvenirs soient perdus pour moi, ma place à leurs côtés abandonnée, la pensée de leurs arbres déchirés et de leurs âmes dévorées m'emplit d'une détermination inébranlable.

Dis-moi leur nom.

La connaissance est là. Proche. Si proche. Mais j'ai beau m'efforcer de la saisir, elle m'échappe. Toujours hors de portée.

Je lâche un souffle et renverse la tête en arrière, puis j'ouvre les yeux pour contempler la forêt au-delà de la porte voûtée. Quelque chose s'agite entre les bois de cœur.

Une forme apparaît, une silhouette découpée entre les arbres. À mon poignet, le sort s'enflamme d'un coup, fort. Un fil se déploie, s'étend en spirale. J'appuie ma main à mes côtes. Mon cœur s'affole.

À l'autre bout du fil… il y a Rowan.

Ma vue devient floue et je commence à pleurer, toutes les larmes que j'ai refoulées se déversent maintenant.

– Tu es revenu.

Il sourit, hésitant et triste.

– Je ne suis jamais parti. Le lac a voulu m'engloutir, mais tout ce que je sentais, c'était toi. Le sort qui nous liait. Leta, tu as donné ta vie au Seigneur d'En Dessous, et à ce monde, pour me protéger. Je ne voulais pas te lâcher. Je ne voulais pas que tu affrontes ça seule.

Je me lève. Rowan vient vers moi. À mesure qu'il s'approche, je vois ce qu'il lui a coûté, ce retour. Les ténèbres l'enveloppent en lignes épaisses qui encerclent sa gorge comme un piège. Les plaies à ses poignets dégoulinent d'eau tachée de sang, et ses yeux sont tissés de noir, comme si de l'encre avait rempli ses iris.

Je tombe dans ses bras, la pièce n'est plus qu'un flou de feuilles et de lueurs de bougies. Je pleure si fort que je peux à peine parler.

– Ce n'est pas assez. Tout le pouvoir que j'ai, et ce n'est toujours pas assez pour trouver leurs noms.

Il me serre et je me blottis contre lui. Dans un murmure rauque, il dit :

– Alors laisse-moi t'aider. Tu as besoin de plus de force, plus de magie, plus de ténèbres. Puise-les en moi.

Je m'écarte en secouant la tête.

– Rowan. Non !

Un sanglot se coince dans ma gorge quand je pense à lui, à genoux au bord du lac, la tête inclinée en avant et qui donne sa dîme à la rive corrompue.

– Je ne laisserai pas te faire du mal comme ça, plus jamais.

Sa bouche s'étire sur un sourire dur.

– Qu'est-ce que tu as dit, rappelle-moi, après que je m'étais transformé en monstre et que tu avais passé ce marché idiot en échange du pouvoir de me sauver ?

– Ce n'était pas idiot. Tu allais me noyer !

J'essuie mes larmes, le fusille du regard. Puis, avec un soupir, je cède :

– Je t'ai dit que c'était mon choix.

– Eh bien, là, c'est *mon* choix, Violeta. Je veux t'aider. On va le faire ensemble.

Il tend la main, paume vers le haut comme une offrande. Des meurtrissures de poison fleurissent de chacun des sigils qui marquent sa peau. Il est entouré d'ombres, l'air scintille en noir autour de lui. Le garçon et le monstre, tous deux si étroitement liés qu'ils ne font plus qu'un.

J'avance d'un pas vers lui. Je lui prends la main. Des lianes poussent du sol sous mes pieds, qui s'étirent autour de nous en un enchevêtrement de feuilles de genévrier. Il se penche vers moi. Sa bouche plane au-dessus de la mienne, le temps d'un battement de cœur tremblant. Il m'embrasse et sa bouche a un goût de poison.

Les yeux fermés, j'incline la tête pour acquiescer, solennelle.

– Ensemble.

Du cœur sombre de mes paumes jaillissent des roses sauvages qui viennent s'enrouler autour de mes doigts. Leurs épines sont comme des griffes. J'en fais glisser une sur la paume ouverte de Rowan, l'enfonce profondément dans sa ligne de cœur. Le sang qui suinte est d'une noirceur d'onyx, épais comme de la sève. Les ronces s'entrelacent autour de nous, en une version violente de la cérémonie des mains liées, où le sang empoisse nos paumes jointes. Le lien brille à l'infini, transformant la forêt en or.

Rowan tombe sur un genou, le regard éteint. Je m'agenouille à côté de lui et j'enfonce nos mains unies dans la terre. J'en appelle aux ténèbres en lui, je les sens se répandre dans ses veines comme une marée. Qui monte, féroce, puis se déverse en moi. L'eau remplit mes poumons et ma bouche. Je laisse échapper un souffle étranglé, certaine de me noyer.

Rowan lève sa main libre et la pose en tremblant sur ma joue.

– Je suis là, dit-il de sa voix comme les vagues. Je suis avec toi, Leta. Prends le pouvoir dont tu as besoin.

Ses épaules sont droites, sa tête haute. Ce n'est pas l'abandon impuissant de ces nuits de jadis, où il s'offrait pour nourrir la Corruption, morceau par morceau. Non, c'est un accueil, une communion.

Je ferme les yeux et sens la magie à l'intérieur de Rowan, une obscurité chaotique issue du poison et de ma tendre alchimie. Je sens la magie du Seigneur d'En Dessous qui m'a donné une nouvelle vie, m'a construit une maison à partir des bois, a cultivé un jardin avec mon chagrin. J'attrape le pouvoir – tout le pouvoir, absolument tout – et je tire fort, comme s'il s'agissait d'un bois de cœur profondément enraciné que je voulais arracher à la terre.

Sur un énorme effort, tout se détache.

La magie m'envahit, me submerge, me dévore. Dans un cri, je sens mes os changer, mes veines se refroidir.

– Dis-moi ! j'appelle dans l'obscurité. Dis-moi les noms des autres dieux.

Et l'obscurité répond. Elle parle avec des mots qui ne sont pas des mots, mais des sons aigus et affamés. Des rafales de neige et des plumes délicates. Des mots qui tissent des histoires de sang, de glace et de fumée. De vies éternelles, forgées en des temps bien antérieurs à mon existence.

Mes yeux se rouvrent et je me lève lentement. Du sang coule de mes doigts, toujours enveloppés d'épines, et macule le sol de cramoisi. Rowan se tient à mes côtés. Je pose ma main sur sa poitrine, sens l'agitation des ténèbres sous sa peau, dans ses veines. Puis il pose sa main par-dessus la mienne. Une traînée d'hellébores à pétales noirs se déploie sous nos pieds.

Dans un sursaut, je m'écarte pour le regarder avec un étonnement teinté d'incrédulité.

Tant de fois, je l'ai touché, lui avec la Corruption, mais là… c'est différent. Les blessures à sa gorge et ses poignets ont coagulé. Guéries, elles forment les mêmes cicatrices noircies que celles que j'ai laissées sur Elan. Il me regarde, et ses yeux sont clairs. Il prend une lente inspiration, la relâche, et si je perçois le sifflement du poison dans ses poumons, il est devenu… plus doux.

Les ténèbres sont encore en lui, mais le pouvoir ne l'a pas détruit. Il fait partie de lui. Installé contre ses os, niché sous les battements de son cœur. Il est resté dans l'obscurité de ses yeux, dans la forme pointue de ses dents. Des traces du *monstre* qui fera toujours partie de lui.

Il touche les cicatrices guéries, cherche les mots.

– Ce n'est plus un poison, Leta.

Avec précaution, il sort quelque chose de la poche de sa cape. Un anneau de branches tressées.

Que je contemple, incrédule.

– Tu as gardé ma couronne ?

– Je l'ai trouvée dans ton chalet, après que tout a été détruit. J'ai pensé que tu la voudrais peut-être quand même.

Il dépose la couronne sur mes cheveux, avec tendresse et respect. Je déroule le ruban d'épines autour de mes doigts et pose ma main sur sa joue, sens la chaleur de sa peau sous ma paume froide et meurtrie. Puis je me retourne et me dirige vers l'estrade.

Tout paraît aussi minutieux et délibéré que les mouvements d'un rituel. Je monte les marches. M'assieds sur le trône. Puis j'appelle les déesses.

Moth. Fawn. Owl. Les trois qui m'ont aidée, qui m'ont blessée. J'appelle leurs noms, d'abord doucement, puis plus fort, jusqu'à ce qu'ils soient le seul son audible dans toute la forêt.

– *Chmah. Sova. Yelen.* Venez à moi.

Au-delà de l'arche, la forêt s'agite. Des flocons de neige tourbillonnent dans l'air. Un papillon de nuit pâle tourne autour des branches au-dessus. Des ombres s'étendent sur le sol, entremêlées de vrilles de brume.

Et elles apparaissent, les déesses, marchant vers moi à pas réticents et hésitants. Nous nous dévisageons dans le silence pesant. Leurs regards m'épinglent, la fureur d'acier de leurs yeux d'eldritch. Fawn surtout a l'air rageuse, sa bouche se découpe sur un rictus.

– Qu'est-ce qui se passe, petit animal de compagnie ? Pourquoi nous as-tu fait venir ici ?

– Je veux en finir. Avec tout ça. Le mal et la destruction. Les luttes pour le pouvoir. Nous devons rétablir l'équilibre.

Moth laisse échapper un rire dur et amer.

– Tu prétends vouloir l'équilibre, pourtant c'est toi qui as semé la zizanie dans ce monde.

J'écarte les mains. Mes doigts sont noirs de terre, mes bras d'une pâleur exsangue, parcourus par les veines indigo de ma magie. Du plafond de la pièce, des branches se courbent pour encadrer mes épaules de leurs aiguilles. Dehors, les voix des âmes s'élèvent en un bourdonnement mélodieux.

– Nous avons tous notre part là-dedans, dis-je à Moth. Mais ça se termine maintenant. Venez à moi. Agenouillez-vous.

Elles avancent, s'agenouillent sur la terre couverte de givre, épaule contre épaule.

Rowan a reculé pour se tenir dans un coin d'ombre de la pièce. Et maintenant, alors que je commande aux déesses, il a le même regard que lorsque nous étions au village à Mordété. Quand je me tenais près du feu de joie, dans ma robe de conte de fées, avec une couronne de fleurs dans les cheveux.

Il me regarde comme si j'étais la plus belle chose au monde.

La magie s'épanouit dans mes paumes, une guirlande de fleurs cendrées. Je redresse le dos, sens le poids du pouvoir dans mes veines, la connexion entre la fille et la forêt. Je laisse Rowan me contempler, me voir, tandis que je prononce à nouveau le nom des déesses-sœurs, ces mots qui assureront la sécurité de tous.

– *Chmah. Sova. Yelen.* Vous retournerez sur vos terres, vous resterez derrière vos frontières. Vous ne ferez de mal à personne, ni dans le monde du Dessus ni dans celui du Dessous. Vous protégerez les âmes dans vos forêts, les laisserez dormir dans les arbres. Vous jurerez de faire ce que je demande.

Un battement de cœur, puis un silence, puis à l'unisson les sœurs murmurent :

– Nous le jurons.

Dame Moth lève les yeux. Il y a une étincelle dans ses yeux, plus de défi que de colère.

– Et toi, Violeta, vas-tu jurer la même chose ?

Je soutiens son regard sans ciller et laisse mes mains retomber le long de mes flancs. Elle se lève lentement, flanquée de ses sœurs. Et malgré mon pouvoir de la contraindre, en cet instant, nous nous affrontons d'égale à égale. J'incline la tête vers elle.

– Je le ferai.

Fawn et Owl m'adressent un infime hochement de tête, signe discret de déférence. Je les regarde s'effacer, leurs traits se brouiller et s'adoucir jusqu'à ce qu'il ne reste plus que les arbres, les ombres.

Moth est la dernière à partir. Nous restons longtemps face à face, dans un silence immobile qui s'étend, s'étend, infini comme la forêt. Je replie les doigts contre mes paumes, trace la cicatrice en forme de croissant. Elle me jette un dernier regard, puis, dans un tourbillon d'ailes pâles, elle disparaît.

Je retombe lourdement sur le trône, vidée par l'immensité de ce que je viens d'accomplir. Ce qui m'attend encore. Le Seigneur d'En Dessous, prisonnier des ténèbres, qui attend que je le détruise, que je me libère de son pouvoir pour mettre fin à notre pacte.

Rowan sort de l'ombre. Alors qu'il s'avance vers moi, d'autres hellébores à pétales noirs fleurissent à mes pieds. Les bougies des alcôves s'éteignent. Le temps qu'il atteigne l'estrade, toutes les lumières ont disparu, à l'exception de deux qui brûlent de part et d'autre de la plate-forme.

– J'ai tellement peur, je lui avoue. Le Seigneur d'En Dessous fait partie de ma vie depuis qu'il m'a fait sortir des bois de Vair. J'ai sa magie. J'ai son nom. Tout ce que j'ai toujours voulu, c'est rentrer à la maison. Mais ça me fait encore très mal, même avec tout ce qu'il a causé, de penser que je vais…

Mes mots se perdent dans un sanglot. Je prends une profonde inspiration pour tâcher de chasser les larmes.

Rowan lève les yeux vers moi.

– Je comprends.

Les mains écartées, je lâche un soupir impuissant.

– J'ai tellement changé, Rowan. Comment pourrais-je jamais revenir, après ça ?

– Je ne te laisserai pas te perdre, dit-il avec toute la férocité d'un vœu fait devant un autel. Je ferai n'importe quoi, je donnerai n'importe quoi pour toi, Violeta. Jusqu'à la fin des temps, je te chercherai et je te trouverai dans les ténèbres.

Après quoi, il s'agenouille. Il s'agenouille au pied de l'estrade. Il baisse la tête. Ses cheveux noirs tombent en avant et cachent son visage. Il appuie ses mains sur le sol comme s'il était en observance. En le voyant là, suppliant, ma peau se couvre de chair de poule.

Un rire incertain m'échappe.

– Tu n'es pas obligé de faire ça. Tu n'as pas à t'incliner devant moi.

Je le repousse du bout des orteils, toujours en riant. Mais quand il attrape mon pied et qu'il me caresse la voûte plantaire de ses doigts calleux, je me tais. C'est comme si nous venions de réaliser, tous les deux en même temps, que pour la première fois nous sommes vraiment seuls.

Lentement, ses mains remontent le long de mes jambes. Il repousse mes jupes jusqu'à ce qu'elles ne soient qu'un amas de dentelle noire autour de moi. Là, il attend, passant doucement les doigts sur les cicatrices à mes genoux. Je me rassieds contre le dossier du trône et ferme les yeux.

Il se penche. La chaleur de son souffle effleure ma peau. Je ravale un hoquet lorsqu'il embrasse mes cicatrices, une à une. Je suis loin, au-dessus des arbres, tout au bord d'un précipice avec toute la forêt devant moi. En dessous, je vois des âmes, des bois de cœur et des dieux, et je sais que dans un autre contact, un autre battement de cœur, je serai perdue.

Mais je ne tombe pas, pas encore.

D'autres fleurs sortent de terre. Elles couvrent les arbres, le trône, tant et si bien que le monde entier n'est plus que bruissement de feuilles et pétales de minuit. Rowan se lève. Il se rapproche, passe le bout d'un doigt sur ma joue.

– Peu importe où tu vas, même loin, tu seras toujours ma maison.

Je fais glisser ma main le long de sa mâchoire. Relève son visage pour le regarder dans les yeux. Je l'aime tellement que j'ose à peine parler, même chuchoter. Seuls quelques mots m'échappent.

– S'il te plaît.

Rowan franchit le dernier espace éphémère qui nous sépare. Il écrase sa bouche contre la mienne dans un baiser vif et désespéré. La chaleur me traverse en spirale. J'émets un son déchiré contre ses lèvres. La magie s'enflamme dans mes veines et le lien qui nous unit chatoie. Je pense à l'éternité, aux jardins et à la lumière du soleil. Aux choses impossibles qui sont si loin de ma portée.

Je ferme les yeux tandis qu'il trace un sentier langoureux jusqu'à la courbe douce de ma hanche, se remet à genoux, les mains sous mes jupes. Il emmêle ses doigts aux rubans qui nouent mes sous-vêtements. Il s'arrête, empêtré dans les boucles, et relève un regard précautionneux vers moi.

– Détache-les, je lui dis d'une voix rauque.

Il délie les rubans dans un seul murmure soyeux. Fait glisser le tissu froissé le long de mes jambes, sous mes pieds. Puis il me soulève contre le trône. Son souffle me frôle, chaud. Je recroqueville les orteils et plonge les doigts dans ses cheveux tandis qu'il m'embrasse entre les cuisses.

Il a appris mon corps très rapidement, repéré la façon exacte de me toucher et de me faire basculer dans une série de frissons incontrôlables. Ma tête retombe en arrière, mes yeux trouvent les branches au-dessus. Ma respiration se mue en halètements affolés qui résonnent dans l'air chargé de givre. Je commence à basculer. Mes mains s'allument de pouvoir, et des étincelles argentées s'élèvent au-dessus de nous, comme des étoiles.

Rowan m'attire dans ses bras et me tient jusqu'à ce que je sois immobile. Il glisse une main à ma taille, ses doigts se calent dans les creux entre mes côtes.

– Attends, je souffle. Laisse-moi...

J'attrape la cape abandonnée là. Je fouille les poches à la recherche du stylo à encre que je porte sur moi par habitude, même si ça fait bien longtemps que je n'ai pas dessiné de sigil sur ma peau. Avec soin, je pose la plume sur mon poignet et trace le sort que Clover m'a enseigné. J'entends encore sa voix, le ton taquin avec lequel elle m'a expliqué comment ça fonctionnait. « *Tu peux utiliser le thé, ou tu peux utiliser la magie.* »

Rowan me regarde écrire.

– Qu'est-ce que tu fais ?

– C'est un sort de contraception.

Il s'empourpre légèrement.

– C'est ça que tu veux ? Que je t'emmène au lit d'une manière qui nécessiterait ça ?

Du bout des doigts, il caresse le pourtour du sigil, pour ne pas étaler l'encre encore fraîche.

– Enfin, il n'y a pas vraiment de lit, je réplique en riant, et il fronce les sourcils, ce qui me fait encore plus rire. Oui, c'est exactement ce que je veux.

Il s'immobilise, hésitant, une main levée entre nous. Puis il faufile ses doigts dans mes cheveux, le bord de son pouce effleurant ma peau. Je me penche vers lui. Lâche un soupir malheureux contre sa bouche, puis je l'embrasse. Lentement et doucement.

Il détache la ceinture de ma robe. J'extirpe les bras des manches et la robe tombe sur l'estrade dans une bulle de tissu. Il passe la main derrière moi pour détacher tous les petits crochets dans le dos de mon caraco, puis il fait glisser les bretelles, une à la fois.

Je suis défaite, frissonnant à la sensation de l'air de la forêt sur ma peau. Je me sens si étrange, nouvelle et timide. Je n'ai jamais été comme ça devant personne, complètement dévêtue. Avec précaution, je retire la couronne de branches de mes cheveux et la mets de côté.

Tout se brouille. Rowan saisit ma main, caresse l'intérieur tendre de mon poignet. Le sort s'enflamme, le fil de notre lien s'enroule entre nous. Il me regarde comme si j'étais une créature dorée dans le cadre d'une icône.

– Leta, tu es si belle.

Je me lève et le pousse à ma place sur le trône. Un grognement surpris lui échappe lorsque je grimpe sur ses genoux, mes propres genoux repliés de part et d'autre de lui. Je me penche en avant, l'embrassant plus fort maintenant, tandis que ses mains et sa bouche me parcourent, me touchent partout – seins, ventre et courbe de la taille – jusqu'à ce que tout mon corps soit en feu. Même la plante de mes pieds est échauffée par la fièvre.

Je ne suis plus intimidée, même lorsqu'il saisit sa chemise et la fait passer par-dessus sa tête d'un seul mouvement. Même quand je sens la chaleur de sa peau nue contre la mienne. Mon cœur se met à battre très fort. Je suis consumée par un désir infini et dévorant. Pourtant, lorsqu'il approche ses mains, je les attrape et les retiens.

Je le regarde à travers mes cils.

– Pas trop vite. Je ne veux pas avoir l'impression que ce moment sera le seul qu'on aura.

Rowan acquiesce, les joues rougies. Il recommence à m'embrasser. Plus lentement maintenant. J'imagine que nous sommes dans sa chambre, la fenêtre ouverte et la lumière de Midété qui se déverse sur nous, la journée entière, la semaine, un mois, la vie devant nous. Je pense à la maison.

Je fais courir mes doigts sur lui, de cicatrice en cicatrice. J'embrasse chaque nouveau sigil qui marque sa gorge, son torse et ses poignets. Je sens le frisson du poison sous sa peau, je le sens tendu par le désir quand ma main se glisse entre nous pour le déboutonner.

Je le touche, perdue dans cette proximité sans garde-fou, dans la façon dont il s'est dévoilé devant moi, confiant, la gorge nue. La façon dont il appuie son visage contre mon épaule et lâche un son rude et chaud dans mon cou lorsque je l'empoigne. Il insinue les doigts entre mes cuisses, et une spirale de chaleur se déploie en moi.

Nous échangeons baisers et caresses pendant un long moment, dans la lumière pâle qui scintille autour de nous. Les arbres émettent un léger murmure et la brume s'enroule doucement dans les branches. Tout est lent, lent, lent, comme le miel qui coule d'une cuillère, comme la sève qui s'écoule du cœur tendre d'un arbre.

Tout est lent, mais je suis bientôt un feu soudain allumé à partir de braises accumulées. Je balance les hanches contre lui, ma respiration est saccadée. Je le veux de plus en plus près.

Rowan prend mon visage entre ses mains. Il me caresse la joue, une question hésitante dans le geste.

– Tu es bien sûre ?

Je considère ma posture, les genoux calés de part et d'autre de lui, tout le corps ardemment recroquevillé vers l'avant, et j'éclate de rire.

– Si j'ai une certitude, c'est bien celle-là.

Il rit lui aussi, et son regard s'illumine d'une manière qui envoie des frissons de désir dans mon ventre. Je me soulève un peu au-dessus de lui et il me saisit par la taille. Ses doigts s'enfoncent dans le creux de mon dos tandis que je m'abaisse.

Il halète. J'embrasse le son qui s'échappe de sa bouche, tout en continuant à rire alors que nous commençons à bouger ensemble. J'ai le vertige tellement c'est bon. Des éclats de plaisir jaillissent entre nous, et je vois les couleurs de son humeur à travers le lien. Nous sommes si étroitement liés, en cet instant – par l'amour et par le pouvoir – que je ne sais dire quelle partie du sort est la sienne et laquelle est la mienne.

Je le laisse entrer, au-delà des frontières liminales de mon corps. Je le laisse me prendre tout entière.

Je pense à la forêt qui nous entoure. Nous ne sommes que feuilles, air et murmure du vent. Le monde se vêt d'une teinte rose au moment où nous commençons tous les deux à basculer. Le seul son est celui de nos soupirs, de nos mots informes. Puis l'immobilité.

Je ferme les yeux. Rowan me caresse les cheveux. Je cale ma tête sous son menton. Il me tient dans ses bras longtemps, jusqu'à ce que les dernières bougies autour de nous soient presque consumées. J'entends le léger sifflement du poison quand il respire. J'entends les battements réguliers de son cœur.

Lentement, je me remets debout. J'entreprends de ramasser mes vêtements jetés çà et là et de les renfiler : les sous-vêtements de dentelle et de rubans, ma robe de soie. Je ramasse la couronne, la tourne distraitement entre mes mains. La replace sur mes cheveux.

– Leta, commence Rowan, hésitant, tu te souviens de la promesse que tu nous as faite à tous quand on s'est rendus au rituel final, pour réparer la Corruption ?

Je me mords la lèvre, jusqu'au sang, de nouvelles larmes emplissent mes yeux.

– Oui. Je m'en souviens.

Il se lève, la main tendue vers moi.

– Tu as dit qu'on travaillerait tous ensemble. Laisse-moi t'accompagner dans l'arbre d'os. Laisse-moi t'accompagner, qu'on aille jusqu'au bout de ça.

26
VIOLETA

Je marche dans les bois avec Rowan à mes côtés. Le monde du Dessous est fait de brume, de papillons de nuit et de lumière trouble. De fleurs aux couleurs de minuit, de brins de fougères délicates. De bougies brûlant dans des autels anciens. Je suis prête à rentrer à la maison, et en même temps je ressens une douce amertume à l'idée de laisser tout ça derrière moi.

La prochaine fois que je reviendrai, ce sera dans la mort. En cet instant, avec ma peau rougie par la chaleur et les baisers, avec le pouvoir du Seigneur d'En Dessous dans mes veines, la mort me semble une chose lointaine. Pourtant, je peux me la figurer. Mon âme à l'intérieur d'un bois de cœur, seule au centre d'un bosquet stérile. Ma voix devenue un murmure solitaire à travers l'air vide. Mes parents et Arien, séparés de moi pour toujours.

Rowan passe son pouce sur ma paume. Son expression est troublée, mais il ne parle pas. Il ne reste plus de mots pour changer la vérité de ce moment. Malgré tout mon pouvoir, ça ne peut se terminer que d'une seule façon.

L'arbre d'os s'élève au loin, enveloppé d'un brouillard gris comme de la fumée. La lumière projette sa teinte lilas à travers les branches au-dessus et sur le sol, les congères fondent lentement pour redevenir boue. Une trace demeure du passage de dame Moth dans cette partie de la forêt.

La magie brûle sur ma peau, froide comme un Midiver, tandis que nous suivons le sentier pour sortir des arbres. Nous gravissons la pente, nous nous arrêtons à l'autel. L'icône vide encadre l'arche encore ouverte. Je touche les bougies pour qu'elles s'enflamment. Puis, Rowan me tenant par la main, j'avance de sept pas lents dans l'obscurité.

Les parois creusées de l'arbre changent autour de nous. Les lianes, les feuilles et les épines se déploient à mesure que nous avançons dans les couloirs. Enfin, nous atteignons le sépulcre. Une odeur de rouille et de fer flotte dans l'air, entêtante.

Rowan prend mon visage entre ses mains. Il me contemple attentivement, seuls d'infimes morceaux de lui sont visibles dans la faible lumière. Ses yeux sombres, l'angle de sa mâchoire. Le dessin des ombres, toujours étalées sous les sigils de sa peau.

Nous respirons ensemble. Je sens le lien qui nous unit. Le sort qui nous lie de cœur à cœur, de poignet à poignet. Et puis, lentement, un autre fil se déploie et s'étire dans l'obscurité.

Autour de mes pieds, un cercle de champignons fantômes sort de terre. Leur lueur éclaire l'air d'une brume blafarde. Au début, il n'y a rien. Que le sépulcre, tout en ombres. Puis un frisson, un bruissement. Une forme apparaît, tel un fragment de quartz sur le lit boueux du lac.

Le Seigneur d'En Dessous, retenu prisonnier dans le cœur de l'arbre d'os.

L'arbre a poussé autour de lui maintenant, des éclats ont transpercé sa poitrine, ses poignets. Sa bouche est maculée de sang séché. La lumière filtrant d'en haut peint d'argent ses cheveux et les pointes acérées des bois de sa couronne.

Ses yeux sont clos. Il est complètement immobile, si l'on excepte le mouvement irrégulier de sa poitrine lorsqu'il prend une respiration tremblante. Un nuage de givre apparaît sur ses lèvres ensanglantées lorsqu'il expire. Rowan le considère sans mot dire. Ses doigts se resserrent autour des miens, et le lien s'assombrit sous les émotions contradictoires qui l'agitent. La peur, l'émerveillement et le désespoir.

La lumière change et, l'espace d'un instant, je vois le Seigneur d'En Dessous tel qu'il doit apparaître aux yeux de Rowan. Ses traits inhumains, une réfraction d'yeux plissés et de bouches superposées. Les entailles à sa gorge qui se meuvent au rythme de sa respiration. La brutalité acérée de ses crocs.

Ses cils battent, ses yeux s'ouvrent lentement. Il avale une gorgée de sang. Il me regarde pendant un moment interminable, les yeux remplis d'innombrables choses innommables.

Puis son attention glisse vers Rowan.

– Comme il est étrange que tu finisses ici, après t'être tant battu pour rester dans le monde du Dessus.

Sa voix, liquide comme de la glace fondue, sort tel un raz-de-marée.

– Et pourtant, tu as récupéré le frère que je t'avais volé. Tu as fait l'impossible, lui as finalement épargné la mort.

Rowan touche sa gorge, où ses doigts tracent une ligne distraite sur ses cicatrices, puis sur les sigils. Je perçois sa colère – contre le Seigneur d'En Dessous, contre lui-même – lorsqu'il rétorque :

– Tout ça aurait dû se terminer bien différemment.

Le Seigneur d'En Dessous secoue la tête, mouvement rendu difficile par le piège de l'arbre d'os.

– Il n'y a jamais eu qu'un seul dénouement possible.

Puis il ajoute à mon intention, posant sur moi ses yeux clairs même sous la brume de sa douleur :

– Je l'ai sentie, tu sais, la magie que tu as tirée de la forêt pour soumettre mes sœurs. C'était… intelligent, mon amour.

Nous nous observons. L'air pâle comme un fantôme est rempli par le miroitement de mon pouvoir, la lumière du fil du sort qui nous relie tous ensemble.

– J'ai fait ce que tu m'as appris. J'ai utilisé ma force pour protéger la forêt.

Son regard dévie sur les éclats d'os ensanglantés qui le transpercent. Preuve patente que j'ai été une bonne élève. Sa bouche s'étire sur un sourire ironique, et il acquiesce.

– Je n'ai jamais douté de ta force. Cependant, j'admets qu'en sollicitant ton aide pour sauver mon monde, ce n'était pas tout à fait ce à quoi je m'attendais.

Mon cœur se serre et je suis trop triste pour lui en vouloir.

– Quand j'ai sollicité ton aide, ce n'était pas non plus ce à quoi je m'attendais.

Son sourire vacille, s'estompe.

– Je t'ai donné mon pouvoir, mon cœur, mon nom. Ce n'était donc pas suffisant ?

– Ça... ça l'était. Et ça ne l'était pas.

– Je t'ai offert un monde. Et pourtant, voilà comment tu me réponds. Tu préfères la destruction plutôt que de rester à mes côtés.

Je lève la main. Les ombres se déploient, s'étendent à travers le sépulcre vers le Seigneur d'En Dessous, dans sa prison de lianes et de branches. L'arbre d'os bouge, frémit sous ma magie. Il commence à le dévorer – les ronces se resserrent, d'autres éclats lui transpercent la poitrine. Il émet un son, aigu et abîmé. Du sang noircit sa bouche.

J'ai l'impression d'être perdue dans les bois, où tous les chemins devant moi ne mènent qu'au danger. Le détruire et être libre. L'épargner et ne jamais retourner dans le monde du Dessus. Peu importe que je sois désolée ou que je l'aime. Je ne peux pas partir tant que notre lien existe. Il est tissé trop profondément, il ne pourra jamais être défait.

Des fleurs s'épanouissent à nos pieds, aux pétales d'un cramoisi éclatant. Je sens le fil du sort entre nous, tendu, sur le point de se casser.

Soudain, Rowan me saisit le bras, m'arrête. Il prononce mon nom comme une supplique, une mise en garde.

– Leta, attends. Tu n'es pas comme ces créatures brutales des bois.

Mes mains tremblent, alors même que le pouvoir s'accumule, froid, au creux de mes paumes. La vérité est comme une lame dégainée. Des larmes me piquent les yeux, mais je les chasse, je ravale un sanglot.

– Je dois le faire, Rowan. Comment échapper à la mort si ce n'est par la mort ?

Rowan nous regarde tour à tour, le Seigneur d'En Dessous et moi. L'air méfiant, il fait glisser sa main le long de mon bras, entoure mon poignet.

– Si votre lien ne peut être défait, alors modifie-le. Une nouvelle connexion... entre nous trois.

Il appuie délicatement sur le sigil. Je l'observe : couvert de cicatrices et d'ombres, garçon et monstre, entraîné dans le monde des morts par son amour pour moi. Alors que son pouce suit mon pouls, je sens la chaleur et la douceur du lien. Je sens une magie plus ancienne, plus aiguisée.

Des fils de pouvoir qui nous lient... tous les trois. De cœur à cœur à cœur. Une connexion forgée dans les promesses, le sang et le pouvoir.

– Rowan, c'est vraiment ce que tu veux ?

– Oui, dit-il doucement. Je le veux.

Je regarde le Seigneur d'En Dessous. Je le regarde vraiment, comme si sous ses traits se cachait un secret que je n'ai jamais pu lever. Je vois la tendresse et le désespoir, la fureur et l'espoir. Tout ça à la fois et rien de tout ça.

Je me rapproche. L'espace entre nous se rétrécit jusqu'à ce que je sois contre lui, épines, feuilles et os entre nous. Je pense à des nuits sans lune. À des arbres sur un champ de cendres, au glissement froid des ombres dans mes veines. Je pense à la Dame. La manière dont elle m'a parlé dans ce lieu saint, délimité par la lumière, en sachant que mon choix aurait un impact sur le destin de vies, de mondes.

Dont elle m'a dit de regarder dans le cœur de la créature dont je prononcerais le nom.

Je m'appuie contre le Seigneur d'En Dessous, cale ma joue dans le creux de son épaule. Il tend la main, les poignets toujours retenus par l'arbre, et ses doigts hésitants me caressent les cheveux.

Puis la main de Rowan se pose sur ma taille. Il se blottit derrière moi, incline la tête. Ses lèvres effleurent le côté de ma gorge et déposent un baiser sur mon pouls. Je me tiens là, étreinte entre le Seigneur d'En Dessous et lui. Des fils de magie nous entourent, jusqu'à ce que l'air s'illumine d'or et que nous soyons tous les trois encerclés par le lien.

Je ferme les yeux. Je murmure un nom qui a un goût de pin, de cendre et de fumée.

– *Rvth.*

Un frisson agite l'air, et les parois creusées de l'arbre d'os se tordent et se recroquevillent. Lentement, les lianes se relâchent, et les éclats qui transperçaient le Seigneur d'En Dessous se retirent, se délient.

Il me regarde avec surprise, déstabilisé et dépouillé, une émotion humaine très étrange sur son visage. Nous sommes au même niveau, l'un face à l'autre. Une fille et un dieu, et tous deux changés.

Je me mets à pleurer, mais je soutiens son regard d'égale à égal.

– Je voulais t'aider. Je… je te voulais.

Il m'écoute en silence et je continue, la chaleur de l'aveu faisant monter le rouge à mes joues.

– Je ne veux pas te détruire. Je veux juste rentrer à la maison.

– Ta vraie maison, précise-t-il doucement. Dans le monde du Dessus.

J'incline la tête, des larmes coulent sur mes joues.

– Oui. Je veux que tu respectes les termes du marché que j'ai conclu dans le bosquet infesté. Je veux ce que tu as promis avant de déformer mes mots, avant de me piéger. Et en retour...

Je jette un coup d'œil à Rowan, dont les doigts se resserrent sur ma taille. Il hoche la tête.

– Je te réitère la promesse que je t'ai faite... mais remodelée.

Le Seigneur d'En Dessous se frotte le poignet, là où les plaies sont déjà en train de guérir. Même les déchirures de sa cape, laissées par les échardes qui l'ont transpercée, se sont recousues. Il passe une griffe sur le bord de sa bouche, gratte une croûte de sang.

Tout bas, il commence à réciter ma promesse. Les mots que j'ai prononcés dans le bosquet infesté, les mots que j'ai prononcés avec du poison dans les veines.

– Tu m'aimeras. Tu me vénéreras. Tu ne m'oublieras jamais, même après être rentrée chez toi.

– Oui, dit Rowan, la voix devenue solennelle.

– Oui, je répète en écho. Nous le ferons.

Le Seigneur d'En Dessous attrape ma main, appuie ses griffes tachées sur la cicatrice dans ma paume.

– Pour que tu puisses retourner dans le monde du Dessus, tout ça devra être défait. Ta magie, ton pouvoir, notre connexion. Quoi que tu rencontres après cet instant, tu l'affronteras seule.

Comme en réponse à ses mots, une vrille de magie s'élève de ma main, ombres soulignées d'or. J'ai l'impression de me mettre en danger en faisant ça. Mais tous nos marchés ont eu le goût de la peur. Il est normal que ce soit pareil pour notre dernier marché.

Lentement, j'acquiesce.

– Je rendrai tout. Et en échange… tu me rendras ce que tu m'as pris. Ma famille, les souvenirs que j'en avais et nos retrouvailles quand je reviendrai en Dessous pour la dernière fois.

Il resserre son étau sur ma main, m'attire plus près jusqu'à ce que je sois à nouveau dans ses bras. Il écarte mes cheveux de mon visage et ses lèvres effleurent ma joue.

– Très bien, j'accepte ton marché.

Il m'embrasse à nouveau. Je sens la courbe de son sourire contre ma peau tandis qu'il jette un coup d'œil à Rowan.

– Je l'accepte… de vous deux.

L'air autour de nous scintille et un vent froid s'abat sur moi. J'ouvre et ferme mes poings, je sens la danse du pouvoir dans mes veines. Je le sens se dissoudre. Ma connexion avec ce monde est défaite et refaite, remplacée par une promesse chuchotée, un baiser dans l'obscurité et un lien aussi délicat que la soie d'une araignée.

C'est la dernière fois que le Seigneur d'En Dessous et moi-même sommes sur un pied d'égalité. C'est la dernière fois que nous sommes ensemble. Mais je ne veux pas que ce soit la fin. Lui tourner le dos et m'en aller.

– S'il te plaît, dis-je d'une voix douce. Viens avec nous sur le rivage.

Il nous regarde tour à tour et hoche la tête, une fois.

– Si tel est ton souhait.

Rowan prend mon autre main et nous sortons en file indienne de l'arbre d'os. Lorsque nous franchissons l'arche qui nous ramène dans la forêt, le tronc se referme, l'écorce roulée redevient une surface solide. Aucun de nous ne parle pendant que nous parcourons le reste du chemin à travers bois.

En haut de l'escalier qui mène au lac, un bois de cœur tend ses branches vers moi. Des feuilles caressent doucement ma joue. Je regarde le sol et je vois une dernière guirlande de fleurs s'épanouir dans les empreintes de mes pas.

Nous descendons les marches, nous nous arrêtons au bord de l'eau. Nos reflets s'étirent à la surface, trois formes floues. Je vois le contour de ma couronne, les branches courbées au-dessus de mes cheveux emmêlés. Tendrement, je touche les tiges tressées. Je l'enlève et la tiens dans mes mains tremblantes.

Le Seigneur d'En Dessous m'observe un instant, puis il se tourne vers Rowan et lui fait signe d'approcher.

– Il semble que ta vie soit devenue la mienne après tout. En un sens. Dis-moi, le regrettes-tu ?

– Non, répond Rowan sans hésiter.

Il dénoue ses manches et les remonte. Il tend les bras, montrant les cicatrices noircies bien visibles sur sa peau. Les sigils et les traces restantes de poison.

– À cause de toi, je me suis transformé en monstre. C'est parce que je suis devenu ce monstre que j'ai trouvé Violeta. Je ne regrette rien de tout ça.

Un bruit sourd fait vibrer la poitrine du Seigneur d'En Dessous. Un rire, un soupir, un son empreint d'autant de tendresse qu'une créature inhumaine peut en exprimer.

– Je crois que tu… me manqueras, Rowan Sylvanan. J'attends avec impatience ton observance, même si je soupçonne qu'elle ne sera plus tout à fait teintée de la même peur.

Il pose sa main sur la joue de Rowan. Ce dernier s'immobilise, mais il ne s'éloigne pas, même lorsque le Seigneur d'En Dessous touche la cicatrice sur sa bouche, passe sa griffe le long de sa courbe avant de rompre le contact.

Il se tourne ensuite vers moi et désigne le chemin couleur argent qui mène au lac.

– Les dernières bribes de ta magie vous permettront de rentrer. Ensuite, notre marché sera scellé.

C'est la fin de tout ça. Des autels, des ombres et des chuchotements dans les bois sombres. Je lui tends la couronne, celle qu'il m'a donnée à porter lorsque je régnais sur ce monde à ses côtés.

– Au revoir.

Il prend la couronne. Sa main se porte à ma joue, ses griffes suivent doucement la ligne de ma mâchoire. Il touche le dessous de mon menton. Je relève le visage et il se penche pour m'embrasser une dernière fois.

– Au revoir, Violeta.

Rowan m'entoure de son bras. Ensemble, nous suivons le sentier jusqu'à ce que nos pieds rencontrent le bord peu profond du lac. À l'instant où j'entre dans l'eau glacée, je ressens l'attraction de la forêt. Un dernier appel des arbres

– leurs branches inclinées vers moi, les fils de magie dans l'air, toujours attachés à mon corps, même légèrement.

Je me force à avancer, sans me retourner, jusqu'à ce que l'eau soit si profonde qu'elle me lèche la gorge. Je me permets alors de regarder le monde du Dessous.

Le Seigneur des lieux veille depuis le rivage, enveloppé de sa cape comme d'un linceul de ténèbres. Une faible lueur de pouvoir s'allume entre nous, et je murmure son nom. Je le regarde s'estomper peu à peu, jusqu'à ce qu'il devienne argent et silence, perdu dans les arbres.

Je fais un pas de plus, et le sol a disparu. Rowan m'attire contre son torse. Je ferme les yeux, j'écoute le battement régulier de son cœur sous mon oreille. Il m'embrasse tandis que l'eau nous submerge. Enlacée par lui, je tombe sous la surface.

J'avale les ténèbres et je les laisse m'emporter.

27
VIOLETA

Nous montons à travers les vagues, la glace et les ombres. Au loin, une lumière fracturée étincelle et ondule. Je tends la main. Mes doigts touchent de l'eau, de l'eau, de l'eau. La lumière s'intensifie. Enfin, nous émergeons à la surface. Nous sommes de retour dans le monde du Dessus, affalés sur la rive du lac. Les vagues à nos pieds, les carex emmêlés autour de nos poignets.

Je m'effondre sur le flanc et j'enfonce mes doigts dans la boue, inspirant désespérément un souffle après l'autre. L'air sent la forêt, la fumée de bois et… la maison.

Rowan s'accroche à moi. Il tremble, tenaillé par l'appréhension. Je tombe contre lui, noue les mains dans le tissu de sa chemise pour l'attirer contre moi. Il enfouit son visage dans le creux de mon cou et laisse échapper un soupir de soulagement.

– Tu es bien réelle.

– Je suis bien réelle, je répète. Et je suis à toi.

Je l'embrasse. Mon baiser est à la fois une caresse et une revendication. La bouche ouverte et affamée, tout en dents acérées et en sanglots haletants. Nous nous agrippons l'un à l'autre jusqu'à la meurtrissure. Une confirmation tendre et furieuse. Il se met à pleurer, grosses larmes chaudes sur ses joues, que je goûte tandis qu'il m'embrasse en retour.

Les couleurs m'envahissent. Ses états d'âme – la douleur, le soulagement et l'amour. Le fil du sort est toujours noué entre nous. Nous sommes encore liés. Il est plus doux maintenant, plus faible, ce lien, mais bien présent.

Nous nous écartons. Nous mettons debout. Un cri retentit au loin et nous nous retournons pour voir Clover et Arien se précipiter vers nous. Nous les rejoignons à la lisière des arbres pâles, à côté d'un amoncellement de couvertures et de lanternes : ils nous attendaient.

Clover m'entoure de ses bras.

– C'est toi ! C'est vraiment toi !

Elle me serre fort, puis s'écarte, me prend par les épaules pour me contempler. Sa bouche se retrousse sur un sourire incertain. Doucement, elle touche ma joue.

– Tu m'as manqué, Violeta. Tu m'as tellement manqué.

Tout ce que je peux faire, c'est me serrer contre elle.

– Toi aussi, tu m'as manqué.

Elle m'étreint encore quelques secondes, puis fait un pas de côté pour laisser Arien s'approcher. D'une main hésitante, il ôte une feuille de mes cheveux.

– Leta… lâche-t-il d'une voix étranglée, avant de se mettre à pleurer. Je savais que tu reviendrais. Je le savais.

La confiance qui se dégage de sa voix finit de m'ébranler. Je l'entoure de mes bras, j'enfouis mon visage contre son torse. Je sens le frémissement et le soupir de ses sanglots tandis que nous sommes accrochés l'un à l'autre.

C'est tellement différent de la dernière fois où je suis revenue, quand j'ai atteint la maison pour être récupérée par les ombres. Je suis là. Je suis là. Je suis *là*.

Clover enroule une couverture autour de mes épaules.

– Rentrons à la maison.

J'acquiesce, les yeux déjà brouillés par de nouvelles larmes.

Rowan me prend la main et nous nous dirigeons à travers les arbres pâles. Je me retourne pour regarder le rivage avant qu'il ne soit éclipsé par la forêt. Il me semble qu'une éternité s'est écoulée depuis le dernier rituel. Aujourd'hui, la terre est réparée. L'eau est claire, tachée seulement par le tanin des feuilles mortes. Nous avons tant donné, tant œuvré pour rendre ça possible.

Bien que le ciel soit nuageux, la clarté du soleil voilé me fait mal aux yeux. Tout est à la fois familier et inconnu.

Les arbres s'espacent au profit d'un chemin de gravier, et le sol ici est coupé par une marque noircie, la terre balafrée tout le long du chemin depuis le jacaranda jusqu'au portail clos de mon jardin. Lorsque Rowan m'a invoquée à l'autel, je n'avais pas remarqué cette particularité. Maintenant, je me rends compte que les endroits qu'il a touchés lorsqu'il était sous l'emprise de la Corruption ne sont toujours pas guéris.

Je me tourne vers Arien et Clover, confuse.

– Ça ne s'est pas réparé quand vous avez soigné le rivage ?

Ils secouent la tête. Nous franchissons la cicatrice, et un nœud d'inquiétude commence à se resserrer dans ma poitrine. Je sens qu'elle m'appelle, cette obscurité persistante, de la même façon que le poison à l'intérieur de Rowan s'est agité à mon contact. Mais je n'ai plus le pouvoir de réparer quoi que ce soit.

La maison s'élève, toujours la même, d'une beauté de conte de fées, avec du lierre autour de l'avant-toit et un filet de fumée s'échappant de la cheminée. Je porte la main à ma bouche, submergée. Je vois la fenêtre de ma chambre, les rideaux tirés, un vase de fleurs séchées sur le rebord.

À l'intérieur, la cuisine est chauffée par le poêle, la pièce baignée dans la lumière ambrée du feu et les bougies de l'autel. Rowan et moi nous postons devant l'âtre, l'eau dégouline de nos vêtements et trempe le sol autour de nous. La porte du couloir s'ouvre, livrant passage à Florence, suivie de près par Elan.

Il la pousse pour la dépasser et courir vers Rowan. Ils se jaugent un moment, dans un silence tremblant, puis Rowan entoure Elan de ses bras. Il ferme les yeux, les larmes glissent à travers ses cils et il appuie la joue contre les cheveux argentés d'Elan.

– Bien ! s'exclame Florence en nous regardant tous d'un air dur et sévère, démenti par sa bouche qui tremblote. Vous avez tutoyé de nouveaux sommets de danger et de folie. Et je suis... très heureuse que vous soyez sains et saufs, et enfin rentrés à la maison.

De nouvelles larmes emplissent mes yeux tandis que je m'approche. Elle touche ma joue, mes cheveux mouillés par le lac. Puis, d'un bras autour de mes épaules, elle me guide plus près du feu. Je tends les mains vers la chaleur des flammes.

Rowan et Elan interrompent leur étreinte. Avec une grimace, Rowan regarde ses vêtements tachés de boue.

– Je vais me changer, me dit-il. Et aussi te trouver des vêtements secs.

Il quitte la pièce et je m'assois sur l'âtre. Je me blottis, frissonnante, dans la couverture encore enroulée autour de mes épaules. Elan s'agenouille à côté de moi. Je me sens étrangement intimidée lorsque nous nous dévisageons. Il est plus soigné maintenant, avec ses cheveux argent noués dans la nuque. Mais il y a toujours en lui une étincelle des bois de cœur, dans la façon dont son œil sombre reflète la lumière du feu, dans l'éclat de sa peau brun-doré.

– Tu es changée, constate-t-il doucement.

J'appuie avec précaution mes doigts à l'endroit où la cicatrice et le sigil marquent mon poignet.

– Seulement un peu.

– Tu n'es plus aussi effrayante maintenant.

Un battement de cœur s'écoule, il esquisse un sourire.

– Merci de m'avoir ramené à la maison.

Je ne peux m'empêcher de sourire en retour.

– Il va falloir trouver un moyen d'expliquer comment tu es revenu.

Il agite la main et rit en jetant un coup d'œil à Clover et Arien.

– Oh, on y a déjà réfléchi. Je suis un parent éloigné de Florence, envoyé ici pour m'éviter des ennuis.

Je l'observe en songeant à leur idée. Avec ses cheveux argent, ses cicatrices et ses yeux vairons, il ne ressemble en rien au garçon joufflu du portrait de l'étage. Il est plus grand, plus vieux, avec des angles nouveaux dans les traits de son visage et la forme de sa bouche. Il a tellement changé que seuls ceux qui l'aimaient le plus peuvent le reconnaître.

Florence sourit, ébouriffe les cheveux d'Elan.

– C'est assez vrai, je dirais.

– Il fallait qu'ils soient d'importance, tes problèmes, pour que le domaine de Lakesedge t'apparaisse comme l'endroit le plus sûr, ricane Arien, taquin. Qu'as-tu donc fait, Elan ?

Ce dernier lui donne un coup de coude.

– Est-ce une façon de parler à un invité ?

Ils éclatent de rire, se bousculent. Clover les contourne en se dirigeant vers la cuisinière, prend une tasse sur les étagères au-dessus de l'âtre. Elle verse du thé, y ajoute une généreuse cuillerée de miel avant de me passer la tasse.

– Elan et Arien nous ont raconté ce qui s'est passé... en partie, du moins, dit-elle en tirant sur sa tresse. Comment t'es-tu échappée ? Il a vraiment fallu que tu tues le dieu de la mort ?

Florence, à côté de Clover, se signe dans un geste de protection.

– Non, leur dis-je. Il n'est pas mort.

Je jette un coup d'œil à Arien, prends une prudente gorgée de thé. Le breuvage est chaud, amer sous le miel. Je ne sais pas trop par où commencer.

– Rowan et moi avons conclu un nouveau marché avec le Seigneur d'En Dessous.

Arien me regarde fixement, bouche bée sous l'effet du choc.

– Après tout ce qui s'est passé, tu es toujours liée à lui ? Vous l'êtes tous les deux ?

Je regarde mes mains autour de la tasse de thé. Incrustés sous mes ongles, il y a encore des résidus de la terre du monde du Dessous.

– Ce n'est pas pareil. J'ai renoncé. À tout mon pouvoir, toute ma magie et à mon lien avec le Seigneur d'En Dessous. J'y ai renoncé pour pouvoir revenir.

Dans le silence mordoré de la cuisine, je leur révèle la vérité pure et dure. Sur les ruses et les promesses. Comment j'ai marché aux côtés du Seigneur des morts et j'ai été, un bref instant, plus déesse qu'humaine. Comment j'ai appris et utilisé les noms des déesses-sœurs. Comment Rowan et moi avons conclu notre pacte final et durable avec le Seigneur d'En Dessous.

Cependant, je ne partage pas tout. Certaines parties sont trop délicates pour être exprimées à voix haute. Comme lorsque j'ai glissé dans cet endroit étrange et lumineux et entendu la voix de la Dame. La tendresse brute dans les yeux du Seigneur d'En Dessous lorsqu'il m'a embrassée la première fois. Ou le chagrin que j'éprouve à l'idée que ma terrible et merveilleuse magie a été remplacée par le vide, le néant.

Rowan revient dans la pièce, habillé de vêtements neufs et soignés. Sa chemise en lin foncé semble repassée de frais et il a nettoyé la boue de ses bottes. Le seul signe de désordre à s'attarder en lui, c'est sa chevelure encore humide, qui pend en vagues souples autour de ses épaules.

Il me passe une robe propre, bien pliée.

– J'ai essayé de trouver la plus chaude.

– Merci, dis-je en la lui prenant des mains

Je regarde le couloir, mais je ne veux pas monter dans ma chambre et me retrouver si loin de tout le monde. Pas encore.

La robe dans les bras, j'entre dans l'office, dont je ferme la porte derrière moi. Sous les guirlandes de fleurs et d'herbes en train de sécher, je commence à me déshabiller. Ma robe de soie du monde du Dessous est déchirée, le tissu est taché de sang, les ailes des papillons de nuit en lambeaux.

Je la mets néanmoins soigneusement de côté, sur l'extrémité de l'établi de Clover. Je réfléchis à la façon de la broder pour en recoudre les déchirures, de la même façon que le Seigneur d'En Dessous a un jour réparé mon manteau.

Je suis accompagnée par le son agréable des voix qui montent de la cuisine, le raclement du tirage de la cuisinière quand quelqu'un ajoute du bois au feu. Je regarde la nouvelle robe : couleur mousse, elle comporte une jupe ample et un large ruban en guise de ceinture. Un caraco en dentelle et une culotte sont pliés à côté, ainsi qu'une paire de chaussettes à rubans.

J'enfile mes nouveaux vêtements en frissonnant. La robe a un motif de lianes cousu sur l'ourlet du bas. Je noue la ceinture, mais mes doigts sont si froids que je n'arrive pas à fermer les boutons dans mon dos.

Avec un soupir, je m'affale contre le bord du plan de travail. Mon regard se porte vers la fenêtre, vers la cicatrice sur le sol à l'extérieur. Je replie mes doigts contre mes paumes, sens le vide douloureux là où se trouvait mon pouvoir.

On frappe doucement à la porte. Elle s'ouvre lentement sur Rowan. L'air autour de nous scintille de grains de poussière alors qu'il me regarde en silence. Le visage tourné vers la fenêtre, j'ai le dos de ma robe encore béant.

– Tu as besoin d'aide ?

J'acquiesce, les lèvres pincées. J'ai l'impression d'être sur le point de me remettre à pleurer.

Il ferme la porte sans bruit et traverse la pièce. Délicatement, il écarte mes cheveux et commence à attacher les boutons. Lorsque ses doigts effleurent ma nuque, Rowan rit tout seul.

– Tu te rappelles la première fois que j'ai fait ça pour toi ?

Je souris, un peu réchauffée par ce souvenir.

– Oui.

– Tu n'as pas idée de l'envie que j'avais de t'embrasser à ce moment-là.

Mon sourire s'élargit.

– Oh, il se peut que j'en aie eu une petite idée, si.

Il se penche et pose ses lèvres dans mon cou. Je frissonne à la sensation de son souffle sur ma peau. Une étincelle crépite le long du lien, puis je sens que l'autre partie du sort – autrefois liée au Seigneur du Dessous – se tend maintenant vers des ténèbres vides.

Je cligne des yeux pour repousser des larmes teintées d'un mélange d'émotions confuses. Il semble y en avoir un puits sans fond. Je serre les poings, regarde dehors la terre blessée.

Rowan m'embrasse à nouveau dans le cou.

– C'est normal s'il te manque, Leta.

Je secoue la tête, je veux protester, mais les mots ne viennent pas. Je me tourne pour le regarder, prends ses mains entre les miennes.

– Je ne regrette pas d'être à la maison. Pas du tout.

– Il peut quand même te manquer, répète-t-il d'une voix devenue calme et douce. Tu n'as pas à t'en cacher. Si tu ne l'avais pas aimé comme tu l'as fait, rien de tout ça n'aurait été possible.

Je hoche la tête, faute de me sentir capable de parler. Peut-être cette douleur douce-amère s'atténuera-t-elle, peut-être pas. Ce dont je suis certaine, c'est que je ne regrette pas ce que j'ai fait.

J'ai tout choisi – les pactes, la souffrance et le sacrifice.

J'ai choisi de rentrer à la maison.

Rowan attache le reste de mes boutons. Puis il dit :

– Raconte-moi le reste de l'histoire, Leta. L'histoire du bord du chemin.

Pendant un instant, je suis perdue. Tellement je suis habituée à la perte et au vide que je trouve chaque fois que je cherche les histoires de mon passé. Là, les mots viennent sans crier gare, comme s'ils avaient été placés sur ma langue.

– La jeune fille du labyrinthe ?

– J'attends toujours de savoir comment ça s'est terminé.

Je pense à cette nuit lointaine dans la chaumière, quand je me suis allongée à côté d'Arien et que je lui ai raconté l'histoire, dans l'espoir de lui tisser un semblant de sécurité avec mes mots. Je pense au changement de lumière, au moment où j'ai levé les yeux pour voir Rowan qui me regardait. Hypnotisé.

Je laisse échapper un souffle saccadé.

– Au-delà de sept forêts, au-delà de sept lacs, il y avait un monstre qui vivait profondément sous la terre…

Les mots de l'histoire me sont familiers, maintenant. Comme si je ne les avais jamais oubliés. La jeune fille qui suit un chemin à travers les murs enchevêtrés du labyrinthe, en suivant un fil déroulé pour retrouver la voie de la maison.

Et quand je ferme les yeux, je vois ma mère assise près du feu dans notre chaumière. Mon père avec Arien dans ses bras, son regard fixé sur elle pendant qu'elle raconte l'histoire. Il écoute, écoute sa voix, le visage illuminé de tendresse.

– Je me souviens d'eux, je murmure. Je m'en souviens.

Rowan fouille dans sa poche et en sort un objet enveloppé dans un long ruban de soie. Une clé… la clé de mon jardin. J'enroule mes doigts autour, le métal se réchauffe dans ma paume.

Puis, résolue, je passe le ruban par-dessus ma tête et retourne dans la cuisine. Clover et Arien sont toujours à côté de la table de l'âtre.

– J'ai besoin de votre aide, leur dis-je. Pour réparer la cicatrice.

– Bien sûr, répond Arien.

Ils se lèvent tous les deux. Mon frère tire sur sa cape, Clover trouve une plume et un encrier dans l'office. Ils m'attendent pendant que je glisse les pieds dans les bottes de rechange que Clover a laissées à côté de la porte de la cuisine, puis nous sortons ensemble dans la cour.

L'herbe est parsemée de pissenlits qui se sont mués en lunes argentées. Leurs graines s'envolent sur notre passage. Le portail de mon jardin est ouvert, déverrouillé. À l'intérieur, l'autel où Rowan m'a invoquée est toujours appuyé contre une branche tombée.

C'est très étrange de la voir là, cette icône, cette capture du moment où j'étais une créature magique, teintée d'ombre. Je passe mes doigts sur le cadre, sur les crêtes de cire des bougies consumées.

Je balaie le jardin du regard. Les arbres squelettiques, les ronces stériles, l'endroit où la cicatrice se termine, sous l'autel.

– Je veux réparer ça, j'annonce. Qu'on le répare ensemble. Comme lors du rituel.

Arien acquiesce, d'un regard devenu solennel. Nous nous agenouillons devant l'autel, Clover prend sa plume et trace un sigil sur son bras. Arien l'imite, puis il me tend la plume.

Je remonte ma manche et ajoute une marque sur la peau tendre du creux de mon avant-bras. Le sort que j'ai utilisé pour réveiller le jardin, la première fois que Rowan m'a amenée ici. Le sort que j'ai utilisé, autrefois, pour faire pousser un bois de cœur à partir d'une graine. Alors que l'encre coule sur ma peau, je me demande si c'est la dernière fois que je me sens alchimiste.

Nous posons nos mains contre la terre, côte à côte, nos doigts se touchent. Le nouveau sigil rougeoie, chaud sur mon poignet. La terre bourdonne tandis que j'attrape l'étincelle de mon pouvoir.

Il est doux et petit, tout en fumée de bougie et en ailes minuscules. Très différent de la force infinie qui était la mienne quand je commandais dans le monde du Dessous. Lentement, les fils de notre magie commencent à s'entrelacer. C'est tout ce que j'ai maintenant. Une douce chaleur, un fil unique tissé librement entre mes doigts. Mais ce sera suffisant.

Et quand je ferme les yeux et que je jette le sort… je vois mon père. Ses mains dans la terre, des graines qui prennent vie sous l'effet de son pouvoir. De l'encre sur ses poignets, ses yeux changés en or quand la magie brille sur sa peau.

Au lieu de la douleur et de la ruine que je ressentais un temps à la place de ces souvenirs, il n'y a maintenant que lumière, chaleur et amour.

Je m'assieds et regarde autour de moi. Les arbres sont encore dénudés, comme en automne, avec les ronces acérées incurvées en dessous. Mais de nouvelles fleurs apparaissent en bordure de chemin. Des roses pourpres, des hellébores à pétales noirs. Nous avons réparé le jardin, la blessure laissée au sol a été refermée. Je souris, la gorge serrée, en regardant les espaces de terre encore nue, en imaginant les endroits où je planterai des graines lorsque le temps redeviendra chaud.

Clover passe son bras autour de mes épaules.

– Je suis si heureuse que tu sois de retour, Leta.

Je lui serre la main, je souris à Arien.

– À la maison, dis-je doucement. Avec vous tous.

Nous restons ensemble un moment, alors que des nuages envahissent le ciel et que la lumière vire au sombre.

Une odeur dans l'air promet la pluie, et une fraîcheur dans le vent nous fait tous frissonner. Arien et Clover retournent à la maison, mais je reste en arrière, assise sur l'arbre tombé. L'endroit où Rowan m'a un jour embrassée quand le poison le dévorait.

Une voûte de lierre argenté a poussé, dont les feuilles bruissent au-dessus de moi, agitées d'un murmure qui me rappelle les âmes des bois de cœur.

Je suis encore là quand Rowan vient me trouver, apportant une autre tasse du thé de Clover, précautionneusement pour ne pas la renverser. Il me passe la tasse, puis enlève sa cape et me la met sur les épaules. En s'asseyant à côté de moi, il regarde avec appréhension le jardin réparé.

– J'ai trouvé que c'était une jolie façon de dépenser mes dernières forces magiques, je commente en tendant la main pour lui montrer la faible lueur au bout de mes doigts. C'est tout ce qui me reste maintenant.

Il prend ma main entre les siennes. Ses doigts appuient sur ma ligne de cœur, comme la première fois qu'il a fait appel à mon pouvoir. Un contact sur ma paume, un afflux de lumière entre nous.

– Et c'est parfait, me dit-il. Tu es parfaite.

L'obscurité se déplace brièvement sous sa peau lorsqu'il me touche. Je passe les doigts sur une ombre semblable à une ecchymose, étalée sous le sigil à sa clavicule.

– Je suis désolée de ne pas avoir assez de magie pour te guérir.

Rowan secoue la tête, la bouche étirée sur un sourire contrit.

– Je n'ai pas besoin d'être guéri. Ce que j'ai dit au Seigneur d'En Dessous avant qu'on rentre à la maison, c'était la vérité. Je ne regrette pas ce que je suis devenu, Leta. Malgré toutes mes erreurs, je ne peux pas regretter les ténèbres de ma vie, puisque c'est grâce à elles que je t'ai rencontrée.

– Je t'aime, Rowan.

– Et je t'aime.

Assis ensemble, nous partageons le thé en nous passant la tasse. Rowan regarde le lierre tissé autour de l'arbre tombé. Il effleure le bord recourbé d'une feuille et lève les yeux vers moi, timide et curieux.

– Pourquoi m'as-tu embrassé, le jour où je suis venu te voir ici, une fois transformé en un monstre ?

– C'est peut-être parce que tu étais un monstre que je t'ai embrassé.

Je ris et il soupire, se renfrogne, ce qui me fait rire encore plus. Il se passe une main dans les cheveux, renverse la tête en arrière pour regarder le ciel, où une lune diurne est visible entre les nuages – argent pâle et presque pleine.

– Leta, dit-il, encore timide, c'est bientôt le feu de joie de Noirdautomne. Je me demandais si tu m'accompagnerais pour diriger le chant de l'observance. Je n'avais pas l'intention d'y aller, et puis j'ai décidé que je voulais être là, au village. Je veux y assister avec toi.

À ses mots, une lente chaleur m'envahit, en pensant à Mordété, à l'élan de fierté qui m'a envahie lorsque j'ai marché avec lui à travers la foule vers le feu. En pensant à ce que ce sera de me tenir à ses côtés lors de tous les autres feux de joie, festivals et jours de dîme.

– Ensemble alors, j'acquiesce.

Le rouge me monte aux joues. Il sourit, heureux et détendu, dévoilant ses dents de travers. Je l'attire à moi et appuie mon front contre le sien, en soupirant de bonheur. Puis je l'embrasse.

Il enfonce ses doigts dans mes cheveux, dessine des cercles délicats dans ma nuque. Il y a une douceur à être avec lui dans le crépuscule qui se lève. La tendresse tranquille avec laquelle il m'embrasse en retour, la lumière pâle de la magie étirée entre nous. Je la sens tissée autour de nos cœurs, filant vers le lointain où elle s'estompe dans une obscurité tranquille.

Je pense aux ombres et à la brume, aux caresses enrobées de givre. Je pense à la lumière du soleil et au miel, à la cuisine éclairée par le feu, à ma chambre avec les rideaux qui ondulent dans la brise de Fauchaison. Et à Rowan, Rowan – le garçon, le monstre, le garçon – qui m'a suivie dans les ténèbres et m'a ramenée à la maison.

Je l'embrasse. Je l'embrasse longtemps, entourée par les feuilles argentées du jardin que j'ai réparé avec les dernières étincelles de ma magie.

28
ROWAN

Dans la lumière écarlate du coucher de soleil, je me prépare pour le feu de joie de Noirdautomne. Ma chemise est brodée aux épaules, noir sur noir, d'un motif d'épines. Mes cheveux sont attachés en tresses à cinq brins de chaque côté de mon visage, plaquées contre mes tempes puis plus lâches pour tomber derrière mes épaules. C'est ainsi que mon père se coiffait pour les feux.

Elan entre dans ma chambre. Lui aussi a les cheveux tressés et des lignes sombres peintes sur les paupières. Il tient dans une main un petit pinceau et un pot.

– Tu veux que je t'aide avec ton encre ?

Le feu de Noirdautomne est une célébration de la fin de la saison des récoltes, où nous accueillons les jours qui raccourcissent et les nuits qui s'allongent. En plus du feu de joie et de la litanie, nous marquons nos traits à l'encre noire.

La dernière fois que j'ai porté de l'encre pour la cérémonie, c'était notre père qui me l'avait appliquée. Après sa mort, je ne me sentais plus à l'aise avec ces rituels.

Alors j'allais au village avec mes gants et ma cape. Je m'efforçais de rester tapi dans l'ombre.

Mais ce soir, je veux que les choses soient différentes.

Je me tourne vers Elan qui me tend le pot d'encre épaisse.

– Oui, s'il te plaît.

Il ouvre le pot. Je sens son souffle, qui chatouille mes joues en même temps que les coups de pinceau. Il trace une ligne sur chacune de mes paupières. Une courbe qui se termine en pointe de chaque côté du nez. Il peint une autre couche d'encre d'un côté, lèche son pouce, essuie une tache.

Lorsqu'il a terminé, il recule d'un pas. Examine son travail. Il me considère longuement, les yeux plissés. Puis il se met à rire.

– Ce que tu ressembles à Père !

Je me tourne vers le miroir. Au premier coup d'œil, j'ai carrément l'impression de contempler notre père. La même peau fauve doré et les mêmes cheveux bruns tressés. Mais plus je regarde, plus je remarque les différences. La ligne apparue entre mes sourcils à force de les froncer. La solennité de mes yeux, plutôt que la gentillesse naturelle des siens.

– Je ne sais pas pourquoi, mais je ne pense pas qu'on risque de me confondre avec lui.

Je ris aussi, même si le son reste coincé dans ma poitrine. Une douleur adoucie.

Lorsque nous quittons ma chambre et descendons l'escalier, la maison est calme et vide. Les autres sont déjà partis au village. Pour aider à préparer le feu. Nous récupérons nos lanternes à côté de la porte d'entrée, là où Florence les a laissées. Je suis Elan dehors.

Nous descendons l'allée. Passons sous l'arche du portail. Au-delà, les arbres sont nus maintenant. Leurs branches coupent le ciel délavé du coucher de soleil.

Le soleil baisse à mesure que nous approchons du village. Et mon anxiété augmente. J'ai pourtant fait ça un nombre incalculable de fois, me suis présenté devant tout le village pour chaque rituel. Oui, mais ce soir, ma vie n'est pas voilée par les ombres. Elan est là, vivant. Leta sera à mes côtés.

Nous traversons un bosquet d'oliviers. M'entendant soupirer, Elan me jette un regard curieux.

– Je n'arrive pas à croire que tu sois nerveux à la perspective de diriger le chant. Tu as été dans le monde des morts, quand même.

– Père a toujours donné l'impression que c'était facile.

Elan se passe une main dans les cheveux, songeur. Les mèches argentées s'enroulent autour de ses doigts.

– Oh, il donnait l'impression que tout était facile, dit-il avec nostalgie, les yeux assombris par la tristesse. Tu te souviens de la fois où ma lanterne s'est renversée par accident et qu'elle a mis le feu au bûcher ? Il a tranquillement entamé la litanie, comme si c'était censé se passer de cette façon.

– Par accident ? je répète, un sourcil haussé. D'après mes souvenirs, il n'y avait pas grand-chose d'accidentel là-dedans.

Elan étend les bras au-dessus de sa tête, en parfaite image de l'innocence.

– Je ne vois pas de quoi tu parles.

Je le contemple. Ses yeux peints, ses cheveux tressés. La nouvelle chemise que Clover lui a confectionnée, parce qu'il ne rentre plus dans les vêtements qui restaient de ses quatorze ans. Quand il était en vie pour la dernière fois.

C'est une étrange pensée : il était *parti* et il est maintenant de retour. Et si, à bien des égards, il est le même que dans mes souvenirs – joueur, à faire des blagues avec Arien –, il y a désormais du sérieux en lui. Des traces du monde du Dessous. Je les vois dans la façon dont la lumière effleure sa peau. Dans le lent clignement de ses yeux d'onyx.

Autour du village, les champs sont plongés dans la pénombre lorsque nous atteignons leur périphérie. Des braseros ont été allumés entre les rangs des vergers. Au centre du village, les volets des maisonnettes ne sont pas fermés. Les rebords des fenêtres sont garnis de bougies. Une foule s'est rassemblée autour du feu attendant d'être allumé. Tout le monde porte des vêtements ornés de broderies soignées : robes longues et chemises de lin à manches amples. Les visages sont marqués de dessins variés à l'encre noire.

Je vois Florence à une table, d'un côté de la place. Qui sert du cidre épicé et des gâteaux. Elan lui fait signe de la main et elle lui répond par un sourire. *Son écart.* À la lumière de la lanterne, ils se ressemblent tellement que la vérité est évidente. Les mêmes cheveux argentés, la même peau dorée.

Clover s'avance vers nous à travers la foule. Ses cheveux sont remontés en couronne. Derrière ses lunettes, ses yeux sont délicatement maquillés d'un trait. Lorsqu'elle remarque mon apparence, elle sourit.

– Tu t'es costumé !

Je lui adresse une grimace, gêné.

– Comme tout le monde.

– Bien sûr, bien sûr.

Elle reprend un air sérieux. Elan ravale un rire. Je leur réponds d'un regard faussement exaspéré, puis nous nous dirigeons vers l'autel.

Thea est près de l'icône. Elle porte ses cheveux en deux longues tresses, chacune nouée par un ruban de soie assorti à sa robe, un tablier de lin et un pinceau à la main. Elle a presque fini de recouvrir le cadre de l'icône d'une nouvelle couche de vernis.

Arien est assis au pied de l'autel, entouré de ses pots de peinture. Il lève les yeux vers moi et repousse les cheveux de son visage, laissant du même coup une tache sur sa joue. Timidement, il regarde l'icône.

– J'ai presque terminé.

La peinture fraîche brille d'un éclat quasi irréel. Les mains de la Dame, retouchées à l'or, sont un incendie de lumière. Au-dessus d'elle, le ciel est rempli de feuilles et de fleurs repassées à l'or.

Je ris en secouant la tête.

– C'est... Arien, c'est merveilleux.

– Tu aimes vraiment ?

– J'adore.

Il tire sur sa manche, un sourire jusqu'aux oreilles et les joues rougissantes.

– Merci. De m'avoir laissé faire ça. Et pour… enfin, pour tout.

Il commence à débarrasser les pinceaux et les pots de peinture. Elan se penche pour l'aider.

– Si on se dépêche, dit-il avec un regard en coin à Arien, on pourrait manger une part du gâteau de Florence avant la litanie.

Arien acquiesce, les joues encore plus rouges. Ensemble, ils rangent les pots et les pinceaux dans la sacoche d'Arien. Pendant qu'ils s'affairent, le gardien Harkness s'approche de l'autel. Il contemple le cadre, à la lumière de sa lanterne. Fièrement, Thea dit :

– C'est parfait, hein ?

Elle lui explique qu'elle a poli le bois usé et ajouté du vernis. Une lueur satisfaite allume les yeux du père tandis qu'il écoute sa fille. Même sous son expression sérieuse.

– Tu as fait du bon travail, Calathea.

Thea s'essuie les mains sur un chiffon. Elle me sourit, puis me lance, une pointe de taquinerie dans la voix :

– C'est très gentil à vous de m'avoir demandé mon aide, Lord Sylvanan. C'était un excellent entraînement.

– Eh bien… de rien, Thea.

Le gardien Harkness se tourne vers moi. Il marque une pause, puis m'offre un petit signe de tête.

– Lord Sylvanan. Nous sommes presque prêts pour que vous commenciez.

– Merci.

J'hésite et, avant de perdre totalement mon sang-froid, j'ajoute plus doucement :

– Rowan. Vous pouvez m'appeler Rowan.

Il reste silencieux un moment.

– Et moi Brin.

Puis son visage s'adoucit. Sa bouche se soulève, un léger sourire se dessine sur ses lèvres. Il se lisse les cheveux. Comme pour vérifier qu'aucune boucle n'a échappé à sa queue-de-cheval impeccablement nouée.

– Votre père et moi, nous ne nous sommes jamais appelés par nos titres non plus.

Il m'adresse un nouveau hochement de tête, puis se dirige vers le feu, où il appelle la foule à se rassembler. Clover sort une pierre à feu de sa poche et me la passe.

– Bonne chance. Tu as l'air très imposant, au fait.

Elle aide Thea à ôter son tablier. Elles vont sur la place et rejoignent la file autour du bûcher éteint. Je reste seul dans l'obscurité, à côté de l'autel.

Je prends une profonde inspiration, sens l'odeur de l'herbe coupée, en tas au milieu des pierres. Je ferme les yeux. La senteur du pin me fait penser à une autre forêt. Aux ombres et aux arbres écarlates.

Le sort à mon poignet tire doucement. Les voix de la foule s'atténuent. Je lève les yeux lorsque Leta sort d'une ruelle entre deux chaumières. Elle porte une couronne de lierre dans les cheveux. Ses jupes sont une traînée de dentelle, ses manches brodées de constellations et de croissants de lune. Son visage n'est pas maquillé, à l'exception de ses lèvres.

Lorsque nos regards se croisent, sa bouche carmin foncé se retrousse sur un sourire.

Elle traverse la place, le regard fixé sur le mien. Quand elle arrive à ma hauteur, je me penche et l'embrasse. En veillant à ne pas barbouiller ses lèvres. Elle glisse les bras autour de ma taille et s'appuie contre moi. Comme chez Elan, il y a une solennité nouvelle en elle. Dans l'angle de ses cils baissés. Dans la façon dont ses doigts se recroquevillent dans sa paume, pressés contre la cicatrice. Nous sommes tous marqués par le monde du Dessous.

Délicatement, je touche sa joue.

– Tu es prête ?

Elle acquiesce. Nous nous écartons et entrons dans la foule.

Un murmure parcourt l'air tandis que nous nous dirigeons vers le feu. Je perçois des bribes de mots, des chuchotements. Les mêmes rumeurs qui me suivent toujours. Soudain, ma tentative de rendre cette soirée différente me semble insensée. Mais Leta me prend la main. Ses doigts tracent la ligne sur ma paume. La cicatrice laissée par le sang que j'ai donné pour l'invoquer.

– Ensemble, dit-elle, comme un sortilège. Tu te rappelles ?

– Ensemble, je réponds en écho.

Je pense à mon père lors du dernier feu de joie qu'il a dirigé. La vibration de sa voix lorsqu'il chantait la litanie. Je pense à moi dans le monde du Dessous, les mains appuyées sur les arbres aux âmes. Je vois ma famille, flashs d'émotions et de souvenirs.

Je ne me tiendrai plus jamais aux côtés de mon père pendant qu'il chantera pour la foule. Je ne pourrai jamais le remplacer. Mais je suis là. Et je peux y arriver.

Je sors ma pierre à feu, l'approche de ma lanterne. Puis je la passe à Leta, qui fait de même. Dans la foule, les lanternes illuminent la place d'un bain de lumière.

Les mains fermes, je lève la bougie de ma lanterne. Porte la flamme sous les branches empilées à la base du feu. Le bois s'enflamme. La fumée s'en dégage avec une odeur agréable et âcre.

Leta me sourit de sa bouche en forme de cœur sombre. Le fil ténu qui nous relie – tout ce qui reste du lien maintenant – fredonne comme une chanson. Le nouveau brasier monte telle une spirale, toujours plus haut. Des étincelles s'éparpillent. Le ciel est argenté par la lune d'automne.

Puis Leta commence à chanter.

D'abord seule, à petits mots scandés dans la nuit. Mais d'autres se joignent à elle, des voix familières : Arien, Florence et Clover. Peu à peu, la chanson gagne la foule. L'air est empli de la litanie.

Lentement, nous tournons autour du feu. La foule nous suit. Nous faisons trois fois le tour des pierres, puis je commence à m'éloigner du village. Tout le monde marche en rang derrière moi. Je les conduis hors de la place. Vers les champs en friche.

Au bord de la terre labourée, je m'agenouille. Brin s'avance en tête de file. Incline la tête vers moi, puis fait avancer les villageois. Tout le monde se disperse. Le champ est ceint de lanternes.

Ayant ôté mes gants, j'appuie les mains sur le sol et y dessine une marque avec mes doigts empoisonnés, avant d'éparpiller une poignée de feuilles émiettées. Je pense à la lumière, à la vie, à la magie qui parsème le monde.

Leta se relève, rassemble ses jupes et s'éloigne dans le champ. Elle n'est qu'une fille avec de la boue sur ses bottes et une couronne confectionnée avec du lierre dans les cheveux. Mais l'espace d'un infime instant, la scène se brouille. Et les ombres où elle marche pourraient être des lianes, des fleurs ou des ronces.

Au centre du champ, elle prend une poignée de terre, qu'elle serre dans son poing. Elle se tient seule, fantôme pâle dans l'obscurité du champ. Des larmes brillent sur ses joues.

Quand elle relève les yeux, elle sourit et tend la main vers moi.

Je la rejoins, prends cette main. Autour de nous, les voix s'apaisent. La foule s'éloigne du champ. Retourne au village pour continuer la célébration. Mon rôle dans le rituel est terminé.

Je me tourne dans la direction opposée pour entraîner Leta vers l'obscurité silencieuse, dans les vergers au-delà du champ. Nous nous arrêtons près de l'un des braseros qui brûle d'un petit feu ardent. Leta délace ses bottes. Elle grimpe, pieds nus, dans l'un des arbres où elle s'assied, encadrée par les branches, les yeux levés vers le ciel nuageux.

– Merci, dis-je. De m'avoir accompagné pour le chant.

Elle me sourit.

– Je t'accompagnerai pour tous les chants. Pour tout, en fait.

Elle retire la couronne de ses cheveux et commence à séparer les brins qui la composent. Morceau par morceau, le lierre tombe à mes pieds. Puis elle rit.

– Le prochain feu de joie sera celui de Midiver. Pour ton anniversaire. Je te ferai peut-être la surprise de chanter « *Many Years* » au lieu de la litanie.

– Ne t'avise pas de faire ça.

Toujours en train de rire, Leta secoue la tête.

– Tu n'es absolument pas drôle. Enfin, ce ne sera plus une surprise, maintenant que je t'en ai parlé.

Un bruissement se fait entendre de l'autre côté des arbres. Elan et Arien descendent prudemment le sentier vers nous. Arien tend ses mains au-dessus du brasero. La lumière se reflète sur ses doigts barbouillés de peinture plutôt que de magie. Il a l'air satisfait, mais à côté de lui, Elan est solennel.

– Je vais bien, dit-il en remarquant que je l'observe. C'est juste… je ne me rendais pas compte que ce serait aussi étrange d'être ici à nouveau. De voir les feux, d'entendre la litanie.

Je pose ma main sur son épaule.

– Oui, je comprends.

– C'est la seule chose à laquelle j'arrive à penser parfois, admet-il, avant de jeter un coup d'œil vers Leta. Ces créatures, ces dieux. Tout ce monde. C'est dommage qu'on ne puisse pas simplement… effacer les souvenirs par magie.

Il pouffe, mais il y a de l'obscurité dans ses yeux. Arien ramasse une poignée de feuilles séchées. Les jette dans le brasero. Elles crépitent et se transforment en fumée qu'il regarde s'élever, pensif.

– J'ai une idée.

Il fouille dans ses poches. Y trouve un crayon et un bout de papier plié. Il va s'asseoir sous l'arbre, lisse la feuille sur ses genoux.

Elan l'observe, un sourcil haussé.

– Qu'est-ce que tu fais ?

– Je ne peux pas te faire oublier. Mais tu peux me le raconter. Tout bas.

Il tapote le sol à côté de lui. Avec un sourire hésitant, Elan va s'asseoir et porte sa main en coupe près de l'oreille d'Arien, se met à chuchoter.

Leta et moi regardons mon frère murmurer ses secrets et Arien remplir la page de croquis. Je reconnais certaines des choses qu'il crayonne. Une forêt qui n'est qu'ombre. Un bosquet d'arbres meurtris, la sève suintant de leurs troncs entaillés. Une créature aux yeux froids et au sourire acéré et cruel.

Quand ils ont terminé, Arien donne le papier à Elan, qui le considère longuement. Puis il se lève et se dirige vers le brasero, Arien dans son sillage. Ils se tiennent côte à côte pendant qu'Elan déchire le papier et laisse tomber les morceaux dans les flammes. Les regarde brûler. Cendre, fumée, puis plus rien.

Il s'essuie les yeux sur sa manche. Puis il se tourne vers Arien. D'un ton taquin, il dit :

– Maintenant, tu dois me confier un secret. Par souci d'équité.

– Ah ?

Arien part d'un rire surpris. Il hésite un instant, puis il chuchote quelque chose à Elan.

– Mes cheveux ressemblent à quoi ?! s'exclame Elan, les doigts sur ses mèches argentées, ravi. À la lumière des étoiles ?

Arien croise les bras.

– Ce n'est plus un secret si tu le répètes à tout le monde.

Elan s'esclaffe, pas du tout désolé. Deux silhouettes apparaissent à l'orée du verger : Clover et Thea nous font signe.

– Allez-y, dit Leta à Elan et Arien. On rentrera plus tard à pied.

Elan passe son bras sous celui d'Arien et ils vont à la rencontre de Clover et Thea. Nous les regardons sortir des arbres et traverser le champ. Leurs voix s'estompent. Nous sommes de nouveau seuls.

J'appuie ma tête sur les genoux de Leta. Elle passe une main distraite dans mes cheveux.

– Tu t'es bien débrouillé, ce soir, au feu.

– Je ne serai jamais comme mon père.

C'est la pensée que j'ai ruminée toute la soirée. Depuis que je me suis regardé dans le miroir et que j'ai vu ses traits se refléter dans les miens.

– Peut-être pas, non. Mais est-ce que c'est important ? Tu peux t'occuper de tout ça à ta manière, dit-elle avec un geste vers les champs et le village au-delà.

Nous restons ensemble, à regarder le feu dans le brasero se réduire peu à peu en braises. Lorsque nous retournons au village, la place est vide. Je ramasse deux lanternes sur l'autel. En rallume les bougies avec ma pierre à feu. Nous rentrons à pas lents, avec nos lumières semblables à de petites étoiles sous les arbres drapés de nuit qui bordent la route.

Lorsque nous arrivons au domaine, la maison est plongée dans l'obscurité, à l'exception d'une seule lampe qui éclaire la fenêtre de devant. Nous entrons. Éteignons nos lanternes. Je regarde vers le salon. Nous devons une autre observance, pourtant aucun de nous ne s'approche de la porte fermée.

Un sourire nostalgique sur sa bouche assombrie par le maquillage, Leta regarde la fumée de sa bougie se dissiper. Je repense à sa question à propos de mon père. Du type de seigneur que je veux être.

– Il est impossible d'effacer ce que je suis. Ce que j'ai fait. Je ne remplacerai jamais mon père.

Je regarde mes mains. Ma paume meurtrie, mes doigts bandés de poison. Et je poursuis :

– J'ai l'impression d'essayer de suivre le chemin qu'il a emprunté. Mais de ne pas pouvoir le suivre entièrement. Il y a des endroits où le sol a bougé. Où je dois trouver mon propre chemin.

– Tu ne pourras peut-être pas le remplacer, convient Leta, une résignation tranquille dans sa voix. Mais tu n'es pas obligé de suivre cette voie-là.

J'imagine l'avenir tel qu'il pourrait se dérouler devant nous. Les récoltes, les feux de joie et les jours de dîme. J'aurai vingt ans à Midiver. Je me tiendrai devant le village pendant que nous ferons le tour du feu. Leta chantera la litanie pendant la nuit la plus sombre de l'année.

– Même sans la malédiction, j'aurai toujours l'impression d'avoir volé ma vie, je lui avoue.

Elle prend mes mains entre les siennes et se penche vers mes poignets. Appuie ses lèvres sur les cicatrices.

– Tout ce qu'on a fait pour en arriver là – traverser la vie et la mort –, c'est normal que ça laisse des traces. Mais tu as gagné ta place. Tu n'as pas volé ta vie, Rowan Sylvanan.

Je l'attire dans mes bras. Elle se blottit contre moi. Puis elle passe les doigts dans les lacets de ma chemise et les dénoue. Ses gestes sont lents, délibérément ralentis. Elle commence à embrasser mon cou. Lorsque ses dents mordent doucement ma gorge, un gémissement m'échappe, plus sonore que prévu dans le couloir silencieux.

– Chut ! siffle Leta en riant.

Elle me pousse contre le mur, m'enferme entre ses bras. Sur la pointe des pieds, elle m'embrasse à nouveau. Je la regarde, me remémore sa tristesse lorsqu'elle se tenait dans le champ à la fin de la procession du feu de joie.

– Je sais que tu regrettes ce à quoi tu as renoncé.

Elle secoue la tête.

– Je ne…

– La créature que tu étais dans les bois de Vair, quand je t'ai invoquée à l'autel, fait toujours partie de toi. Au feu de camp… tu ressemblais à une apparition magique.

– Il me reste encore un peu de magie, me taquine-t-elle. Laisse-moi te montrer.

Ses doigts se posent sur mon poignet, sur le sigil. Le lien n'est plus le même qu'avant, cependant lorsqu'elle m'embrasse et enfonce ses doigts dans le sort, une étincelle de chaleur me tire un hoquet.

Je l'attrape par la taille et la fais pivoter. Nous avons échangé nos places, c'est maintenant moi qui la tiens coincée contre le mur. Je me penche pour l'embrasser à nouveau. Je capture son rire essoufflé dans ma bouche. Je resserre ma prise sur sa taille, mon genou entre ses cuisses. Elle cambre le dos et ondule contre moi, ses jupes bruissent autour de nous.

Nous montons les escaliers à la va-vite et maladroits. Le palier, puis le couloir. Au moment où nous atteignons ma porte, je n'ai qu'une envie : l'attirer dans ma chambre et l'embrasser pour toujours. Leta me regarde, les lèvres retroussées sur un sourire.

– On aurait dû aller dans l'autre direction, vers ma chambre. Il y a beaucoup plus de place.

Je noue mes doigts dans ses cheveux. Tire pour lui renverser la tête en arrière et mettre sa gorge à nu.

– Plus de place pour quoi, exactement ? je demande en faisant courir ma bouche le long de son cou, ponctuant mes mots de nouveaux baisers. Il va falloir que tu sois plus précise.

Elle fait semblant de réfléchir à ma question.

– Comment l'as-tu formulé la dernière fois ? M'emmener au lit ? Au moins, il y a un vrai lit cette fois-ci.

Elle lâche un rire impuissant, dont le son se réverbère à travers toute la maison.

– Ou une méridienne. C'est assez proche pour faire l'affaire, ajoute-t-elle.

Je lui plaque une main sur la bouche.

– Chut. J'essayais d'être poli. Que voulais-tu que je dise ?

Un autre rire est étouffé par ma paume. Elle recule, le visage redevenu sérieux, et baisse les yeux. Elle a l'air presque timide.

– Emmène-moi au lit, Rowan. S'il te plaît.

Nous entrons dans ma chambre. Elle s'arrête à mi-chemin pour délacer ses bottes et les jette n'importe où sur le sol. Elle tire sur ma chemise, je penche la tête pour la laisser me l'enlever. Nous tombons ensemble sur le lit, dans un enchevêtrement de baisers pantelants.

Elle se tourne pour que je puisse défaire les boutons dans le dos de sa robe. Bientôt, elle est entièrement nue, à l'exception de la clé du jardin toujours accrochée au ruban autour de son cou. J'y enfile mes doigts et la rapproche pour enfouir mon visage dans ses cheveux emmêlés. Embrasser sa joue, son cou, son épaule.

Elle enroule sa jambe autour de ma taille tandis que sa main se glisse entre nous. Elle tire impatiemment sur ma ceinture.

– Pourquoi faut-il que tu aies autant de boutons ?

Son pied descend le long de mon mollet, et elle s'arrête. Se hausse sur un coude pour m'observer, incrédule.

– Tu portes encore tes bottes ?

– J'y arrive juste, Leta.

Elle m'aide à me déshabiller en riant. Je me penche au-dessus d'elle. Une chaleur dorée brille à travers le lien tandis que nous nous enfonçons dans le lit. Accrochée à ma taille, elle m'attire plus près, haletant lorsque je commence à bouger contre elle. J'embrasse le son qui s'échappe de ses lèvres. Je l'embrasse jusqu'à ce que nous n'ayons plus de souffle. Jusqu'à ce que les dernières traces de sa magie s'allument sur ses mains.

Je murmure son nom, encore et encore. Comme je le faisais lorsque j'essayais de l'appeler dans les ténèbres. Elle enfouit son visage dans mon cou, au bord de l'explosion. Ses dents trouvent ma gorge, et je bascule par-dessus le précipice avec elle.

Une fois que nous avons tous les deux sombré et sommes redevenus immobiles, nous nous lovons l'un contre l'autre sous les couvertures enchevêtrées. Je reste éveillé assez longtemps pour la regarder rêver. Le battement de ses cils, le rythme doux de sa respiration.

Et je sais, sans l'ombre d'un doute, que je suis plus à elle que je ne l'ai jamais été. Plus encore qu'au moment où je me suis agenouillé à ses pieds dans le monde du Dessous. Le fil du sort entre nous est tout pâle maintenant, presque invisible. Mais ça n'a aucune importance.

Nous sommes liés par plus que de la magie.

29
VIOLETA

Les heures qui précèdent l'aube connaissent tous mes secrets.

Je chasse les bribes de sommeil pendant les dernières minutes de pleine lune, blottie contre Rowan sur son lit étroit. Son bras, enroulé autour de ma taille, est d'une lourdeur rassurante. La pièce baigne dans une température agréable, éclairée par les flammes qui scintillent doucement dans la cheminée. Quand je rêve, pourtant, c'est d'un monde rempli de givre, de chuchotements et de secrets.

Je suis dans une forêt sans ciel. Je franchis l'arche de l'arbre d'os. Le pouvoir brûle dans mes veines. J'appelle un nom dans les ténèbres, un nom très familier sur ma langue, qui laisse dans ma bouche un goût de sang et de miel.

Rowan resserre son étreinte sur ma taille. Ses doigts s'emmêlent doucement dans mes cheveux qu'il écarte pour embrasser ma gorge. Et à côté de son contact, j'en sens un autre – froid, griffu et entremêlé d'ombres.

Le nom de mon rêve disparaît dès que mes paupières s'ouvrent, il glisse dans le néant. Le souvenir du pouvoir s'attarde, mais lorsque je plie les mains, il ne reste que de faibles étincelles de ma magie.

Je me redresse et tire les rideaux. La vitre est embuée de condensation. J'en essuie un carreau et regarde dehors. Il est tôt et, sous les nuages, le domaine n'est qu'arbres et obscurité. Un instant, je suis désorientée, de retour dans un autre monde, entourée de bois de cœur et de chuchotements d'âmes.

Rowan s'agite et ouvre les yeux pour me contempler, encadrée par la fenêtre. Il fait courir ses doigts le long de mon bras jusqu'à trouver le sigil.

– Tu vas bien ?

– Oui. J'ai rêvé, c'est tout.

– Tu es à la maison, Leta, dit-il en appuyant sur le sort, ce qui réveille un bourdonnement à travers le lien. Tu es ici. En sécurité.

Je prends sa main et la serre entre les miennes, me penche pour déposer un baiser sur ses phalanges.

– Je sais.

– Je me dis qu'on pourrait descendre les livres du grenier aujourd'hui, propose-t-il d'une voix douce, encore empreinte de sommeil. Ou peut-être que tu pourrais commencer ta liste de graines. Clover a un almanach dans son office qui contient une liste de ce qu'on peut planter, et quand.

– On n'est pas obligés de tout faire tout de suite, tu sais, dis-je en riant. On a le temps.

– J'aime t'entendre dire ça. *Le temps.*

Je passe les doigts sur sa joue, suivant la ligne des cicatrices de son front à sa mâchoire.

– En vérité, tout ce que j'envisageais pour aujourd'hui, c'est manger les restes des gâteaux du feu de joie de Florence au petit déjeuner.

– Je pense qu'Elan a déjà posé une option dessus.

– Eh bien, il n'aura qu'à partager.

Rowan lève vers moi son regard sombre et sérieux. Je vois qu'il est nerveux, même s'il essaie de ne pas le laisser paraître.

– On doit notre observance.

– Oui, dis-je. C'est vrai.

Il se redresse et prend mon visage entre ses mains. Toujours sérieux, il poursuit :

– J'ai pris ma part de ce marché de mon plein gré, Leta. Je ne veux pas m'en cacher, quoi qu'il y ait entre nous trois.

Je regarde le croissant dans ma paume, en pensant à ce que j'ai ressenti au cœur de l'arbre d'os, lorsque Rowan s'est avancé et a passé ses bras autour de moi pendant que le Seigneur d'En Dessous m'étreignait. Même dans mes rêves, ils sont tous les deux mêlés. Je n'ai pas de mots pour décrire l'emprise qu'ils exercent l'un et l'autre sur mon cœur.

Je laisse ma tête retomber, mon front contre le sien.

– Alors viens avec moi à l'autel.

Nous sortons du lit. Je retrouve ma robe et mes sous-vêtements par terre, là où je les ai abandonnés la nuit dernière, et je les enfile en frissonnant sans quitter le coin du feu. Comme j'ai encore froid, même près de l'âtre, je passe aussi le manteau de Rowan.

Il s'habille avec des vêtements neufs, prenant un long moment pour lisser les plis de sa chemise et mettre de l'ordre dans les lacets de son col. Il enfile ses bottes et noue ses cheveux. Puis, ensemble, nous sortons de la chambre.

Je porte mes bottes à la main, marchant pieds nus dans les couloirs silencieux. Le soleil a commencé à se lever, qui éclaire la maison de ses premières lueurs. Les fenêtres de la bibliothèque montrent un ciel lilas lorsque nous passons devant la porte ouverte. Je regarde les étagères vides et je les imagine, une fois tous les livres déballés.

J'observe la table, jonchée des cahiers où Arien et Clover ont travaillé sur des croquis et des leçons. Je regarde le portrait de la famille de Rowan et je pense à Elan – revenu, ramené à la maison. Il porte des stigmates, il a changé, fait des rêves entrelacés d'ombres. Mais il a une vie devant lui. Un avenir.

Et c'est une chose que j'aurai aussi.

La maison est à moi, et je vais la réveiller doucement. J'ai tout mon temps pour ouvrir les pièces, chasser la poussière, rapporter tout ce qui allait être enfermé pour toujours.

Nous descendons l'escalier et entrons dans le salon en ouvrant lentement la porte pour qu'elle ne fasse pas de bruit. À l'intérieur, les rideaux sont encore tirés et les coins plongés dans l'obscurité. L'icône est cachée par des ombres.

C'est la première fois que je retourne dans cette pièce depuis le jour où j'ai été empoisonnée, quand Rowan m'a portée jusqu'à l'icône pour que je puisse invoquer le Seigneur d'En Dessous. Ça me serre la poitrine de regarder l'endroit où j'ai saigné et supplié, où j'ai vécu et où je suis morte.

Je me dirige en tremblant vers l'autel, rassemble mes jupes et commence à m'agenouiller. Mais la posture ne me plaît pas, l'idée de nous voir la tête baissée et les mains appuyées sur le sol, sur la tache délavée de mon sang. Rowan et moi avons fait tellement de choix dictés par le désespoir, ici. Je ne veux pas que ce soit là que nous honorions notre dernière promesse au Seigneur d'En Dessous.

Me voyant hésitante, Rowan me touche l'épaule. Je me tourne vers lui.

– Je pense qu'on devrait aller ailleurs.

Il me considère un instant, puis acquiesce, il comprend. Prenant une bougie et une pierre à feu sur l'étagère de l'autel, il les glisse dans sa poche avant de me suivre hors de la pièce.

Arien est dans la cuisine, les manches retroussées jusqu'aux coudes pour pétrir la pâte à pain sur la table saupoudrée de farine. Il nous regarde d'un air endormi lorsque nous franchissons la porte. Ses cheveux sont en désordre, ses yeux cernés par la fatigue.

– Vous êtes levés tôt.

– Toi aussi.

Je m'approche de lui, essuie une trace de farine sur sa joue.

– C'est mon tour pour les corvées.

Je le regarde mettre la pâte dans le moule en fonte. Il recouvre le tout d'un torchon et l'installe près de la cuisinière pour que le pâton lève, comme Florence le lui a appris. Alors qu'il mouille un tissu et essuie la farine renversée sur la table, une image me vient de lui dans une autre cuisine. Dans une chaumière où l'air sentait l'huile de lin, où des cierges brûlaient de façon inquiétante sur l'autel.

Je me rappelle la nuit où sa magie s'est déchaînée. Les flammes et la peur, et la façon dont je me suis agenouillée sur des tessons de verre pour le protéger. Autrefois, je pensais que la seule façon de garder Arien en sécurité était de me mettre en danger. Jamais je n'aurais imaginé, jamais espéré qu'il pourrait avoir ça. Un foyer. Une famille. Un endroit où sa magie serait considérée comme un don, plutôt que comme un attribut à craindre.

J'ébouriffe ses boucles emmêlées par le sommeil. Il appuie sa tête contre mon épaule et me sourit.

– Qu'est-ce que vous faites debout, d'ailleurs ?

– On allait...

J'hésite un instant, ne sachant trop comment lui expliquer. Puis je redresse les épaules. Prends une inspiration.

– On va au lac pour faire l'observance au Seigneur d'En Dessous.

Arien soupire et appuie un peu plus sa tête contre moi. Puis il se met à rire.

– Si tu sors, tu ferais mieux de mettre tes bottes. Le sol est tout gelé.

Je regarde mes pieds nus et m'esclaffe moi aussi. Maladroitement, je remonte le bas de la cape de Rowan sur mon bras et j'enfile mes bottes. Alors que je me dirige vers la porte, l'un des lacets défaits s'accroche sous mon talon et je trébuche. Rowan m'attrape par le bras avant que je ne tombe.

– Tu comptais vraiment aller jusqu'au lac comme ça ?

Il secoue la tête, puis s'agenouille pour attacher mes lacets. Je lui adresse un sourire enjôleur.

– J'avais peut-être envie de t'avoir à nouveau à mes pieds.

Arien ricane. Il prend le balai et s'attelle au balayage du sol, en nous jetant un coup d'œil appuyé.

– Je suis encore là, je vous signale.

En riant, je tends la main à Rowan. Il se relève et nous sortons dans le jardin. Notre respiration forme de petits nuages dans l'air froid. Les bancs de feuilles mortes sont parsemés de minuscules cristaux de glace, et à l'un des arbres pend une énorme toile d'araignée, des perles de rosée le long de chaque fil de soie.

Par le portail ouvert, je vois tout dans mon jardin recouvert d'un givre aussi délicat que de la dentelle : les ronces, les fleurs, les branches de l'arbre tombé. Je m'engage sur le chemin en pensant à toutes les graines que je vais planter. À la façon dont je réveillerai le jardin lentement, comme la maison.

Je veux conserver à Lakesedge cet aspect un peu fouillis et un peu sauvage, afin qu'il y ait toujours une partie du domaine qui restera telle que je l'ai vue le soir de mon arrivée. Entouré de vignes, plein de secrets, comme sorti d'une fable. Je l'aime trop, je ne veux pas l'apprivoiser complètement.

La majeure partie du verger est maintenant nue et le grenadier n'est qu'une charmille squelettique. Je cueille des brins de jasmin étoilé en marchant, jusqu'à avoir dans les bras une cascade de fleurs et de feuilles. Rowan coupe des morceaux de ronces, en prenant soin d'éviter les épines.

Nous suivons le sentier dans la pente jusqu'à la forêt. La brume infiltre les arbres pâles et l'air sent l'humidité. J'entends le lac avant qu'il ne soit visible, le doux sifflement et le soupir des vagues lorsque l'eau afflue et reflue. Nos pieds laissent des empreintes peu profondes dans la terre lorsque nous traversons le rivage.

Au bord des vagues, je me baisse lentement, sens la pression froide du sable mouillé contre mes genoux. Rowan s'assied à côté de moi. Il dépose la bougie de l'autel au sol, encerclée par les tiges de ronces.

Le soleil a commencé à se lever, et des traînées lavande peignent le ciel au-dessus du lac. Rowan sort la pierre à feu et l'approche de la bougie. Il entoure la flamme de sa paume pour la protéger du vent. J'arrache une poignée de pétales et les disperse sur l'eau. Les vagues attrapent les fleurs et les emportent, les entraînent de plus en plus loin, jusqu'à ce que des lambeaux de feuilles et de jasmin étoilé jonchent la surface.

Je regarde les pétales couler. La bougie se consumer.

Rowan pose ses mains sur les miennes et nous pressons nos paumes contre le sol. Je commence à chanter la litanie de la moisson. J'imagine mes paroles englouties sous les vagues, avec les fleurs que j'ai offertes. Comme si le chant était avalé lorsqu'il atteignait l'étendue du lac.

Rowan pose son menton contre mon épaule un moment. Puis… il se met à chanter lui aussi. Je me retourne pour le dévisager, médusée. Il rougit et me sourit. Sa voix est basse, hésitante. Elle est imparfaite et charmante, et j'ai l'impression qu'il partage un secret en me laissant l'entendre, ce timbre qu'il n'a jamais révélé à personne d'autre.

Nos voix s'entremêlent d'abord de façon dissonante, légèrement fausses et un peu trop lentes. Puis nous trouvons le rythme. Pendant que nous chantons, j'enfonce mes doigts dans la terre et j'écoute, j'écoute, j'écoute les ténèbres.

Je repense à moi au milieu de la forêt, une couronne de branches dans les cheveux et des fleurs poussant à mes pieds. Mes yeux se ferment. Au début, les ombres que je vois ne sont que des ombres. Puis un murmure s'élève dans l'air. Un son qui pourrait être le vent, les vagues, ou pourrait être mon nom.

Je vois des plumes, de la neige et des papillons de nuit aux ailes argentées. Une nappe de brouillard qui prend la forme d'une créature presque humaine, mais pas tout à fait. Ses traits se transforment en yeux, en dents et en taillades à la gorge. Sa main se tend vers moi. J'imagine son contact sur ma joue. Froid et griffu, mais doux.

Les doigts de Rowan se resserrent contre les miens sous la terre. Le lien scintille de couleurs aux teintes pâles, de peur et d'émerveillement. Je baisse les yeux vers son poignet, ses cicatrices guéries. Les ténèbres se déplacent sous sa peau, mais les blessures restent fermées.

– Tu peux le voir aussi, je murmure. Pas vrai ?

Rowan se rapproche de moi. Sa voix est un peu hésitante, mais il n'a pas peur.

– Oui. Je le vois.

Nous chantons les dernières lignes de la litanie et puis laissons s'installer le silence. Je prends une lente et profonde inspiration qui a un goût de brume et d'encens. Peu à peu, les ombres commencent à s'estomper. Je cligne des yeux et les ouvre sur le lac, le ciel et les nuages clairs. Le cierge de l'autel a fini de brûler. Une volute de fumée flotte dans l'air.

Avec sa main couverte de terre, Rowan vient écarter de mon visage une mèche de cheveux détachée. La boue a laissé des taches sur ses doigts, comme celle des ombres de la magie. Il commence à m'embrasser, à embrasser mes larmes. Je n'avais pas réalisé que je pleurais.

Pour la première fois depuis mon retour à la maison, j'ai chaud, vraiment chaud. Je suis remplie d'amour et de gratitude pour la possibilité qui nous a été offerte de nous trouver parmi les malédictions et les ombres.

Je pense au jardin tout en bazar, plein de ronces, de vignes et de joliesse. La maison couverte de lierre, avec ces rideaux de dentelle aux fenêtres et une bibliothèque remplie de livres. L'observance, où nous goûterons tous les deux aux doux échos du monde du Dessous. Je visualise tout ça devant nous. La magie et les souvenirs, le pouvoir et l'amour, la famille et la sécurité.

Je regarde les derniers pétales de fleurs tournoyer sur l'eau. Lentement, ils disparaissent sous la surface. Mes paumes sont toujours appuyées contre le sol. J'entends un dernier murmure, une voix, aussi floue qu'un rêve de fièvre, mais gravée à jamais dans mon cœur.

Puis je retire mes mains de la terre, et tout devient silencieux.

REMERCIEMENTS

Lorsque je me suis engagée dans cette voie, il y a dix ans, avec une nouvelle sur une fille, son frère et une propriété hantée, je n'aurais jamais pu imaginer que cela aboutirait à ce résultat : deux livres – une série ! – écrits et publiés dans le monde pendant une période en proie à un chaos sans précédent. Je suis très reconnaissante à tous ceux qui ont traversé cette tempête avec moi, et dont le soutien inestimable, l'enthousiasme et l'amitié ont rendu tout ça possible.

À mon agente, Jill Grinberg, merci infiniment d'avoir été la plus fidèle avocate de mon travail. Ta présence constante m'a permis de garder les pieds sur terre à chaque étape de ce processus. Merci également à Sam Farkas, Denise Page, Sophia Seidner et à toute l'équipe de JGLM : je me sens privilégiée de travailler avec vous tous.

À mon éditrice, Kat Brzozowski : je suis ravie que le destin nous ait réunies. J'apprécie vraiment tout ce que tu as fait, merci d'avoir été si organisée, d'avoir répondu à mes innombrables questions et de m'avoir encouragée pendant que je naviguais dans les révisions. C'est merveilleux de célébrer avec toi la fin de ma première série. À Tiff Liao, merci d'avoir pris un risque avec un livre gothique aussi bizarre et pour tes notes sur mes premières ébauches de *Forestfall*, qui ont contribué à façonner les vibrations magnifiquement hantées du monde du Dessous.

À l'équipe de Fierce Reads : Morgan Rath et Katie Quinn, reines de la publicité et du marketing ; Brian Luster, infatigable relecteur (désolée pour toutes ces répétitions !) ; Rich Deas, magicien de la direction artistique ; Ann Marie Wong et toute l'équipe de Holt/MCPG, merci d'avoir rendu l'expérience de la publication aussi joyeuse. Et merci à Tim O'Brien pour la magnifique illustration de la couverture américaine.

Ma gratitude va également à l'équipe de Pan Macmillan Australie : Claire Craig, Brianne Collins, Tom Evans et Candice Wyman. C'est un rêve devenu réalité que de voir mes livres publiés en Australie, et j'apprécie énormément votre travail acharné. À l'équipe de Titan Books – Cat Camacho, Lydia Gittins, Michael Beale, Eleanor Thomas et Nat Mack – merci d'avoir créé une édition aussi superbe pour les lecteurs britanniques. Eleanor, je te promets que tu auras les droits en priorité sur le Seigneur d'En Dessous.

Mille mercis aux auteurs et aux libraires qui ont généreusement fourni des critiques préliminaires : à Rebecca Ross et Marissa Meyer, dont les livres ont été une telle source d'inspiration pour moi ; à Cristina Maria Russell, chez Books & Books ; à Brittany Smith, chez B&N South

Carolina ; à Kiersten Frost, chez Brookline Booksmith ; et à Kylie Ann Freeman, chez Indigo Books.

Merci aussi à toute l'équipe d'Owlcrate, qui a exaucé tant de mes rêves d'autrice grâce aux éditions collector de mes livres.

À Jess Rubinkowski, Cyla Panin, Jessica Olson, Riss Neilson, Vanessa Len et Kat Delacorte : vos merveilleux livres ont constitué un immense plaisir et une source d'inspiration, et votre amitié m'est précieuse dans ce tourbillon qu'est la vie d'écrivain. À Katrine Williamson, Cait Millard et Mhari Tocher : merci pour les rendez-vous autour d'un café et pour m'aider à me reconnecter au monde extérieur en dehors de mon bureau.

À ma famille : maman, merci d'avoir toujours rempli mon univers de livres et d'histoires ; papa, je suis heureuse d'avoir pu capturer la magie de la vraie vie que tu crées avec les plantes dans l'alchimie de Leta. Kim, merci de m'avoir encouragée à embrasser mon âme d'artiste. Felix et Orson : ce qu'il y a de mieux, dans le fait de devenir autrice, c'est de pouvoir partager tout ça avec vous.

À B., la Lisey de mon Scott, la lumière de mon obscurité : tu vois la vérité en moi et je t'aime de tout mon cœur. Je ne peux pas te dire le prix que j'accorde à la patience dont tu as fait preuve quand j'étais embourbée dans les délais, et à ta présence pour célébrer chaque étape importante avec moi.

Enfin, aux lecteurs qui ont découvert cette histoire entre une fille féroce et folle et un garçon perturbé et monstrueux, et qui ont trouvé un lien avec le monde dans ces pages… Merci pour vos mots gentils, vos photos merveilleusement créatives, vos dessins et les costumes que vous avez créés, et surtout, merci de m'avoir lue.

Ces livres – et tout ce qu'ils contiennent – sont désormais les vôtres. Je suis heureuse de les remettre délicatement entre vos mains.

Composition et mise en pages
Nord Compo à Villeneuve-d'Ascq